mama,kuai la wo yi ba

U0529872

上图为一名失足少年送给作者的素描

朋友，如果你是一位母亲，请回头看看你的脚步走得是否歪斜？跟在你身后的小脚丫是否因你而步入歧途？

如果你是一位父亲，请回头看看你的脚步走得是否直挺？是否忘记了为父的责任，使孩子步你后尘，陷入无法自拔的泥潭而忏悔无门？

如果你是一个懵懂无知的叛逆少年，请停下"嗨"疯的脚步，低头看看是否踩到法律的红线，是否触犯铁面无私的判官？不要等到失去自由才羡慕蓝天下自由飞翔的小鸟。

——作　者

妈妈，
快拉我一把

张雅文／著

人民文学出版社

图书在版编目(CIP)数据

妈妈,快拉我一把/张雅文著.—北京:人民文学出版社,2018
ISBN 978-7-02-014442-6

Ⅰ.①妈… Ⅱ.①张… Ⅲ.①纪实文学—中国—当代 Ⅳ.①I25

中国版本图书馆 CIP 数据核字(2018)第 185211 号

策划编辑　胡玉萍
责任编辑　涂俊杰
装帧设计　刘　静
责任校对　罗翠华
责任印制　苏文强

出版发行　人民文学出版社
社　　址　北京市朝内大街 166 号
邮政编码　100705
网　　址　http://www.rw-cn.com
印　　刷　三河市鑫金马印装有限公司
经　　销　全国新华书店等
字　　数　291 千字
开　　本　890 毫米×1290 毫米　1/32
印　　张　12.625　插页 11
印　　数　1—20000
版　　次　2018 年 9 月北京第 1 版
印　　次　2018 年 9 月第 1 次印刷

书　　号　978-7-02-014442-6
定　　价　49.00 元

如有印装质量问题,请与本社图书销售中心调换。电话:010-65233595

目　录

代　序
不可忘却的责任　　　/1

第一章
大墙内外之追问　　　/1

　　临刑前，如果父亲以血的教训给儿子留下几句人生彻悟、几句警告，对这个从小缺失父母管教的少年来说，或许能起到一种警示与震慑。但父亲一句话都没留下，只留下一张穿囚服的照片……

第二章
校园欺凌探秘　　　/35

　　他在法庭上发出的呐喊，昭示了犯罪少年内心的困惑与渴望：每个人生下来都应该是平等的，为什么我总是受他人的欺凌，谁能为我主持公道？

第三章
家之殇，谁之过　　　/70

　　爸爸、妈妈，你们既然生了我，为什么不管我？为什么把我一个人孤零零地丢在这个世界上？你们的所作所为配得上为人父母吗？

第四章
忏悔无门 /99

父亲悲痛欲绝,满脸横泪地出现在铁窗外。弑母少年突然双膝一软,跪倒在地,发出撕心裂肺般的哭喊:爸爸……对不起……我错了……

第五章
我拿什么来安身立命 /134

任性、上网、满足一切欲望,毫无底线地胡闹,造成了少年的犯罪人生。面对铁窗,他茫然地问自己:我为什么会走到今天这种地步?父母能养我一辈子吗?今后我拿什么来养活自己?

第六章
被分数压垮的家庭 /162

也许,你会觉得这孩子太偏执、太极端,太不近人情,太疯狂了。但是,当听完他讲述的短短十四年的人生经历,听到他行凶前的心愿时,你就会感到一种莫大的悲哀。

第七章
伸向孩子的黑手 /181

人生的岔路口,往往就在一瞬间。如果那天表哥没有拉他出去抢劫,十五岁的少年人生完全是另一番风景。但人生没有如果,只有漫漫铁窗的残酷现实……

第八章

不是亲人，却胜似亲人　　　/204

　　警官爸爸，如果我在十岁前能认识你，能听到你的教诲，教我如何为人做事，如何遵纪守法，我绝不会走到今天。

第九章

以心换心的博弈　　　/248

　　警察对每一个未成年犯的改造与救赎，都是一场博弈：罪与罚的博弈，情与法的博弈，人性与兽性的博弈，文明与愚昧的博弈。双方在激烈的博弈中艰难地行进在人生路上。

第十章

谁为我补上人生大课　　　/280

　　亲情缺失、家教缺失、文化缺失、法律缺失的少年罪犯，谁来担当他们的父母和老师？谁来为他们补上人生大课？

第十一章

为了那份沉甸甸的责任　　　/325

　　默默无闻，不被外人知晓，每时每刻都承受着常人难以想象的压力，为国家的安危默默地把守着一只只火药桶，不为别的，只为了那份沉甸甸的责任与担当。

第十二章
少年强，中国强　　／357

　　妈妈，快拉我一把！我不想被时代丢下，我不想在铁窗里浪费大好青春。我想跟大家一样去拥抱梦想……

后　记
搀扶着，走过艰难　　／385

代　序

不可忘却的责任

一

　　走进高墙,与一个个满脸稚气的孩子面对面地交谈,尽管脸上挂着微笑,极尽母性的温柔与善良,我这爱哭的性格又使我抑制不住眼中的泪水,常常跟着被采访的孩子一起流泪。让他们撕开心中或已结痂、或永远不会结痂的伤疤,让他们回述自己走过的迷途,讲述他们或残缺不全、或缺失亲情、或缺失家教的家庭,讲述他们身陷高墙的内心痛苦,其间,我不停地追问自己:你是不是太残酷了?

　　但我知道,我必须在一次次残酷的追问中完成这次漫长而艰难的采访,这是我多年的夙愿!

　　因为我是一位母亲,曾经历过一些母亲所经历的一切:迷惘、痛苦、无奈,甚至绝望……

　　多年来,一种远远大于作家的母性责任,一直强烈地呼唤着我,令我必须完成这次艰难而痛苦的采访与书写!

　　在我的一生中,除了创作,孩子教育是我投入精力最大的一项"工程"。对一个家庭来说,孩子教育的确是一项大"工程",它比任何事情都重要。孩子是家庭的未来,如果管教不好,很可能成为家庭和社会的累赘,甚至祸害。

　　孩子小的时候,我家住在北方一座城市的城乡接合部,那里到处是矮趴趴的平房、泥泞的道路,住的人员很杂,工人、农民、劳改释放犯、小偷、抢劫犯、吸毒的等等,什么人都有。我家放在菜窖里的一筐苹果,没舍得吃,却被邻居家的孩子偷光了。晾在院子里的衣服晚上忘了收进去,第二天早晨发现不见了。周围的孩子都不好好读书,胡同里整天疯跑着辍学在家的孩子。最糟糕的是,左邻右舍的孩子都相继进了监狱,好几个孩子都是在我先生工作的法院判刑的。紧挨着我家左边这家的男孩子因盗窃被判了四年有期徒刑;右边隔一家邻居的孩子因盗窃在法院开庭时,借上厕所之机跳窗逃跑,被抓回来判了三年;我家斜对面一个男青年是在逃的杀人犯;紧挨着我家右边邻居家的男孩子因偷东西被人杀害……这样的例子太多了。

　　一天,我在单位接到女儿老师打来的电话,问我女儿为什么一连几天没去上学?我急忙跑回家,看见女儿在胡同里正跟几个孩子跳猴皮筋儿呢。我把她拽进屋问她为什么不去上学?女儿哭着说:"一个男生总在路上拦我,不让我去上学……"

　　当天晚上,我和先生跑遍了整个居民区,找到了拦女儿的男孩子家。男孩子不在,一对年龄很大的农民夫妇正点着蜡烛坐在炕上摸纸牌呢。我对他们说,请你们管教好自己的孩子,不许他再拦我女儿。谁想,我们刚到家不一会儿,两个十四五岁的男孩子气冲冲地闯进我家大门,一个男孩子手里晃着一把弹簧刀,开口就骂:"你们他妈找俺家干啥?找死啊!我告诉你,我明天还拦她!你再敢找俺家,俺就弄死她!"

　　女儿吓坏了,躲在墙角瞪大眼睛惊讶地看着我和先生。

　　我和先生急忙让两个男孩子进屋,以凛然正气对他们晓之以理,阐明厉害，最终使他们乖乖地走了，从此再没敢拦我的女儿。

我和先生整天提心吊胆，很怕孩子学坏，虽然深知"近朱者赤，近墨者黑"的道理，很想换个住处，可我们没地方可搬，只能严加管教自己的孩子。我上班走了，就把两个孩子锁在院子里，可我刚走，外面的孩子就纷纷地跳进我家院子，而且派孩子在胡同里放哨，只要我从胡同口一露头，就立刻大喊："航他妈回来了，快跑！"那些孩子急忙从我家院子里跳出去。

为此，我的孩子多次向我提出抗议："你看谁家的孩子像咱家这样，整天像蹲监狱似的，天天看着我们，一点儿自由都没有！"

那时我还年轻，也不知该如何管教孩子，只知道从早到晚看着孩子，逼着孩子学习，陪着他们一起背题，一起做功课。只知道紧紧地拉着孩子们的手，走过懵懂，走过困惑，走过叛逆期，丝毫不敢放松。不管孩子多么不理解，多么"恨我"，我始终不肯撒手，拽着两个孩子艰难地走过关键的童年和少年，直到他们考入高校。

两个孩子就是在这种环境下成长起来的。现在回想起当时的情景，都感到后怕。

如今，两个孩子在北京都发展得很不错，也很懂事，他们的孩子都在国外读大学了。我的孩子常常笑着戏谑我，说我是"老虎妈子"，说邻居的孩子都怕我。不过他们都记得，每到周六晚上，我们一家四口坐在灯光下朗诵各自写的诗，尽管是一些顺口溜，但他们都觉得很开心，很自豪。

先生不止一次地对我说："雅文，你对我们老周家的孩子是有贡献的。"在法院工作的他，深知在那样的环境下，能把两个孩子培养成人太不容易了。对于未成年的孩子来说，罪与非罪绝非鸿沟，有时就是一念之差，稍不小心就滑向了犯罪深渊。而父母则是孩子最关键的启蒙者。

其实,我并不是一个懂得如何管教孩子的母亲,只知道像老母鸡似的死死地看着我的小鸡仔儿别让老鹰叼去。为了孩子,我放弃了多次出去深造学习的机会。

我觉得,孩子懵懂无知,父母的责任心往往决定着孩子的未来。

未成年人犯罪就像一台X光机,将无法遮掩地透视出孩子身后的背景:家庭、学校、社会乃至整个世界……

二

如今,随着年龄的增长,一种大于母性的社会责任感又时时地催促着我,鼓噪着我,为了大墙里的孩子,为了大墙外千千万万的孩子,为了千千万万个家庭,我决心完成这次艰难而痛苦的采访与书写。

当今,未成年人犯罪已成为世界性的问题。有学者将未成年人犯罪与环境污染、毒品并列为世界"三大公害"。因此,预防未成年人犯罪已成为世界各国高度重视的社会问题,无论是发达国家还是发展中国家,都是如此。

资料显示,多年前,据美国联邦调查局对七种严重刑事案件的统计(谋杀、强奸、暴行、抢劫、爆炸、放火、盗窃)表明,在20世纪60年代平均每年发案率三百多万起,70年代以后每年高达八百万起,十年间增加了2.6倍,而在各种严重罪行中有一半以上都是十岁到十七岁的少年作案。美国枪支泛滥,校园枪击案居全球之首。据美国控枪组织统计显示:截至2018年2月14日,佛罗里达州某高中校园发生十七人死亡、十四人受伤的枪击案,全美在2018年开年四十五天之内,共发生校园枪击案高达十八起之多。

英国是禁枪国家。2018年4月10日,我去英国伦敦参加《与魔鬼博弈》一书英文版新书发布会时获悉,英国青少年犯罪问题同样严重。2018年4月6日,英国伦敦即时新闻国际ON.CC东网道,九十分钟内发生四起未成年人持刀伤人案;2018年短短几个月,英国居然发生未成年人持刀伤人案数十起。

可见未成年人犯罪,已成为世界性的社会问题。

各国的国情不同,未成年人犯罪情况也不尽相同。中国正处在伟大变革、经济高速发展的特殊时期,未成年人的犯罪也像浓缩的饼干一样,将发达国家几十年,甚至近百年的各种犯罪,都浓缩在这短短的几十年里了。

近年来,中国政府对未成年人犯罪问题高度重视,已颁布并实施了《中华人民共和国未成年人保护法》《中华人民共和国预防未成年人犯罪法》等相关法律。2016年,国务院发布了《关于加强农村留守儿童关爱保护工作的意见》《关于加强困境儿童保障工作的意见》,以确保留守儿童和困境儿童在成长中得到关爱和帮助。2018年2月9日,中央社会治安综合治理委员会预防青少年违法犯罪专项组会议在京召开,最高人民检察院、共青团中央共同签署了《关于构建未成年人检察工作社会支持体系的合作框架协议》等文件。

从查到的未成年人犯罪的数据来看,全国未成年犯管教所关押的罪犯呈下降趋势。

2017年12月24日,中央电视台等新闻媒体公布了一组数据:2016年,中国未成年人犯罪人数为35743人,占整个刑事犯罪的2.93%。2016年1月至11月,全国检察机关不批捕涉罪未成年人数为12377人,不起诉4774人,其中附条件不起诉3808人。

2017年10月27日新华网消息,国家统计局27日发布2016年《中国儿童发展纲要(2011—2020年)》统计监测报告显示:我国未成年人犯罪率持续降低。数据显示:2016年,全国未成年人犯罪人数为35743人,比2010年减少32455人,减幅达47.6%。未成年人犯罪人数占同期犯罪人数的比重为2.93%,比2010年下降3.85个百分点。青少年作案人员占全部作案人员的比重为21.3%,比2010年下降14.6个百分点。

尽管如此,我们应该理性地看到未成年人犯罪的严重性,因为未成年人犯罪仍是一个值得全社会高度关注的社会问题。

少年强,中国强!

所以,我决定着手未成年人犯罪这一题材的采访。

三

为了慎重起见,我跟儿子周航谈了关于青少年犯罪这一选题,他很赞成,并在北京请来几位宣传、司法、公安界的朋友汪渊、孙雪丽、孙韶松、张其函、刘甲第等人,对这一选题进行认真论证。大家都觉得未成年人犯罪题材很值得写,应引起全社会的高度重视。在这里,我要特别感谢中国政法大学毕业的汪渊先生,他给了我很大支持和帮助。

2016年10月,我请黑龙江省作协通过中国作协,向司法部发去商函,提出希望协助落实赴全国未成年犯管教所进行采访事宜。这一选题得到司法部监狱管理局领导的高度重视。

监狱管理局局长王进义先生热情地接待了我,并说:"感谢您这位老作家对未成年人犯罪问题的关心,青少年是国家的希望,民族的未来,未成年人违法犯罪应引起全社会的高度重视!我们欢迎您深入到全国未成年犯管教所进行采访。您看看中国的监狱，尤其是未成年犯监狱人性化管理的真实情况，也希望您深入了解一下我们未管所的警察，他们工作的压力非常大，非常辛苦。为了挽救未成年罪犯，为了社会的安定，他们默默地奉献着。我希望通过您的笔，能使全社会更加重视预防未成年人违法犯罪问题，同时也让广大群众对我们监狱警察多一些了解，也多一些理解。祝你采访成功！"

之后，司法部监狱管理局正式下文，监狱管理局研究室主任亲自沟通协调，我和先生周贺玉（他负责照相）从2016年12月8日至2017年7月26日，自费赴上海、浙江、广东、云南、广西、内蒙古、陕西、河北、山东、黑龙江、北京等十一个省市未成年犯管教所及三所女子监狱，采访了未成年犯、监狱干警及专家学者等二百四十二人。采访中，我们受到各省市未成年犯管教所警察的热情接待，获得了大量宝贵的第一手资料。

之后，我静下心来，潜心撰写这部长篇纪实作品。我真诚希望天下父母都能看看这本书，从这些孩子及家长身上，或许会受到某些触动，会吸取某些教训。

在此，我要再次感谢司法部监狱管理局，感谢中国作协、黑龙江省作协，感谢人民文学出版社，感谢所有对这部作品的出版提供帮助的朋友。尤其要感谢接待我的各省市未成年犯管教所的警官，感谢那些接受我采访的孩子们，谢谢你们给予我的大力支持！

2018年4月2日

第一章

大墙内外之追问

- 父与子——完全重复的人生
- 你们为什么要生我？
- 可悲的"毒"家孩子
- 妈妈，我永远不会原谅你
- 来自"毒"村的少年

采访犯罪的未成年人，是一件很残酷的事情。

走进未成年犯管教所(简称"未管所")，如同走进一个特殊的世界。如果不是高墙、电网遮挡着我的视线，不是一道道铁门横亘在我的面前，我真的不敢相信，这就是关押未成年犯的监狱。它完全颠覆了以往我对监狱的印象。

法律规定：未成年犯实行半工半读制度，一周三天学习，三天劳动，一天休息，实行九年制义务教育。

只见一个个稚气未脱的少年坐在一人一桌的教室里，聆听着专业老师给他们上文化课、技术课,讲授语文、数学、绘画、音乐、茶艺、电脑、厨艺等诸门课程;在车间里,一个个少年坐在工作台前,麻利而紧张地工作着,锻炼他们的劳动能力,要让他们明白,劳动是人类生存的基本要素。最令我吃惊的是走进未成年犯的食堂,映入眼帘的是无刀具的现代化设备,切菜机、包子机、馒头机、豆芽机……墙上公示着一周的营养食谱,并注明蛋白、淀粉、蔬菜等营养成分,以保证青少年成长的需要;走进未成年犯宿舍,看到一间间军人般整齐的监舍。各个未管所都设有图书阅览室、医疗室、心理辅导室、沙盘室、上课的教室、电脑室(包括音乐、绘画室)、娱乐活动室,有的还有乒乓球台等。

如果不是亲眼所见,我绝不会相信中国未成年犯的监狱已经发展到如此人性化的程度。我甚至在想:这么好的环境,对犯罪少年的改造能起到震慑作用吗?

但是,条件再好也是监狱,它不是幼儿园。这里有着严格的监规,进来的未成年犯每天必须遵守监规监矩,按时起床、出操、练队列、学习、劳动、搞卫生、接受法制教育等,违者将受到监规的惩罚。对那些从小缺少约束、懒散惯了的未成年孩子来说,在这里就像戴上紧箍咒一样。

操场上,一队囚服少年迎着阳光,喊着口号,迈着整齐的步伐从我面前走过,他们都是暴力、抢劫、杀人等八大刑事犯的犯罪者。当我走近他们,与他们面对面地促膝交谈时,却发现,每个少年的内心都饱含着种种辛酸与迷茫,都有许多令人痛心的故事。当然也有极少数生性顽劣的少年,生就一副反社会人格,眼睛里透出一种冷飕飕的、令人脊背发凉的杀气。但更多少年则是因家庭、学校和社会的不良影响所造成的。他们充满稚气的脸上,似乎在无声地追问家庭,追问学校,追问社会,甚至在追问法律:我们本是一棵柔弱而稚嫩的小草,为什么从我们的肌肤里,却渗透出害人的罂粟白浆?为什么我们小小年纪就进了监狱,这到底是谁之过?

我在采访中发现,罪与非罪绝非鸿沟,任何一个孩子都没有天生的免疫力。任何一个来到这个世界的小生命,都是纯洁而美好的。而大人的所作所为,将给幼小心灵埋下不可小视的种子,无论是棍棒教育,还是过分溺爱,无论是望子成龙,还是不负责任的放任,都会在孩子身上留下深深的烙印,就像泥水路上辗过的一道道车辙。

采访中发现,未成年人的犯罪令人触目惊心,而更加令人触目惊心的则是他们成长的背景——

父与子——完全重复的人生

人们常说,父母是孩子的第一任老师,孩子则是父母的影子。

事情发生在六年前,一个刚刚辍学的十三岁少年从云南第一次去深圳打工。到深圳刚下火车,一个噩耗就像毒蛇般从亲属的电话里钻出来,残酷地噬咬着少年脆弱的神经——从母亲泣不成声的话语中,他得知父亲因贩毒第二次被警察抓走了!

噩耗像电击一般把少年击蒙了,他呆呆地站在人流熙攘的站台上,不知该如何是好。他不知父亲这次能判多少年?十年、二十年,还是无期徒刑?

不久,他在昆明市二审的法庭上,最后一次见到父亲。二审法官驳回了父亲及同伙的上诉,维持一审原判,对这起运输毒品团伙案做出终审判决:涉案四人从缅甸运到国内海洛因九公斤,一人被判处无期徒刑,二人被判死缓,一名主犯被判处死刑。

被判处死刑者不是别人,正是少年的父亲。而他父亲刚从监狱里刑满释放不久。

六年后的今天,在云南省未管所茶艺室,已经长成十九岁的小伙子,却在警官的带领下来到我的面前,他用蓄满惶惑而紧张的眼神看着我。

"孩子,坐吧。别紧张,跟奶奶讲讲你的故事好吗?"我极尽善意,用拉家常的语气,化解着他内心的惶惑和抵触。

他缓缓地坐下来,一双黑红色大手规规矩矩地放在双膝上,就像一对小木桨放在小舢板上,交谈中,他始终这样一动不动地坐着。

我打量着近在咫尺的他:中等个儿,高原的阳光把他磨砺得很健壮,黑红色的脸膛,大鼻头,厚嘴唇,元宝耳,一副憨厚可爱的模样。眼睛里透出的不是坏孩子所惯有的顽皮或狡诈,而是山里孩子的憨厚与纯朴。我无法相信,这样一个厚道模样的小伙子怎么会犯下如此重罪!

他开口了,从他低沉而缓慢的述说中,一场令人惊怵的人生悲剧,就像从桥底下流出的一股污水,使我不由得一次次地倒吸冷气,心里发出一阵阵唏嘘与惊叹。

他叫袁全(化名),1997年12月出生在云贵川三省结合的一个偏僻山村。他不记得第一次见到父亲是哪一年,只恍惚记得好像是十岁那年秋天,奶奶家突然来了一个陌生男人。奶奶抹着泪对他说:"全全,这是你爸爸,快叫爸爸!"

"爸爸",这个最亲切、最平常的称呼,对其他孩子来说再平常不过了。可是袁全却瞪着狐疑的大眼睛盯着陌生人,死活叫不出口来。

对他来说,"爸爸"这个称呼太生疏,太遥不可及了。从记事起,他就羡慕别人家的孩子,喊着"爸爸"乐颠颠地扑到父亲怀里,尽情地享受着父爱。可是他却从未见过父亲,更没有享受过父爱。他曾问过奶奶,爸爸去哪儿了,为什么从没见过爸爸?奶奶的眼里噙满了泪水,没有回答,而是弓着过早弯曲的腰身去地里干活了。

从此,他再也不问了。他从小跟着爷爷奶奶长大,妈妈在广东打工,一两年才能回来一次。

他曾想过:爸爸是不是像村里那些人一样犯事了?村里好多人都因犯事被警察抓走了。

没错,在他一岁那年,父亲就因贩毒被判处有期徒刑十三年。当时,母亲正怀着他的弟弟。从此,这个原本虽不富裕,却还算和睦的家庭变得四分五裂,一家四口分别住在四个地方:父亲在监狱服刑;袁全被送到爷爷奶奶家;母亲将弟弟交给了外婆,独自去广东打工。

父亲在监狱里关了九年,提前释放了。

虽然,袁全对突然冒出来的父亲没有感情,很少跟他讲话。而且袁全常年在学校寄宿,只有周末才能回家。但是,父亲的归来毕竟给这个缺少亲情、缺少团聚的家带来短暂的快乐,一家四口终于可以在一起了。母亲不再外出打工,不久,又怀上了第三个孩子。

然而,父亲给这个家庭带来的温暖,就像寒冬里划亮的一根火柴,火光一闪,其苍白惨淡的光亮还没有给嗷嗷待哺的孩子,给这个风雨飘摇、支离破碎的家带来一丝暖意,就突然熄灭了。而且永远地熄灭了,随之而来的是比地狱更可怕、更严酷的黑暗。从此,阳光再也没有照进这个很少有过欢乐的家。

他对父亲虽然没有感情,但是父亲在家就在,父亲不在家就散了。

在二审的法庭上,他和母亲最后一次见到父亲,父亲给他留下了深刻的记忆:剃着光头,一身宽大的囚服,脚上戴着哗啦哗啦响的重镣,被武警押着走进法庭。父亲进门就急忙盯着旁听席,发现他们母子俩坐在旁听席上,父亲的眼里唰地涌满了泪水。母亲手捂着嘴巴不让自己哭出声来。父亲站在被告席上一直在哭,他和母亲坐在旁听席上哭,听到二审法官最后一句宣判"维持一审判决",一家三口再也控制不住内心的悲绝,同时发出了呜呜的哭声……

末了,法官允许父亲与他们母子见上最后一面。

我问他:"见面时父亲对你和母亲说了什么?"

袁全摇了摇头:"没说,父亲一句话没说,光是哭。父亲从囚衣兜里掏出一张照片递给了母亲。那是父亲在监狱里穿着囚服照的最后一张照片。"

我曾经采访过不少死刑犯,临刑前,他们都会对妻儿说几句临终遗言。记得一个被押赴刑场的抢劫杀人犯,趴在看守所的大铁门底下,冲着大铁门外三岁的儿子,大声哭喊:"儿子,可别学你爹呀!你可要好好做人,千万别走爹的死路啊!"

鸟之将死,其鸣也哀;人之将死,其言也善。

生离死别之际,作为就要被押赴刑场的父亲,总该对妻儿留下几句叮嘱。可是,这个父亲并没有给儿子留下一句告诫,连一句叮嘱的话都没有留下。我在想,如果袁全的父亲能在临死前,以自己血的教训给儿子留下几句人生彻悟、几句警告,也许对这个从小缺少父母管教、不懂法为何物的少年,能起到一种警示作用,从而收敛一下自己的行为,不至于重蹈覆辙,重复父辈的犯罪人生吧。

但是,人生是没有如果的,只有残酷得令人痛心的现实。

父亲被枪毙了,没有给孩子留下一句叮嘱,只留下一张狱中的照片,还有三个延续的生命。袁全以长子的身份去火葬场为父亲收捡了骨灰。他抱着父亲的骨灰,走在家乡的山路上……

遗憾的是,父亲的死,并没有惊醒少年迷茫而无知的心。两年之后,令人痛心的一幕再次重演。

2014年1月26日,农历腊月二十六,还有四天就是除夕,在外打工的袁全回家过年了。可是,当他骑着摩托从邻村回家的路上,却突然被五名警察拦住了,从他的衣兜里翻出了数量不小的海洛因。

十六岁少年的人生,顷刻间崩溃,随之崩溃的还有他身后的家庭。

我问他:"你当时就没想想贩毒是犯罪,没想想你父亲因为贩毒而被枪毙的可怕下场吗?"

他摇摇头,说什么都没想,只看到村里不少人家都靠贩毒富起来了,都盖起了新房,一种迅速暴富的诱惑就像小鬼勾魂似的,死死地勾住了他的魂魄。他把一切全抛到脑后了,唯独剩下一个一夜暴富的催命念头。所以,当有人找他说需要毒品时,他毫不犹豫地骑着摩托就去临村取货了,没想到他早已被警察盯上了。

我问他进来之后是否后悔,他说出的一番话,再次令我惊愕,半天才反问一句:"你说的是真的吗?"

当然是真的,而且千真万确。

他说他非常后悔,夜里躺在监舍里,常常半宿半宿睡不着觉,瞪着眼睛透过铁栅栏外的昏暗灯光,遥望着天上的星星,遥想着漫长的刑期,常常彻夜无眠,想家、想孩子、想爷爷奶奶……

"什么?你说你想孩子,你进来时才多大就有孩子了?你当时才十六岁还是个孩子呢,怎么就有孩子了?"我的大惊小怪,说明了我的短见与寡闻。

他憨厚的脸上掠过几分孩子气的苦涩,他不仅有孩子,而且有两个。

2011年10月,不满十四岁的他,跟比大他三岁的十七岁少女同居了,2012年生下女儿。2014年他被捕时,爱人正怀着第二个孩子,就像父亲第一次被捕时母亲怀着第二个孩子一样。

2014年10月,他开庭受审那天,爷爷、奶奶、母亲、爱人都来了。母亲领着他的女儿,爱人抱着刚出生不久的儿子。他与儿子的第一次见面又是在法庭上。儿子第一眼见到身穿囚服的少年父亲站在被告席上,就像当年他看着父亲站在被告席上一样,场景惊人地相似,父亲与儿子正在重复着昨天的故事。

又像当年一样,全家人都紧张地等待着法官的最后宣判,当听到那句令人战栗的判决"袁全因贩卖毒品罪,判处有期徒刑十二年"时,一家人全傻了,蒙了,半天才同时发出呜呜的哭声……

十二年,对一个刚刚十六岁的少年父亲来说,意味着什么?对这个多灾多难的家庭来说,又意味着什么?对两个嗷嗷待哺的婴儿及年轻的爱人来说,又意味着什么?

其实,袁全应该感到庆幸,如果他满十八周岁,他的刑期就不止十二年了。

押走之前,法官允许他与家人见一面,全家人相拥着抱头痛哭,他们哭出来的不是泪,而是血,是生命!无论是贩毒者,还是购毒者,都在作死地造害着自己及其他人的生命。唯独两个不谙世事的孩童,瞪着那双没有被世俗污染的清澈眸子,惶惑不解地看着哭泣的大人,看着庄严的法庭,也看着稚气未脱的少年父亲……

听到他的讲述,我不由得发出沉痛的悲叹:父与子的人生,惊人地相似,一个判十三年,一个判十二年;都是男人收监,女人怀着身孕;父与子的第一次见面,都是在审判父亲的法庭上;四口之家,都变得四分五裂。儿子重复着父亲的罪孽,儿媳重复着婆婆的悲惨命运。儿媳像婆婆当年一样,只好外出打工养家糊口,将大女儿送到外婆家抚养,小儿子由婆婆带着。两代女人都是好女人,都曾苦口婆心地劝过自己的男人,不要干那种拿命换钱、害人害己的勾当。那是在刀尖上嗜血,一旦被抓住就没命了,打工挣钱安安稳稳地过日子比什么都强!可是,男人不听劝,总想一夜暴富,这也是很多男人的悲哀。出事了,进了大牢,两个女人只好挺起并不强壮的肩膀,替丈夫支撑着破碎的家,抚养着两个"没爹"的孩子,孤灯寒舍,苦苦地厮守着艰难而漫长的岁月,企盼着丈夫归来。终于把老的盼回来了,却再次走上不归路。老的如此,小的又会怎样?

袁全说,进来以后,通过警官的教育,他才懂得一些法律知识,才知道贩毒是害人又害己的罪恶。要早知道这些,他绝不会走上犯罪道路。进来以后他才明白,自由对一个人来说是多么重要,十二年的大好青春都将在监狱里度过,多么令人惋惜呀!

他说自己出生在封闭、落后的山村,很愚昧,什么都不懂,希望家里人对孩子要严加管教,让他们好好读书,绝不能再走上父辈的犯罪道路。

如今,小儿子已经会叫爸爸了,爱人每次来探监都带着孩子,让父亲看看孩子,希望他在监狱里好好改造,盼望一家人能早点团聚。每次见面,一家四口都隔着厚厚的玻璃,泪脸对着泪脸。袁全用他那双大手抚摸着贴在玻璃窗外稚嫩的小手,听着儿子奶声奶气地喊他:"爸爸……爸爸……"听着女儿在话筒里亲切地说道:"爸爸……我好想你……"

听到一对儿女小声小气的呼唤,看着玻璃窗外哭成泪人的爱人,少年父亲的心都碎了。

他觉得自己忏悔无门,只有深深地自责,对不起爱人,对不起孩

第一章 大墙内外之追问

子,对不起全家。他不知爱人和孩子该如何熬过这漫长的岁月。十二年,人生有几个十二年啊!他只希望家里大人孩子都能太太平平,别再发生意外,等他出去以后再好好地报答他们。

我问他,为什么你们家里两代人都贩毒?你明明知道贩毒既害人又害己,而且是重罪,为什么还要贩毒?他的回答再次令我唏嘘。

"不仅是我家,我们村里二十几户人家,家家都贩毒。"

"啊,这么多?你们村里多少人被抓,都判了多少年?"

"嗯……有两个人被判了死刑,两个人被判了死缓,六七个人被判了无期徒刑,四五个人被判了二十年不等的有期徒刑,先后有二三十人被判刑……"

天哪!二十几户人家,竟有那么多人贩毒,简直成了毒窝。

真是人为财死,鸟为食亡!

他又说:"不仅是我们村,我们周围的村子都贩毒,都是一个家族一个家族的,警察抓住算倒霉,没抓住的照样干。村里人懒,不愿出去打工,都认为贩毒来钱快,都觉得只要一次贩毒成功,全家就富了。"

原来,袁全所生活的地区离缅甸边界很近,民风剽悍,走私、贩毒十分猖獗,很多人家里都有枪。这里一直是中国禁毒警察重点监控的地区。

袁全的话让我陷入了沉思——

袁全父亲十三年的刑期,并没有改掉一夜暴富的罪恶欲望;而父亲的死刑,同样没有惊醒儿子一夜暴富的发财梦;儿子的十二年铁窗,能唤醒襁褓中的婴儿吗?全村那么多人的死刑、死缓、无期和有期徒刑,都没有震慑住一心想暴富的村民。那么,村里渐渐长大的孩子又会怎样?会不会像袁全一样,又重复着父辈的犯罪人生?我甚至担心袁全,尽管他在管教所里表现很好,被评为改造好的典型,减刑一年,但将来释放后又回到毒祸横行的家乡,能经得住暴富的诱惑,能甘心靠劳动、靠奋斗改变命运的理念吗?他的两个孩子会不会又重蹈覆辙,重复他们父辈的人生?谁来拯救这些未成年的孩子?

没有人能回答我。只有我自己在自问自答。

中国的禁毒工作任重而道远!

你们为什么要生我?

采访中,最令人痛心的是父母涉毒犯罪,最后使孩子走投无路,被迫走上犯罪道路的案例。有的一家三口被分别关在三座不同的监狱;有的父母虽然没有进监狱,却进了强行戒毒所,他们的孩子因父母疏于管教而犯罪;有的一家三口都染上了艾滋病……

采访中,不止一个少年对我说:"我真想问问我的父母,你们为什么要生我?为什么把我一个人扔在这个世界上?"

这是一个父母犯罪,子女遭受歧视,被迫走上犯罪道路的典型案例——

在广东未管所,身材纤瘦、目光忧郁的李大西(化名)用他低沉而沙哑的声音,向我讲述了他十七年的悲剧人生——

他说在十二岁之前,他一直生活在无忧无虑的美丽谎言当中。

他永远忘不了2013年12月25日,他十三岁时那个地狱般的圣诞之夜,美丽的谎言被喝醉酒的爷爷给彻底揭穿了。

那天晚上,李大西跟一个女同学约好,要在圣诞之夜一起出去玩。可是,喝醉酒的爷爷却不许他出门,用皮带抽他,操着发硬的舌头咬牙切齿地骂他："你个早死崽儿（广东地区的咒人话），你以为你父母真在外面打工啊！哼！我告诉你，你、你父母是贩毒的大毒犯！你的父亲早就被枪毙了！你的母亲被判了无期徒刑，现在还关在大牢里呢！你个早死崽儿，你今天要敢走出这个家门，就永远不许回来！"

刹那间，天崩地裂，李大西顿时蒙了。

从记事起，他就跟着奶奶住在城里的大伯父家，他年纪小，懵懂无知，跟着伯父家的孩子一样，管大伯父、大伯母叫爸爸、妈妈。他以为大伯父、大伯母就是自己的亲生父母呢。有一天，爷爷从老家来了，酒喝高了，酒精烧焦了理智，瞪着醉眼大骂李大西："你是一个没爹娘教养的早死崽儿，是个逆子！你白活了你！长这么大，连自己父母是谁都不知道，居然管别人的父母叫爸妈……"

听到爷爷恶毒的咒骂，李大西不知咋回事，哭着问奶奶："我爸爸妈妈到底是谁？他们在哪里？"

奶奶急忙用谎言哄他，说他父母在深圳打工呢。

他说："深圳离得这么近，他们为什么一次都不来看我？"

奶奶半天无语，搂着他瘦小的肩膀，极力安慰他，说他父母打工太忙，老板不给假，等有时间就会来看他。

他对奶奶的话半信半疑，心中的谜团就像驱不散的雾霾，一直萦绕在他心头。从此以后，他不再叫伯父、伯母"爸爸妈妈"，改口为"伯父、伯母"。他一扫以往的单纯快乐，变得沉默寡言，孤独无助，就像一个人生活在凄冷无人的孤岛上。小小年纪的他，开始失眠，夜晚，瞪着眼睛望着窗外的星星，想着解不开的谜团：我的爸爸妈妈到底在哪里？长这么大为什么从没见过他们，连一张照片都没有？如果在深圳打工，他们为什么一次不来看我，连个电话都不打？

不久，他破天荒地接到了母亲打来的电话，有生以来，第一次听到妈妈的声音,他激动得半天说不出话来,哽咽道:"妈妈……真是妈妈吗?……妈妈,你和爸爸在哪里呀?为什么不来看我?妈妈,我好想你……妈妈……我要去找你们……"

母亲只说了两句话,就急忙挂断了电话。她说她和爸爸在深圳打工,非常忙,让他千万不要去找她!

他急忙回拨电话,却死活打不通。他哪里知道,那是一个永远无法"打通"的特殊电话。

后来,他接到母亲的一封来信,妈妈在信中叮嘱他要好好学习,要听爷爷奶奶的话,还说他们在深圳打工太忙,老板不给假,不能来看他。他捧着母亲的来信,就像捧着一份沉甸甸的母爱,看了一遍又一遍,晚上把信放在枕头底下,就像妈妈陪在他身边一样,感到特别亲切。

可是现在,谎言终于被爷爷彻底揭穿了。

李大西瞪大惊愕的眼睛,呆呆地盯着自己的亲爷爷,感到一阵透心的寒冷,浑身不由自主地哆嗦起来。他终于明白了自己的真实身世——一个大毒犯的儿子,一个连亲爷爷都看不上的"早死崽儿"……

身为医生的爷爷,本不该把对儿子的怨恨迁怒到一个无辜的孩子身上。爷爷不会想到,十三岁的孩子就像刚破土的小苗,承受不住这冰雹般的打击。李大西告诉我,他上小学时学习成绩很好,一直是班上的好学生。

然而,那个圣诞之夜,他却经历了有生以来最残酷、最毁灭性的打击。他觉得头顶那片纸糊的天被爷爷捅破了,天塌了,周围一团漆黑,世界一片透心的寒冷。他第一次怨恨起父母:爸爸、妈妈,你们为什么要生我?为什么把我一个人扔在这冰冷的世界上?

他蜷曲在被窝里,躺在被泪水打湿的枕头上,浑身打着冷战,听着全家人熟睡的鼾声,想着爷爷抽在身上火辣辣的皮带。这是爷爷第一次打他,比皮带更刺痛他内心的则是爷爷长期以来的冷眼,爷爷咬牙切齿的咒骂。

凌晨一点,他爬起来,找出攒了很久的两千元钱,悄悄地走了。离开了大伯父家,没带任何衣物,随同他离去的还有那颗决绝的心——他屏蔽了家里所有人的电话。

从此,这个十三岁少年开始了另一种人生,在朋友家住过,在出租屋住过,整天泡在网吧里。钱花光了,没地方住,跑到一座寺庙前的草地上睡觉。一个舞狮队的领队发现他蜷曲在草地上睡着,得知他是离家出走的孩子,便收留了他,让他每天跟着舞狮队干零活,包他吃住。可是,舞狮队很快传出风言风语,说他不会舞狮,吃白饭。他只好离开,去城里打工,在酒吧里当服务员,月薪一千三百元。他花一百元租的那间小屋,只有一张破木床,没有被褥,只好花几十元买了一张小毛毯遮挡风寒。后来,奶奶用别人的电话终于打通了他的手机,劝他回大伯父家,他一口回绝了。奶奶找到他,说他不愿回大伯父家,让他回老家去,并给他找了一份卖摩托车配件的工作。

他回老家待了一段时间,那里不少人都知道他父母是毒犯,一个被枪毙,一个被关在大牢里。他不愿再待下去,又回到了原来的城市,在一家KTV歌厅打工,并升为领班,月薪二千四百元,但挣的钱仍不够花。

卢梭在《忏悔录》里说:"人性本善,所以儿童学坏的第一步,往往是因为被他人引入了邪路。"的确,李大西十四岁时,在歌厅里结识了七个朋友,六个是他辍学的同学,只有一个成年人刚从监狱里放出来。2015年4月的一天,这个成年人对几个少年说,要出去找点"事"

做。开始,李大西并不想去,但朋友们开着摩托来歌厅找他,数落他——你那么缺钱为啥还不出去"找事"干?

于是,他骑着摩托跟着朋友糊里糊涂地去了,起初是站在一旁看热闹,看着一帮朋友骑着摩托堵住道路,挥舞着棍棒、砍刀,抢劫骑摩托的路人。他觉得好玩,刺激,并不觉得是犯罪。

采访中发现,好多孩子都像他一样,糊里糊涂地犯罪,糊里糊涂地进了监狱。

四天后,这帮拦路抢劫团伙再次作案,李大西依然是糊里糊涂地跟着去了,依然是这场抢劫案的"旁观者",而且,两次抢劫没分到一分钱。但在法律上,抢劫团伙没有旁观者,不管你分没分到钱。

第二次抢劫的当时晚上,八个人全部落网。

进了看守所,李大西以为很快就能出去的。狱友却说:"你别做梦了,抢劫是重罪,肯定会被判刑的!"

不久,他因抢劫罪被判了三年有期徒刑,然而他却感到轻松了。

我不解,问他为什么判了刑还会感到轻松?

他的回答惊得我汗毛孔都张开了,半天才弄明白在少年身上究竟发生了什么。原来,又是一个早"婚"少年,又是一对未婚先育的少男少女。

他离家出走第二年,十四岁,跟比他大三岁的河南女孩儿同居了。可是,两个乳臭未干的少男少女天天吵架,两个月就分手了。不久,女孩儿又来找他,说她怀孕了。他给了她三千元钱,让她把孩子打掉。数月之后,他却看到女孩儿抱着一个婴儿来找他了。

他开玩笑说:"这是你的儿子?"

她点点头。

"跟谁的?咋这么快?"

她看着他,不说话。

他戏谑道:"不会是我的吧?"

"就是你的!"

"啊?"

于是,十五岁少年就这样糊里糊涂地当了父亲,并承担起抚养母子俩的生活担子。为此,他只好拼命地打工赚钱,当餐厅传菜员部长,月薪二千八百元,不够花,只好打两份工,早十点到晚十二点,在餐厅当传菜员,下了班再去KTV歌厅上班,一直干到凌晨四点。可他发现,婴儿用品太贵,一袋奶粉就好几十块,第一次觉得养个孩子太不容易了,远不像想的那么简单。

采访中获悉,未成年犯有小孩的并非个案。他们本身还是个孩子,无论是经济来源还是生活经历,都不具备抚养孩子的能力。他们年幼无知,无法承担为父为母的责任,不少孩子从出生那一刻起,其少年父母就为他(她)们拉开了悲剧的序幕。

我问他:"家里人知道你有孩子吗?"

"不知道。我没告诉他们。"

"你进来一年多了,家里人和女友来看过你吗?"

他摇摇头。他说每当接见日,他都眼巴巴地盼着警官能叫到自己的名字,可是从没有叫过他。他一再安慰自己,也许下一次就该叫到我了。一年多过去了,没有一个人来看他。他对自己说,别再抱幻想了,没有希望也就没有失望,自己做的事自己挺着吧。

我问他,你的女友和孩子现在哪里?你出去以后能跟他们一起生活吗?

他说:"不知道,顺其自然吧。"他说最好能在一起,他毕竟是孩子的父亲,他应尽到一个父亲的责任。他不希望自己的孩子像他这样,从小就没爹没妈,遭受他人的歧视。他的童年本来是纯洁的,没有任何污点,是爷爷给他泼上了墨汁,为他的人生投上了阴影。如果永远不知道父母是毒贩的身世,他不可能走到今天。父母贩毒害得他全家人在当地都抬不起头来,爷爷恨他恨得咬牙切齿,害得他一辈子都得背着父母是毒贩的黑锅……他很后悔,不该盲目地跟着别人出去抢劫,要老老实实地打工赚钱就不会进来了,他觉得对不住奶奶,对不住大伯父一家……

在一个多小时的交谈中,十七岁少年的脸上没有一丝笑容,始终写满了沉重。他双手放在双膝上,微微前倾的臂膀向前弓着,就像一棵被过早压弯的小树。

看着眼前的少年,我不由得想到他的儿子,应该两岁多了。我担心,十七岁的父亲能担当起为父的责任吗?能为孩子撑起那片破碎的天吗?这孩子会不会又重复着父亲的故事?

此刻,我不由得想到李大西在监狱里的母亲,她是否知道由于他们为父为母的罪行,给这个家庭带来的灾难?是否知道自己的儿子如今也在监狱里,而且已经有了孙子……她听没听到儿子向父母发出的质问:"你们为什么要生下我?为什么把我一个人扔在这个世界上?"

天下父母们,听听孩子的呐喊,请为自己的行为负责!

可悲的"毒"家孩子

这又是一个很典型的家庭。

十六岁的徐学文(化名)刑期不长,抢劫罪,有期徒刑三年。父母并没有被收监,而是被派出所警察送去强行戒毒了。

当少年带着云贵高原的强烈紫外线染成的健康肤色坐在我面前,怀着孩子般的率真向我敞开心扉,爽快地讲述起他的故事时,我的眼泪却几次在眼里打转……

十六年前,徐学文出生在云南某县一个普通家庭。他的世界从出生以来就是畸形的,混乱的,父母怀他之前已经染上了毒瘾。从他记事起,父母最大的营生不是经营食品店,而是吵架、吸毒和戒毒。他不记得父母被警察送去强行戒毒多少次,只恍惚记得,在他十二岁之前,大概有八九年的时光,父母都被关在戒毒所里。他的童年大部分时间是在外婆家度过的。他还记得,每次父母从戒毒所出来,都觉得很陌生,不敢认他们,总是躲在外婆身后偷偷地盯着那两个似曾相识的男女……

母亲每次从戒毒所回来都对他特别宠爱,带他去餐馆,去游乐场,想玩什么就玩什么,想吃什么就吃什么,撑得他小肚皮圆鼓鼓的,玩得特开心。渐渐地,他从母亲对他恶补性的玩乐中,寻到几分从小缺失的母爱。他记得十二岁那年,父母又被警察带走了,他被接到派出所。警察叔叔告诉他,你父母又被送到戒毒所强行戒毒了,要把你送到外婆家。外婆家离他家有十几里路。

十二岁的他,到外婆家第二天就跑了。外婆年龄大了追不上他。他四年级就辍学了,从此在社会上胡混,开始了极其可怕的灰色生活……

整天在社会上游荡,泡网吧、泡酒吧、泡歌厅,结交社会上的混混,学会了吸毒、抢劫、干坏事,成了那座城市里有名的小混混。

我问他,从什么时候开始抢劫的?一共抢了多少次?他的回答令我半天无语。

"十二岁开始抢劫,抢了一百多次,没钱就抢!网吧、学校门口、路上、超市门口……几乎天天都抢!"

要知道,抢劫是重刑,我国《刑法》第二百六十三条关于抢劫罪的条款写道:以暴力、胁迫或其他方式抢劫公私财物的,处三年以上十年以下有期徒刑,并处罚金;有下列情形之一的,处十年以上有期徒刑、无期徒刑或者死刑,并处罚金或者没收财产……

一个十三岁的孩子,抢劫一百多次,这是什么概念?

我问他:"警察抓没抓过你?"

"抓过,多次被抓。十二岁那年第一次被抓,三个同伙都被判了,就把我一个人放了,因我未满十四周岁。当时,警察把我送到爷爷家,爷爷跟奶奶早就离婚了,爷爷找了一个年龄小的女人,不肯收留我,让警察把我带走,还说让国家管我好了。警察刚走,爷爷打车就把我送回了派出所。他不肯收留我。"

于是,他又被警察送到外婆家。可他很快就从外婆家逃跑了。

在戒毒所戒毒的父亲听说儿子犯了抢劫罪,再也无法在戒毒所戒毒,以吞刀片的方式强烈要求出去找儿子,找到儿子,劝他、打他,让他回家,劝他不要吸毒,不要出去抢劫了!

可是,儿子的心已经野了,已经习惯了打打抢抢的混混生活。他曾经渴望的家,再也拴不住他了。过去,他是多么渴望回家,多么渴望跟父母生活在一起呀!但现在,家的概念没有了,已变成了遥远的回忆。

他很快又结识了一帮新伙伴,十一人组成一个抢劫团伙,更加疯狂地作案。不久,第二次被抓,而且上了云南省电视台新闻,同伙的十个人全部被判刑,又把他一个人放了,因他还不满十四周岁。外婆看到电视报道,急忙接他回家,哭着责怪他不争气,劝他今后好好做人,再不要跑出去干坏事了。

此刻,他也想不干了,快满十四周岁了,再抢劫就要被判刑了。他也想找一份工作,安安稳稳地过日子。可是,打工挣的钱太少,根本无法养活吸毒的自己。

我问他从什么时候开始吸毒的?

"十三岁。"

他说外婆曾多次告诫他,千万不要吸毒,不要像你父母一样毁了自己!第一次,他在宾馆里看到两个比他大的哥们儿,用锡纸点着一撮白粉,送到鼻子底下用力吸,觉得好玩,出于好奇,他就学着哥们儿的样子,点着锡纸上的白粉,用力吸了两口。之后,他觉得头晕,身上奇痒,心里却很快活,把父母被送去戒毒所那些痛心的事全忘了,觉得特想睡觉,一觉醒来,已经是傍晚了。

就这样,他像许多吸毒的孩子一样,怀着好奇,怀着好玩心理,不经意地"玩"了两口,从此走上了与父母相同的道路。而且上瘾极快,开始一天吸两次,很快就两三个小时吸一次,不吸就全身疼,发烧,难受。而且,毒瘾需求量越来越大,开始是吸海洛因,很快发展到注射海洛因,剂量一天比一天大,一天需要几百元钱买毒品。无奈,每天凌晨4点多就去网吧抢劫,以筹集一天的毒资,否则这一天就没法活。从此,别人的腰包成了他的钱袋。每天上网、吸毒、抢劫、小摊上吃喝、旅馆里睡觉,这就是他的全部生活。

2014年12月,在他刚满十四周岁的第十六天,因抢劫第三次被抓。这次他在看守所关了八个月,没有了毒品,经历了极其痛苦的强行戒毒。

开庭那天,外婆和母亲都去了,外婆哭着责怪他:"让你好好做人,你就是不听,现在只能去坐牢了!"他觉得很对不住外婆。

法官以他满十四周岁后的第一次抢劫定罪,判了他有期徒刑三年。

三年刑期并不长,对一个孩子来说,一晃就过去了。

可是在入监体检中,一张能压垮任何一个成年人的体检报告,一个不得不告诉本人的信息,还是把这个十四岁少年吓坏了。尽管未管所警官用很平和的语气告诉了他,但还是如天塌一般,令他情绪一落千丈,一连数天,彻夜无眠。干涩的眼睛整夜整夜地盯着铁窗,不堪回首的往事,一幕幕,一件件,在他眼前过电影:毒品、共用的针头、稀释海洛因使用的脏水、一帮混混在一起鬼混,还有父母孕育他时的吸毒史……

听着他平静的叙述,真不知这个十四岁少年经历了怎样炼狱般的煎熬,才熬过了那段绝望的时光!

他说:"我非常感谢警官医生和未管所的领导,在我最痛苦、最绝望的时候,他们一次次地找我谈心,安慰我、鼓励我,告诉我这病并不可怕,有药物可以控制。警官还对我说,自己的过错不要怪罪别人,要敢于面对现实,要勇敢地告别过去,才能拥有未来。并一再鼓励我,不管遇到什么样的挫折,都要挺起胸膛做人,这才是一个男子汉。未管所食堂还为我们几个病人每天增加了牛奶和鸡蛋。天冷了,未管所的副所长怕我们着凉,自己掏腰包给我们五个人买来棉拖鞋。监狱警官对我们像对自己的孩子一样,给我讲了好多做人的道理,给我送来励志的书,我们每天都有书看。我非常感谢这所特殊的学校……"

未管所警官的关怀,点点滴滴,像雨露,悄悄地滋润着少年干涸的心田;像春风,吹拂着他过早干枯的枝叶,复苏着少年尚未泯灭的良知,重新唤起了他对人生的希望。

未成年孩子的可塑性,就在这里。

这个从小被命运蹂躏、被抛到人生低谷的十四岁少年,终于走出了绝望的阴影,战胜了内心的软弱,给父母打去电话,告诉父母他得了那种病……

父母先是震惊,继而又急忙安慰他,说这种病并不可怕,按时吃药就行,不要想太多,要乐观地面对。父母还告诉他,他们也都染上了这种病……

应该说,这个少年是不幸的,他出生在一个吸毒者的家庭,从小缺失应有的家教,小小年纪就走上了吸毒、抢劫的犯罪道路。但他又是幸运的,在刚刚十四周岁的法律最低年限,被判了三年有期徒刑,被送到了未成年犯管教所,使他受到重新做人的教育。尽管这种教育来得太迟,但毕竟来了。如果不是这样,而是像好多未成年犯一样,继续在社会上乱搞胡混、为非作歹,直到有一天被判以重刑……

在审判少年的法庭上,母亲痛心疾首地哭诉道:"孩子,这都是妈妈的错!妈妈不是一个称职的母亲,妈妈对不起你!孩子,请你不要怪罪妈妈……"

少年说,他并不怪罪母亲,都是自己干的,怪谁都没有用,只能由自己来承担后果。

孩子可以原谅父母,可是作为父母能原谅自己吗?如果不是父母染上毒品,孩子能走到今天吗?孩子能小小年纪就染上了那种病吗?想想这些,当父母的怎能不痛心自责!

最后,少年说,他非常感谢这所特殊的学校,挽救了他,使他迷途知返,给了他重新做人的机会,使他这个从小没人管教、不懂得如何做人的少年,学会了读书,学会了克制自己的坏脾气,学会了如何规范自己的行为,而不是一味地放纵自己。他又说,他要送给自己一句话:"努力,加油!总有一天我会站在最亮的地方,活成我所渴望的样子,做一个有责任、有担当的男人!"

看到这个命运多舛的少年,灰暗的内心变得阳光起来,我很感动。

可是转而又想,三年刑满释放之后,他又回到那个吸毒人家,一家三口真能战胜毒魔、重新开始新的生活吗?在此,真心奉劝那些怀着好奇心尝试毒品的人们,尤其是未成年孩子,千万切记,吸毒就是玩命!有多少人无法自拔,一生都毁在毒魔里。

有的吸毒者不仅胃、肾、肝等器官受到破坏,同时还出现了强烈的致幻感,总感觉有人在追杀,和朋友在一起会觉得他像蟒蛇、野兽,必须杀其而快之,从而造成犯罪。

妈妈,我永远不会原谅你

上海未管所与上海女子监狱的大门紧挨着,只有一墙之隔。这里曾经分别关押着一对骨肉相连的母女。

母女俩仅一墙之隔,却如同隔着一座冰山,几年不曾见面。无论母亲向女儿发出怎样的呼唤,回馈给母亲的都是撕碎的信件,决绝的痛斥:"我不想见你,我永远不会原谅你!"

在上海未管所,我见到了这个女儿。

她身着灰色囚服,被警官带进来,就像一道灰色的风景在我眼前一亮!

她叫罗小茜(化名),二十岁,个子不高,戴着一副黑框眼镜,长相清秀,两眼透出智慧的灵光,一看便知是一个聪慧、机灵的女孩儿。我心想,这么漂亮的女孩子,人又聪明,如果从小走正道,完全应该有一个不错的人生。

但我知道，罗小茜的人生从十四岁就偏离了正常轨道，十六岁就进了监狱，在大墙里已经度过了四个春秋，是这里的"老犯"了，还有一年才能刑满释放。

当罗小茜坐在椅子上，双手规规矩矩地放在双膝上，两眼平静地看着我，面无表情，像背诵课文似的，流利地讲述着她短短二十年的人生经历时，我发现，这是一个典型的被成人利用的女孩子犯罪史，而利用她的不是别人——正是她的父母。

其实，亲生父母从孕育她生命的那一刻，她就不是他们爱情的结晶，而是一对少男少女任性与冲动的产物。

一个是十七岁的新疆汉族少女，一个是十八岁的四川农村少男，在青春的激情下，懵懵懂懂地偷吃了禁果。1996年1月，一个小生命带着父母的懵懂无知，毫无准备地来到世界上，成为父母的累赘。少男少女将一时冲动带来的后果，撒手扔给了老人，俩人一身轻松地外出打工了。操劳一生的外公、外婆，只好为儿女的下一代继续操劳下去。

罗小茜在外婆家一天天地长大，她像天下所有的孩子一样，渴望着父母的怀抱。可是在她的世界里，只有善良的外婆和严厉的外公，却从未享受过父母的关爱。七岁那年，父母本来就风雨飘摇的婚姻小舟，因父亲的新欢而彻底闹翻了。罗小茜归母亲抚养，继续留在外婆家。上小学时，罗小茜的学习成绩不错，初一开始，她的心被一个高年级男生给偷走了，从此对学习失去了兴趣。外公得知她小小年纪有了男朋友，大为恼火，对她严加管教，放学晚回家一分钟都骂她，并声称要打她。她开始讨厌外公，一心想挣脱外公的束缚。

初一放暑假，母亲回来了，怀里抱着一个男婴，还带来一个年纪很轻的男人。罗小茜这才得知母亲又结婚了，找了一个比她小十一岁、比自己大七岁的男人，并且有了一个四个月大的男孩儿。外公向母亲告状，让母亲把罗小茜带走。于是，罗小茜跟着母亲乐颠颠地离开了外婆家，来到继父在湖北老家的城市，跟继父家的爷爷奶奶一起生活。

在此之前，尽管罗小茜缺少父母的关爱，但毕竟有外婆的关怀和外公的管教。可到了继父家，十天半月见不到父母一面，不知他们在外面干些什么。没人管束的罗小茜变成了一匹脱缰的小野马，整天撒欢似的疯啊耍啊——逃学，跟同学去歌厅，泡网吧、泡酒吧，夜不归宿，拿着母亲给她的钱任意挥霍。

班主任老师给罗小茜母亲打来电话，让她好好管教管教罗小茜，每天准时去学校上课。可是罗小茜的心已经野了，早晨不起床，一直睡到上午九点，让妈妈给老师打电话，骗老师说她病了。按理说，母亲应该对孩子严加管教，让孩子回到学校去完成起码的九年制义务教育。然而，同样爱睡懒觉、同样毫无自控力的母亲却没有这份理性，而是一味地顺从女儿胡来，一次次地帮着罗小茜撒谎，欺骗老师。

罗小茜十四岁就辍学了，越发变得无法无天，经常跟母亲吵架。在罗小茜的心里，有一个永远无法释怀的怨恨情结，认为母亲偏向弟弟。母亲一直带着弟弟却把她扔给了外婆，一天都没有带过她。母亲只好大把大把地给罗小茜钱以做补偿。罗小茜却毫不领情，越来越任性，把母亲的手机都摔坏了。母亲拿她毫无办法，干脆不管她了。

当母亲对罗小茜束手无策时，年仅二十一岁的继父主动向母亲请缨，说罗小茜的年龄跟他相差不大，没有代沟，他能理解罗小茜的心理，让他来带她好了。

其实,母亲明明知道自己的小丈夫是个什么样的人,但她还是把十四岁的女儿交给他留在湖北老家,自己带着儿子去了上海。从此,比罗小茜大七岁的继父带着罗小茜,天天泡酒吧,去歌厅,吸毒……爷爷奶奶不在家时,继父就带着一帮毒友跑到家里吸毒。罗小茜看见他们弄个小壶像抽烟似的,觉得好玩,便问继父,你们在干吗呢?继父问她,你要不要来两口?于是,罗小茜怀着好奇,生平第一次吸上了毒品。

就这样,懵懂无知、毫无辨别能力的罗小茜,跟着这个继父在人生路上越走越偏,越陷越深……

继父带着她泡酒吧、泡KTV、吸毒,夜不归宿。而且,继父经常用异样的目光盯着花蕾般的罗小茜,对她说些露骨的话:"小茜,你长得很漂亮,要不是有你母亲这层关系,我会喜欢你的。"

奶奶发现这爷俩经常夜不归宿,就给罗小茜的母亲打电话,让她快管管这对父女,这样下去怎么得了?于是,母亲让继父带着罗小茜去了上海。

到上海不久,罗小茜就发现母亲在会所里干着强迫女孩子卖淫的勾当。这些女孩子都是父母以找工作的名义,从湖北骗到上海来的。

一次,罗小茜跟母亲吵架之后,揣着五百元钱离家出走,跑到网吧待了两天。钱花光了,鬼灵精的她打110报警,谎称自己走丢了。警察问她从哪来的,她说新疆。警察问她来上海干什么?上海有没有亲属?她谎称来上海玩,没有亲属。她以为这样说,警察就能把她送回新疆外婆家。警察看她未成年,把她送进了救助站。她受不了救助站的环境,只好对救助站的人承认,她想起了母亲的电话号码。在空气污浊的救助站里等了五天,母亲终于来接她了。

出去以后,罗小茜跟着继父继续在社会上瞎混。后来,继父对她说在上海太不自由,她母亲总管着他俩,让她对母亲说要回湖北老家,去找女孩来上海。母亲不同意,母女俩大吵起来,母亲见罗小茜态度坚决,只好同意放行,条件是:"你们必须找几个女孩送到上海来!"

罗小茜跟随继父回到湖北老家,继父指使罗小茜以给女孩子介绍男朋友为名,把在网吧里结识的两个未成年女孩骗到上海,逼迫她们卖淫。女孩不同意,继父就打她们,没收她们的手机,不许她们跟外面联系,并派了两个男人日夜看押她们,强迫她们接客。

一天傍晚,警察敲开了罗小茜的家门,带走了她和另外一个男孩子。

第二天,她因未成年被取保候审。期间,她偷偷地与躲起来的父母联系,继父让她快把手机扔掉,千万不要与派出所联系。在新疆法院工作的舅舅从网上查到消息,得知她们一家三口成了网上通缉犯,让外婆打电话劝他们快去自首。继父坚决不同意自首,由于断了毒品他变得疯狂而可怕。母亲受不了丈夫的折磨,带着罗小茜和弟弟偷偷地跑出去租房。2012年底,继父被捕。母亲在外婆的一再劝说下,带着罗小茜和弟弟走进了派出所。

2013年10月,一家三口分别在上海法院开庭,法官以强迫未成年人卖淫罪,分别判处罗小茜父母有期徒刑十年零六个月,罗小茜因未成年,判了有期徒刑五年。

一家四口,从此天各一方。

继父被关押在上海男监,母亲被关在上海女监,罗小茜被关押在上海未成年犯管教所,小弟被送回湖北老家由爷爷奶奶抚养。

我问罗小茜,进来以后想没想过,如何看待自己,又如何看待家庭？

于是,我听到了一个在监狱里关押了四年的女孩子,从心底发出的心声,并不激昂,仍然保持着那种平缓的沉稳,却给人一种振聋发聩的震撼,因为这是来自一个子女对父母的审判——

"我走到今天,完全是因为受父母的影响。当年,我只是一个早恋的孩子,从没有偷过家里一分钱,没干过任何坏事。可自从跟父母接触以后,我学坏了,学会了吸毒,学会了欺骗,学会了干坏事。继父这个人很坏,母亲也是一个好吃懒做、不爱劳动的人。如果不是他们,我不可能走到今天。我庆幸自己没有成年,要是成年,就跟他们一样蹲十年大牢了。有钱的时候觉得很快活,尽情地吃喝玩乐。可我现在才发现,没有比失去自由更痛苦、更可怕的了。大好青春都在监狱里度过,多可惜呀!我恨他们,进来以后,母亲不断给我来信,在信中总是自责,说她害了我,对不起我……我把信全撕了,一封没留!写信有什么用?你早干啥去了?你这当妈的从小就没有管过我,你们大人明明知道逼迫女孩子卖淫是犯罪,为什么还让我一个未成年的孩子参与其中?你们这不是在害我吗?我小小年纪就被你们给毁了,我永远不会原谅他们!女监跟我们未成年犯的监狱就一墙之隔。警官曾经问过我,想不想见你母亲?我说不想见,一辈子都不想见她!现在,母亲已经转到青海监狱服刑去了。"

最后她说:"等我出狱以后,就回到外婆身边去侍候她,外公已经去世了。我对不起外公、外婆……"

我问她,出去以后能把握住自己不再犯罪吗?

"能!"她回答得很坚决,"在监狱里待了五年,这血的教训足够我牢记一辈子了,绝不会再干违法的蠢事了!"

采访结束了,望着罗小茜离去的灰色背影,我忽然觉得罗小茜的这番话不仅是说给她的父母,也是说给天下所有的父母。这是一个孩子对父母的审判,尽管不是在庄严的法庭上,但同样具有"法律"的震撼力。

来自"毒"村的少年

金钱一旦撕碎了人们的法律底线,成为人的灵魂主宰,它就变得比毒药更可怕,比武器更具杀伤力。因为它能使人变得像魔鬼一样疯狂,让人不惜生命代价去获取更多的金钱利益。

人所共知,毒品是人类的公敌,但至今却有多少人仍然害人害己地在阴阳界上玩火!前面那几个家庭都因涉毒而毁了家庭,毁了子女,下面这个案例同样是涉毒,而且是更大、更加疯狂的涉毒案。

也许,人们还记得那条旧新闻:2013年12月29日凌晨四时,广东警方出动了公安、武警、边防等三千多名警力,动用了直升机,展开一场大清剿,包围了广东陆丰市制贩毒品"第一大村"甲西镇博社村,从凌晨四点一直到下午四点,摧毁了特大制贩毒犯罪团伙十八个,抓获犯罪团伙成员一百八十二名,捣毁制毒窝点七十七个、制炸药窝点一个,缴获冰毒二千九百二十五公斤、K粉二百六十公斤、制毒原料二十三吨,枪支弹药一批。

在这批被抓获的罪犯中,有一个叫蔡良栋(化名)的十五岁少年,因制造毒品罪,被判了有期徒刑十年。

在广东未管所,现已十八岁的蔡良栋来到我的面前,很文静的样子,用广东普通话,向我平静地讲述了他及博社村的故事,使我对这个因制贩毒品而出名的村子背景,有了较为深刻的认识。

1998年9月,蔡良栋出生在广东陆丰市甲西镇的博社村,这里二万多人口都同为蔡姓。他的父母都是本分人,经营着一家小卖店维持着全家五口的生活。两个哥哥都很老实,一个哥哥考上了大学。蔡良栋是哥仨中最小的一个。也许,因为他是最小的儿子,所以从父母那里多得了几分宠爱与娇惯,也使他多了几分任性。从小不爱读书,爱调皮,爱打架,爱赌博,对毒品充满了好奇。

从记事起,每到晚上,他就看见家门口的大街两旁,摆起长龙般的小桌,街上亮起明亮的电灯,村里的男女老少倾城出动,纷纷集聚到街上。整条街都充斥着哗哗的麻将声,啪啪的扑克牌声,以及男男女女赌博输赢后的怨气声及开心的大笑声。一群大大小小的孩子也学着大人的样子,手里攥着从父母那里要来的几毛钱或几块钱,凑到一起,吆五喝六,像模像样地赌起来。他从小就爱赌,赌博是他一生的最爱,被抓那天他还赌了一夜呢。

稍大一点儿,他就听到街头巷尾一些妇女偷偷地议论,谁谁家做假币发了,谁谁家制K粉发了,又听说某某家被警察抓了。再后来,他又听到有人悄悄议论,好多人家靠制贩冰毒发了大财。渐渐地,制贩冰毒已成为博社村公开的秘密,几乎家家都有人参与,村里的空气中都弥漫着冰毒的臭气,而带头制贩冰毒的不是别人,正是村支部书记蔡东家。渐渐地,博社村参与制贩毒品的人越来越多,规模越来越大。而且,警察根本抓不到制毒者——博社村在公安局里有眼线,公安局那边一有行动,这边立刻就知道。有两次,警察开着警车进村抓人,全体村民一起出动,开着大铲车和上百辆摩托车,把三条出村的路口全部堵死。警察的车根本开不出去,村民逼着警察放人。一时间,博社村成了水泼不进、针插不进的独立王国。

不过,蔡良栋的父母并没有参与制贩毒品,他们守着小卖店,过着虽不富裕却平安无事的日子。蔡良栋却不像父母和哥哥那么安分,他从小就听说制冰毒能赚大钱,吸食冰毒可以不睡觉,可以飘飘悠悠像神仙似的产生美妙幻觉,冰毒对他充满了无法抵御的诱惑。

2013年,蔡良栋混完初中毕业,当时,制贩冰毒的叔叔正缺人手,找他去帮了几天忙。短短数日,他学会了制冰毒的技术。一个少年的犯罪人生,从此拉开了序幕。他找来两个年龄比他大的朋友,租了一间房子,三人两个月就制出了冰毒。

叔叔得知他在制冰毒,怕他年龄小出事,就让他到叔叔的制毒窝点,成为叔叔手下的一名得力干将。制毒窝点共有六个人,一天可制出一二百斤冰毒。之后,叔叔联系好买家,由蔡良栋骑着摩托将冰毒送出去。

我问他,你知不知道制贩冰毒是犯罪,你就不怕被警察抓住吗?

他说:"知道是犯罪,但不怕被抓,因为警察不会来,村支书都带头干呢,咱老百姓怕啥? 即使被抓也不怕,拿钱肯定能搞定!"

在他眼里,博社村是一个独立王国,警察根本奈何不了它。再说,不仅是博社村,邻近村都是这样,整个甲西镇都在制贩毒品,警察能抓得过来吗?

直到那天凌晨四点,他才发现事情远不像他想得那么简单。

那天晚上,他跟朋友赌了一宿,凌晨四点才回家,迷迷糊糊地刚睡着,警察突然闯进门来,把他从床上揪起来,一副冰冷的手铐铐住了他的双手。

警察从他家里搜出没来得及送走的十六斤冰毒、二十万元现金,然后就把全家人都带走了。

被戴上手铐的刹那,他仍然抱着幻想,不用担心,金钱肯定能搞定一切!

然而,当他发现全村被抓走一百八十多人,包括村支书蔡东家全被抓了。他这才意识到,这回真的完蛋了,他的发财梦彻底破灭了!

随之破灭的,还有他十年的大好青春。

讲到这里,他沉默了。

我也沉默了,为这个当年十五岁的少年沉默,也为那个"出名"的"毒"村沉默……

我问他,进来以后,后不后悔?是否反思过自己?

他说,经过警官的多次教导才认识到,干毒品这行,不仅危害社会,危害他人,也害了自己。他被判了十年有期徒刑,叔叔一直在逃,成为被通缉的在逃犯,叔叔的两个孩子才两三岁。不仅是叔叔,村里不少人都被通缉,都成了有家不能回的在逃犯。

他说:"我进来以后,很后悔不该走这条路,十年的大好时光要在监狱里度过。我一定好好改造,争取早点出去……如今的博社村,一百多人被关在监狱里,村支书他们都被枪毙了,村里变得死气沉沉,再不像当年那么热闹了。"

采访结束了,我望着少年离去的背影,思绪仍然沉浸在那个毒货横行的村子里——博社村,曾经的一切,似乎已经消失了,沉寂了,空气中弥漫的毒品臭气,已经荡然无存。但是,冷静想一想,那些沉积多年的陋习,那种隐藏在人性深处的贪欲,真的会消失吗?那种没有人性底线,没有法律观念,完全被金钱主宰的疯狂灵魂,真能从这场血洗的教训中,从死去或囚禁在大牢里的人们身上彻底醒悟,从今往后真能遵纪守法靠劳动生活吗?

写到毒品,我不由得想起西方列强当年对中国倾销的鸦片,想到中国人被西方列强称之为"东亚病夫"的民族耻辱,想到父辈不止一次地说过,新中国成立前经常看到冻死在路边的"死倒"大烟鬼……

前不久,看到一篇《毒品在近代中国历史的发展给中国社会带来的危害》论文中写道：

> 自1800年英国东印度公司确立鸦片政策到1839年鸦片战争爆发前，以英国为主的殖民者共向中国输入638119箱鸦片，掠夺了6亿多银元，到1917年英国名义上停止对华输出鸦片止，外国共向中国推销、走私的鸦片、吗啡、海洛因和红丸等毒品，折合鸦片共约7023119箱，从中国掠走了价值6616345219银元。这如同天文数字般的鸦片，不仅毒害了数以千万计的中国人，还从中国夺走了远比商业利润、战争赔款多得多的财富。

人所共知，中国政府为了禁毒，曾多次开展声势浩大的禁毒运动。1952年，中央人民政府发布了《关于严禁鸦片烟毒的通令》，禁绝了百余年的鸦片毒害；1992年，全国人大颁布了《关于禁毒的决定》；2007年12月29日，全国人大常务委员会通过了《中华人民共和国禁毒法》，并于2008年6月1日开始实施。

但如今，毒品已成为世界的头号公敌。随着国际、国内形势的发展，已在新中国禁绝多年的毒品又开始泛滥，而且吸食毒品成为青少年追求的一种时尚。生日聚会、KTV狂欢，为了寻求刺激，增加快感，常常要"溜冰"，吞几粒"摇头丸"……包括一些艺人、明星，也因吸食毒品而被抓，在社会上造成极大的负面影响。正因为吸毒者众多，所以国内外制贩毒品也随之猖獗。

2015年习近平总书记对禁毒工作做出了重要指示：当前全球毒品问题持续泛滥，我国禁毒形势也十分严峻。毒品是人类社会的公害，是涉及公共安全的重要问题，不仅严重侵害人的身体健康、销蚀人的意志、破坏家庭幸福，而且严重消耗社会财富、毒化社会风气、污染社会环境,同时极易诱发一系列犯罪活动。

他说,禁绝毒品,功在当代,利在千秋。禁毒工作事关国家安危、民族兴衰、人民福祉,厉行禁毒是党和政府一贯的立场和主张。各地区各部门要切实增强做好禁毒工作的政治责任感,以更加坚定的决心、更加有力的措施、更加扎实的工作,坚持严打方针不动摇……保持对毒品的"零容忍",锲而不舍,常抓不懈,坚定不移打赢禁毒人民战争,不获全胜决不收兵!

公安部禁毒局局长刘跃进在接受记者采访时说,目前我国登记在册的吸毒人员有二百五十八万,按显隐比例估算,实际可达千万。全世界大体的比例是,查获吸毒人员数量和没有查获数是一比五。三十五岁以下吸毒人员占百分之七十五。

采访中获悉,未成年人因涉毒而犯罪的比例很高。

内蒙古未管所第四监区长陈宇警官对我说:"目前,涉毒犯罪急剧增加,我们监区共一百八十名犯人,有吸毒史三十二人,涉毒罪七人。青少年只要沾上毒品,必然会走上犯罪道路。他们没钱养活自己吸毒,只能去偷、去抢!真希望你们这些文化人向社会好好呼吁呼吁,让青少年远离毒品,一旦染上毒品,距离监狱大门也就不远了。吸毒不仅会毁掉一个人,而且会毁掉一个家庭,甚至毁掉一代人!"

他说,四监区有二十六名病犯,其中十几个人都有吸毒史。其中一个病犯小小年纪,因长期吸毒,心血管已经堵塞百分之四十;另一个病犯心律高达二百次;还有一个病犯因吸毒腰疼得直不起来,就像得了脊髓炎;还有一个吸毒少年牙齿早早就脱落了。当前青少年已经成为我国最主要的毒品滥用群体。

因此,打击毒品泛滥,将是摆在国人面前一个非常严峻的社会问题,也将是预防青少年犯罪的重要一环!

第 二 章

校园欺凌探秘

- 法庭上呐喊的少年
- 冲动是魔鬼
- 为警察祈祷的命案少年
- 孩子与狗狗
- 她烧毁的不仅是同学的容颜
- 为弟弟报仇的少女

不知从什么时候开始,安静的校园不再安静了,经常传来令人震惊的消息:某某校园又发生了暴力事件,某某学校又发生了打架斗殴。校园里经常会有收"保护费",三五成群的学生出去"约架",为一点儿小事就动刀子,甚至发生命案。女学生也毫不逊色,因嫉妒或争强好胜而大打出手,甚者没有任何原因,只是觉得心里不爽,就以强凌弱,找人来发泄,从而引发残忍的欺凌案件。

就在采访期间,媒体报道全国接连发生多起校园暴力案件:

2017年6月19日，广西灵山县中学，一名高一男学生在宿舍里午睡，被同寝室一名男生用水果刀刺伤致死；

2017年11月12日，湖南省沅江市一名高三学生，对班主任老师连刺二十六刀使其不幸身亡；

2018年1月18日，广西北海合浦县公馆中学一名初一女生跳楼自杀。这名刚从广东转到该校五个月、全年级成绩排名第一的女生，在她的遗书及字条中把死因指向了校园欺凌……

2017年11月21日，中央电视台新闻频道法治节目播出北京市西城区法院少年法庭，对北京某职业学校五名未成年女学生欺凌两个低年级女学生一案，进行分析批判。

法官说："其手段，触目惊心！逼迫两个女生脱衣、下跪、拍视频，极尽人身之侮辱，长达七小时之久！起因只是因为主犯心情不爽，拉来四个女生，随便找了两个低年级学生来发泄。"法官以寻衅滋事罪，分别判处欺凌者五人有期徒刑十一个月到一年不等。

专家在究其原因时说："未成年人受到网络等各方面的不良影响，崇尚暴力，接受暴力，在实施暴力中，感到满足。另外，学校和家长都有失职之处。"

为了防止校园欺凌与暴力事件的发生，早在2016年11月1日，中央九大部门，即教育部、中央综治办、最高人民法院、最高人民检察院、公安部、民政部、司法部、共青团中央、全国妇联，联合发布《关于防治中小学生欺凌和暴力的指导意见》。2017年12月27日，教育部等十一个部门又联合发布了《加强中小学生欺凌综合治理方案》。

2018年1月18日，据《中国青年报》社会调查中心联合问卷调查，对二千零二十二名受访者调查显示，百分之五十九点四的受访者都经历或目睹过校园欺凌事件，男性占百分之六十六，高于女性。受访者都希望尽快落实上述《方案》,以制止校园欺凌案的发生。

可见校园欺凌事件,已成为亟待解决的社会问题,已引起中央相关部门的高度重视。

让我感到不解的是:这些孩子到底怎么了?为什么小小年纪却充满了暴力和戾气?动不动就动刀子,这到底是为什么?

带着诸多不解和疑惑,我与多名因校园暴力而入狱的孩子进行了深入交谈,却发现,在他们身上所发生的暴力案件,有的令人震惊,有的令人扼腕,而更多的则是发人深省:一个看似简单的校园暴力案件,究其背后,却存在着诸多深层的社会问题:家庭教育的缺失、留守儿童的孤独、网络的影响、个性的偏执、学校的失责,乃至法律的缺失、社会负面影响等。这些问题都会在欺凌案的犯罪孩子身上有所体现。

在此,择选几个不同类型的校园暴力案件,以供读者思考。

法庭上呐喊的少年

这是一起典型的校园暴力引发的恶性案件。

石帆(化名),十七岁,出生在黑龙江大庆辖区的某小镇,人长得文弱、瘦高,话语不多,戴着一副黑框眼镜,一看便知是一个内向、老实的孩子。入监前正在读初三,学习很好,本该有一个不错的前程。

随着我的一问一答,在他沉稳而缓慢的叙述中,一个从小饱受欺凌,最后在沉默中暴发的少年,渐渐地走到我的面前,走进了我的笔端……

石帆从小身体很弱,性格内向而软弱,别人欺负他,他从不敢反抗。上小学,一帮男生逼着他给他们写作业,不写就打他,他只好忍气吞声地趴在桌子上一个接一个地写下去,直到全部写完为止。他受了委屈从不向别人哭诉,总是咽进肚子里默默地忍受,因为他没人可说。

十岁那年,在外打工的父母离婚了,他被判给了父亲,跟着爷爷奶奶在农村生活,从此再也没有见过母亲。他不知母亲去了哪里,直到他进监狱以后,母亲才第一次来未管所看他。可是,母子俩在未管所的见面却搞得很不愉快。

他第一次见到玻璃窗外的母亲,感到很陌生,七八年没见到母亲,他不记得母亲的模样,更谈不上什么感情。

但母亲却记得儿子,虽然儿子长高了,长成了一米八〇的大小伙子,她却记得儿子的眉眼,更记得母子连心的感受。她看到儿子因杀人被关在大牢里,痛心不已,忍不住失声痛哭。

母子俩只能隔着厚厚的玻璃,用电话来交谈。

母亲像天下许多离了婚的女人一样,犯了一个情绪化的错误,她把对前夫憋闷多年的怨恨像开闸泄洪似的,向铁窗里的儿子倾泻开来,数落起前夫的"罪状",埋怨前夫没有管教好孩子,所以才使儿子走到今天,还说她得了一身病,都是他们爷俩儿造成的……

开始,石帆只是听着,母亲问他什么,他都哼哈地敷衍,并不想反驳。但听到母亲数落父亲的"罪状"他很反感,好像母亲来这里并不是为了来看他,而是为了发泄她对父亲的怨恨似的。

2016年12月,母亲最后一次来看他,母子俩在会见室里一见面,母亲又开始数落起父亲的罪状,又说父亲如何如何不好,如何没有管教好孩子,才使他犯了大罪……

听到这里,这个沉默寡言、很少反驳他人的少年,再也听不下去了。他从小就跟父亲的感情最好,父亲对他的学习管教很严。父母离婚后,全靠父亲一人打工赚钱支撑着这个家,赡养着爷爷、奶奶,还有小叔。小叔得了双侧股骨头坏死,不能从事重体力劳动,爷爷又得了胃癌,他上学又处处需要钱,全家人的生活担子全部压在父亲一人身上。他觉得父亲活得太苦、太累了。所以他从小到大,无论遇到什么难事,从不给父亲添麻烦,没钱从不跟父亲要,他觉得父亲的负担已经够重了。而且,他犯罪以后,法院判决他家赔偿受害人二十二万元,父亲借遍了所有的亲属,仍然凑不够这笔天文数字的赔偿,父亲向母亲求救,母亲却说她没钱!

这些在少年心底沉积多年的怨懑,终于像火山般地爆发了。

"我不允许你这样诋毁我爸爸!我爸爸辛辛苦苦地抚养了我,而你呢?你口口声声说我爸爸没有管教好我,才使我走到今天,那我问你,在我最需要母亲的时候,你在哪儿?当别人欺负我、打我、骂我是没娘的孩子时,你又在哪里?这么多年,你想过你这个儿子的死活吗?我犯了罪,法院判我家向受害人家属赔偿二十二万,我爸爸哭着向受害人家属赔礼道歉,求爷爷告奶奶,四处借钱,借遍了所有的亲朋好友,就差没给人家下跪了,仍然没有凑够二十二万。可你呢?爸爸找到你,希望你能为我出点儿钱,你却说你没钱,一分没出……你现在,有什么资格来数落我的爸爸!我告诉你,请你再不要来了,我再也不想见到你!"说罢,转身向身后的小门走去,把母亲一个人丢在那里。

这是一个让人心情沉重又辛酸的场面,为这个儿子,也为这位母亲。

此刻,我不由得想起另一个少年含着泪,对我说出的一番话:"奶奶,当我走投无路的时候,我总是幻想着爸爸妈妈突然出现在我的面前……"

是的,孩子,父母是孩子绝境中的希望,是暴风雨袭来时的港湾,是孩子迷路时引导他们回家的一盏明灯,更是孩子倾诉委屈的温暖怀抱。无论离异父母的心相距多么遥远,彼此多么仇恨,但请记住,他们有一个永远无法割断的脐带相连——那就是他们的孩子!

在此,真希望那些离异的父母,听听这位十七岁少年对母亲的追问,希望离异的父母不要把大人之间的恩恩怨怨,转嫁到孩子身上,更不要以贬损对方来拉拢孩子。父母离异已经给孩子的心灵造成了伤害,希望父母给孩子的幼小心灵,保留一份纯洁而美好的亲情。

母亲诋毁父亲的这些话,使石帆的心里久久无法平静。

夜深人静,他望着铁窗外的残月,回想着自己孤独的童年——

父母离婚之后,他成了没妈的孩子,生性怯懦的他变得越发软弱。同学更加肆无忌惮地欺负他,到县城上中学要住宿,一些调皮学生经常向他收"保护费",把他堵到厕所里逼他交钱,不交就打。吃饭钱经常被他们抢去,他常常饿着肚子。

为此,他找过老师,学校教导主任也曾找过派出所。派出所警察却说,这些学生都是十二三岁,都不到十四周岁法律规定的追责年龄,没法管,只能靠学校说服教育。

可是,对这些调皮捣蛋的学生,老师根本管不了,有的人停课一两个月又来学校捣乱,在学校里打架斗殴,收保护费,搞得校园里乱糟糟的,想学习的学生都无法安心学习。

打他的学生得知他找了老师,越发怀恨在心,变本加厉,四五个人多次把他堵在寝室、厕所或过道里,对他拳打脚踢。他对他们毫无办法,只能把仇恨深深地埋在心里。

期间,学校里发生了一起捅人事件:一个学生拿刀捅了向他要钱的学生,因不满十四周岁没有被判刑,从此以后,再也没人敢欺负捅人的学生了。

这件事在学校里引起了极坏的负面影响,也给了石帆一种错误的暗示:既然靠老师、派出所都解决不了问题,看来只能靠自己来解决了!

石帆爱看小说,尤其爱看网络小说。他看到一篇网络小说中的主人公从小被人欺凌,后来开始反抗,最后变得越来越强大,再也没人敢欺负他了。小说里的主人公说:"一个被欺负的人,是永远不会成功的,必须学会反抗!"他从小说的主人公身上看到了自己,明白了一些所谓的"人生道理"。

时间在他压抑而迷茫的挣扎中,走到了2015年元旦。

1月2日,本是一个新年伊始的大好日子,十五岁的石帆还有半年初中毕业,就要考高中了,他的学习成绩不错,他对自己充满了信心。

1月2日这天,他却在回家的路上遇到一个最不想见的人——一个让他饱受欺凌的同村少年。

这个少年欺人成性,一见到石帆就像猫见老鼠似的,以不屑的口气命令他:"哎!我没钱了,晚上六点,多带点钱去我家,我在家里等你!"

石帆没有回答,他想起了课本上鲁迅说的那句话:"不在沉默中爆发,就在沉默中灭亡!"

"听见没有?你哑巴呀你?"少年又怒斥了一句。

石帆仍然没有回答。

石帆回到家里,在网上看了一会儿小说,看看小说中的受气包主人公是如何开始反抗的。

晚上六点,他带着一把弹簧刀,推开了那个少年的家门。

少年家里,爷爷奶奶不在,都出去打麻将了,只有少年一人趴在被窝里看电视。他抬头瞅瞅石帆,以傲慢的口气问他:"带来钱没有?"

石帆回了一句:"没钱。"

"混蛋!你敢对老子说没钱,你他妈找死啊你!"少年起身破口大骂。

"你再骂一句!"石帆有生以来第一次反抗,同时亮出了手中的弹簧刀。

少年没想到石帆会亮出刀子,越发火冒三丈,挥起拳头冲石帆打过来,石帆举起弹簧刀向少年猛刺过去……

石帆不记得刺了多少刀,只记得弹簧刀刺弯了,只觉得多年来一直压在心头、压得他喘不过气来的石头,随着一阵乱捅之后终于消失了。他感到一种从未有过的释怀。

讲到这里,我与他都陷入了沉默。

好一会儿,我才问他:"孩子,你进来以后后不后悔?"

"不后悔。"他回答得很决绝,"他从小到大一直在欺负我,谁都管不了他。我感到后悔的是,让我家人赔了二十二万。父亲在法庭上痛哭流涕,向受害人家属赔礼道歉,希望求得受害人家属对我的谅解,我觉得对不住父亲……"

显然,他的犯罪并非偶然,而是一种压抑已久、无法释怀的必然结果。

"判了几年?"我问。

"七年。"

"在法庭最后陈述时,你说了什么?"

"法官问我,有没有什么话要说?我说有!我说法官,人生下来,应该是平等的。可是,受害人却从小到大一直在欺负我,打我,冲我要钱,从小学欺负到中学,从村里欺负到县城……直到出事那天,他还在逼着我给他拿钱。我没钱给他,我不想一辈子受他欺负,所以就起来反抗了!他小时候欺负我,我奶奶找过他家,可他父亲因贩毒被枪毙了,他母亲离家出走,家里只有爷爷奶奶,根本管不了他。我奶奶还找过村长,村长对他也毫无办法。我找过学校老师,老师管不了他,学校也找过派出所,派出所说他不够法定年龄……我看到家长、村长、老师、警察谁都管不了他,我不想永远受他欺负,所以,只好自己来解决他了……"

是的,谁听到这番话都会感到震惊。

一个十五岁饱受校园暴力欺凌的小小少年,居然在法庭上呐喊出一个弱势少年无奈的心声,道出了长期被校园欺凌的孩子苦苦寻不到解决问题的途径——求告无门,最后只好采取以暴制暴、以触犯法律的方式,来换取自己的尊严和权利。这无形中向学校、向社会、向法律提出了一个严肃的命题——应该如何解决未满十四周岁孩子校园欺凌问题?不能任其因不够刑事年龄而无法无天地胡闹下去!

但此刻,我却很想对石帆说,孩子,被害人再欺负你,你也没有权利剥夺人家的性命啊!你知道,你为此要付出多么沉重的代价。七年,你可能大学都毕业了。可现在,你将在铁窗里度过漫长的七年。再说,那个被杀死的孩子同样是家庭悲剧的产物:父亲贩毒被枪毙,母亲离家出走,他从小跟着爷爷、奶奶疏于管教……

但我什么都没说,只问他想没想过今后打算干什么。

"想当作家!"他不假思索地说,"我很早就想当作家。我觉得作家的作品能改变人。初中一年级,我就开始写小说,现在也在写小说……"

"哦?想当作家?"我颇感吃惊。

这是我采访中遇到的第四个想当作家的少年,龙江未管所就有两个。我鼓励他们,让他们把自己的经历写出来,将是对社会很有价值的。

采访结束了,我心里却久久地难以平静,很想为两个怀揣作家梦的家乡少年做点什么。

当天晚上,我邀请黑龙江省监狱局的崔利锋处长,又请来《北方文学》的佟堃主编,还有监狱局负责教育的两位处长,一起共进晚餐,对他们谈了两个少年的作家梦,希望各位领导能对两个少年给予支持和关照。如果可能,请《北方文学》杂志发表少年写的文章,这将是对他们的极大鼓励。

我说:"不管他们将来能否成为作家,能怀揣一份美好的梦想,这在他们漫长的铁窗生涯中,将是一种无形的动力。在他们今后的人生道路上,也就有了奔头,有了奔头就有了希望,有了希望就有了动力。这是一种不可小视的正面能量!"

没想到,我的提议得到几位处长的高度赞赏。佟堃主编当即表态:"他们写完了,我们《北方文学》可以发表!"

崔利锋处长说:"这是好事,为了拯救孩子,我们一定全力支持!"

太好了!看到各位领导如此支持,我很高兴,便伸出一只手来,与三位处长及主编的手一个挨一个地叠印在一起,我说:"请记住我们今天的承诺。"

在座的四个人都郑重地点点头。不仅是承诺,而且是对犯罪少年的救赎。

第二天,我同时约见了两位怀揣作家梦的少年。

警察带着两个像穿天杨般挺拔的少年来到我面前,我把昨晚几位处长及主编的态度告诉了他们,两个少年都瞪大眼睛不敢相信似的看着我,眼睛里流露出一种难以描述的惊喜……

我说:"希望你们抓住这难得的机会,不管将来能否成为作家,但是,怀揣一份美好的梦想,将是你人生路上一种强大的动力!"

两个少年向我深深地鞠了一躬,并且表示,绝对不会辜负我的期望……

前不久,我接到佟主编打来的电话,告诉我,石帆的稿子写完了,他请《北方文学》资深编辑付德芳对稿子进行了认真修改,准备发表在《北方文学》杂志上。

"噢,太好了!太谢谢您了,太谢谢您了!"我向佟主编一再表示感谢。

我深知这篇稿子对一个饱受校园欺凌,至今仍在未管所服刑的十七岁少年来说意味着什么。对怀揣作家梦的少年来说,又意味着什么。

也许,这真是一个良好的开端。

《回溯》——这篇出自未管所少年之手的中篇纪实作品,将发表在《北方文学》2018年第八期杂志上。而且,黑龙江省未成年犯管教所将召开该作品的研讨会。这不仅是对一篇作品的首肯,而且是为一个迷途少年的人生点亮一盏灯,相信它照亮的不只是一个迷途少年,还有更多身陷囹圄的心灵。

冲动是魔鬼

人们都说冲动是魔鬼。多少人因冲动而酿成了千古恨,从而毁掉了前程,毁掉了家庭,甚至毁掉了性命。

但是,冲动的魔鬼从未远离我们,它首选的目标往往就是未成年的孩子——易冲动,不计后果,缺少理性。这是未成年孩子的共同特点。

采访中遇到不少孩子,就因一两句话不投机,或因失去一段恋情,就怒火冲天,从而酿成了无法挽回的悲剧。

"我得不到的,别人也休想得到!"当年,一个十五岁少年就是喊着这句话,向他深深爱恋的女友挥起了拳头。

在河北省未管所,我采访了这个叫柳臣(化名)的十八岁少年,从他声音低沉、微蹙的眉宇间,看得出他心事很重,似乎仍然没能从昔日的痛苦中走出来。

我微笑着,试探着绕开敏感的话题,跟他聊起家常。得知他出生在河北某城市,父亲是公交司机,母亲从农村来到城里打工。父母对他的期望很高,希望他能考上大学,将来出人头地。他很听话,读书也很好。小学三年级时,不知为什么,父母之间闹起了矛盾,没离婚却开始分居了。他这个曾被父母视为全家希望的独生子,从此便像玻璃球似的在父母之间滚来滚去。在父亲那边住两年,再到母亲这边住两年,父母对他的态度截然不同。母亲对他百般疼爱,他对母亲也有着很深的感情。父亲却很少管他,下班就出去喝酒,很晚才回家,对他不管不问。他也从不跟父亲交流。他在外面挨打受气,没人倾诉,更没人护着,只能靠自己并不强壮的肩膀扛着。没事时,他爱上网,爱打游戏,爱在竞技战中打比赛,最爱打《英雄联盟》,在虚拟的世界里,他以称王称霸来宣泄内心的压抑。但他学习不错,每科考试都在80分以上。

聊着聊着,我们终于聊到了那个绕不开的话题——

那是2014年12月,初中三年级上学期最后一个周六的上午,天阴阴的,空气很污浊,天地间灰蒙蒙的。他像以往周末一样,怀着一周以来最盼望、最快乐的心情,向他心爱的姑娘家里走去,去找她一起补习功课。

她是他的同班同学,也是他心中的女神,美丽、聪慧、学习好。半年来,他们深深地相爱着,享受着人生最美好、最难忘的初恋,也偷吃了禁果。每次见面,他们都热烈地拥抱,疯狂地亲吻……

但这次见面他却发现,她情绪低落,脸上写满了厌烦。

他以为是学校公布的一中高中特招的名单里,没有他俩的名字,她心里郁闷呢。俩人见面谈得很不愉快。末了,她说了一句:"咱俩分手吧。整天这么泡在一起,太浪费时间了!"

对他来说,这无异于晴天霹雳。

他生活在父母半离异家庭,把爱情当成自己的全部精神寄托。半年来,她是他情感世界里的唯一,也是他全部的寄托,现在她却突然提出分手……

"你真的要跟我分手?"

"当然是真的,我对这种关系早就厌烦了!以后你不要来找我了!"

刹那间,他觉得他的世界开始下雪了。不!不是下雪,而是结冰,零下四十摄氏度!脑海里一片空白,只有一个可怕的念头占据着他那颗被冲动掏空了的心。瞬间,那句不知被多少人重复过,多少人又因它而丧命的催命咒语,在他脑海里冒出来,成为他心中最后的主宰:"我得不到的,别人也休想得到!"

于是,他像许多爱冲动的少年一样,向他心爱的恋人奔过去,一拳将她击倒在地,一只胳膊死死地勒住了她的脖子……

讲到这里,他沉默了。他低着头,似乎沉浸在深深的自责当中。

我为他,也为那个花季少女感到深深的惋惜。两个人都是十五岁,初三学生,还有半年就步入中考。人生还没有开始,就因冲动而毁灭了,一个死,一个被关进铁窗。

我问他,后来呢?

他说发现她不动了,立刻吓坏了,忙给要好的朋友打电话,说他出事了!打完电话他就往山上逃跑,途中扔掉了手机。跑着跑着,又不想跑了,想自杀,用小刀割腕,但划得浅,没死了。他用小卖店的电话打给了母亲,向母亲哭诉了事情的经过。

母亲说他是过失杀人,让他立刻回家自首!

他刚进家门,警察就来了。

他被判了五年,并向被害人家属赔偿了大笔钱。究竟赔了多少,母亲一直不肯告诉他,怕他心里有负担。

我为他有一个理性的母亲而感到庆幸,否则,他真要潜逃那就更麻烦了。

我问他,你的性格像谁,像母亲还是像父亲?

他说谁都不像,他的性格是自己养成的。小时候,父亲不管他,他在外面挨打受气只能自己扛着,久而久之,就养成了脾气暴躁,爱冲动、爱报复的性格。他不爱打架,也不爱讲话,但谁要惹着他,一旦暴怒起来,同学都怕他,都不敢惹他。他说进来以后,他的性格变化很大，变得理性了。在这里，他开始看书，练书法……学会了克制自己的坏脾气，不像过去那么爱冲动、那么暴躁了。

末了他说，他非常后悔一时冲动，觉得对不起女友，对不起父母，也对不起亲人。如果不出事，他和女友也许正面临高考呢。

是啊，一切都毁在瞬间的冲动之中。

为警察祈祷的命案少年

我相信，好多父母都遇到过这种事，孩子哭哭啼啼地跑回家来，一把鼻涕、一把眼泪地向父母哭诉，说某某同学欺负他了，打他了，以求得到父母的帮助。

此刻，弱小的孩子就像一棵小苗，遇到人生的第一场小暴风雨，渴望父母这棵大树能为自己遮遮风，挡挡雨，渴望得到父母的庇护，给撑撑腰，让孩子有点儿主心骨。

作为父母，面对这种情况，也许不会意识到，你所采取的态度、你所说的话，将决定孩子的一生。

如果父母让孩子一再忍让、沉默、退却，也许会使孩子变得软弱可欺；如果让孩子一味地反抗、强悍，也许会使孩子产生暴力倾向，从而引发暴力事件……总之，如何给孩子一个正确解决问题的方式，将是每一位父母都面临的问题，也将是对父母的性格、学识、品质等多方面的考量。

在此，我想讲一个令人痛心的真实事件，希望给年轻的父母们一些启迪。

这是一个非常典型的校园欺凌案，二人死亡，涉案者十人，除一人未满十四周岁之外,其余九名未成年人均被判了实体刑,刑期加起来共八十六年零六个月,主犯被判了十五年。

主犯就坐在我的面前,他出身于怎样的家庭,他的人生到底有着怎样的背景,这该是大家都想探究的。

还是从多年前的一幕说起吧。

在陕西澄城县某村一户普通人家,一个屡受同学欺负的八岁男孩放学回家哭着对奶奶说,某某同学又欺负他了,又把他的书本扔到地上用脚踩了。

奶奶说:"别哭,明天奶奶带你去找老师……"

这时,在一旁喝酒的父亲却带着浓重的陕北口音,气呼呼地吼出一句:"哭甚?他再打你,你就往死里弄他!弄死他有我呢!"

父亲说这句话时,脖子上青筋暴突,极其认真。而孩子却用惊愕的目光看着父亲。

孩子年龄小,懵懂无知,没有判断力,以为父亲说的是真话,真能给自己撑腰呢。岂不知,你弄死了人,哪个父亲有跟法律抗衡的本事?

更何况,父亲本身就是一个家庭暴力者,经常往死里打母亲。这种暴力行为给屡遭欺凌的孩子,无形中起到一种人生"范本"的作用。

此刻,在陕西省未管所,这个从小挨打受气的孩子就坐在我的面前,他再也不是当年那个胆小懦弱、屡遭欺凌的受气包,而是身负两条命案、被判处有期徒刑十五年的重犯。

他叫文琛(化名),十九岁,长得白白净净,戴着一副黑框眼镜。透过眼镜,一丝淡淡的冷漠从他的眼睛里溢出来,给人一种肃杀之感。

我同这个重案在身的少年进行了一番长谈。伴随着他浓重的陕北口音,一个受气包的小小少年身负两条命案的犯罪人生,就浓缩在2017年4月这天下午了。

文琛一家四口,除了父母还有一个哥哥。父亲在铁路某小站当工人,爱酗酒、爱打人,打得最狠的是母亲,抓起板凳、管把就往死里打。文琛六岁那年,母亲受不了父亲的暴力,提出离婚,文琛被判给了母亲。由于母亲长年在外打工,一两年才能回来一次,他和哥哥只好跟着爷爷奶奶一起生活。

母亲走后,他和哥哥便成了父亲耍酒疯时的下酒菜,经常挨打。一次,他看见父亲头朝下睡着,淘气地挠了一下父亲的脚心,孰料喝醉酒的父亲忽地坐起,一脚踹倒了茶几,操起砖头就向他们哥俩儿砸过来,口里恶狠狠地骂道:"今天咱爷仨一起死,谁也别想活!"哥哥急忙拉着他拼命跑出家门,这才逃过一劫。

在学校里,同学们都知道他父母离异,是没妈的孩子,没有主心骨,他又生性懦弱,有人就经常欺负他。他也从来不敢还手,只是回家哭着告诉奶奶。奶奶带着他去找过打人学生的家长,可是没用,打得更凶了。后来,父亲对他吼出了那句话之后,他便把父亲的这句话当成了靠山,别人再打他就开始还手,像父亲打母亲那样狠狠地还击,而且越打越凶,越打越出名,渐渐成了全校出名的人物,别人再也不敢欺负他了。老师拿他这个顽劣学生也毫无办法。

初中一年级刚开学,新老师第一次见到他,就用异样的眼光瞅瞅他,说了一句"不可救药"!从此,他越发破罐子破摔,闯下的祸端一次比一次可怕。开学不久,他就把初三一名学生砍了两刀。警察把他带到派出所,因其未满十四周岁,罚款两千元,让父亲把他领回家去好好管教。父亲当着警官的面狠狠地暴打他一顿,以示警告。

不久,他就辍学了,变成了一个既无学校管束又无家教的小混混,整天跟着一帮不读书的同龄人在社会上打架斗殴,惹是生非。一帮哥们儿都知道他下手狠,讲义气,肯为朋友两肋插刀,所以大事小事都愿找他帮忙。他则以哥们儿义气自居,最后,为朋友"插刀"进了监狱。

2012年10月,一哥们儿找到文琛,说他的MP3被某同学借去要不回来,让文琛出面给要回来。文琛二话未说,叫了六个人呼呼啦啦地去了一帮,那学生仍不肯交出MP3。文琛下令六个人轮流上,用砖头、玻璃瓶子打,用绳子勒,把那学生活活折磨死了。然后扔进化粪池里,泡了七天,他又下令将尸体捞出来弄到野外焚烧,埋到野地里。

此命案迟迟未破,这使文琛的胆子越发膨胀,更加无法无天。

2013年1月,距离第一起命案仅三个月,又发生了第二起命案,起因又是为朋友两肋插刀。一个朋友被人打了,文琛带人去帮朋友出气,结果将一个学生捅死了。此案很快告破,并连带出前一起命案。

两起命案,参与者共十人,除一人未满十四周岁之外,其余九人分别被判处有期徒刑十五年、十三年、十二年、十二年、十年、八年、八年、七年、一年零六个月。文琛系主犯,被判的刑期最长,十五年,而当时他刚刚十五岁。

讲到这里,文琛低头沉默了。

我的心却在翻江倒海,感慨万端,两条鲜活的生命,九个花季少年的大好青春,就这样被活活地葬送了。九个人的刑期加在一起,八十六年零六个月,难道仅仅就因为为朋友两肋插刀吗?

我觉得也是,也不是,不为朋友插刀,他也会为别的什么插刀。因为他已经走上了打打杀杀、浑浑噩噩、毫无约束的人生道路,既无追求,又无底线,早晚会出事,只是时间问题。

回头看看这个少年的人生,父母离异、父亲酗酒、暴力,母亲常年

* 作者采访陕西省未成年犯管教所副所长张力光

* 作者与内蒙古未成年犯管教所警官陈宇合影

在外打工,孩子缺少亲情,缺少家教,受欺负时,又缺少家长和老师的正确引导。

我问文琛,你父亲呢,他不是说……

他说他被捕后,父亲就走了,不知去哪儿了,根本联系不上他,直到不久前,2017年3月,他在未管所已经服刑四年,父亲才第一次来看他。父子俩隔着厚厚的玻璃,都哭了。父亲给他留下五百元钱,叮嘱他:在里面好好表现,争取早点出去。

我们不知这位父亲是否还记得当年他说过的那句话?他是否意识到那句话对孩子的影响?

我问文琛,你是否反思过自己,为什么会走到今天?

他说:"我反思过自己,主要是我接触的人不好,跟着社会上一帮辍学的少年整天瞎混,上网、看暴力游戏、讲哥们儿义气,不懂法,从不把打打杀杀当成犯罪。结果,我们这帮人全都判了,家里都赔了不少钱。进来以后,通过学习,我明白了很多道理。夜里,我经常梦见被我们打死的那两个人来找我算账,我很害怕,心里总有一种负罪感……"

说到这里,我发现他的眼睛里掠过一丝湿润的歉意。

最后他说:"我很感谢未管所的张副所长,他多次找我谈话,教我如何克制自己烦躁的坏情绪,让我多做善事。心烦时,让我背诵名言警句来克制自己,使我烦躁的心情能平静下来。我想好了,等我出狱以后,我要挣钱去赡养被我杀害的人的父母,以此来弥补我的罪过……"

我无法预知他的承诺是否能兑现,但能说出这样的话,说明他对自己的罪行有了真正的忏悔。

第二章 校园欺凌探秘　　53

为了进一步了解这个身负命案的少年，我采访了文琛所说的陕西省未管所副所长张力光。

热情、爽朗的张力光副所长，从警三十多年，经验丰富，在追捕监狱逃犯方面，成功率高达百分之百，因此被大家称之为"神捕"。他多次立功，多次被评为全国、省、市司法系统的模范人物，曾获得"全国五一劳动奖章"。

张副所长说，文琛刚进来时，可不是现在这个样子。他说文琛刚进来那天他值班，他像往常值班时一样，把未管所各个房间都转一遍，跟几百名犯罪的孩子都见见面，看看每个人的状态，也让每个孩子都能看见他，发生情况好及时处理。同时也看看他们对伙食有没有什么意见，有意见就向他提出来。

他发现文琛是新来的，便把他叫出来，问他犯的是什么罪。

"杀人！"文琛一副桀骜不驯、飞扬跋扈的样子，丝毫没有悔意。

"杀人？"

"对！杀了两个！"

"判了几年？"

"十五年！"

"你觉得判得重不重？"张副所长知道，杀了两个人判了十五年，是因为他是未成年犯，否则绝不是这个刑期。

"不重，判得太轻了！"

"为什么说判得太轻？"张副所长有些不解，进来的孩子都觉得自己判得重，第一次听说判得轻的。

"受害人家属找法官说情，才给我判得这么轻。"

"受害人家属为什么找法官为你说情？"张副所长越发不解。

"他们想让我早点出去，好弄死我！"

"不，你错了！不是受害人家属为你求情，而是法律在保护你，因为你是未成年人。如果你是成年人，别说杀了两个，杀一个就是死刑！"张副所长立刻纠正道。

文琛瞪着疑惑而茫然的眼睛，似懂非懂地看着张副所长。

张副所长发现，这个孩子不仅认知有问题，而且对自己的罪行丝毫没有忏悔之意。凭他多年的监狱工作经验，这是一个暴力倾向极其严重的危险少年，必须格外关注，给他以正确引导，否则后果难以预测。

于是，从这天起，张副所长与这个重刑少年结下了深厚的"友谊"。张副所长对这个从小缺少家教、性格暴躁、一身戾气的少年，给以极大的关注，经常找他谈话，给他讲道理，教他看书学习，教他如何做人，如何克制自己的狂躁脾气。

渐渐地，文琛把张副所长当成了知己，把他满肚子的委屈和心里话统统说给张副所长。他告诉张副所长，他从小跟着爷爷奶奶长大，父亲喜怒无常，酗酒成性，性格狂躁，动不动就打人，他永远忘不了父亲往死里打母亲的情景。他说他的性格很像父亲，极度狂躁，争强斗狠，内心充满了暴力情绪。小时候，发现小猫、小狗跟着他，他抓住小猫就扭断它的脖子，拎起小狗的两条腿就把它摔死。他每天上学身上都带着刀，与别人相处稍不顺心，就白刀子进去红刀子出来。在他的人生词典里，没有讲道理、讲法律一说，只有用刀子说话的暴力。

对这样一个既可悲又可恶的少年，张副所长觉得，有家庭和学校的责任，当然也有他自身的原因。他担心文琛在未管所里惹事伤人，又怕别人伤了他，所以一再叮嘱文琛，如何克制内心的狂躁，如何克制内心的攻击性。让他心情狂躁时，就用默诵名言警句来抚平自己的狂躁情绪。他教文琛要学会反思，学会自我调整心态，每天要坚持做好事。

"当你心情不好,觉得苦闷、迷茫时,你要学会以苦为乐,你要告诫自己:这是我犯罪所必须承担的后果。你想想那两个被你们打死的学生,他们像你一样年轻,可他们却没了,而你还活着,你再想想他们的父母是什么心情……"

张副所长每次说到这里,文琛都会默默地低下头去。张副所长极力唤醒着少年的良知,唤起少年灵魂深处的忏悔。只有做到真正忏悔,才能认罪、悔罪,才能得到脱胎换骨的改造。

有一次,文琛在外地当兵的哥哥来看他,哥俩儿商量着要起诉他们的父亲,要告父亲从小对他们虐待。

张副所长劝文琛:"别告了,父亲毕竟给了你们生命。你要学会反思,学会自责。尽管你父亲有过错,但你自身也有问题,不能把你自身的罪过全部推到父亲身上……"

如今,四个年头过去了,这个有着两起命案的少年再也没发生过暴力事件,就在我采访的前一天,张副所长再次找文琛谈话。

文琛对张副所长说:"张所长,你放心,等我父亲老了,我还是要养他。张所长,你对我的帮助太大了,使我明白了好多做人的道理。除了爷爷奶奶,你是我最亲、最敬重的人。现在,我每天晚上都要做一件事,就是为爷爷奶奶祷告,为你祷告,祈祷菩萨保佑你们平安无事!"

这张副所长笑了:"我不需要你祷告。"

文琛却认真地说:"我不管你需不需要,这是我的心愿!"

犯人为警察祷告,张副所长还是第一次遇到,他心里很感动,说明这个孩子开始真正忏悔了。

从这个命案少年身上,从他无视生命、暴力成性,到为张副所长祈祷的过程中，我看到一种责任与法治力量在一个暴力少年身上所发挥的巨大作用，看到未管所警官为了改造一个犯罪少年所付出的巨大努力。

孩子与狗狗

在校园欺凌案的采访中，我遇到两个非常令人痛心的孩子，其中一个叫金昌森（化名），十几岁，大额头，洼口脸，一脸茫然的稚气，刚够承担刑事责任年龄，却已身负命案。

一天傍晚，他背着书包，慢腾腾地走在乡间的小路上。邻居一个五岁男孩在前面喊他，让他快点走。金昌森不愿跟他一起走，俩人吵了几句，金昌森随手打了男孩儿两下。

男孩儿哭着说了一句气话："你打我，我回家告诉你爷爷奶奶……嘻嘻……"

这使金昌森想到爷爷奶奶平时经常打他，用树条抽他，抽得他浑身一道道檩子，像斑马似的。于是，金昌森产生了一个可怕的念头……

金昌森谎称带男孩儿去一个好玩的地方。男孩儿信以为真，抹去泪水，跟着金昌森来到一座废弃的学校空房子，随后发生了不可思议的一幕：金昌森拾起一根木棒，向小男孩儿头上狠狠地打去，一下接一下……

我看着眼前的孩子，惊愕地问他："你就不怕被警察抓吗？"

他摇摇头："我不知道啥叫警察……"

我不解：一个小小年纪的孩子，就因为一句话，便向对方下死手。他为什么如此残忍？在孩子的幼年中，到底经历过什么？是家暴还是遗传性的问题？我问他，你小时候喜不喜欢小猫小狗，养没养过猫狗？

他说喜欢狗狗，几年前，他曾经养过一只狗狗，是从舅舅家要来的小狗崽儿。父亲去世了，母亲在浙江打工已经嫁人。他们弟妹三人跟着爷爷奶奶在农村生活。他跟狗狗最亲，跟它一起玩，每当想妈妈了，就搂着狗狗跟它说话，问它想不想妈妈。每天放学回家，狗狗就远远地跑去迎接他，一见到他就又蹦又跳，跟他没完没了地亲热。

有一天，他放学回来没见到狗狗去接他，到家才发现，姥爷他们几个大人把他的狗狗用绳子吊起来，要打死它！他哭喊着跑过去，抱住姥爷的大腿苦苦地哀求，死活不让他们打死狗狗！可是，大人不听他的，他眼瞅着他们把狗狗吊在树上，用一根棒子活活地打死了。那狗狗一直可怜巴巴地看着他，冲着他哀哀地嚎叫，盼着他能去救它，可他却没有能力去救。

说到这里，我发现孩子的眼睛里一扫刚才的茫然，泛起了温湿的泪光。

我问他后来呢？

他说后来他们剥了狗皮，烀了一大锅狗肉，一大家人都围着餐桌吃狗肉，唯独他没有上桌。那天晚上他连饭都没吃，跑到村外没人的地方大哭一场。夜里，他睡不着，一闭上眼睛就看见狗狗被吊在树上，冲着他哀哀地嚎叫。

听到这里，我似乎明白孩子为什么如此残忍了。他曾经目睹过血腥的屠杀，而且被屠杀的是他最亲密的伙伴，因为在一个幼小的孩子眼里，人与狗并没有什么区别。这种虐狗屠杀场面，给他幼小心灵造成一种无形的、无视生命的暗示。所以，当他听到男孩儿要向他爷爷告状时，便抡起了木棒，跟大人打死狗狗的情景一模一样……

他说他进来以后，很想妈妈。妈妈没有来看他，他很想给妈妈打电话，可他不知道妈妈的电话号码。

另一个孩子十七岁，身高只有一米四五。

他始终不肯落座，双手压在裤线上直溜溜地站着，浑身不停地哆嗦，手心里全是汗，怎么安慰都不行。陪同他的警察给他几块糖，拍拍他的肩膀，但仍然无法化解他内心的紧张。

就是这样一个胆小如鼠的孩子，却在他十五岁那年把一个九岁女孩儿打死了。

他结结巴巴地道出了事情经过。

他从小就饱受同学欺凌，他找老师告状，老师说："他打你，你就打他嘛！"可他打不过同学。那天，放学回家的路上，他不小心用砖头把一个九岁女孩的头打破了。女孩子又哭又叫，他很害怕，怕她告诉他父母，于是，就抡起了一块砖头……

他说他很后悔，也很害怕，夜里经常哭醒。

采访中发现，不少案件都因施暴者怕自己的小错误被暴露，就痛下杀手，从而酿成了无法挽回的悲剧。

正确对待孩子的错误，不要让孩子因惧怕暴露错误而毁掉"证据"，从而酿成更大的罪过，这一现象应引起家长和老师的高度重视。

她烧毁的不仅是同学的容颜

这是一起典型的女同学之间发生的校园欺凌案。

女孩子嫉妒心强,长得漂亮,学习成绩好,招男同学追捧,都会成为遭受欺凌的原因。

几年前,在云南某市中学发生一起令人发指的恶性案件。一名初三女学生把另一名女同学骗到操场,从兜里掏出一瓶事先准备好的汽油,突然向女同学脸上泼去,并迅速打着了手中的打火机,只见一串火苗突然向女同学脸上猛扑过去……

女学生瞬间变成了一团火球,在操场上拼命翻滚,凄惨的喊叫声撕裂了校园的宁静,招来好多师生不顾一切地向火球跑去……

火终于被扑灭了。

可是,一个残酷的现实却摆在两个花季少女面前——

一个被120救护车送进医院进行抢救;一个被戴上手铐押上了警车。

一个被严重烧伤,造成终生毁容,从此将在痛苦中度过一生;另一个因故意伤害罪,被法院判处有期徒刑八年零十个月,其家属向被害人赔偿了几十万元。

两个花季少女,就这样把自己推进了悲剧的深渊。

毁容属于重伤害。

泼汽油的学生只有十五岁,属于未成年。如果满十八周岁,其刑期就不止这些了。

我在想,两个同龄少女,为什么会发生如此残忍的极端恶性案件?

此刻,泼汽油的女学生就坐在我面前,她不再是当年的花季少女,而是在未管所已服刑六年的二十一岁大姑娘。一身带黄杠的灰绿色囚服,高高的个子,圆脸庞,长着几颗痘痘的脸上挂着微笑,看上去很阳光。与其他未成年女犯不同的是,她没有剪成短发,而是将一头乌黑的长发在脑后挽成一个发髻,看上去多了几分女孩子的媚气。

她叫程晓辉(化名),是云南省未管所艺术团成员,采访之前,我看过他们演出的音乐剧录像《拯救》《走错路的孩子》,演得非常棒,绝不比专业的逊色,她在剧中主演一个失足的少女。

进入正题之前,我请她先唱一首音乐剧中的主题曲《走错路的孩子》。

她微笑着唱起来,既大方又开朗。

"我是一个走错路的孩子,心中的家远隔万水千山。父母的爱已经远在天边,我迷失在人生转弯的地方……"

刚唱了两句,就唱不下去了,哽咽的泪水堵住了她的喉咙,也打湿了我这颗多泪的心。我与她久久地沉默着,一时间只有纸巾的窸窣声。

好一会儿,她才哽咽着把那首主题曲唱完,唱到最后两句:"无所谓呀无所谓!很后悔呀,很后悔!我已无路可退,无路可退,无路可退……"她再次泪流满面。

我在想,这样一个阳光开朗的女孩子,为什么会干出那种残忍的事情?她十五岁的人生路上,到底经历了什么?她到底是怎样一个人?

其实,程晓辉与被害女孩子是同学,而且是一对要好的朋友。后来为一个男友闹僵了,被烧伤的女孩子找人打了程晓辉,程晓辉则怀恨在心,于是就发生了这起毁容报复事件。

"孩子,你难道不知道毁容是犯罪,而且是重罪?"我问她。

"知道。"她回答得很坦率,"可我这个人太偏执、太极端,咽不下这口气,宁可自己付出代价,也要报复她。我知道会被判刑,但没想到会判这么重……"

第二章 校园欺凌探秘 61

是的，所有被采访的少年几乎都这么说："知道会判刑，但没想到会判那么重，接到判决书才傻眼了。"

"我接到判决书那天，当时就蒙了。天哪，太恐怖了！差两个月九年，我才十五岁呀！等到出狱那天，我已经是二十四岁的成人了！这漫长的九年让我怎么熬啊？我真怕我活不到出狱那天……"

接下来，一个顽劣女孩子的成长史，就像退潮的海边礁石，带着被海浪啄得坑洼不平的疤痕，在一个服刑多年的女犯回忆中，渐渐地裸露在我的面前——

她出生在四川自贡市某县城，一岁多父母就离异了。她不记得母亲是谁，更不记得母亲长什么样子。父亲在云南打工，她从小跟着奶奶长大。奶奶觉得她从小没妈，很宠她、惯她，即使她做了错事也从不说她，而是将过错赖到别的孩子身上，这使她从小养成一种说一不二、骄横跋扈的性格。

她不记得是几岁，只记得被父亲送到县城一个陌生的女人家，说是她继母，让她管那女人叫阿姨。继母带来一个比她大一岁的男孩儿。父亲在云南打工，她跟着继母一起生活。继母对她管教很严，不许她出去玩，怕她学坏。她看到继母搂着男孩儿亲热的样子，第一次产生了羡慕：我要有妈妈该多好！妈妈也会这样亲我、宠我。可她从未见过妈妈，连妈妈长什么样子都不记得。

小学六年级，一天她正上课，老师把她叫了出去，她看见一个陌生女人站在走廊里，心想：这个女人来找我干吗？

"怎么？你不记得了，这是你妈妈呀！"老师见她愣在那里就对她说。

一听"妈妈"二字，一种曾经的渴望瞬间变成了一股无名的怒火。

"对不起，我不认识她，我不需要妈妈！"说完，她转身向教室走去,却被老师叫住了。

"程晓辉,你怎么能这样对待你妈妈?妈妈来看你,你们应该好好亲热亲热,对妈妈说说心里话才对!"

她却不说话,转头望着窗外,对这位陌如路人的母亲,内心充满了反感。

在程晓辉看来,她就像一只小鸟,需要母亲喂食的时候,你这个当妈的又在哪儿呢?需要穿衣保暖的时候,你这个当妈的又在哪里?受到委屈遭人欺负时,你这个当妈的又在哪儿?现在我已经长大了,你来找我干吗?

她从小对母爱的渴望,早已变成了对母亲的怨恨。

所以,当迟来的母亲出现在她面前时,她内心对母亲充满了反感与嘲讽,在接下来的接触中,她用尖刻的语言,毫不客气地叮啄着母亲那颗受伤的心。

"我过得好着哪!不用你关心,我是风吹大的,不是你养大的!孩子最重要的是陪伴,我小的时候,你陪伴过我吗?现在,你有什么资格来对我说三道四、指手画脚?对,我就这样,不用你管!"

"不是我爸爸不让我接你电话,是我自己不愿接,请你不要再说我爸爸的坏话!离婚是你们之间的事,你们谁对谁错跟我没关系,我只在乎你们谁对我好,谁疼我、爱我,谁在乎我。我只知道爸爸对我好,他疼我、爱我,养育了我,而你呢?"

她毫不客气地数落着母亲。母亲哑口无言。

程晓辉的真正变化发生在"魔鬼"学年。初二被学生们称为"魔鬼"学年。初中一、二年级,是未成年孩子的叛逆期,好多学生开始到离家较远的学校寄宿。脱离了父母的管教,而学校又监管不到位,孩子们觉得外面的世界很精彩,网吧上网、KTV唱歌、酒吧喝酒……都比在学校里死啃书本有吸引力。孩子天性爱玩,各种诱惑像小鬼勾魂似的,整天勾着他们。于是,开始厌学、逃学、泡网吧、泡KTV、找社会上的混混,不少误入歧途的学生,都是从这时开始的。

程晓辉也是一样。

她上初中到学校住宿,脱离了继母的管教。从小缺少母爱,又缺少家教的她,没有了约束,变成了一匹谁都管不住的小烈马。她带着偏执而极端的个性,在学校里横踢马槽,逃学、打架、成帮结伙,老师拿她毫无办法,只好给她父亲打电话,让他好好管教管教她。

在外打工的父亲只好把她带到云南,可到云南不久,就发生了那起轰动全市的毁容事件。

法庭上见到父亲,程晓辉再也控制不住自己的绝望情绪,哭喊道:"爸爸……我好害怕……我怕死……我怕你不管我……呜呜……"

"孩子,别怕!你不会死的,爸爸绝不会放弃你……赔多少钱爸都认了,爸爸砸锅卖铁也要救你……"

这位靠打工维持生活的父亲,为了这个不省心的女儿,举债几十万赔偿受害人,以求得到受害人的谅解。但父亲始终没有告诉她,到底赔了多少钱。他总是鼓励她,让她好好改造,争取早点儿出去。

程晓辉在这里表现不错,被选为艺术团演员,每天练舞蹈,吹葫芦丝,并在音乐剧中担任女主角。

当我问她对自己的认识和将来的打算时,她说出的一番话很令人深思。

"我所以走到今天,就是性格太任性、太偏执、太极端,报复心太强,不能克制自己,直到现在也有这种毛病,不过懂得克制自己了。这跟我从小的环境有关,没有父母管教,奶奶又很宠我,使我养成一种说一不二的霸道性格。演《走错路的孩子》就像在演我自己一样。将来出去以后,我想读艺术学校,吹葫芦丝来赚钱。我要睁大眼睛找个好老公,他人要老实会过日子,不会欺负我,不会离婚。绝不会让我的孩子像我一样,成为没妈的孩子。我要培养我的孩子阳光、有文化、有知识……"

她能如此理性地认识自己,说明她在未管所的六年没有白过,她懂得了如何克服内心的嫉妒和报复心,明白了一个人的担当与责任。

她人生的路还很长,真心希望她能好好地把握自己,别再跑偏了。

为弟弟报仇的少女

2012年5月29日晚,在广东梅州某中学,一个令人震惊的消息像一枚炸弹,把原本要熄灯就寝的安静校园一下子炸开锅了!

一个十五岁女学生用水果刀,把一个男生捅死了。

此刻,这个女学生就坐在我的面前。她不再是当年那个初中一年级的女学生,而是在未管所度过了五个年头的二十岁大姑娘。她长着一张广东女孩眉骨突出的脸庞,讲起话来慢声细语,温柔文静,每次回答问题,总会微笑着说一句:"是的,是这样。"

很难想象,这样一个柔弱、文静的女孩子居然能拿刀捅死人。

随着她绵绵细雨般的讲述,又一起校园暴力案件带着它所折射出来的灰暗背景,渐渐地浮现在我的面前……

听她的讲述,就像看一场家庭暴力电影。父亲打母亲,打儿子,打女儿;爷爷打孙子,孙子打爷爷,祖孙俩对打……总之,在这个家庭里,人人都充满了暴力,人人都是施暴者或被虐者。

毛新霞(化名),1996年出生在广东梅州某农村,从记事起,她和哥哥、弟弟三人就跟着爷爷一起生活。父母在中山市打工,每月给爷爷寄来五百元钱生活费。

年迈的爷爷脾气暴躁,照管三个孩子心里充满了怨气,经常打她和弟弟来发泄内心的不满。爷爷也打哥哥,但哥哥长得高大,爷爷打不过他。哥哥上初中一年级跟爷爷要钱交学费,爷爷说没钱,哥哥操起棍子就向爷爷打去。爷爷大骂哥哥没教养,骂完哥哥又骂父亲,骂父亲把三个孩子扔给他这个老头子,又不肯拿钱……

因为没钱交学费,哥哥只好辍学了。

只有到了过年,三个孩子才能去父母那里住几天。可是,他们谁都不愿去,跟父母没有感情。再说,父母家里更是充满了暴力,父亲比爷爷年轻,打人比爷爷更狠、更凶。

她十一岁那年,爷爷去世了,三个孩子不得不来到父母身边。

从此,父亲的棍棒就像吸铁石一样,吸在了她和弟弟身上,两天不打三天必打。母亲上来劝阻,就连母亲一起打。母亲一直生活在父亲的棍棒之下。父亲也打哥哥,但哥哥与父亲对打。后来,哥哥干脆离家出走,再也不回这个充满暴力的家了。

父亲是建筑工,没多少文化,爱冲动,爱赌博,天天晚上赌,赌输了回家就拿他们娘儿仨出气。一天晚上,父亲输了一万多元,眼睛都输红了,回来就像疯了似的拼命打她和弟弟。

毛新霞和弟弟上初中那年,父亲觉得中山学费太贵,就带着她俩回到梅州上学,母亲一个人留在中山。回到梅州不久,就出事了。

2012年5月29日傍晚,毛新霞正在教室里扫地,一名同学跑来告诉她,有人在宿舍打你弟弟呢!

一听说弟弟挨打,她扔下扫帚急忙向宿舍跑去。弟弟比她小一岁,跟她同班,都在读初一。弟弟调皮,总爱惹事,姐姐就像母亲一样护着他。

跑到宿舍一看,弟弟果然躺在床上,手脸被打得又红又肿,打人的学生已经跑了。她问弟弟打他的学生是谁,操起弟弟床头的铁棒和水果刀,就去找打人的学生算账。

我问她,为什么弟弟的宿舍里有铁棒之类的东西?学校允许私藏这些东西吗?

她说校园里经常发生打人事件,学生带着刀和铁棒是为了防身,学校也没办法。

她跑到学生宿舍没找到打人者,晚自习结束后的楼梯上,却遇到了打人的学生。她质问对方:"你为什么打我弟?"

"打你弟怎么了?想打架吗?好哇!明天晚自习之后别走,在教室里等我!"对方满脸不屑,居然向她发出了"约架"通牒。

学校里经常发生"约架"事件,有的约来社会上的一帮混混,带着钢管、砍刀等凶器,双方展开一场血拼。好多伤残及命案都是这样发生的。

第二天晚自习结束时,毛新霞用一件衣服盖住了铁棍和刀,悄声对弟弟说去找那家伙算账。

姐俩儿刚要出门,打人的学生带着三个男生已经堵在了教室门口,厉声问她:"想打架吗?"

她冷冷地盯着对方,没有回答。

其实,她并不是一个爱打架的孩子,但此刻,或许受暴力家庭的影响,或许遗传了父亲爱冲动的火爆性格,或许多年前父亲说的一句话在她心里留下了深深的烙印——"他们要打你,你就打他!打伤了我来赔!"

总之,她没有说话,双方就动起手来,对方向她挥拳打过来,她操起藏在衣服下的刀向对方猛刺过去……

之后,她拉着弟弟急忙向楼下跑去,跑去找老师。

不久,姐弟俩同时站在了法庭上,弟弟被判了三年缓刑四年;姐姐因致人死亡,被判处有期徒刑八年,并赔偿对方十二万九千元。姐弟俩在法庭上失声痛哭。一个花季少女的人生,就这样被她自己毁掉了,被她毁掉的还有那个死去的少年。

这起恶性案件所折射出来的背景令人深思,也令人惊怵:毛新霞充满暴力的家庭;学校宿舍里窝藏的铁棒和刀具;动不动就"约架"的校园环境……

这一切并非个案,并非一个家庭,也并非一个学校。这正是校园暴力的关键所在。

每一起校园欺凌案的发生,都不是孤立的。它存在着诸多令人深思的问题。

这些施暴的孩子很多是长期受欺凌者,大多来自离异或打工家庭,从小缺失父母亲情,缺少家教;或者出生在暴力家庭,饱受家暴的欺凌,使他们幼小心灵从小就生活在暴力的压抑之中。当孩子受到欺凌,向家长、老师、警察哭诉求救时,往往又得不到正确的疏导,要么不够法定年龄,要么老师也管不了,要么是家长以暴制暴的愤怒暗示。所以,石帆在法庭上发出了这样的呐喊:"我看到家长、村长、老师、警察谁都管不了他,我不想永远受他欺负,所以,只好自己来解决他了!"

有人提出,我们的相关法律是否滞后了?对未满十四周岁的孩子犯罪,是否应追究其监护人的法律责任?是否让未满十四周岁的犯罪孩子付出一定的代价？否则，他们犯罪的成本太低，不能从中吸取教训，对其本人成长不利，对学校及社会的负面影响太大。

我们的校园暴力，为什么屡禁不止？其病根到底在哪里？这是有关部门亟待解决的问题。

第 三 章

家之殇,谁之过

- 你配当父亲吗?
- 妈妈,我并不想伤害你
- 父之殇,谁之过
- 妈妈,你为什么扔下我
- 你们终于来看我了
- 离异家庭之缩影

孩子从呱呱落地那一刻起,家庭就是孩子的第一课堂,父母则是孩子的第一任老师。

父母给孩子上什么样的课,这是摆在每一位父母面前严肃而不可推卸的责任和义务。习近平总书记说:"家庭是社会的细胞,家庭和睦则社会安定,家庭幸福则社会祥和,家庭文明则社会文明。""家庭不只是人们身体的住处,更是人们心灵的归宿。家风好,就能家道兴盛,和顺美满。家风差,难免殃及子孙,贻害社会。"

采访中发现,未管所里的孩子大多因家庭出了问题,父母的第一任老师没有当好,从而使孩子误入歧途,甚至发生无法想象的恶性案件。

在众多触目惊心的案件中,有几宗案件很有代表性,久久撞击着我的心灵。

你配当父亲吗?

在山东未管所,一个叫常东东(化名)的十八岁少年对我说:"奶奶,我在心里无数次地质问父亲,你还是一个男人吗?你配当一个父亲吗?"

常东东是一个让人同情的孩子,出生在河南农村一个不着调的家庭。抢劫罪,有期徒刑两年。刑期很短,他的人生故事却很长,很深刻,像锥子一样扎心。

少年长着一张憨厚的面孔,没等开口,就接连发出几声与他年龄极不相称的长叹"唉……唉……"。山一样沉重的叹息中还夹杂着哽咽。在我的一再安慰下,他终于开口了。

他四岁时,母亲就因贩毒在天津被抓,被判了无期,至今仍在监狱里服刑。小时候他好像没见过父亲,不知父亲是干什么的,常年不着家。他和哥哥跟着爷爷奶奶一起生活,哥哥在县城读书,他一个人留在爷爷奶奶身边干活,放羊、割草,稍干不好,脾气暴躁的奶奶就拿针扎他的大腿,扎他屁股,扎得他钻心地疼痛却不敢哭。后来父亲终于回家了,可又干了一件最丢人现眼的事。

讲到这里,少年低下头,迟迟不肯开口,将脑袋抵在胸前呜呜咽咽地哭起来,而且越哭越厉害,越哭越委屈,最后,竟像孩子似的哇哇大哭……

我起身走到他面前,抚摸着他的脸颊,用纸巾拭去他满脸的泪水,极力安慰他,劝他把心里的委屈说出来,埋在心里会生病的。

他哭着,终于艰难地吐出一句千斤重的话:"他……他强奸了村里人的老婆……呜呜……"

听着少年绝望的哭声,我把他搂在怀里,让他在我怀里尽情地宣泄内心的委屈与耻辱。此刻,我并不知他到底遭受了怎样的委屈。

终于,他断断续续地开口了,句句话都带着泪,带着哭声。

"奶奶……这些事在我心里憋了十几年了,我从没对任何人说过。今天,我对你全都说出来。我告诉你,我妈妈被抓进去之前,我姥姥和姥爷都被抓进去了,好像也是因为贩毒。我父亲也被抓进去过……我父亲这个人特别不着调,不仅吸毒,而且强奸了村里人的老婆,我永远忘不了那一天……"

他不记得那是哪一年,是八岁还是九岁都不记得,只记得是上小学三年级。一天放学回来,发现家的大门口围了好多人,大门被人砸坏了。他挤进围观的人群,看见爷爷、奶奶直溜溜地跪在一个气呼呼的男人面前。父亲耷拉着脑袋站在爷爷、奶奶身边。他认识那个生气的男人,就住在他家不远的村里。那个男人暴跳如雷,指着爷爷、奶奶的鼻子破口大骂,骂的话非常难听。父亲却低着头一声不吭,任凭那个男人肆意辱骂爷爷和奶奶。

他懵懵懂懂地听明白了,原来父亲强奸了那个男人的老婆,那家男人带人找上门来,要求爷爷、奶奶赔钱。赔了钱仍不肯罢休,还让爷爷、奶奶向他下跪赔礼道歉。下跪还不算完,还要奶奶陪着父亲一起游街,向全村人赔礼道歉。奶奶一听这话,一下子晕倒了。

那男人说老的不行,就让小孽种来陪他老子偿还这笔孽债!说着,上前一把抓住他的胸襟,逼着他跟在父亲身后去村里游街……

那男人带着几个男人,像押犯人似的押着他们爷儿俩,在全村各家门前走过,每遇到一个人,不管是大人还是小孩儿,都逼着父亲向来人鞠躬道歉:"对不起,我错了,我再也不敢了……"一帮大人和孩子跟在他们身后,就像看耍猴似的,嘻嘻哈哈地看着他们爷儿俩在全村游街。

一个八九岁的孩子,就这样被人羞辱着、嘲讽着,他觉得就像被人扒光了衣裤,一丝不挂地站在众人面前,受尽了奚落和挖苦。

"对不起,我错了,我再也不敢了。""对不起,我错了,我再也不敢了。"他听着父亲低三下四一声接一声地道歉,感到莫大耻辱,心里恨透了父亲,心想你干了坏事,还让爷爷、奶奶替你下跪,让儿子陪着你游街,你还算个男人吗?你还配当父亲吗?

他从小就觉得自己"没爹没妈"很自卑,这次游街对他自尊心的伤害,更是无法形容。他只能把脑袋深深地埋在胸前,不敢抬头看人,用泪水紧紧地包裹着那颗可怜的自尊心,跟着父亲的脚后跟默默地走着……

此刻,他真希望有个地缝儿能钻进去。

可是,没有地缝可钻,只有愚民对愚民毫无法律意识的羞辱。其实,那个男人逼着他们父子游街已经触犯了法律,但却没人上前制止,只能任其胡闹下去,直到全村挨家挨户都游完了,才把他放回家,却把父亲带走了,不知带哪儿去了。

爷爷怕那男人再来报复孩子,第二天就把他送到县城亲属家里,一个月后,才回到村里继续上学。

之前,同学们都知道他母亲在蹲大牢,他本来就生活在同学的冷眼之下,这回父亲又成了强奸犯,他又陪着父亲游街,其处境更是可想而知了。

从此，他的脑袋低得更低了，走路永远瞅着自己的脚尖，眼睛从来不敢与他人的目光对视，身后永远有人指指点点地嘲笑他，背地里还有人叫他"强奸犯"……

对一个孩子来说，游街对他心灵的伤害是难以想象的，一幕幕情景就像镌刻一般，深深地刻在他幼小的心灵上，直到今天，他仍然没有走出心灵的阴影。他说他不愿出门，不愿见任何人，一种无形的恐惧与耻辱，就像恶魔般地缠着他，使他永远无法摆脱。

游街后不久，他父亲又因吸毒被抓走了。

他曾问过奶奶，这样的父亲，你为什么还管他？奶奶却说："他毕竟是我身上掉下来的肉，再不好也是我的儿子呀！"

他却觉得，父亲不是奶奶身上掉下来的肉，而是奶奶身上掉下来的祸害！叔叔就很懂事，远不像父亲。父亲给这个家，给他和哥哥带来的伤害与耻辱，那是永远无法弥补的。他和哥哥早早就辍学了。他学习不好，只读了小学。哥哥学习成绩非常好，在县中学读初中，回回考试都是全班第一，奖状贴得满墙都是。可是，没人给哥哥交学费，他们哥儿俩只好辍学外出打工了。当时他才十二岁。

他跟着舅舅去了洛阳，在舅舅的超市里打工时，两个陌生老人忽然来到他的面前，拉着他的手，泪眼婆娑地说是他的姥姥和姥爷。原来他们从监狱里放出来了。姥姥哭着问这问那，给他做饭，给他买新衣……他有生以来第一次感受到亲情的关怀，心里热乎乎的。不过，这只是短暂的，他必须自己谋生。

每当他听到别人唱起那首歌："世上只有妈妈好，有妈的孩子像块宝，投进妈妈的怀抱，幸福享不了……"他心里总是酸酸的想哭。

他不愿听这首歌,他觉得自己有妈还不如没妈,没妈的孩子能得到别人的同情。可他有一个蹲监狱的妈妈,又有一个臭名昭著的爸爸,不但得不到亲属的同情,反而遭到歧视。亲属都说有其父必有其子,上梁不正下梁歪,都不愿帮他,更不愿收留他。

后来,三姨夫介绍他到洛阳某县城一家广告公司去打工。十二岁的他拎着沉重的电焊机,扛着高高的大长梯去室外做广告。扛不动,他就咬牙扛着,拽着绳子,爬上十五层高的楼上。他恐高,吓得两腿直哆嗦,半天下不来。可是再难也得挺着,毕竟有一份管吃管住的工作。在这里,他学会了电焊,学会了开车。

第二年,他不小心从架子上摔了下来,被送进了医院,庆幸只是摔伤了腰,住了一段时间院没有落下什么残疾。老板给了他一万元工钱让他回家养伤。

2015年,十六岁的他跟着叔叔来到济南,他用打工挣的钱在夜市摆了一个小摊,搞气枪射击、套圈之类的游戏,生意还不错,他给自己买了一部新手机。可是,有一个十三岁辍学的少年把他的手机给摔坏了。他要少年赔他一千元钱,少年说没钱,却对他说,某家烧烤店一个打工的新买了一部苹果手机,那家伙是个孬种,咱们几个把那家伙的手机抢来给你算了。于是,四个少年骑着摩托来到烧烤店,把持苹果手机的人叫出来,常东东动手打了人家几拳,逼着人家交出了苹果手机,之后四个人拿着手机扬长而去。

就这样,像闹着玩儿似的,四个少年糊里糊涂地触犯了法律。其他三人父母为他们交了取保金被判了缓刑。常东东却没人为他交取保金被判了两年有期徒刑。

讲到这里,他哭着说:"奶奶,就一念之差……你说我当时咋就那么糊涂呢?就为了一部手机……两年……呜呜……我真后悔!你说我咋那么糊涂呢?呜呜……"

我沉默了,不知该如何安慰这个不幸的少年。

不少未成年犯罪的孩子跟他一样,糊里糊涂,像闹着玩似的就触犯了法律。一失足成千古恨,瞬间的糊涂却酿成了一生的悔恨!

采访结束时,常东东用迷茫的眼神看着我,哽咽着问我:"奶奶,我真不明白,为啥我家出了那么多事?为啥这些事都让我一个人摊上了?这到底是咋回事啊?"

我再次沉默了。

采访中不少孩子都曾这样问过我。可我知道,这不是一个简单的问题,绝非一两句话所能说清楚的。我无法告诉他,孩子,你出生在一个愚昧、落后、毫无法律观念的家庭,父母想一夜暴富的心理驱使他们不走正道,他们不但没有尽到为父、为母的责任,反而给子女带来了无法估量的伤害,甚至是一生的灾难。

但我什么都不能说,只说了几句无关痛痒的话来安慰他:"孩子,奶奶告诉你,今后不管遇到什么事,都要好好地把握自己,不要冲动,更不要盲目地听别人忽悠,千万不能再触犯法律了。没人能帮你,只能靠自己来拯救自己。能记住吗?"

他冲我郑重地点点头,说道:"能!谢谢奶奶……"

写到这里,我不由得想起少年痛斥父亲的那句话:"你还算一个男人吗?你还配当一个父亲吗?"

我觉得他不是在质问自己的父母,而是在质问天下所有的父母——为人父母该给子女做出怎样的榜样?你的所作所为是否有愧于父亲和母亲这一伟大称谓?

妈妈，我并不想伤害你

在云南未管所，一个十六岁的少年哭着对我说："奶奶，我并不想伤害妈妈，我真的不想伤害她……我只想让妈妈回家跟爸爸好好过日子，可是……呜呜……"

少年长着一张黑里透红的纯朴脸膛，眼睛里透出一种单纯多于精明的眼神，丝毫看不出他曾经的一切。

伴随着少年带有云南大理口音、充满痛苦的回述，一个农村打工家庭的悲剧，在我面前拉开了沉重的序幕——

他叫郭力（化名），出生在云南大理弭渡苍山脚下一个山寨里，也就是电影《五朵金花》所说的地方。他原本有一个幸福美满的家庭，母亲带着一个女儿嫁给了父亲，父亲长得英俊，老实能干，长年外出打工，给家里盖起了新房。母亲在家操持家务，照顾他和姐姐。父母感情很好，从不吵架，一家人过得其乐融融。

可是，从2013年夏天开始，一切都变了。

父亲外出打工走了，姐姐出嫁了，家里只剩下他和母亲。他发现妈妈经常趁着夜色偷偷地跑出家门，不知去了哪里，问她也不说。他发现，妈妈不像过去那么疼爱他了，他在镇上小学校寄宿，周六、周日才回家，妈妈却很少过问他，妈妈的心思好像不在这个家里了。有一天夜里他偷偷地跟着妈妈，发现了一个天大的秘密——妈妈跑到寨子里一个死了妻子的男人家去了！

父亲回家过年时，爸爸和妈妈破天荒地大吵起来，正吵着，妈妈接到一个电话，起身就走了，一走就是三个月，再回来时，她向爸爸提出离婚。爸爸坚决不同意。

　　这个家庭的悲剧，就从他十二岁那年冬天开始了。

　　那是一个大雪纷飞的傍晚，云南大理洱渡苍山一带，下着那年冬天最大的一场雪，山寨被大雪覆盖了，天地间一片白蒙蒙的苍茫。他看见爸爸在离婚协议上笨笨地签上了他的名字。父母都没有文化，所以爸爸一直希望他能多读点书。可是父母的离异给他的打击太大了，他再也没心思读书了。

　　他看见妈妈从爸爸手里接过那张离婚协议，就匆匆向门外走去。他急忙追了出去。

　　他拼力追赶着妈妈，边跑边哭喊："妈妈别走——快过年了——妈妈求你别走——妈妈——"

　　雪天路滑，他跟跟跄跄地追了好远才追上妈妈。他拽住妈妈的衣襟哭喊着，拼命往家里拽她。可是他的力气太小了，无论怎样，再也拽不回妈妈那颗铁了的心。

　　母亲挣脱他的小手匆匆地走了。

　　他扑倒在雪地里，抬起满是雪和泪的脸，看着妈妈的身影匆匆地消失在白茫茫的山寨之中。

　　"妈妈……别走……妈妈……"他绝望的哭声撕碎了雪中黄昏的宁静。

　　他满脸泪痕，失魂落魄地回到家里，看见爸爸一个人孤零零地坐在火炉旁，满脸是泪。他第一次看见爸爸哭。那一刻，他幼小的心灵充满了怨恨，不知是恨妈妈，还是恨那个男人。

　　"爸爸……"他哭着叫了一声爸爸，就再也说不出话来了。

　　父亲起身拍拍他身上的雪，说："天冷，爸给你烧点水泡泡脚。"

　　第二天，他就病倒了，重感冒，发高烧，打针吃药都不管用。爸爸天天陪在他身边照顾他,也得了重感冒。父子俩躺在床上,用凄凉无助的目光相互对望着。此刻,别人家都在热热闹闹地过年,他家却冷冷清清。他多么盼望妈妈能回来照顾一下他们父子,给他们烧碗开水,哪怕煮碗面也好啊!

可是,妈妈却再也没有回来。

病好之后,他向父亲提出不想读书了,想跟父亲去外面打工。父亲考虑把孩子一个人扔在家里不放心,也就同意了。

从此,十三岁的郭力跟着父亲,住工棚,搞建筑,父亲砌砖,他学电焊;又跟着父亲去福建仙游菜场种菜,浇水,薅草,侍弄菜地……

后来奶奶病了,他跟父亲一起回云南叔叔家看望奶奶。这次,出嫁的姐姐带着妈妈也回家了,一家四口像过去一样,又说说笑笑地一起生活了。他和父亲都以为妈妈回心转意了,又回家来安心地过日子了。郭力还偷偷地劝说父亲要原谅妈妈。父亲是老实人,话不多,但人很宽容,很善良。父亲要去丽江打工,临走前,对郭力说,你别去打工了,在家陪着妈妈吧。

郭力很高兴,跟随父亲漂泊一年多,太渴望回到妈妈身边了。

有妈妈在,就有了家,就有了热乎乎的饭菜,就有了温暖。

可是,就在父亲走后第二天晚上,郭力去叔叔家看望奶奶回来,已是深夜十一点了,却发现门上挂着一把大锁。他没带钥匙,到处找不见母亲,只好撬开家门走进屋去。

这天晚上,他度过了有生以来第一个不眠之夜,压抑已久的怒火、耻辱、父亲的泪水、寨里人背后指指点点的嘲笑,就像一枚枚钢针,刺着他那颗幼稚而脆弱的心……

第二天上午,当他看见母亲从外面走进家门,便再也抑制不住心中的怒火。他与母亲发生了一场激烈争吵,彼此都说了绝话。

"我爸爸刚走,你为什么又去找那个该死的男人?你不要脚踏两只船好不好?你丢人丢得够多了,请你不要再给这个家丢脸了!我给爸爸打电话,让他马上回来!"

"好哇!既然你不让我在这个家里住,那你们也别想过好日子!我走,我再也不回这个破家了!"母亲拎起她的东西,气呼呼地走了。

没想到,母亲的这句话却一语成谶。

一天傍晚,一个儿时伙伴过生日来找郭力去喝酒,冤家路窄,路上,他遇到了那个恨之入骨的男人。

他想打那个男人却被伙伴拉开了。两个人对骂了几句,那个男人骂他:"小屁孩儿你不懂,我告诉你,你不应该恨我,并不是我主动找你妈的,而是你妈主动来找我!你妈一次次地跑到我家里,赖在我家里不走。我赶都赶不走,往外推都推不走,送上门来的女人,你让我怎么办?"

"不许你侮辱我妈妈,我妈妈才不会去找你呢!是你勾引我妈妈的!你再说我妈妈的坏话,我、我……我就杀了你!"那男人的一番话像刀子一样刺痛了郭力的自尊心,他被彻底激怒了。

其实,他隐约觉得是妈妈主动找那男人的,但他不许这男人得了便宜又卖乖,公开侮辱自己的母亲!这些话要传开来,妈妈今后在寨子里还怎么待?

此刻,一个可怕的念头在他心里一闪,而且伴随着一个幼稚可笑的想法:要是那样……妈妈就再也不会去找他了,妈妈就能回家跟爸爸好好过日子了。

他在伙伴家过完生日,喝完酒,已经很晚了。借着酒精的作用,他从伙伴家里偷偷地拿了一把斧子,向那男人家里走去。

他悄悄地撬开男人家的房门,蹑手蹑脚地走进卧室,朦胧中,发现母亲和那男人躺在一张床上,头挨头亲密地睡着。他恨得咬牙切齿:你个狗男人,你毁了我好端端的家,害得父母离婚,害得我不能读书,我……

借着酒力,他挥起斧子向那男人头上砍去,那男人"腾"地一下坐了起来……

他急忙挥起斧子再次向那男人砍去,却突然发现母亲起身挡在了那男人的面前,只见母亲脖子上呼地喷出一股黑乎乎的东西。

"妈妈——"他下意识地大叫一声,急忙上前抱住母亲。这时,那男人操起什么东西冲他打过来,他只好放下母亲,又向那男人挥起斧头……

讲到这里,他哭着说:"奶奶……我真的不想伤害妈妈,我只想杀了那个叔叔……叔叔要死了,妈妈就能回家跟爸爸好好过日子了!没想到他俩都死了。呜呜……妈妈死了,爸爸也因包庇罪坐牢……"

刚从丽江回来的父亲得知儿子犯下了弥天大罪,爷儿俩将那二人的尸体丢进枯井,仓皇逃跑,结果可想而知。

"我好后悔呀!呜呜……"少年失声痛哭,真诚地忏悔道,"我太冲动了。我害死了妈妈,爸爸也因我被判了三年,我被判了无期徒刑……我把这个家全给毁了!呜呜……可我并不想伤害妈妈,我只想让妈妈回家好好过日子,还像从前那样……"

少年一遍遍地重复着那句话,我不想伤害妈妈,我只想让妈妈回家跟爸爸好好过日子……

傻孩子,你把叔叔杀了,法律能饶了你吗?你妈妈还能回家好好过日子吗?可我什么都没说,只是默默地递给他两张纸巾,让他拭去满脸的泪水。对这个十六岁的少年来说,无期徒刑与内心的责备,对他一生的惩罚已经够重了。

他告诉我,未管所的警官对他很好,经常开导他,给他做心理疏导,让他面对现实,让他明白这是他所犯罪行必须要付出的代价。他在这里一定好好改造,争取早一天出去孝敬父亲。

这是一个让人心情十分沉重的案件。

我知道,这并非一个家庭的悲剧,而是不少农村打工家庭的缩影,就像留守儿童一样。只是这个家庭比其他家庭的遭遇更典型、更深刻,也更令人痛心。无知少年,不愿看到父母离异,怀着天真的愿望想挽回父母的婚姻,结果酿成一场无法挽回的悲剧。

如何安抚父母离异的孩子,是摆在每位离异父母面前一个不可回避的大问题。而离异家庭的未成年孩子,则应理性地对待父母离异,不可鲁莽行事,否则,将会酿成终生悔恨的悲剧。

父之殇,谁之过

在广西区未管所,如果不是警察在场,不是事先知道少年的案情,我无论如何不会相信,眼前这个胖乎乎的、长着一双浓眉大眼的十六岁少年所讲述的是真实的。起初我以为他在撒谎,以为他在用编出来的谎言来掩饰自己的罪行。

但是,有法院卷宗为证:吴连波(化名),十四岁,故意杀人,判处有期徒刑十五年。其刑期比他当时的年龄还大。

2014年12月9日凌晨两点三十分,广西贺州富川瑶族自治县某小镇,发生一起惨绝人寰的血案。一个十四岁少年趁着夜色,手拎钢管,悄悄地潜入父亲的卧室,挥起钢管向床上熟睡的父亲狠狠地砸去,被惊醒的父亲刚要大喊,少年的钢管又接二连三地砸下去……直到父亲变成了一动不动的血葫芦。至此,少年仍不肯罢休,又跑进厨房操起一把水果刀,向着昏死的父亲身上一顿猛戳,直到他一动不动地死了,这才罢手。

并非激情杀人,而是一起有预谋、有准备的故意杀人案。

我不禁要问,少年对父亲到底有着怎样的深仇大恨,为什么非要对父亲下此毒手?

这是一个爽快的少年,无须用多余的话去化解他心中的顾虑,他似乎很渴望向人倾诉。口才不错,讲话很流利,开口就像竹筒倒豆似的,把他有生以来所遭遇的一切,毫无保留地向我倾诉开来。

他出生在广西贺州富川瑶族自治县某小镇,汉族,父亲是开赌博机的,收入不菲,一天少则几千,多则一两万。

三岁之前,他跟着保姆一起生活,很快乐。在他懵懂模糊的记忆里,那是他出生以来最幸福的一段时光。保姆脾气好,从不冲他发火,他也很乖巧,从不调皮,至今他还怀念着那位保姆阿姨。四岁时,他被送到父母身边,脾气暴躁的父母就像一对火药桶,随时都能擦出火花引起爆炸。两个人动不动就大打出手,吓得他哆哆嗦嗦地躲在墙角不敢出声。可他却躲不过出气筒的命运,父亲一生气,小簸箕般的大巴掌就会莫名其妙地扇过来,扇得他脸颊火辣辣地疼痛,却咬着嘴唇不敢哭出声来。

五岁那年,家里开了三家赌博机店,父母各看一间,剩下一间没人看,父亲就让长得高却只有五岁的他去看赌博机店。于是,五岁的他学会了收钱,学会了算账,若算错账就要挨打。同时还学会了识别老千,一旦发现有人出千,就让人把他赶走。

六岁那年,一天晚上,父亲一个人喝酒觉得没劲,给他倒了一杯啤酒让他喝。他以为是饮料,喝一口觉得不好喝就不喝了。父亲却骂他没出息,吼叫着男人哪有不会喝酒的!使劲往他嘴里灌,逼着他把一瓶啤酒全喝光了。他居然毫无醉意,从此学会了喝酒。

七岁那年,他看见父亲整天叼着香烟,挺酷,便学着父亲的样子也叼起烟来。父母看见他叼着香烟不仅没制止,还觉得他挺酷,他从此学会了抽烟。他看到父亲经常跟人打架,下手狠,谁都怕他,无人敢惹,就觉得父亲挺牛×。于是,他学会了用拳头说话,谁要惹着他,他就跟谁玩命。

父亲开的三家赌博机店本来很挣钱,却被有关部门禁了,父亲只好靠炒股赚钱。可是,股市风云变幻,忽高忽低,父亲炒股一赔钱他就遭殃了,经常往死里打他。

就这样,父亲身上的遗传基因及"榜样"的力量,在一个年幼无知的孩子身上被激活了,从而产生了一种可怕的蝴蝶效应。孩子对暴力不再恐惧,而是敬畏,继而效仿,最后发展到以暴制暴、以暴力对抗暴力的可怕地步。儿子的脾气也跟父亲学得越来越坏,越来越霸道。他与父亲的关系也越来越僵,越来越水火不容,最后发展到相互对打的地步。第一次与父亲对打时他才九岁。

看看这个十四岁孩子的人生轨迹,不禁令人瞠目:

五岁看赌博机,六岁学会喝酒,七岁学会抽烟。六岁玩电脑,专门看打打杀杀的游戏。七岁就叼着香烟,在他人诧异目光的注视下,出入酒吧、歌厅,成为一个天不怕、地不怕,在小镇上颇有名气的小混混。当然学习成绩却很糟,读小学就转了四所学校。八岁时,父母离异,他被判给了父亲。对这个不幸的孩子来说,这无疑是雪上加霜。不久,父亲又找了一个年轻的女人。

他不愿跟父亲住在一起,经常跑到几个亲属家里轮流居住。为了躲避父亲,他跑到桂林封闭学校去读书,由于逃学、打架,成绩欠佳,不久又只好回到县城。

　　一次因为旷课,中学班主任老师让家长签字,保证他不再旷课。他只好硬着头皮让父亲签字,父亲却冲他大发雷霆:"我不签!你他妈爱读不读,反正你也学不下去,你这个没出息的东西!"

　　为此,父子俩再次大打出手,千不该,万不该,父亲不该咬牙切齿地说出这番话:"我告诉你,我叫人来弄死你,把你的尸体丢进富江河里,看谁能发现!你看我敢不敢!"

　　也许,这是父亲气头上的一句气话。但是,从小就深深地领教过父亲的暴力,深知父亲心狠手辣,曾因黑社会罪行坐过牢,现在更是什么事都干得出来,跟父亲早已形同死敌的十四岁少年,听到这句话就像听到了父亲为他敲响的丧钟,他想:既然你要弄死我,那我必须先动手搞掉你!

　　于是,他找到一个最要好的伙伴商量对付父亲的办法。二人商定,必须在夜里搞定父亲,并从伙伴家里拿来了作案工具——钢管。

　　2014年12月9日,那个寒冷而阴森的凌晨,便发生了那起不该发生的血案……

　　杀死父亲之后,他就后悔了。

　　此人毕竟是自己的亲生父亲,常言道:父子没有隔夜仇。即使父亲有天大的错,也不该杀他呀!我哪能干这种伤天害理的事呢!

　　但是,一切都晚了。

　　第二天,他从家里翻出父亲留下的一堆金项链等物件,拿到金店去卖,想换点现金准备逃跑。金店老板以为是他偷来的赃物,便立即报警。

　　当警察出现在少年面前时,他并不觉得害怕,而是麻木。他知道杀人偿命,天经地义。他以为会被判死刑。

开庭时,母亲看见儿子站在被告席上,等待着法官的判决。她悲痛欲绝,父与子,两个亲人,一个死在另一个手里……

母亲感到深深的自责,对儿子哭诉道:"儿子,我不是一个好母亲,从小没有好好管教你,否则,你不会走到今天……"

她还说,孩子父亲过去是批水果的,自从开了赌博机店,变得越来越凶,越来越像黑社会的,最后搞得家破人亡。

最后,少年对我说:"我非常后悔!不该杀死我父亲……我后悔,不该去帮我父亲看赌博店,离他远点儿,跟保姆阿姨在一起,好好读书,不跟他学抽烟、喝酒、打架,就不会走到今天。"

这是来自一个十六岁少年心底的声音,也是对其父亲的血泪控诉。

他还说:"我进来以后,才认识到自己的罪过,才知道应该如何做人。在法庭上,我第一次感受到亲人对我的关爱,第一次尝到亲情的滋味。小时候,从没人管我,我也从不知亲情是啥滋味。今后我一定好好努力,争取减刑早点出去,好能照顾妈妈……"

一个父亲的生命消亡,一个少年的十五年铁窗,另一个同案少年十年铁窗,如此沉重的代价,终于换来了少年和母亲的自省,而那个消亡的父亲,却永远不能醒过来了。

妈妈,你为什么扔下我

在陕西省未管所,一个叫郑月鹏(化名)的青年对我说,他的噩梦是从一天早晨开始的。

他不记得是八岁还是九岁,只记得那是一个阴冷的早晨。那天他爬起来像往常一样,跑进烟气腾腾的厨房,大呼小叫地喊妈妈:"妈妈我饿了!妈妈有啥好吃的呀?"

他是家里最小的男孩儿,上边有四个哥哥、姐姐,母亲对他很娇惯,有好吃的都让着他。他是先天性唇腭裂,说话呜呜噜噜的,吐字不太清楚。

可是,厨房里并不见妈妈的身影。他大呼小叫找遍了屋里屋外所有的地方,不仅不见了妈妈,连四个哥哥、姐姐都不见了,只有佝偻着身子的继父坐在门槛上闷头抽烟。

他不知亲生父亲是什么时候去世的,只恍惚记得五岁那年,母亲带着他们五个孩子从外地来到这里,嫁给了这位老实巴交的继父。

"妈妈——你们都去哪儿了——呜呜……你们为啥不带我呀?妈妈——"月鹏呜呜咽咽的哭喊声像凄冷的风,在这空空荡荡的西北农舍里窜来窜去。

坐在门槛上的继父终于开口了,从沙哑的嗓眼里发出一声带着哭腔的长叹,一句有气无力的话语却像一枚炸弹,把月鹏一下子炸蒙了。

"唉!别找了,你妈带着你哥哥、姐姐走了,再也不回来了。让你跟着我过活……"

"不——不会的——我妈不可能扔下我不管!你骗我,我不信!你告诉我,我妈去哪儿了?是不是去镇里赶集了?你快告诉我,我去找妈妈!呜呜……"

他呜呜噜噜地哭喊着,向大门外跑去,却被坐在门槛上的继父一把抱住了。

继父老泪纵横:"孩子,别找了,我没骗你,你妈真的走了。"

"不,我妈不可能扔下我不管!"

可是，无论他如何不肯相信，残酷的现实却把他彻底击垮了——母亲带着四个大孩子，也就是他的哥哥、姐姐突然走了，把他一个人扔给了继父，没有给他留下一句话。

从那以后，小月鹏经常坐在大门口发呆，他总是绞尽脑汁地想：妈妈为啥扔下我走了？妈妈为啥不带我？为啥只带着哥哥姐姐，是不是嫌我丑？妈妈，你们去哪里了？我好想你……他永远也想不明白，母亲为什么不带他走。

从这天起，他的人生彻底改变了。

此时的他，再也不是哭喊着找妈妈的八九岁孩子，而是一个二十六岁的大小伙子，在铁窗里已经度过了十一个春秋——十五岁那年，因故意杀人罪被判了无期。

"我一直想不明白，妈妈为什么不带我？她带走了哥哥、姐姐，就把我一个人扔下了！这到底是为什么？"

在与他沉郁而艰难的交谈中，我看到一个身心受到巨大伤害的少年，如何走向了犯罪深渊——

他说，母亲带着哥哥、姐姐的突然离去，对他的打击太大了。他觉得被妈妈抛弃了，活着也没意思了。从此，他不爱读书了。继父对他还挺好，出钱为他的唇腭裂做了手术。但他的心却死了。

2002年，十二岁的他得知母亲在河南郑州，可他并不想去找她。三年后，母亲回来把他接走了。他很想问问母亲，当年为什么不把我带走？但他什么都没问，母亲也没说。他的心早在母亲离去那天早晨彻底冷了。

到了郑州，他看到母亲又嫁给了一个收废品的老头，哥哥姐姐都初中、高中毕业了，一家人住在一起，唯独没有他这个最小的儿子。他的内心再次受到伤害，觉得自己被全家人抛弃了。他觉得他们都不是自己的亲人,这里也不是我的家。我没有家,没有亲人,什么都没有,只是屡屡受到伤害、孤零零的一个人!

他提出要回继父那里,母亲不同意,他坚决要走。上火车那天,母亲哭了,他却没掉一滴泪。他觉得自己被世界抛弃了,活着也没意思了。一种强烈的厌世情绪充斥着他那伤痕累累的心,他多次想结束自己,却又没有勇气。

回到继父那里,他彻底辍学了,在社会上结交了一帮混混,整天泡网吧、打架斗殴、抢劫盗窃……

2006年8月4日,他因偷茶叶被人发现,就把两个人给杀了。

听到这里,我惊怵无语,心想:孩子,就因为你的人生有诸多不幸,你就残忍地杀害了两个无辜的人,怎么这么残酷呢?你想过后果吗?

但我什么都没说,只是静静地听他继续说下去。

"反正我也不想活了,以为杀了人能判死刑,这样就可以结束我这不值钱的小命了。可是,因我未成年被判了无期。其实我觉得还不如死了痛快,连自己亲生母亲都不要我,我活着还有什么意思?家里从没有人来看过我,继父也没来,更没人给我寄钱,连封信都没有……我彻底被家人抛弃了。可是,进未管所待了一段时间以后,我倒有了一种家的感觉,警官对我像对自己的孩子一样,关心我,给我买生活用品,让我学习,让我有生以来第一次感到人世间的温暖。我看到不少比我还悲惨的少年,他们像我一样,从一无所有,到一无所缺。渐渐地,我不再像过去那么悲观厌世了。"

他由于表现好,被三次减刑,从无期减到十九年零六个月。现在已经服刑十一年,还剩八年就刑满释放了。说这话时,他毫无表情的脸上,掠过一丝不易觉察的笑意。

第三章 家之殇,谁之过 89

他说:"我并不怪罪母亲,她带着五个孩子也很难,可能我小,带着我不方便找人家吧……在这里,警官教育我要学会反思,不能把自己的罪过推到父母身上。"

看来,他对自己的罪行有了真正的彻悟与忏悔。其实,几乎每个父母失责导致子女犯罪的案例都存在着这样一个问题,就是父母的过错并不能成为子女犯罪的理由。虽然母亲扔下月鹏有失误之处,但并不能成为孩子犯罪的理由,更不能成为他剥夺他人生命的借口。他必须为其罪行承担法律责任。当然,追究父母在教育上的失责,那是另一个法律层面的问题。

你们终于来看我了

"在监狱里,我见到父母的次数比在外面多多了。我已经很知足了。"说这话时,二十二岁的程悦(化名)嘴角掠过一丝苦笑,眼睛里却噙满了泪水。

程悦出生在宁波象山某沿海农村,他用带有江浙口音的普通话,低沉而冷静地讲述了一个天真烂漫的孩子如何走到今天,而我却从他浓缩的人生中,探寻着一个未成年人犯罪的人生背景与共性。

六岁之前,尽管他的小耳朵里灌满了父母没完没了的争吵声,但是,他却觉得那是他童年时代最快乐的时光。六岁之后,再想听父母吵架已经成了一种遥不可及的奢望。

那时,父亲在上海开饭店,他上幼儿园,母亲每天接他回家。他蹦蹦跳跳地扑到父母怀里,尽情地享受着父母给他的幸福和快乐。

六岁那年,一切都结束了。

父母离婚,一家三口从此天各一方:父亲在上海,母亲去了绍兴,他被送到沿海农村的奶奶家,一年能见到父亲一面,几年才能见到母亲一面。父母与他的联系就是打到卡里的生活费。奶奶一个人辛辛苦苦地养了他八九年,直到他被捕。

说到奶奶,这个二十二岁的大小伙子突然泪崩,呜呜的哭声撕碎了浙江省未管所会见室里的沉静,也打湿了我这双多泪的眼睛。他的哭声里充满了对奶奶的怀念,也饱含着发自内心的忏悔……

他说奶奶弥留之际,还在呼唤着他的名字:"悦悦……我的悦悦……"可他对奶奶却没有尽到一点儿孝心。

奶奶没有文化,人很瘦小,很善良,对他非常好,尽量满足他的一切要求。他一夜不回家,奶奶就满大街找他一夜,找到也从不打他,只是嗔笑一句:"你这小东西……"

小小年纪的他,在一个长期脱离父母管教、满足一切欲望的环境中,为所欲为地长大,像社会上那些无人约束的孩子一样,逃学、旷课、泡网吧、打游戏,学会抽烟、喝酒、打架、早恋……

父母离异使他产生一种强烈的自卑心理,觉得自己比同学矮半头,学习不行,就想在其他方面压过别人。他变得盛气凌人,霸气十足,稍不开心就大打出手。他想在学生中称王称霸当"老大",他要让所有人都怕他。一帮不爱学习的学生前呼后拥地跟着他。不少女学生专门喜欢他这种坏坏的男生,使他以"老大"自居的欲望越发膨胀。

初二他就辍学了。父母得知后,给他换了两所学校让他继续读书。他根本不听,跟父母和老师对着干,你们让我往东,我偏往西!老师去游戏厅把他找回来与他谈话,一帮哥们儿却站在窗外等着他这个"老大"……

他十五岁那年,终于出了大事。

起因又是所谓的哥们儿义气：一个朋友被人打了，找他出面为朋友报仇，在与对方的火拼中，他用匕首把一人捅死了。

法庭上，一起被抓的几个少年都被放了，唯独他一人被判了有期徒刑十一年。

接到判决书的刹那，他顿时傻了，心里惊呼：天哪！十一年，我怎么熬过这十一年啊？

这期间，父母来看他，他却冷冷地说："你们终于来看我了！"

他对父母充满了怨恨：要不是你们扔下我不管，我能走到今天吗？

"孩子，对不起，都是我们的错……我们忽略了对你的教育，才使你走到今天……实在对不起，请你原谅……"父母痛悔不已，一见到他总是连连道歉。他们像很多离异父母一样，孩子进了监狱，才幡然醒悟。

听到父母伤心欲绝的自责，看到父母突然苍老的模样，得知父母要向被害人家属支付大笔的赔偿金，这个本性聪慧的少年终于开始醒悟。他觉得父母还是爱他的，他们只不过是为了各自的家庭在忙碌，罪过都是他自己造成的。

在未管所里，通过警官的教育和学习，他开始反思自己，真正认识到自己的问题。他说过去总是把一切过错都算到父母头上，认为一切罪过都是父母造成的，从不反思自己。现在才认识到，在他童年时期，没有把握好自己，误入了迷途……

"我对不起父母，更对不起奶奶，奶奶得知我被捕，差点儿晕倒……"说这话时，他眼里再次闪着泪花。

他说他决心重新规划人生，重新开始。在这里，他参加了大学自考，已通过了五门课程，还剩四门，学的是心理学方面的课程。将来出狱后,他准备从事学前教育方面的工作。他在内部报刊上发表了好多篇文章……由于他表现好,两次被减刑,已服刑七年,余刑只剩三年了。

最后,他说出一句感慨颇深的心里话:"将来我有了孩子,绝不会让他像我这样,我要陪伴我的孩子一起成长……"

这是一个离异家庭的少年,历经多年铁窗的教训,发自肺腑的心声。

孩子需要父母的陪伴,更需要父母正确的人生引导。

这是每一个父母都应认真对待的问题。

离异家庭之缩影

臧子萱(化名),十七岁,一张红扑扑的苹果脸,透出一种掩饰不住的单纯与傻气,胖乎乎的,很可爱。

我心里疑惑:这样一个近乎傻气的单纯女孩子,怎么会成为强迫未成年人卖淫的罪犯呢?

听完子萱的讲述,我觉得,这是当今中国诸多类似家庭的缩影,也是当前中国社会问题的一个缩影。她重复着千千万万个中国儿童正在重复或者已经重复过的经历。

子萱的父母在江苏盐城做生意,她从小跟着爷爷奶奶住在另一个县城,享受着隔代老人对她的过分溺爱,满足着她的一切要求。朋友请爷爷奶奶吃饭,子萱不想上学吵着也要去,奶奶就给老师打电话,谎编理由给子萱请假。

子萱像许多在隔代老人身边长大的孩子一样,养成一身被溺爱的坏毛病,任性、自私、暴躁、懒惰。一件事不对心思就大哭大闹。在孩子毫无克制的任性面前,爷爷奶奶束手无策,只好由着她的性子胡来。

在大人与孩子的博弈中,大人的退却使不谙世事的孩子越发得寸进尺,蹬着鼻子上脸,子萱的坏脾气越发不受管束地膨胀开来。直到十一岁那年,她回到与父亲分居的母亲身边,她那娇惯成性的坏脾气才第一次受到扼制。

子萱满怀欢喜地来到母亲身边,等待她的不是温柔的怀抱,更不是无底线的宠爱,而是迟来的管教,严厉而粗暴!

母亲发现女儿不爱学习,任性、暴躁、懒惰,一身坏毛病,十分恼火,开始严加管教,不听话就打。再说,她与丈夫的婚姻已走到了崩溃边缘,难免把内心的郁闷发泄到孩子身上。

从来说一不二的子萱,在她十一岁的小小世界里,爷爷奶奶从来都是由着她的性子胡来,从未逆着她的性子行事。母亲性子急,子萱是个慢性子,一道几何题没做出来,母亲的巴掌就上来了,她受不了母亲的严厉。子萱对母亲渐渐心生怨恨,母女俩拉开了战争的序幕。开始是对吵,后来发展到对抗,相互撕扯,再后来是子萱离家出走。

子萱五年级时,分居多年的父母离婚了。这使子萱又承受着父母离异、家庭破裂的痛苦,是父母宣泄各自情绪的出气筒。子萱归母亲抚养,但她犯了错误父亲也会出面管教。父亲当着母亲的面打子萱,等母亲走后又来哄她、安慰她,好像打她是为了给母亲看。父亲的做法使子萱越发怨恨母亲。

上了中学,母亲不让子萱出门,把她关在家里学习,一旦发现她偷偷地跑出去就打她。于是,子萱开始离家出走,一次次地离家出走……

　　高中一年级,子萱辍学了。母亲对她彻底失望,把她送回了奶奶那里,不再管她。后来,子萱出水痘给母亲打电话,母女之间的关系才稍有缓和。

　　后来,子萱去一家美容店学了半年化妆,跟母亲软磨硬泡要去上海打工。可她刚到上海一个月,就被警察抓了。

　　十六岁的子萱像很多这个年龄的傻丫头一样,单纯得如同一张白纸,很容易被狡猾的男人所欺骗。她青春萌动,情窦初开,又缺少父爱,渴望与异性接触,更渴望异性的爱。

　　到上海不久,一个男人从网络走近了她的心。

　　在QQ上认识的,长得挺帅,他说自己二十六岁,其实真实年龄是三十三岁,比她大一倍还多,结过婚。他很会关心人,对子萱嘘寒问暖,关怀备至。于是,这个靠组织女孩子卖淫为生的男人,很快就占据了子萱那颗单纯的心,让她第一次感受到所谓父爱与情爱兼而有之的幸福。他让她帮他找来两个"接客"的女孩子,她欣然同意,说盐城有一个同学正找她要来上海工作呢。

　　于是,那男人开车带着子萱来到盐城,将子萱十五岁的女同学接到上海,让女同学与另外两个女孩子住在一个秘密场所里接客,让子萱陪着她们但不接客。

　　一天晚上,警察突然闯进门来。此刻,子萱来上海还不到一个月。

　　法庭上,她被定为与同伙强迫未成年人卖淫。因她未成年被判了五年。那男人是成年人另行处理。

　　我问子萱,你现在还爱他吗?

　　子萱羞羞答答地点点头,说出了一番令人深思的话:"是的。我很爱他,一直很想念他,他能陪我,他给我的正是我一直没有得到的。我喜欢与年龄大的男人交往,这可能是我从小缺少父爱,渴望得到父亲般的关爱吧。"

渴望亲情是动物的一种天性,无论是人类还是动物都是如此。子萱从小没有得到父爱,像小苗渴望阳光一样,渴望着父母的怀抱。当她在另一个男人身上找到父爱与情爱时,却付出了五年铁窗的代价。她不但不怨恨他,反而深深地爱着他,一直怀念着这个毁了她大好青春的男人……

我问她进监狱以后,父母来看过她吗?她苹果般的脸上露出了欣慰的笑容。她说父母并没有怪罪她,每个月都来看她。母亲每周都给她来信,在信中一再忏悔,说为没有陪着女儿一起成长而深感懊悔。她看到父母的自责,心里坦然了,在这里好好接受改造。

她说:"我要成为一个在未管所长大的孩子,在这里好好学习设计(化妆及服装设计),将来出去以后,当一名形象设计师。我现在已经考完了初级设计,以后还会考中级和高级设计师呢。"

五年铁窗唤醒的不仅是孩子迷失的心灵,还有她父母的亲情,十六年来没有得到的父母关爱,却在未管所里得到了。

采访中,遇到不少因父母离异而导致孩子走向犯罪的案例:

一个少年对我说:"我父母离婚了,他们各自都有了新的家庭,都过得挺好。我却住在封闭的学校里,没人管没人问,周六、周日没地方去,也没有朋友,好像被这个世界遗忘了。于是,我就开始打架,发泄内心的郁闷,结果出了人命……"

一个从小跟着奶奶长大的十八岁少女对我说,父亲进了监狱,母亲离家出去,她没有母爱,也没有父爱,什么都没有,只有一个年迈的奶奶。她渴望男人温暖的怀抱,所以选择了堕落……

一个十五岁少女将"敌敌畏"倒进十岁女孩儿喝的咳嗽药里,眼睁睁地看着女孩儿口吐白沫死去,被判了十一年。

我问她:"为什么要毒死那个女孩儿?她招惹你了吗?"

少女却说:"我看她不顺眼,她跟我吵过架,就想毒死她!"

我大感不解,一个十五岁女孩子为什么如此歹毒?她到底出生在怎样一个家庭?

她告诉我,她很小父母就离异了,母亲走了,她被判给了父亲,父亲成家又有了孩子,她跟着爷爷奶奶生活。她早早就辍学了,她跟谁都不亲,除了爷爷奶奶,没人管她。

一个十五岁的少女把同父异母八岁的妹妹勒死了。法官问她,你为什么要勒死妹妹?她的回答令法官感到震惊。

"因为爷爷、奶奶、爸爸都偏向妹妹,好事都可着妹妹,妹妹干了错事却都怪我。他们根本不把我当回事,好像我不是这个家里人似的。我从小没妈,父母很早就离婚了。爸爸又结婚有了妹妹,他特稀罕小妹,经常拉着小妹高高兴兴地出去吃肯德基,一次都没带过我,我从未吃过肯德基……爸爸从不跟我说话,我也从不管他叫爸爸。看到爸爸对小妹那么亲热,我心里产生了羡慕、嫉妒、恨!觉得爸爸太偏心了,所以就想弄死小妹……"

听到这番话,少女的爷爷、奶奶、父亲以及众多亲属都哭了,他们这才意识到忽略了这个从小没妈的孩子。

我说:"傻孩子,你勒死小妹,想没想过,即使爷爷、奶奶、父亲能原谅你,可是法律能原谅你吗?"

她说:"我寻思大不了被判死刑。死就死呗,反正也没啥可留恋的!"

"你后不后悔？"

"后悔,提审的时候我就后悔了,觉得对不起从小抚养我的奶奶,对不起小妹,那么好看的小妹生命刚刚开始,就让我给弄结束了……"

"你进来以后,家里人来看过你吗？"

"看过。去年亲情帮教会上,爷爷、奶奶、爸爸、姑姑都来了,我看见爸爸剃了光头,我还鼓起勇气伸手摸了摸他的光头,爸爸居然还冲我笑了。那是爸爸第一次冲我笑。那次帮教,使我第一次感受到从未有过的亲情温暖……"

又是一个进了监狱才体会到亲情温暖的孩子,又是一个父母迟到的醒悟！

借此,我想对天下父母说几句采访后的心里话:追求幸福是每个人的权利,离婚是个人的选择,这无可厚非。我只想说,朋友,无论你走到哪里,无论你是否组成新的家庭,当年幼的孩子需要关爱时,请不要忘记你为父为母的责任。既然生养了他(她),你就要对他(她)负责。这是法律赋予我们父母不可推卸的责任和义务。无论多忙,都请停下匆匆的脚步,放弃那些无休止的应酬或生意,来陪陪被你疏远或遗忘的孩子。他们瞪着一双渴望父母亲情的眼睛,正可怜巴巴地盼着你的关爱呢。

当孩子迷茫而脆弱时,请张开为父的臂膀,让孩子靠在你的肩膀上,感受一下父爱充电的力量,让你的父爱释放出最大的能量,照在孩子因缺少父爱而打蔫的小苗身上,给孩子一点阳刚之力！

当孩子孤独而无望时,请张开母亲的怀抱,让孩子投入你的怀中,感受一下久违的母爱,不要因为母爱的缺失而毁了孩子的一生！

做一个合格的父母不容易,但这是法律赋予父母的责任和义务！

第四章

忏悔无门

- 永远逃不出的心狱
- 高墙下的朗读者
- 锁不住的顽劣
- 谁偷去了我的自尊？
- "从骨子里冒坏水的孩子"
- 突然泪崩的少年

写到这一章，我的心情格外沉重，眼前不断浮现出那些表情沉郁、眉头紧锁的稚嫩面孔，听到录音笔里传来他们痛不欲生的哭声……

这些少年是家庭暴力的牺牲品，又是制造暴力、侵害他人生命财产的罪人。有的则是杀害自己亲生父母的凶手。他们多因重罪而被判以重刑。他们小小年纪被关在监狱里，承受着漫长的刑期对其罪行的惩罚，也承受着内心无法化解的自责与鞭挞。

家庭暴力是一个非常严峻的社会问题。多少家庭因暴力而解体，因暴力而发生命案，又有多少孩子因家庭暴力而走上犯罪道路。

听听他们触目惊心的讲述，将引起我们太多太多的思考……

采访中，我力求走进这些孩子的内心，探寻他们施暴的原因：一个小小年纪的少年，为什么敢举刀杀人，为什么轻而易举就产生杀人、抢劫的念头，他们到底有着怎样的人生背景？他们小小年纪，身上为什么有那么重的戾气，为什么如此凶残？

从下面这些典型案例中，我们将看到一些未成年孩子的畸形人生——

永远逃不出的心狱

这天，在广东省未管所，警察带到我面前的是一个二十岁的青年，此人中等身材，一身灰色囚服，脸上一副近乎麻木的表情。

我请他坐下，极尽诚恳与亲切，跟他唠家常，劝他不必紧张。他却低着头，迟迟不肯开口。

看得出，他的心思很重，好像生活在心灵的牢狱之中。我从他发怯的眼神里，看不出任何顽劣与残暴的迹象，反而觉得在他内心深处似乎隐藏着某种巨大的压抑或恐惧。

在警察的一再劝说下，他终于开口了，但声音低沉，语速缓慢，每说一句，都像扛着一只千斤重的麻袋。说到关键处，他的声音颤抖，嗓子哽咽，整个人的精神好像要垮掉了似的。

他叫黄秋臣（化名），1996年12月出生在湖南某农村，因故意杀人罪，被判处有期徒刑十二年，已经服刑六年了。

父母以做皮鞋为生，家里有一个小他八岁的妹妹。他小时候很腼腆，去幼儿园不敢跟小朋友说话。他是家里唯一的男孩儿，父母从小就对他抱以厚望，希望他将来能上大学，有出息，不要像父母这样辛苦。为了让他上学，父母带着他和妹妹从湖南来到广东清远市，在这里租房做着皮鞋生意。

小学时，他的学习成绩很好，每次考试都是全班前三名，五年级还考了全镇第一，得了两千元的奖学金。小学六年级，他开始迷恋上网络，整天沉迷于打打杀杀的游戏之中，学习成绩骤然下降。初中一年级他开始逃学，并学会了抽烟。开家长会，老师批评他，父亲当着全班家长的面骂他，但一切努力都没有挽回他那颗被网络游戏勾走的心……

2010年秋天，他吸烟的事被父母发现了。父亲狠狠地暴打了他一顿，棍子都打折了，打得他鼻口出血。他忍着疼痛跑到同学家里，直到晚上八点多钟母亲才把他找回来。

他从小就怕父亲，这次挨打之后就更怕了。他和父母之间很少交流，几天都说不上一句话。

讲到这里，黄秋臣再次沉默，头沉得更低了。

我问他："后来呢？"

他半天才嗫嚅道："出事了。"

"出什么事了？"

"母亲……又发现我抽烟了。"

我不解："母亲发现你抽烟有什么可怕的？"

他却低着头，迟迟不肯开口。

我并没有催他，我知道，这是他最难以启齿也是最重要的症结，我等待着他的开口。好一会儿，他终于说出来了："我杀人了。"

"杀谁了？"

他回答的声音很小，小得跟蚊子叫。但是，人类最熟悉、最亲切的称呼却让我听得真真切切，我心里顿时一惊，身子下意识地向后靠去，顷刻间，他颠覆了我刚才对他的所有判断——

"我把母亲和小妹杀了。"

接下来，他在不堪回首的痛苦中，伴随着泪水，向我讲述了六年前所发生的一切……

2011年3月9日凌晨四点。

出事前一天，父亲回湖南老家了。他中午放学回家，母亲对他说，在他的房间里发现了红双喜香烟。母亲并没有说别的，也没有谴责他。但这句话却使他胆战心惊，顿时想到父亲让他皮开肉绽的棍子，想到从小就领教过的一次次暴打……

下午上课，他什么都没听进去，一直在绞尽脑汁，怎样才能不让父亲知道抽烟这件事？想了半天，只有一个办法，那就是杀死母亲灭口！

放学回到家里，他偷偷地将楼上通阳台的门掏了一个洞，伪造了盗窃现场，晚上坐在餐桌前，吃着母亲做的最后一顿晚餐，他心怀鬼胎的目光却不敢直视母亲，连看一眼都不敢。小妹叫他哥哥他也不理。从放学到睡觉他没说一句话，却写完了老师留下的最后一次作业。整个晚上，他在自己的卧室里一根接一根地吸烟，在他心里，人性与兽性一直疯狂地撕扯着他那矛盾的灵魂……

晚上十一点，他睡下之前，定好了凌晨四点的闹钟。

凌晨四点，魔鬼的钟声敲响了。他起床去厨房取来菜刀，悄悄地走进四楼母亲的卧室。在母亲的床前足足站了五分钟，他心里怦怦狂跳，浑身颤抖……到了最后一刻，人性与兽性，仍然激烈地撕扯着他那悬崖边上的灵魂,只要他稍稍理性一点,就此罢手,就不会有后来的结果了。

可是,他却丧失了最后一点儿理性,将菜刀放在了母亲的脖子上……

母亲突然惊醒了,大惑不解,惊愕地喊他:"臣臣,臣臣!"

他却向母亲举起了菜刀……

这时,与母亲同屋的妹妹被惊醒了,坐起来,连连喊他:"哥哥!哥哥!哥哥——"他又向妹妹挥起了菜刀……

之后,他将身上的血衣脱下来,剪碎了冲进下水道,撬开抽屉,拿走家里的两万元现金,伪装成盗窃现场。

说到这里,他停下了,屋里变得死一般沉寂,只听到我和他的呼吸声。此刻,我感到头皮发麻,浑身起了一层鸡皮疙瘩,似乎有一股血腥味从周围飘来,恍惚看见一个少年丧失了人性的疯狂……

我不禁在想:仅仅因为母亲发现你吸烟,仅仅因为怕父亲打你,你就对自己的亲生母亲和无辜的妹妹痛下杀手,你就如此残忍,如此疯狂,如此丧失人性?

简直不可理喻!

好一会儿,我才试探着问他:"当时,你就没想想母亲对你的好,想想母亲对你的恩情吗?"

他低着头,半天才嗫嚅道,他想到母亲总是对他说,要好好学习,将来考上大学,找个好工作,做个有出息的人……

"你不感到后悔吗?"

听到这句问话,他开始哽咽、啜泣,最后双手抱头压抑地失声痛哭。

我劝他:"孩子,放声哭出来吧,哭出来心里能好受些。"

警官也劝他,宣泄出来吧,宣泄出来心里能好受些。

他终于放声大哭起来,呜呜的哭声在房间里响了很久,他边哭边道出了多年来不曾说出的心里话。

他说父亲接到大伯打去的电话,从湖南赶回来就病倒了。他看到父亲躺在医院的病床上,悲痛欲绝,连连呕吐,他后悔了,后悔不该如此丧尽天良,把一个好端端的家给毁了!他后悔再也见不到妈妈了,再也吃不到妈妈做的饭菜了!

而此刻,躺在病床上的父亲并不知他就是凶手,还拉着他的手哭着安慰他:"儿子,咱家出了这么大的事,你可要挺住啊!一定要争口气,好好念书,长大能有出息呀!儿子……"

他抱住父亲失声痛哭,却没有说一句话。他第一次感到父亲拉着自己的手真好,第一次感到父亲不再那么可怕,第一次感到父亲那么可亲可爱……

可惜,一切都来得太晚了。无论是父亲还是儿子,都醒悟得太晚了。

当警察带着黄秋臣回家去指认现场时,他看到母亲和妹妹的尸体都不在了,房间里一片狼藉,到处都是血迹,墙上还挂着四口人的全家福照片……

他顿时哭了,问自己:我怎么能干出这种伤天害理的事?我怎么这么丧尽天良啊?我还有没有一点人性啊?

我问他,父亲知道是你干的之后,说过你吗?

他摇摇头。在看守所里,他收到父亲的来信,还对他说:"事情已经发生了,不要想那么多了。我会给你找一个好律师,是姥爷家的亲属,他会帮你说话的……"捧着父亲的来信,他抱头大哭,第一次感受到父爱,第一次明白了"可怜天下父母心"这句话的含义。他好后悔呀！可是一切都晚了。

开庭时，学校师生联名写信，为他向法官求情。父亲没有去法庭。父亲来监狱看他，父子俩隔着玻璃失声痛哭，父亲始终没有怪罪他，只让他在里面好好表现，争取早点出去。父亲对他越好，他心里就越痛恨自己。

末了，我问他如何看待自己的人生，他说出了一番令人深思的话——

他说，他觉得家长的教育方式对他的影响太大了，从小到大，父亲经常打他，让他跪洗衣板，对他要求过于严厉，对小妹却很放纵。从小就让他干活，他偷偷地跑出去玩一会儿，父母就当着邻居的面追打他。同学都把他当成笑柄，他觉得很丢面子，自尊心受到了极大的伤害，觉得在同学面前抬不起头来，因此对父母产生了怨恨心理，甚至以抽烟、上网、故意学坏来报复父母。

他的一番陈述，令我陷入了沉思，暴力滋生的罪恶，令人扼腕。一个好端端的家没了，两条生命消亡了，一个十五岁少年将面临十二年的铁窗生活，即使刑满释放走出监狱，他的心能走出自己的心狱吗？即使他的父亲和亲人原谅了他，可他能原谅自己吗？无疑，他的人生将永远生活在痛苦的心狱之中！

高墙下的朗读者

这是一次特殊的朗诵会——

一个少年走上台，满含悲切的语气朗诵一首写给母亲的诗，那是他悔恨而锥心的真情告白：

啊,母亲,
为了一根刺我曾向你哭喊,
如今戴着荆冠,我不敢,
一声也不敢呻吟;
……
我的甜柔深谧的怀念,
不是激流,不是瀑布,
是花木掩映中唱不出歌声的古井。
……
月圆之夜,万家团聚之时,那发自心底、痛彻心扉的忏悔令人心碎:
妈妈,我错了!
你在天堂还好吗?
妈妈,我想你!
……

这番发自肺腑,充满血与泪的呼唤,打湿了朗诵者的心,也打湿了在场数百个孩子的眼帘。

然而,令人无法相信的就是朗读者则是一个蓄意弑母者。当时只有十五岁的稚气少年,双手却沾满了母亲的鲜血——

此刻,他就坐在我的面前。

辛光辉(化名)长得很阳光,笑起来还有几分腼腆,谈起往事,面目平静,似乎已经走出了那段罪恶的阴影。他告诉我,他常常对着镜子问自己:"那个人是我吗?我真的把妈妈杀死了吗?"他甚至常常下意识地四处寻找母亲……

而且,并非激情杀人,而是有预谋的,手段极其残忍。

其实,少年本该有一个不错的前程,家庭条件不错,虽然在农村,但父亲是个体司机跑运输,家里刚刚盖起了小洋楼,母亲在家照顾他和姐姐。父母都是初中毕业,没有读过大学,所以把读大学的愿望全部寄托在儿子身上,希望儿子将来能考上大学,能出人头地。

可是,他却害死了亲生母亲,被判十四年有期徒刑,在监狱里已经送走了八个春秋。如今,他早已不是当年那个懵懂犯浑、丧尽天良的无知少年,而是二十几岁的大小伙子了。

听他讲述杀害母亲的经过,就像在听《天方夜谭》。不!更像听小孩子讲打仗游戏,砰砰两枪就把"坏蛋"打死了,简直像闹着玩似的。

辛光辉本是一个学习成绩优秀,经常受老师表扬的好学生。他深受老师和父母的喜爱,家长和老师对他都寄予厚望。他的人生转折发生在初二,也就是孩子们称为"魔鬼二"的年龄,他疯狂地迷上了篮球,就像孩子迷恋网络游戏一样。他家离学校操场很近,一听到球场上传来篮球撞击地面的啪啪声,他就激动不已,心里就像长草似的,再也坐不住了,扔下书本就跑向球场。他打起球来可以饭不吃,觉不睡,年轻,身体好,尽情地玩吧!他打前锋,个子不算高,弹跳好,是球友的主力。这帮球友都是辍学的少年,家里有钱,整天泡在球场上。他一心想当篮球运动员,将来想考体育学院。

可是,他的想法却遭到父母的强烈反对,坚决不同意他考体育学院,要他好好学习考正经的大学。

而且,父母信奉"棍棒出孝子、严师出高徒"的传统观念,挨打是他的家常。父亲跑车经常不在家,打他最多的则是母亲。

有一次,他犯了错,母亲拿缝被子的针扎他的手。父亲拿棍子打他,将晾衣服的铁棍都打弯了。

初一那年,他跟姐姐因争吃香蕉打了起来,母亲又打了他,他赌气从二楼跳窗逃跑了,跑到邻村一个朋友家住下来。他记得电视剧《家有儿女》里的主人公说过,你要离家出去一两天,回去家长肯定收拾你。你要离家时间长了,家长就该为你担心了。

于是,他在朋友家住了一周,回到家里,母亲不但没有打他,而且连一句批评的话都没说,还问他在外面吃没吃苦头。

母亲万万没有料到,她的宽容却助长了儿子顽劣的勇气。从此,离家出走成了他的家常便饭,动不动就以离家出走来对抗父母的管教。他经常乘家人熟睡之际,从后门偷偷地溜出去,跑到那帮不上学的球友那里,混吃混喝,一住就是好几天。球友家里有钱,有的开赌场,有的放高利贷,跟着他们在一起胡混,打球、吸烟、去KTV、泡吧、打架斗殴,他下手狠,成为小圈子里被众人拥戴的"老大"。

时间在他毫无约束的放纵中,走到了2009年10月。

这天,已经离家半个多月的辛光辉,想彻底摆脱父母的束缚,获得充分的"自由",准备跟着一帮球友去西安。就在他等车时,却被母亲那双爱恨交织的眼睛发现了,吵吵闹闹地扑上来就打,他撒腿就跑。母亲在后面穷追不舍,母亲的老胳膊老腿哪是一个十五岁篮球少年的对手,他转眼就把母亲甩得无影无踪了。母亲却打电话发动亲朋好友四处围堵他,父亲开车堵住路口,他只好向山上跑去。母亲和姨夫前堵后围抓住了他,姨夫抱住他,母亲上来就打,他拼命挣脱了上衣光着膀子向上跑去。

10月下旬的西北农村很冷,尤其到了晚上更冷。他光着身子冻得瑟瑟发抖,觉得这样下去不行,没钱,没衣服,没吃的,只好回家。

他光着膀子悄悄地推开了家门，迎接他的是沉默，全家人的沉默。他心里掠过一丝庆幸，也许会逃过一劫……

可是，他刚躺到床上，先是听到父亲规劝母亲的声音，听到母亲气疯了的骂声，随后听到挥舞铁棍子的呼呼声，铁棍子打到他身上的啪啪声，以及身上火热火燎的疼痛……

他不记得母亲的打骂持续了多久，只记得用枕头死死地抱住脑袋，身体则任她打去！期间，父亲和奶奶进来想护住他，都被母亲推走了。过后，他看到那根铁棍子被打弯了，也不知棍子上有没有他身上的血丝？他怀疑自己到底是不是父母的亲生儿子？而比皮肉更痛苦，更无法忍受的则是母亲无休止的责骂，是母亲总是拿别的孩子与自己做对比的羞辱。

这一夜，对父母长期积累的怨恨终于像魔鬼一般吞噬了一个少年的良知。他曾在电视法制节目里，看到用毒药毒死人的情景，他想用下毒来毒死父母……

2009年10月27日，一个被魔鬼撒旦诅咒过的日子。

这天下午，同学过生日在酒店里喝酒，两个少年在角落里，悄悄地密谋着一个天理不容的弑母计划。一个少年对另一个少年说，想请他帮忙把母亲弄死，之后他拿到家里的银行卡，卖掉家里的汽车和房子，分一部分钱给这个少年，少年居然同意了。二人准备了作案的砍刀和电筒。

当天晚上，一个丧尽天良的弑母计划在夜幕的掩护下，悄悄地进行着……

辛光辉的母亲像往天一样，又给儿子打来电话，问他这么晚了，怎么还不回家？

他在电话里对母亲撒谎："妈，我想通了。我想回家，可我脚崴了,走不了,你来接我好吗?我在村外的庄稼地里。"

母亲做梦也不会想到,这个让她操碎心的儿子居然在骗她,骗她走向死亡陷阱。

但是,母亲永远是母亲,儿行千里母担忧,她听说儿子崴脚了,忙问他崴得重不重,让他别动,妈妈马上就去接你。途中,她四次接到儿子打来的电话,问她走到哪儿了?她说快到了。母亲绝不会想到,这不是儿子打来的电话,而是催命小鬼为她敲响的绝命丧钟!

躲在玉米地里的儿子,听到了母亲熟悉的脚步声越来越近,在手电光的照耀下,他看到了母亲熟悉的身影,终于来到他的面前。

母亲急忙问他:"儿子,崴得怎么样?重不重?把袜子脱喽让妈看看!"

儿子没有回答,回报母亲的却是挥起手中的砍刀,向母亲砍去……

母亲被砍倒的刹那,冲着儿子大喊一声"救命——",可是,儿子并没有住手,而是挥起砍刀向母亲继续疯狂地砍下去……

几个月来,听到太多的凶杀案,但如此残忍的还是第一次。此时我心里发悸,浑身直打冷战,身子下意识地向后躲去……

作为祖母辈的采访者,我真想狠狠地骂他一顿:你这个混账东西!你还有良心吗?那是十月怀胎、生你养你、一把屎一把尿把你拉扯大的亲生母亲啊!你怎么能下得了手,如此狠心地把自己母亲活活砍死!她打你、骂你,还不是为你好。只不过她没有多少文化,不知该如何管教你,以为打你、骂你,就是对你最好的管教了。再说,母亲做得再不对,你也不该对她下死手啊!这是丧尽天良、天理不容之事!法律能饶了你吗?

但我什么都不能说,只是问他,后来怎么样了?

他说他和同案把母亲的尸体弄到河边玉米地里,把他的保暖衣盖在母亲身上,又盖上一层玉米秸。之后,他就回家睡觉,第二天又去上学了。

在接下来的几个多月里,母亲"失踪"了。他说他整个人都是蒙的,像小鬼附体似的,常常下意识地到处找妈妈,心里疑惑:妈妈怎么不见了? 妈妈去哪儿了呢?

直到几个月后,2010年3月29日,他被叫到了公安局,刑侦警察厉声命令他:"你给我跪下!"

他却小脖一梗,嘴很硬:"我跪天跪地跪父母,凭什么给你下跪? 你算老几呀你?"

刑警的一句话,却使这个顽劣少年的双膝一下子软了,扑通一声跪了下去。

"我告诉你,你母亲的尸体已经找到了,她身上盖着你的保暖衣!"

他顿时崩溃了。

讲到这里,屋里陷入了久久的沉默,只有抽泣声及纸巾的唰唰声。

好一会儿,我才问他:"孩子,后悔吗?"

"后悔……"

"什么时候开始后悔的?"

"害死母亲第三天就后悔了。"他哽咽道,"我开始想妈妈,甚至下意识地到处找妈妈……想起妈妈对我的好,妈妈从小特疼爱我,我爱挑食,不爱吃面,妈妈就单独给我做米饭;我晚自习晚上八九点钟才回家,妈妈一直等我回来才吃晚饭;我小时候得过肾炎,尿血,住了一年医院,妈妈在医院天天陪着我。其实,他们不让我打球也是怕我身

第四章 忏悔无门

体吃不消。妈妈打我也是为我好,盼我长大成人。可我根本不懂妈妈的爱。我却……亲手毁了这个好端端的家,我曾经多次想过自杀。法庭上,老实巴交的父亲忍着悲痛对我说,咱家已经失去一个人,不能再失去了……奶奶,你知道吗,我无法接受自己,一想到这事,我就恨我自己,心就像针扎似的疼痛!直到现在,经常半夜感到锥心般的痛苦。心理辅导老师和队长很关注我,经常对我进行心理辅导。奶奶,你知道吗?七年来,记者曾多次来采访我,但我总是不能把事情经过讲完。那种痛苦是无法用语言形容的。但今天,我终于向您讲完了,这是第一次,谢谢您……"

"我应该谢谢你,谢谢你对我说出了心里话。孩子,奶奶问你,你当时是否考虑到后果?"

"考虑了,当时就想,即使去死,也要痛快点儿。"

我不禁在想:这孩子心里积攒了多少深仇大恨,积累了什么样的罪恶念头,才能做出如此挑战伦理、无视生死的选择?他做出这样的选择,内心又饱含着多少伤与痛、血与泪的决绝?其实,他们全家人都曾站在悬崖边上渴望着他人的救赎……

最后他说:"奶奶,我觉得农村人文化低,教育孩子还是惯用老一套——棍棒底下出孝子,这是很坑人的。假如父母不是那么打我,同意我考体育学院,那我完全可能……"他没有说下去,只是痛苦地摇了摇头。

我曾经采访过一个蒙古族少年,他酷爱音乐,一心想考音乐学院,父母却坚决不同意。他一气之下辍学了,后来被坏人拉入抢劫团伙,判了八年,父母为此追悔莫及。

采访中我发现,这样的父母为数不少,把自己的意志强加到孩子身上,不仅扼杀了孩子的兴趣,而且很可能使孩子走向叛逆,甚至误入歧途。

锁不住的顽劣

他说,记不清被父亲用铁链子拴过多少次,十次、二十次……不,比这还多。

他只记得从十岁开始,就经常被父亲用链子锁在家里床上,他一次次地挣脱,又一次次地被父亲抓回来锁上。他八岁时,就是小镇上出名的"人物"了。

说这话的,是一个因抢劫被判处有期徒刑六年、在广东省未管所服刑三年的二十岁青年。只见他的脸上流露出一副"身经百战"的表情,嘴角挂着一丝顽劣的微笑。

以往,我只在新闻里看到过类似报道,父母怕患有精神病的孩子出去伤人惹事,就用铁链子把他锁在家里,但从未听说把正常孩子用铁链子锁在家里的。

他叫胡大力(化名),人很爽快,他说他很愿意跟我谈谈他二十年的人生经历,给我提供一点儿素材。

于是,一个暴力下的少年人生,就像一幅灰色的沙盘画,几笔就在我面前勾勒出轮廓来,一次次地惊诧着我的眼睛。

1996年6月,他出生在广东湛江某小镇一个普通家庭,父亲是水泥工,整天与水泥打交道。母亲在海边给人挑虾,挣点零花钱填补家用。家里有三个孩子——哥哥、姐姐和他。从他记事起,塞满他幼年记忆的就是:父母没完没了地吵架。脾气暴躁的父亲总爱喝酒,一喝酒就打人,用打人、骂人来宣泄一个底层人生活的艰辛与烦恼。挨打最多的就是他,因为他最小,最调皮,跑得最慢,最容易被父亲抓住当作酒后的出气筒。

他在父亲的打骂声中,变得越来越顽皮,越来越叛逆,小小年纪就学会了离家出走。逃离家庭,逃得远远的,不让父亲抓住就不会挨打了。不仅是他,经常挨打的哥哥也曾多次离家出走,不过不像他这么严重。他小学一、二年级就开始逃学,连老师叫什么名字都不知道。两次被学校开除,父母找到学校,两次降级才让他在学校里混到四年级,然后就彻底辍学了。十岁那年,他在网吧里认识一个二十多岁吸白粉的吸毒者,从此跟着那人一起鬼混。那个人没有职业,家里穷得只有一张床,让他半夜去偷东西,自行车、小鸡、电饭煲……见啥偷啥。那人说他年纪小,偷东西被抓住也不会被判刑。于是,小小年纪的他,成了全镇出名的小偷,有人给他起了一个绰号——神偷黄飞鸿。

父亲找到他把他抓回家,狠狠地暴打一顿,然后用绳子拴住他的脖子和脚,像拴狗似的把他拴在床上,一连拴了好多天,吃饭就送到他床前,屎尿就拉在便盆里。他用牙把绳子咬开跳窗逃跑,又跑去找那个吸毒者。他觉得在吸毒者那里,虽然破烂不堪,常常有上顿没下顿,但很自由,很快乐,没人打他。

当他再次被父亲抓回家来时,绳子换成了带锁的铁链,一连两天不给他饭吃。母亲实在看不下去了,偷偷地给他送来饭菜,看着他像小饿狼似的狼吞虎咽,母亲哭着对他说:"孩子,你别再跑出去偷东西了,全镇的人都知道你是小偷,你把咱家人的脸面全丢尽了!"

然而,脸面与自尊对这个孩子来说,早就一分钱不值了。

其实,一条锁链却锁不住一个叛逆的少年,他一次次地被锁,又一次次地弄坏锁链逃脱。

一天,他发现吸毒者被警察带走了,心里感到很失落。无处可去,只好四处流浪,饿了就去超市顺手牵羊,困了就找个没人住的破房子或树林睡一会儿。父母觉得他实在不可救药,就彻底放弃了,不再管他。

就这样,这个在父亲的打骂声中,在全镇人的冷眼下长大的孩子,从小就没有了耻辱感,没有了自尊心,整天无所事事,偷鸡摸狗,什么坏事都干。

十三岁那年,姐姐带他去东莞打工,让他在美发店洗头,没干几天他就跑了,跟着镇上的人去了另一座城市。在美发馆洗头,没干几天他偷了老板的钱又跑了,跑到湛江跟别人一起抢劫被抓,因他不满十四周岁被判了一年缓刑。

可是,缓刑并没有使他清醒,而是继续在浑浑噩噩、毫无法律底线的放纵中,目无王法地胡闹下去,直到2014年1月,元旦刚过不久,终于作到头了。

胡大力因抢劫被抓,被判了有期徒刑六年。

开庭那天,十七岁的他孤零零地站在被告席上,没有一个亲人来看他。

入狱后,顽劣成性的他并不像其他未成年犯那样,老老实实地接受改造,认认真真地反思自己的罪过,而是继续胡闹,自伤自残、割碗、吞下大把的电子表芯,抗拒改造,又成了未管所的"顽劣"典型。

未管所警察让他吞下大量的韭菜排出电子表芯,以免发生生命危险,然后又带他做全面体检。发现他小小年纪,居然有高血压、胃病、蛀牙,又给他办理了病号餐,让他定期服药。

胡大力所在监区的陈副监区长找他谈话,问他小小年纪,为什么这么多病?为什么不好好改造,争取早点出去,而是要自伤自残?还问他家里都有什么人,父母都在吗?

看到陈副监区长如此关心,这个顽劣成性的少年很受感动,终于道出了心里话,说出了家里的情况,还说在入监之前爱上了一个女孩子,进来之后再也联系不上她了,他很想她。他曾让姐姐帮他联系,姐姐根本没当回事,他觉得家人不管他,恋人又失去了联系,心灰意冷,觉得自己是被世界遗忘的人,活着没什么意思,所以就想用自杀自残来结束自己的性命。

为此,我采访了陈警官,这位司法警官学院毕业、从警十几年的副监区长对我详谈了当时的情况。

陈警官给胡大力家里打去电话,从其母亲的哭诉中,了解到胡大力从小的顽劣,以及父亲用铁链拴他、打他的家暴情况。陈警官对其母亲说,父母不应该这样对待孩子,这种虐待孩子的行为是违法的,希望你们能来看看胡大力,并当面向孩子道歉,使他能化解对家人的怨恨,并让家人找找胡大力所说的那个女孩子,即使找不到对他也是一个安慰……

很快,胡大力的父母都来看儿子了,一家三口隔着玻璃失声痛哭,父亲有生以来第一次向儿子道歉:"儿子,对不起,我不该……"

父母向儿子道歉,说他们没有文化,愚昧无知,不懂得如何教育孩子,不该打他,不该用铁链拴他,不该……

虽是一份迟来的忏悔与醒悟,但还是来了。

有的忏悔与眼泪,能挽回失去的损失,而有的损失却是永远也挽救不回来了,包括孩子失去的大好时光,失去的受教育机会。父母认识到自己没有文化,愚昧无知的可怕,可是,孩子没有文化,其愚昧无知不是更可怕吗?

采访结束时,胡大力将他写的经历给了我,我发现他的字很漂亮，一笔一画，工工整整，那是静下心来的人才能写出来的。我大大地赞扬了他一番，他说写字是在这里练的，在这里看了好多励志的书，已经两次减刑，还有七个月就要出狱了。他希望我的这本书出版时，能送给他一本，并签上我的名字。我当即表示一定做到。

谁偷去了我的自尊？

这是一个很特殊的少年，是我采访中很少见的案例。

"孩子，告诉奶奶，你都干什么坏事了，怎么判了这么多年？"我笑着问面前的少年。我知道，十五年对未成年犯来说是重刑。

"杀人。"

"杀谁了？"

"我所在学校的女校长。"

说这话时，他不失纯朴的脸上露出几分腼腆的微笑。而我却惊得目瞪口呆，一个十六岁的少年，为什么要对所就读的中学女校长痛下杀手？他出生在怎样一个家庭？到底是怎样一个孩子？一连串的问题敲击着我的思绪，我急切地想探知这个少年的人生。

于是，一个少年特殊的人生，一幅由白变黑的人生图画，在他平静而不时微笑的叙述中，在我面前徐徐地铺陈开来……

他叫秦岭（化名），出生在内蒙古兴安盟某农村，母亲是师范毕业的农村小学教师，父亲是下岗工人。他是独生子，却从没有享受过独生子的娇惯。

在他的记忆里，母亲的骂声和巴掌就像他身上的补丁，永远也甩不掉。他走到哪儿就跟到哪儿，大事小事，有错没错都会挨打。他上小学时,学习成绩本来不错,参加小学奥数比赛得了68分,却遭到母亲的一顿臭骂,结果他排名第一。母亲却骂他不争气,说他应该得更高分。

最令他难忘的有两次挨打,一次是小时候,他很羡慕别人家孩子的一个玩具,想偷偷地拿走,被主人发现了,打了他两巴掌。这本来是小孩子一时兴起,贪点小便宜,并非什么品质问题。可是,母亲却当着好多亲属的面,不仅狠狠地打了他,而且挖苦他,对亲属说他如何如何爱偷东西,偷了谁谁家的东西被人家抓住了,人家把他打了。

身为教师的母亲并没有意识到,正是她的这番话伤害了一个孩子幼小的自尊心,使孩子怀着一种赌气或报复的心理,朝着母亲极不愿看到的方向走去……

秦岭觉得自己在亲属面前丢尽了脸面,自尊心受到了极大的伤害,怀着一种赌气心理:既然你说我爱偷东西,说我是小偷,那我就真当小偷给你看!

从此以后,他破罐子破摔,开始了盗窃,偷同学、邻居的小东西,后来发展到夜里出去撬门砸锁,直到进了监狱才不得不罢手。

另一次挨打是他十二岁那年,小学六年级,一位老师向他母亲告状,说秦岭是个小混混,砸碎了某班教室的玻璃,要母亲好好管教管教他。其实玻璃并不是他砸的,他去找那位老师理论,一气之下,真的一拳砸碎了玻璃窗。母亲气坏了,当着全校好几百名同学的面追打他,从教室追到走廊,从走廊追到操场,打了他几十个耳光,打得他天旋地转,眼睛直冒金星。当时,正值课间休息,全校同学都围着他,像看耍猴似的看着他挨打,他听到耳边不断传来同学戏谑的嘲笑声、解恨声,还有悻悻的咒骂声……

不知打了多久,他的脸已经没有了知觉,麻木了,终于听到母亲冲他吼了一句："赶快滚回家去,别在这给我丢人现眼了!"他这才转身向校门口跑去。这时他听到身后传来幸灾乐祸的起哄声,还有稀稀落落的掌声。他心里充满了仇恨,可不知是恨母亲,还是恨那些起哄的同学。

路上,他一直在哭,他觉得自己在全校同学面前丢尽了脸面,就像被人扒光了衣裤游街一样,他心中最后一点可怜的自尊,丢落在学校的操场上,丢落在这条尘土飞扬的马路上了。

这是十二岁那年秋天,留在他心中的破碎记忆。

他母亲是一个强势的女人,家里外头都很要强。母亲总是嫌他不争气,给她丢脸,觉得他恨铁不成钢。母亲对父亲也不满意,嫌下岗的父亲窝囊,四处打工也挣不到钱,经常冲父亲发脾气。

秦岭却认为父亲是一个老诚、能干的人,为了这个家四处打工,非常辛苦。有一次,他看见父亲从外地打工提前回来了,身上背着背包,一只脚穿着拖鞋,一只脚却裹着脏兮兮的纱布,满脸劳顿的汗水。他问父亲怎么了?父亲说在工地干活,不小心踩在钉子上穿透了脚背,老板给他一万元钱的医药费,让他回家来养伤。他搂着父亲哭了,他觉得父亲太辛苦、太可怜了,挣点钱太不容易。所以,他从不向父亲要钱,一次都没要过。他跟父亲的关系好,父亲从不打他,他做错了事父亲总是和颜悦色地给他讲道理,母亲打他时,父亲常常出面护着他。

他说,农村都这样,老师打学生,家长打孩子,这是农村教育孩子的方式。但是,他却在母亲的打骂声中丧失了自尊,丧失了自信,与母亲的对立情绪越来越严重,即使母亲给他洗衣做饭,他心里也很反感。到县城上中学不久,他就因盗窃和打架,接连被两所公立中学劝退和开除了。无奈之下,父母只好花钱把他送到一所私立中学就读。

到私立学校不久,就出事了。

2013年2月末的一天中午,上第四节课,秦岭跟一个同学去厕所了,女校长来班上视察,发现两个学生不在,去厕所把俩人叫出来,从他们兜里发现了香烟。校长说要对他俩进行罚款,并狠狠地批评了一顿。最让秦岭无法接受的是校长批评他的那番话——

女校长批评他太没有骨气,说他全家人都没有骨气!说他上次跟外校学生打架,就想开除他,是因为他父亲跑来哭着苦苦地哀求,才把他留下来……

正是这番话伤了他的自尊,使他心里产生了恨意。当时,正好他的伙食费花光了——上中学以来,母亲每月给他三百元伙食费,不够他就以撬门砸锁盗窃的钱加以补充。除此以外,他还负责供应另一名要好同学的伙食费。

夜幕降临,同寝室的同学都已入睡,秦岭却像往天一样,悄悄地换了装,换上小两号的鞋,带上一把砍刀,幽灵般地溜出宿舍,钻进没有星光的夜色之中,跑到校外去当梁上君子去了。

不巧,偷了几家都没有得手。于是,他鬼使神差地来到女校长宿舍的窗外,推开虚掩的窗子,跳进室内,从装有两三万元现金的抽屉里,拿走了三千元钱,并拆掉了室内的监控……

第二天,有人发现校长被人砍死在宿舍的床上了。

此案迟迟没有告破。

秦岭又在学校上了两个月课,后因夜间出去上网被学校开除。他来到堂哥家对堂哥说他惹祸了,堂哥把他父母找来。他哭着对父母说出了事情经过,父亲吓得目瞪口呆,让他快去自首,他却说死也不想死在监狱里。

于是,父亲给了他三千元钱,对他说:"那你就自生自灭吧。"

父母哭着,看着这个不省心儿子的背影越走越远,最后完全消失在泪眼模糊的视线里,而他们的心也随着消失的背影破碎了。

当夫妻俩再次见到儿子却是在法庭上,因包庇罪,同儿子一起站在被告席上:父亲被判处有期徒刑一年,母亲被判处有期徒刑三年,秦岭被判处有期徒刑十五年。

一家三口,分别被关押在三座不同的监狱。

一家人再次相见,是在几年之后,父母刑满释放了,他们来共管所看望儿子,一家三口隔着厚厚的玻璃,三双泪眼相视对望。秦岭看到身材高大、从小为他遮风挡雨的父亲,身材矮了,背也驼了。看到原来很胖的母亲,瘦了、老了,头发都快掉光了。干了一辈子教师的母亲,如今五十岁了,却不得不在一家饭店里端盘子。父母都没了工作,房子也卖了,给死者赔偿了十三万元……

"爸爸、妈妈,我对不起你们!实在对不起呀……呜呜……"

隔着厚厚的玻璃,他有生以来,第一次哭着向父母发出痛彻心扉的忏悔。

讲到这里,少年眼含泪水,沉默了很久,再开口时却话锋一转:"奶奶,我告诉你,其实我并没有杀人,校长不是我杀的!我进去时,发现校长已经被人杀了,只是那天太巧了。目前,我已经提交了申诉材料,我之所以现在才申诉,是因为考虑父母……"

我不禁大吃一惊,半天没转过神来。但我很快告诫自己:这是一个严肃的法律问题,罪与非罪,绝不是我这个作家能弄明白的。我劝他要相信法律,要做好两种思想准备。他说警官也是这么说的。

我问他,现在,你如何看待自己的过去,对自己、对家庭,有什么新的认识?

他沉思了片刻,说出的一番话令人震惊。

他说:"我觉得一个人刚出生时,本来是一张白纸,就看大人如何去描绘他了。我人生的图画,就是大人给描黑了。我觉得家庭教育,对孩子的成长太重要了。我发现进到这里的,大多是家庭教育不当引起的。有的是溺爱,有的是暴力,有的是父母离异。我从小是一个腼腆、内向、自尊心很强的孩子,学习很好,喜欢一个人安安静静地看书,琢磨点小东西。在这里,我喜欢机械设计。可是,由于母亲、老师和校长,他们对我采取过于严厉的极端方式进行教育,当着众人的面打我,挖苦我,大大地伤害了我的自尊!我一直生活在压抑之中,产生了强烈的逆反心理,这种逆反心理就像压抑太久的火山,早晚要爆发。我怀着一种过激的反抗心理,来对待老师,对待社会,结果……我真希望父母和老师能听听我们这些人的呼声,不要拿孩子当出气筒,不要挖苦孩子,不要把孩子分成三六九等,那会伤害孩子的自尊心。要知道,孩子也是人,我将来要是当了父亲,一定好好跟我的孩子沟通,绝不会让他像我这样……"

这是一个来自未管所少年的呼声,也是一个屡遭暴力伤害者的呐喊,希望天下父母都能听听孩子的呼声,从而善待自己的孩子。因为善待孩子,就等于善待未来,善待希望。

"从骨子里冒坏水的孩子"

还是从那场神秘的大火说起吧。

2000年2月18日上午,湖北黄冈市某小镇,一个连遭厄运的普通人家,主人刚刚过世,悲痛的哭声还没有散去,一场滚滚浓烟裹携着的大火,又带着一种不可理喻的诡秘,扑向了这家刚刚出生不久的婴儿……

当时,婴儿的母亲正跪在郊外丈夫坟前给丈夫烧"头七",向阴阳两隔的丈夫哭诉着悲痛的思念,以及家境的艰难。七天前,她生完孩子还没满月,丈夫就带着无法化解的仇恨与罪恶,永远地离开了人世,离开了这个几乎崩溃的家。

此刻,那个被大火险些夺去小命的孩子,就坐在我的面前。

我第一眼见到他,不禁一惊:黄强(化名),2000年1月出生,十七岁,个子不高,脸上留有严重的烧伤疤痕,尤其是嘴巴下面全是疤。但是,令我惊讶的并非他脸上的疤,而是他结疤的脸上所流露出的笑容,以及他在交谈中所表现出来的健谈与幽默。这是我在数月采访中从未遇到过的乐观少年。我不知他的乐观是出于没心没肺的性格,还是经历了太多的苦难,已经变得超脱,什么都不在乎了。

很快,一个多灾多难的少年人生,从他被大火烧变形的嘴巴里,从他乐观的生命河流中流淌出来,流到了我的笔端……

少年讲得很轻松,就像在讲述与他毫不相干的旁人故事,可我听后,却激起一阵阵唏嘘,一个小小少年,原来可以承受如此沉重的生命之重!

他说,那场大火至今没有破案,不知是谁放的。有多种传说,有人说,有人为了报复他家,故意纵火要烧死他这个刚刚出生的婴儿。也有人说,奶奶抽烟的火星,不小心溅到了他的被子上,奶奶下楼走了,大火却燃烧起来,把襁褓中的他给吞噬了。此种说法存在着很大疑点——在他的婴儿床上发现了很多报纸,可是奶奶并不识字。

当时,他刚满月,还没有记忆,只是长大以后,靠想象多次回忆着当时的情景：熊熊大火烧着了他的小被,烧焦了他稚嫩的皮肉,烧毁了他的下巴、小手、小脚、小肚皮……他在大火中无助地啼哭着,拼命抓挠着小手,踢打着小腿,直到有人把他从火海中抢救出来。

说到这里,他举起烧得残缺不全、像秃鸡爪子般的双手,掀开囚服,亮出身上、腿上的多处伤疤。他说腮上的肉是从大腿上割下来贴上去的,不然他脸颊是凹下去的。

他说母亲怀他时,家里就接连发生了两起震惊全镇的大案。

在汽运公司当司机的父亲,血气方刚,脾气暴躁,动不动就爱动拳脚。不知因为什么得罪了汽运公司领导,被公司派人暴打了一顿,伤了肾,发展成尿毒症,要靠透析才能勉强活着。父亲咽不下这口气,从医院里跑出来,买了炸药,一天深夜,随着一声惊天动地的巨响,汽运公司大院里停放的几十辆汽车,瞬间在滚滚浓烟中变成了一堆废铁！

不久,父亲就去世了。可是,父亲去世前的治疗费用,以及儿子烧伤的治疗费用,几十万的外债像山一样,全部压在了母亲瘦弱的肩膀上。他出生几个月,母亲就外出打工了,赚钱还债。

他是在外婆、奶奶和六叔家长大的,两岁之前在外婆家,两岁之后在奶奶和六叔家。无论到谁家,他都是一个大家公认的坏孩子,叛逆、调皮,干尽坏事。外婆说他从根到梢都坏透了,从骨子里往外冒坏水。

也许因为伤残,他幼小的心灵隐藏着复杂的自卑,总想以干坏事来"证明"自己,以求引起他人的注意。也许,从小缺失母爱使他性格乖戾,爱恶作剧,爱以损害他人利益为乐趣。总之,调皮的孩子见过,但没见过像他这样调皮的,吃西瓜,啃一口就扔掉,再拿一块,啃一口又扔掉。外婆只好跟在他身后,把他扔掉的西瓜一块块地捡起来洗洗自己吃。上学后,他是全校出名的人物,专门跟老师对着干,一周上一堂课,而且是体育课,上课躺着睡觉,考试抄同学的试卷,看了"古惑仔",觉得太酷,太牛×了,就极力效仿,越发变得无法无天。逃学、打架、烧别人的裤衩,用钉子扎爆别人的汽车轮胎,从家里偷走三百元钱买游戏机,在同学面前耍酷,以他的话说,玩得"有声有色",作妖作得天翻地覆,全镇都知道有这么一个浑身冒坏水的残疾熊孩子。

从小管他的只有六叔,就是一个字:打!狠狠地打!打完之后六叔再给他伤口抹跌打损伤药,下次照打不误。六叔文化不高,小学,坚信"棍棒出孝子,不打不成器"的信条。可是,棍棒不但没有打出孝子,反而打出一个小混混,小学六年没读完,他死活不念了。

从此,他结交了一帮不良少年、混混,整天泡网吧,出入歌厅、酒吧、宾馆,打架,吃喝玩乐。直到有一天,手里没钱了,七个无法无天的少年一核计,像闹着玩似的,冲进一家超市,绑架了一个女人……

七个人都被判了,他被判处有期徒刑两年,目前已经服役一年多,还剩三个月就出监了。

讲到这里,他第一次沉默了。

我问他,想没想过,你为什么会长成这个样子?

他说,进来以后,看了不少书,每天都在写日记,一直在反思自己。他觉得走到今天,主要是从小没有受到很好的家教,父母不在身边,遭受的都是家暴。小时候上幼儿园,看到别的孩子都有父母接送,他却从来没有,他问奶奶:"妈妈是不是不要我了?"奶奶说:"不是,你妈妈过年就回来了。"

可是盼到过年,妈妈却没有回来。

他并不知道,母亲一个人背负着几十万的外债,在东莞起早贪黑

第四章 忏悔无门 ·········· 125

地摆地摊、打工,多年不找男人,就是为了他,怕他受气。"

后来,他终于盼到妈妈回来了。见到妈妈,他却瞪着疑惑的眼睛问道:"你不是我妈妈,你的样子怎么变了?我的妈妈不是你这个样子,我妈妈长得可好看了!"他指着电视剧里的女主角赵玲儿,"她才是我妈妈呢!"他把电视里的演员当成自己的妈妈了。

母亲听到这句话,把他搂在怀里呜呜大哭。

他说,所以走到今天,除了自身的原因之外,对他影响很大的还有周围的环境。他看到周围经常有人打架、吸毒、卖淫、贩毒、赌博、嫖娼,偶尔还看到砍死人的。尤其看到网上那些打打杀杀的游戏,对他影响最大。那些现实与虚拟的违法行为看多了,熟视无睹,也就习以为常,觉得一切都无所谓,什么事都敢干了。

没想到,这个乐观的十七岁少年,对自己的人生总结得如此准确。

我问他:"你出去以后,能把握住自己吗?"

"只有失去自由,才知道自由的可贵。我会吸取这次沉痛的教训,再不干违法的事了!"这是很多少年说过的话,后来他又说,"我是一把很钝很钝的刀,只有很耐心的人才能把它磨出来。进来以后,我觉得这里比外面好,比外面文明,在这里我学到好多东西。别看我这样,我玩电脑、干活都可快了。"

这是一个聪明、乐观的孩子,别看他残疾,却心灵手巧。

临走前,我来到他劳动的车间,远远地看着他麻利地干活,看到他那双秃鸡爪般的小手,干起活来相当麻利,比好多正常孩子都快。站在远处,我默默地祝愿这个命运多舛的乐观少年,能走好今后的人生之路。

突然泪崩的少年

在广东省未管所,当警官带着一个少年进门之前,我心里有点紧张,甚至多了几分提防。我知道进来的是一个刚满十六周岁的少年,却身负杀人奸尸的命案,一个花季少女的年轻生命,就活活地毁在他的手里。

少年被警官带进门来,我习惯地注视着他的眼睛,从他不大的眼睛里,并没有读出凶残,也没有看出精明。从他的长相上看,给人一种受气包的窝囊样,个子不高,长相单薄,洼口脸,讲话语迟,有点儿口吃,交流起来不算太顺畅。

我怕他过于敏感,小心翼翼地跟他拉起家常,像祖母似的跟他聊天,让他讲讲自己的故事,但又怕触疼他那敏感、脆弱的神经。我想探寻他出生在怎样一个家庭,在短短十五年的生命旅程中,都经历过什么?为什么小小年纪如此残忍,如此无视他人的生命?

他叫于济周(化名),出生在临海市郊区一个农村家庭,独生子,但从未享受过独生子的疼爱,从未庆祝过生日,也不知自己生日是哪一天,只知道是2000年8月出生的。在他的记忆里,父亲从未抚摸过他,更没有体会过什么叫父爱。父亲整天在赌桌上打牌,赌输了,回家就逼着母亲要钱,不给钱就往死里打,把母亲踹倒在地,把耳环都打断了,而且也常常打他,吓得他一见到父亲就浑身哆嗦。在他幼年的记忆里,除了挨打就是挨打,要么就是看着父亲吃肉、喝酒,他只能眼巴巴地站在一旁看着,唯一能给他安抚的就是同样挨打受气的母亲。

父亲不在的时候,母亲经常搂着他,向他哭诉内心的委屈:"儿啊,妈命苦啊!妈生你那一个月,你爸连家都不回,整天去赌,是你大姨侍候我的呀!儿啊,要不是为了你,妈早就离开这个破家了。妈就盼望你快点儿长大,你长大了妈就有出头之日了。"

母亲在外面打工赚钱,艰难地维持着这个家。母亲多次劝说父亲出去打工,父亲却不肯,整天泡在赌桌上。

于济周在这样一个充满暴力的家庭长大,渐渐形成一种胆小恐惧、敏感多疑又桀骜不驯、动不动就用拳头说话的双重性格。

每当母亲向他哭诉遭受家暴的痛苦,盼望他快点长大时,他都信誓旦旦地对母亲说:"妈你别哭,等我长大了,一定替你报仇!"

他盼望自己快点长大,长大了好能打过父亲。但是,没有等到他长大,七岁那年的一天晚上,父亲又逼着母亲要钱,母亲没钱给他,他又对母亲大打出手,把母亲踹倒在地又踢又打。母亲抱着脑袋躺在地上发出痛苦的惨叫,七岁的他再也看不下去了,跑进厨房拎出一把菜刀,用充满仇恨的目光恶狠狠地瞪着父亲,冲着这个虽给予他生命,却令他无比憎恨的男人,哆哆嗦嗦地举起了菜刀……

不知是怕了,还是不想跟七岁的孩子一般见识,父亲恶狠狠地瞪他一眼转身走了,留给于济周一个骂骂咧咧、愤愤离去的背影。

母亲对儿子拿菜刀要跟父亲拼命的举动,并没有指责,而是把他紧紧地搂在怀里放声大哭……

第一次拿菜刀与父亲拼命就把父亲吓跑了,又没有受到母亲的指责,这给懵懂无知、心理并不健全的孩子造成一种可怕的、潜在的心理暗示,使他第一次意识到:我拿刀跟你拼命,你就打不过我了!

从此,这个从未受过很好家教的孩子,开始崇尚暴力。父亲再动手打他和母亲,他就抓起菜刀或者棍棒跟父亲拼命,与父亲对打,而且逐渐延伸到外人。每当他发现自己打不过对方时,就回家操起菜刀,对方一看他拿来菜刀就跑了。久而久之,他成了一个谁都不敢惹的小霸王。

小学毕业,他考上一所国际武术学校,他觉得学了武术别人就更打不过他了。可是学费很贵,第一学期一万八千元,以后每学期八千元。母亲打工挣来的钱,全被父亲要去赌博了,母亲只好借钱为他交学费。念到初二实在交不起学费,父亲不让念了,他只好辍学。

辍学后,他跟着社会上一帮人胡混,打黑拳,上网看武打片、色情片,第一次看到男女做爱的画面,他那青春萌动的肌体里,燃起一种无法扼制的冲动。这种冲动烧焦了他可怜的理智,一个可怕的念头伴随着一个梦想中的女孩,闯进他那毫无法律意识的脑袋,这一念头搅得他日夜不宁,直到那天中午……

2015年7月23日,一个炎热而寂静的中午,大人都出去打工了,狗儿懒洋洋地趴在各家门口打盹。于济周像个幽灵似的潜入到邻居家里,企图强奸他梦想已久的女孩儿。女孩拼命反抗,他怕被人听见,便向女孩儿伸出了罪恶之手。

掐死之后,他对女孩进行了奸尸,将女孩儿的尸体藏进衣柜里。

两天后,警察来到他的面前……

就这样,他毁了两个家庭,一个死了,一个在监狱里服刑,还有他家高额的赔偿。后来得知,他进监狱不久,父亲就因电信诈骗也进了监狱。

我试探着问他,你后不后悔,害不害怕?

他却不假思索地说:"不后悔,也不害怕!对我来说,判多少年都无所谓了,是死是活,一下子结束了才好!"

他的无视生命令人发指,更令人深思:一个十六岁的少年,从骨子里透出来的冷漠,不仅是对受害者生命的蔑视,也包括对他自己生命的蔑视。

我本以为一个如此冷酷的少年已经泯灭了人性,然而当我问及他的母亲时,这个冷漠的少年却突然泪崩,无法自控,越说越激动,越说越结巴,最后竟然放声大哭起来。

我只能从他结结巴巴不连贯的哭诉中,断断续续地听出他对母亲的评价:"我妈太可怜了……我妈每天从早到晚干活,二十四小时都不歇……我妈拼命挣钱,太苦了……我心疼我妈……我出去以后要干大事,要赚大钱养活我妈……我要改名,要在名字里加个'善'字……我要对得起我妈……呜呜……"

听到这番发自少年灵魂深处的哭诉,我的思绪仿佛在人性的波谷浪峰中颠簸,没想到,一个如此残忍冷漠的少年,却藏有未曾泯灭的良知,一颗对母亲感恩的心。

我发现,这个少年无论是心理还是人格,都不是很健全。我将纸巾一次次地递给他,每次他接过纸巾都要说一声"谢谢"。我见他哭得太伤心,就起身来到他跟前,搂着他,让他颤抖的身体久久地贴在我的胸前,就像趴在母亲的怀里一样。我安慰他,劝他别难过。他哭着不住地点头,久久地趴在我的怀里哭泣。直到采访结束,警察带他离去,他都一直在哭。

我站在窗前,望着少年伤心欲绝的背影,心情很沉重。少年的哭诉再次告诉我,人都有两面性,再恶的人也有善的一面,再善的人也有恶的一面。一个未成年孩子,关键看大人如何去引导他去扬善抑恶了。

望着少年穿过铁门的灰色背影,我的思索跳出大墙,想到他赌博成性、充满家暴的父亲,以及同样不务正业,经常跟奶奶吵架的爷爷……

采访中发现,因家庭暴力导致孩子走上犯罪的案例很多。一个叫霍小林(化名)的少年对我说,他小时候每天挨母亲打,少则一两次,多则三四次,放牛踩坏了几棵庄稼挨打,砍柴的树枝不小心抽了别人的脸挨打,上学成绩没考好挨打……总之,挨打和打人,成了他童年的家常。姐姐因为挨打,一气之下从家里搬了出去。他初中二年级就辍学了,跟着一帮哥们儿在外面瞎混,敲诈勒索,出去约架,打死了人,八个人全都被判了刑。他未满十六周岁,判了十五年,其他人都判得不轻,最少也是六年。

一个叫王大明(化名)的少年,戴着一副斯文的黑框眼镜,他说母亲在生他时难产死了,他跟着娶了继母的父亲一起生活。做广告生意的父亲,脾气暴躁,一直信奉"棍棒出孝子"的理念,对他从小就是棍棒多于言教。他本来学习成绩很好,初中二年级时,三百多名学生他考了前十名。上体育课,不小心将一名同学撞骨折了,父亲嫌他惹事,操起不锈钢钢管狠狠地打了他一顿,不让他读书了。他从此辍学,跟在父亲身边没几天就跑了。父亲把他从外地找回来,又是一顿钢管"炖"肉,屁股肿得好多天不敢沾床。没过多久,他又跑了,从此混迹社会,泡网吧,跟比他大的混混一起偷电瓶车、打架斗殴、抢劫。第一次被抓,十四岁,被判了三年有期徒刑。出狱后,回到父亲身边没多久,跟父亲又闹翻了。他跑到一家地下赌场当保安,看见那些参赌人员一出手就是好几万,觉得自己挣那点钱太没劲,这时有人找他去撬门砸锁弄大钱,他就去了,结果"二进宫",被判了三年零九个月。

一个叫江天鹏(化名)的十七岁少年,讲起他的童年,更加令人难以置信。他和弟弟是双胞胎,父亲是装卸工,母亲在某机关打扫卫

第四章 忏悔无门 131

生,都没有多少文化。他从记事起就挨打,母亲经常拿皮带和电线抽他,抽得他身上一道道像斑马似的,还用绳子绑他。有一次,他越挣绳子越紧,差点儿把自己勒死。棍棒之下不但没有出孝子,反而造就了两个滚刀肉,小哥俩儿小学二年级就辍学了,小小年纪成了文盲,在社会上胡混。十几岁,哥俩儿一起离家出走,去超市偷钱、偷手机,被人抓住送进派出所,但因未满十四周岁,被母亲取保后领回家,又是一顿皮开肉绽地暴打。不久,小哥俩儿因抢劫被抓,这回到了满十四周岁,都被判了三年。

暴力滋生着罪孽,看到这些满脸稚气的孩子,我陷入了深深的思考……

一位手上结着厚厚老茧、古铜色脸上写满沧桑的父亲,从某山区长途跋涉,赶到未管所来看望被判了十五年的儿子,他哭着对我说:"我没文化,我从小就是在爹妈的棍棒下长大的,我对孩子就像我爹对我一样,没想到这孩子小小年纪,竟敢抢劫杀人,都是我没管教好……呜呜……"

这位父亲道出了一个残酷而普遍的现实:没有文化,愚昧滋生着暴力,而暴力又滋生着罪恶。这是一种可怕的恶性循环。

一个少年对我说:"不爱读书的人,以为拳头比读书更厉害;读书以后才明白,书比拳头更厉害,也比拳头更重要。"

警察告诉我,未管所的孩子大多都是文化程度很低。他们的父母也多是低文化,低素质,甚至还有不识字的文盲。所以,未管所设有"扫盲班"。

我在想,进未管所的孩子国家可以对他们进行强制性的"扫盲"。可是那些父母呢?他们是贫穷落后时代的产物,谁来为他们扫盲？父母含辛茹苦把孩子养大,最终换来这样一个结果,除了家长的责任,我们的社会,包括我们学校的老师,引导传递给孩子的价值观,是彰显出人性的正面光辉,还是迎合着人性中丑陋阴暗、庸俗贪婪、低级趣味、打打杀杀的精神糟粕？孩子变得如此冷漠,无法无天,不辨善恶,谁又是导致他们走向深渊的隐形推手？

这是全社会应认真思考的问题。

在我采访的这么多未成年孩子中,因家长缺少自律,放任自己,沉迷于酒、色、毒、赌的恶俗之中,行走在犯罪地带的边缘,从而造成家庭破裂,给孩子造成亲情缺失,导致孩子走上犯罪道路的案例,实在太多了。

一个个活生生的案例告诉我们,养不教,父之过,教不严,师之惰！上梁不正下梁歪,大人不走正路,孩子很难扶正。

借此,我想对父母说几句心里话：朋友,当你在暴怒或酒精的作用下举起棍棒挥向妻儿时,你可曾想过,这些暴虐行为正在毁掉一颗幼小的心灵,正在摧毁一个完整的家庭？也许,孩子正在步你的后尘,迈着蛮横的脚步向你走来,走向你同样的人生……

朋友,如果你出生在一个暴力家庭,希望你理性地面对,寻找法律途径来保护自己,不要以愚制愚、以暴制暴,从而毁了自己！

第五章

我拿什么来安身立命

- 五十万"年薪"的篮球少年
- 被惯进监狱的小胖子
- "伪娘"的网络人生
- 桀骜不驯的富家女
- 刑场上的临终遗言

　　古人对溺爱孩子早就提出了警示:惯子如杀子。

　　中国人民公安大学教授李玫谨说:"父母要想养个逆子,就把孩子当祖宗,父母在孩子面前当奴才;要想把孩子培养成暴君,父母就先成为一名暴君,暴力下成长的孩子很多成了反暴力的逆子。"

　　但是,娇惯子女已成为中华民族的一种习惯,一种影响民族发展的"顽疾"。一些地区把男孩子当成传宗接代、延续香火的命根子,对男孩子更加娇惯宠溺。尤其实施独生子女政策以来,孩子成了各个家庭的小皇帝、小公主、小祖宗,常常是六个大人众星捧月般地捧着一个孩子,满足孩子的一切欲望,要星星不敢摘月亮,要苹果不敢给鸭梨,一切都以孩子为中心,使孩子从小养成一种骄横、任性、自私、霸道的个性。随着年龄的增长,孩子变得越来越任性,越来越难以管教,最后误入歧途。

在这里,我择选了几个典型案例。

五十万"年薪"的篮球少年

在黑龙江未管所,当警察将十八岁的林亦凡(化名)带到面前时,我抬头仰视着他,就像看一棵挺拔的穿天杨,不禁笑道:"天哪!你多高?"

"报告老师,一米九五。"

"这么高,会打篮球吗?"

他俯视着我,规规矩矩地回答:"会,老师!我学的专业就是篮球。我十一岁就开始练篮球了。"声音中带着好听的磁性。

"打过专业吗?"

"没有,进来之前,我在省城一所中学读书,不过,浙江一家篮球队相中了我,要以五十万年薪聘我,我嫌少,没干。"

"什么?五十万年薪你还嫌少?进这里就不嫌少了?"我笑着对他幽默了一句。

他笑了,露出几分孩子气,那长满青春痘痘的帅气脸上,露出几分与他个子极不相称的稚气。

我说,我年轻时也打篮球,不过打得不好,个子矮,总被大个子盖帽。

他一听我说到篮球,眼睛顿时一亮,一种久违了的渴望之光在他眸子里一闪,但很快就消失了,随之浮上眼帘的是一丝不易觉察的惆怅。

我与篮球少年的交谈,就这样开始了。

由于篮球的媒介,又都是运动员出身,彼此的距离一下子拉近许多,无须更多的谨慎与试探。他又是北方少年,性格爽朗,所以我们的交谈很快就切入主题——一个大有前途的篮球少年,为什么会走到今天?而且刑期不短,六年零六个月。在他十八岁的生命历程中,到底经历了什么?他走向犯罪的原因在哪里?是源自他自身,还是源于家庭?这就是我想探究的问题。

这是一个阳光、率真的少年,说起话来很流畅,很坦荡,没有拐弯抹角,即使说到最私密、最难以启齿之处,他也只是苦笑着说一句:"这事我父母都不知道,我从未告诉过他们。我在父母面前,尽量露出光鲜的一面。"

他并不光鲜的一面,听起来却令人咋舌,甚至令人惊愕:他说的这些难道是真的吗?

当然是真的,因为有警察和卷宗为证。

林亦凡出生在北方的一座煤城、一个富裕而和睦的家庭。父亲事业有成,母亲开了多家服装店,他是独生子,从小既不缺钱,又不缺爱。他的降生就像一轮初升的小太阳,给这个幸福之家带来了希望。

父母都深深地爱着他,拿他当心肝宝贝,都希望他将来能有出息。但在对待他的教育理念上,父母的态度却截然不同。父亲是军人出身,信奉"棍棒底下出孝子",孩子必须严加管教,学习好才能有出息。高中毕业的母亲,却欣赏西方式的教育,希望孩子能自由自在地成长,尽量满足孩子的一切需求。

父母二人的教育理念完全不同,一个特别严厉,动不动就用皮带侍候;另一个又特别溺爱,毫无底线地袒护。为此,父母二人经常在他面前吵架,他不知他俩到底谁说得对,更不知该执行谁的"命令"?无法选择,他干脆我行我素,谁都不听!

采访中发现,这种家庭战争在很多家庭都上演过,有的是父母观点不一致,有的是父母与老人之间的教育理念不统一。

但有一点想告诉大家,如果大人把这种矛盾在孩子面前暴露出来,那就像把火力暴露在敌人面前一样。当一方管教孩子时,你看吧,孩子的小眼睛一定在寻求火力支援。当增援部队与孩子合并成一股反抗力量,来共同对付那个管教孩子的"坏蛋"时,一切管教都将付之东流。孩子与管教者会越发对立,更加肆无忌惮地胡闹下去。

尽管孩子年幼无知,没有判断力,但是他的感情天秤却是百分之百地倾向于袒护自己的一方,百分之百地怨恨管教。

林亦凡就是在这种教育理念对立、不断爆发家庭战争的环境下,我行我素地成长起来的。但是,无论是严厉的父亲,还是溺爱的母亲,都没有管教好他。

他从小就很叛逆,除了语文之外,其他学科都不好。而且专门跟老师作对,公开打老师。第一次打老师是十岁,老师让他罚站,他踢老师两脚,把老师的小灵通给摔了。父亲打他,问为什么踢老师?他理直气壮,老师打我,我就踢他嘛!小学教过他的老师,除了音乐和体育老师之外,都被他打过。音乐老师是因为她长得文弱好看,体育老师是身体强壮他打不过人家。为了他,学校将他所在班级的老师换了好几个。他是全校出了名的人物,用他的话说,当时他玩得特嗨特酷!好多女生都爱慕他,追求他!他十二岁,就跟女孩子有了性关系。女孩子都喜欢他这种高、大、酷的男生,他交往的女孩子数都数不过来。他说以谈恋爱的名义结识女孩子，其实就是耍流氓。

无论怎么调皮，母亲都特宠他，都满足他的一切要求。八岁那年，他看到别人家有电脑，他跟母亲说想要一台电脑。第二天，一台配制最好的电脑摆到他的桌子上。可他根本不会用，一年只开过两次机。他跟母亲说要去健身房健身，母亲跑遍了全市所有的健身房，找到一家条件最好的给他办了一张年卡，可他只去过两次。一天晚上，他已经睡下了，父亲回来检查作业发现他没写完，叫他起来写作业，说一会儿过来检查。母亲却拿来枕头让儿子趴在桌子上睡觉，自己替儿子写完作业，然后叫醒丈夫检查……

父母之间闹得最大的两次矛盾，都是因为他偷钱。

第一次偷钱是十一岁，他偷偷地拿了父亲五十元钱被父亲发现了。父亲跑到学校把他揪回家来，用皮带狠狠地抽他，要他长记性："这是盗窃行为，今后绝不许再干这种事！"母亲却像老母鸡护鸡崽儿似的拼命阻拦父亲，二人大吵起来。父亲气得摔了茶杯破门而去。母亲则搂住儿子心疼得呜呜大哭。他特别心疼母亲，特别恨父亲，恨得咬牙切齿。

也许，因为第一次偷钱有母亲护着，所以第二次他又从父亲的钱夹里拿了一百元。结果还是没有逃脱父亲的火眼金睛，又被揪回来，又是一顿皮带。当时，母亲去北京看望姥姥，没有了保护者，他的屁股被打肿了。

他给母亲打电话说要去北京。母亲问他怎么了，他不说。他把家里几千元钱全部拿走，去火车站买了去北京的车票，却遇到了父亲的战友，问他为什么不去上学？他支支吾吾地回答不上来，结果没有走成。

被父亲的战友送回家，他以为又是一顿皮带炖肉。但这次，一向严肃的父亲不但没有打他,反而冲他笑了,问他:"儿子,你觉得老爸打你对吗?"

他用眼睛盯着窗外不理父亲。

父亲又问:"儿子,今后老爸再不打你了,你说用什么方法管你,你才能听话呢?"

一向态度强硬的父亲,拿这个软硬不吃的儿子实在没辙,只好在儿子面前服软,向儿子求救了。

儿子却丝毫不为所动,眼睛仍然盯着窗外,心想:你拿啥招管我都没用了!我告诉你,你管不了我了,我谁都不听!"我命由我不由天!"这是在社会混混中最流行的一句话。

这位一心想把儿子管教好的父亲,根本不了解自己的儿子。他哪里知道,他的儿子在歧途上已经走得很远了,靠打骂和说教很难把他拉回来。父亲只知道每到星期五的晚上,儿子就跟他玩失踪,一连两三天不见人影,满城都找不到,直到周一、周二才能回来。父亲称它是"黑色星期五",每到星期五,父亲就开着车四处寻找儿子。

母亲从北京回来之后,冲父亲大发雷霆,与父亲分床睡了好多天。

从此以后,父亲再也没有打过他。但是,这个软硬不吃的顽劣少年却丝毫没有收敛,不久就因为把一个人的头部打坏了,花了好大一笔医药费及赔偿金才算平息。

他跟许多少年一样,也是初一学坏的,结识了社会上一帮混混,跟他们学会了抽烟、喝酒、泡吧、吸毒……

"吸毒?你什么时候学会吸毒了?"我惊讶地问道。

十一岁,大年初一那天,他跑到一帮混混那里,看见比他大的人在吸毒,便问他们那是啥玩意儿?那人说解乏,让他来一口尝尝。

十一岁的他,像所有第一次吸毒的少年一样,怀着好奇、怀着好玩的心理,不以为然地尝了一口,并不觉得好玩,呕吐,昏昏沉沉的。但是,潘多拉魔盒一旦打开,命运就由不得你了,你将被魔鬼死死地抓在手里,任其随意宰割。

"父母知道你吸毒吗?"我又问。

"不知道,到现在都不知道。我没告诉他们。我偷偷地吸了两年,后来把它戒了。"

"什么?你把毒瘾戒了?"我大为惊讶。要知道,吸毒容易戒毒难,有的十年八年都戒不掉,他一个十几岁的孩子,怎么说戒就戒了呢?

他说十三岁那年,父亲说他篮球打得好,个子又高,让他报考省城某中学,那所中学专门培养篮球特长生,将来可以当一名篮球运动员。父亲说,当运动员不能抽烟、喝酒,身体要好。

正是父亲的这番话,使从小热爱篮球的他,心里产生了美好的憧憬,将来要当一名乔丹、姚明那样的篮球明星。于是,他决心戒酒、戒烟、戒毒。他知道不戒毒根本当不了运动员,长期吸毒把身体都糟蹋完了。

他说:"我还算好的,没看我那些毒友,好多人瘦成了皮包骨,脸煞白,黑眼圈,跟鬼似的。毒品使人亢奋,产生强烈的性欲,而且持续时间很长。有的男人毫无节制,一天换三个女人。毒友凑到一起,就是群魔乱舞,疯狂鬼混。最疯狂、最胡闹的一次,是在一家正在整修的网吧里,对外不营业,十几个男男女女黑天白夜凑在一起,吸毒、鬼混、再吸毒、再鬼混……整整胡闹了一周,最后都累垮了,趴在地上动弹不得。细想,什么样的身体能经得住这么糟蹋?所以,我决定戒掉毒瘾。不过,戒毒太痛苦了,我拿冰毒替换海洛因,拿毒瘾小的替换毒瘾大的,一点点地戒,到了三四个月的返毒期最痛苦、最难熬了,全身长满了疙瘩,全是脓包,一挤全是脓。看我脸……"

他指着满脸的青春痘让我看,他说这是返毒期长的脓包,全身都有,被他挤破了,结成了一个个疤。他说,毒品太害人了,他的牙齿都黑了,大牙都掉渣了。

啊?原来是这样……我不由得想起昨天采访的两个少年,满脸都是疙瘩,我还以为长的是青春痘呢,没想到是毒品返毒期造成的脓包,真是太可怕了。

他说,不到一年时间,他把烟、酒、毒全戒掉了。为了调整身体,给自己增加营养,炖乌鸡,加黄芪、白苓,还有爷爷的老山参。补大了,直流鼻血,一年时间,他的体重长了二十斤。

我不由得对这个很有毅力的少年另眼相看,要知道,自行戒毒并不是一件容易的事。

在一个飘着薄雾的早晨,当林亦凡带着父母眼含热泪的叮嘱,背负着毒友们远离的目光,怀揣未来球星的梦想,兴致勃勃地登上开往省城的列车前往某中学报到时,他以为曾经的荒唐已经结束,与过去一刀两断了。他终于战胜放荡的灵魂,重新回归正常,准备迎接美好的未来。

直到后来他才意识到,曾经的过去远远没有结束,就像脐带连着母体一样,紧紧地连着他的肌体,连着他的灵魂……

他在省城中学这一年,球技大有长进,被浙江一支篮球队相中了,要以五十万年薪聘用他,他嫌少没干。2015年夏天,他在一次训练中意外受伤,腿骨折,老师让他回家休养三个月。

三个月,躺在熟悉的床上,闻着久违了的空气,脑海里不断重复着一幅幅疯狂鬼混的画面。这一切就像勾魂鬼似的,日夜勾着他那曾经堕落的灵魂,使他的心魂日夜不得安宁。直到10月末的一天深夜,他再也受不了那种抓心挠肝的诱惑,拖着刚刚康复的伤腿,悄悄地溜出家门,迎着结了冰碴儿的寒夜,走进黑暗,走回了过去……

在网吧里,他找到了四个当年一起鬼混的朋友,两天花光了身上的四千元钱。没钱,怎么办?正好有人来找他们打架,出场费每人一二百元。可是,对方人太多,没打成,回到旅馆,四个人把剩下的毒品全部吸光。有人提议去抢劫,半夜抢银行行不通,决定去抢出租车。四个人上了一辆出租,相互一使眼色,四把小刀同时向司机逼过去,司机乖乖地交出了三百元钱。接着又上了另一辆出租,故伎重演,只抢来两百多元。第二天晚上,又如法炮制,抢的是一辆面包车……

仅仅三天,那个潜伏在他灵魂深处的魔鬼,摧毁了他曾经所修筑的一道堤坝。当他从毒品的疯狂刺激中醒来时,眼前晃动的却是一副冰冷的手铐。

说到这里,少年低头沉默了。

片刻之后,他抬起头来,以一种决绝的口气发出了忏悔。我相信,那是他大彻大悟后从灵魂深处发出的真正忏悔——

"其实,我根本不缺钱,我只是觉得这样才玩得嗨,才够刺激。父母得知我被抓的消息,不相信,以为我又像过去那样小打小闹呢。提审时,父母听到我的罪行,全都惊呆了。他们万万没想到,他们的儿子已经走到了这一步。母亲哭得特别伤心,父亲一个劲儿地承认是他的过错。其实,父母虽然在管教我的方法上,有不对的地方,但我谁都不怨,就怨我自己!开庭时,父母都没去,父亲觉得丢脸,母亲得了脑瘤,去北京做手术了。我被判了六年零六个月,另三名同案分别被判了七年、八年和十年。我觉得都是自己的错,说穿了,就是我内心怀念那种鬼混的日子,渴望吸毒后的快感,渴望打打杀杀、浑浑噩噩、放荡不羁的生活,渴望追求抢劫时的刺激。我对不起父母,尤其对不起我的母亲,她那么宠爱我,我却一次次地让她伤心……"

讲到这里,他再次沉默了。

采访中发现,像林亦凡这样有头脑,能深刻反思自己、认识自己罪行的少年其实并不多。大多数少年是糊里糊涂地进来,又糊里糊涂地出去。即使有的认识到自己的罪行,也是在管教所受教育之后,并非真正剖析自己灵魂得出的结论。

浪子回头金不换。篮球少年终于醒悟了,可惜,却无法挽回他失去的青春,否则,他现在正在篮球场上大显身手呢。

就在我为篮球少年暗暗惋惜之时,却听到他用乐观的语气说道:"老师,我从小上学语文最好,特喜欢文学,我的理想是当一名作家。在看守所时,我就开始写自传,已经写了两大本,都放在我母亲那里了。我觉得自己走的路跟别人不一样,比别人多了一种人生体会,也多了一种生命感悟。别人只知道毒品有害,我却能以自身经历告诉人们,毒品的害处到底在哪里。我要把自己的人生感悟写出来,给他人一种警示。如果有人看了我的书,能起到一种警示作用,那也就值了。"

说这话时,我发现少年的眼睛里又闪烁出一种充满激情的渴望,就像刚才谈到篮球一样。

听到这番话,我心里感到一丝欣慰,又遇到一位怀揣作家梦的少年。我鼓励篮球少年,希望把他的经历与感悟真实地写出来,那将是一部很有价值的作品。

被惯进监狱的小胖子

"告诉奶奶,你家里的经济条件不错吧?父母都是做什么的?"我笑着问他。

这是一个腆着将军肚胖乎乎的少年,长得像弥陀佛似的,脸上显露着无忧无虑的微笑,说起话来还有点儿气喘。这在我采访的对象中并不多见。

他"嘿嘿一笑:"嘿嘿!父母在城里做点小生意,经济条件一般,不过我要钱就给,从不拒绝,一给就是好几百。"

"家里有几个孩子?"

"五个,四个姐姐,我是家里的老小。"说这话时,他脸上仍然掩饰不住男孩子得宠的优越。

"父母一定很惯你吧?"

"不光父母惯我,四个姐姐也惯我,最惯我的是奶奶。我上课时,奶奶经常给我送去肯德基、汉堡一些好吃的。我从小就爱逃学、打架,不爱写作业,我爸打我,奶奶就颠颠地跑过来护着我,声称要跟我爸拼命。奶奶说你要打我孙子,就先把我这把老骨头打死好了!我爸拿我奶奶没招,拿我就更没招了。"

听到这里,我似乎明白了,这个叫周家根(化名)的胖少年,为什么被判了六年零三个月。其罪名是强奸罪,而且强奸的是警察的女友……

听听这个从小被宠坏的胖孩子,如何一步步走到今天,对所有家长都是一次很好的教育。

孩子学坏,往往是从逃学开始的,周家根也是一样。他从小就讨厌学习,小学二年级就开始逃学、泡网吧,玩《穿越火线》《虐杀原形》游戏,一玩就是几个小时。渐渐地,一连几天不回家,几个月不着家,白天泡网吧,晚上睡宾馆、旅店,父母找过他,没用,找回家两天又跑了!钱嘛,爸爸、妈妈、奶奶、四个姐姐,还有姑姑都会给他,三年级他离家出走一年,跟着几个小哥们儿跑到潍坊,一边在餐厅打工,一边玩。父母苦苦找了他大半年没找到,他听说父母跑到潍坊来找他,就急忙跑到东营,跟父母玩起了捉迷藏。一年之后,他实在没钱了,给父亲打电话要钱,父亲在电话里拖着哭腔哀求他:"儿子,我立刻给你打去三千元,你快回家吧,家里人都快急死了!"

于是,离家出走一年的他,终于回家了。

全家及亲朋好友像欢迎凯旋英雄似的,在饭店为他设宴,欢迎他的归来。刚吃完饭,他又要走人。父亲哭了,求他:"家根哪,求你别走了,你要实在不愿上学就别念了。爸不逼你了,求求你别跑了。你走这一年,爸爸妈妈都快急疯了,头发都白了,到处找你……"父亲哽咽得说不下去了。

就这样,小学三年级没读完,他就彻底离开了学校,跟着一帮小哥们儿整天在社会上胡混,泡网吧、KTV、迪厅,打架斗殴,惹是生非,把一个人的肋骨打折了,还打掉了那人的三颗门牙。父亲怕他吃官司,急忙花钱把他送到河南少林寺塔沟武术学校,主修散打。但是,教官的严厉管教并没有使他学好,三年时间,他只混到了一张毕业证。

毕业时,未成年的他,被武术学校安排到一家四星级酒店当楼层保安。干了半年,他辞职回到老家,在县城给一名房地产老板当跟班,也就是帮老板抢地盘,强行拆迁等等。其间,他跟社会上的一帮混混,学会了吸毒、打架、帮人催款、替人看押人质、摆平各种违法的事。总之,他小小年纪就脱离了学校,脱离了家庭,过早地混迹于社会的灰色地带,行走于罪与非罪之间,即使打折他人肋骨这种违法行为,父亲也是把他送进了武术学校,没有使他受到应有的惩戒。

但是,该来的终究会来,只是迟早的问题。

2014年12月的一天晚上,他跟四个哥们儿聚在宾馆里吸冰毒,处于吸毒后的亢奋之中,一个哥们儿看中他脖子上戴的玉观音玉坠,伸手来抢没抢去,哥们儿大为不悦,说周家根不够朋友,连个小玉坠都不肯给。然后又让他安排四个哥们儿去KTV找小姐。他给一家KTV老板打电话,KTV老板说那里有五个小姐,让他们马上过去。

就在去KTV找小姐的路上,吸毒亢奋中的四个人却忍不住了,走到公园后门,看到两个年轻男女在散步,一种罪恶的念头立刻攫住了他们的灵魂。三个哥们儿给周家根下令,让他上去把那个年轻男子撂倒。他想都没想,就把在武术学校学的那点本事全用上了,一个箭步冲上去,搂住年轻男人的脖子来个锁喉,将其按倒在地。另外三人一拥而上,将旁边那个年轻女子给拽走了。

就在这不断有人散步的公园里,一个年轻女子居然被三个吸毒者给轮奸了。此人是一位警察的未婚妻。刚才被周家根撂倒的年轻男人是警察,只是没有着装。其实,周家根认识这位警察……

为此,四个人都付出了惨痛代价,分别被判处有期徒刑十七年、十四年、十年、六年零三个月。四个人的刑期加在一起,共四十七年零三个月。

我问周家根:"你既然认识那位警察,为什么还要上去打他?你就没想过后果吗?"

"当时什么都没想,就想着把他撂倒。"

"进来以后,想没想过为什么会走到今天,跟你家庭对你的娇惯有没有关系?"

他思索了片刻,抬手挠了挠长出黑碴儿的光头,嘿嘿一笑,说他想过,要是打断肋骨那次被早点抓进来,就不会有今天了,就不会被判得这么重了。他说他走到今天,跟家里惯不惯没啥关系,还是怨自己。他从小就顽皮,不听话,结交的人都是社会上的混混,整天跟那些人在一起鬼混,肯定学不好。他庆幸吸毒的时间短,要是时间长就更麻烦了。进来以后也有不小的收获,知道犯啥罪判多少年徒刑,知道现在减刑更难了,就更不能进来了。他说他还有三年十个月零几天才能出去呢。

听到二十岁小伙子说出这番话,我觉得他虽长得人高马大,但心智并不成熟,好像还是一个没有"断奶"的孩子。这可能跟他所受的教育有关——小学三年级没读完就辍学了。

采访中发现,这类少年并不少见,他们从小在娇惯中长大,心智并没有随着年龄的增长而成长。有的少年进了监狱才开始"自我断奶",才逐渐走向成熟。有的少年进了监狱,仍然处在没有"断奶"的"幼儿"期,监狱生活并没有使他们真正清醒。

"伪娘"的网络人生

"伪娘",这是采访中我第一次听到的一个新词。

2015年年末的一天晚上,一个化着浓妆、披肩长发、脚踏高跟鞋、身着乳白色短裙、外罩一件米色大衣的"少女",从河北某市上了一辆出租车,上车后,她用娇嗲的声音对司机说,要去沧州,但先要回她住处一趟,然后再去沧州,问出租司机要多少钱?

出租司机粗门大嗓地回答说,去沧州要一百二十元,拐到她家得一百五十元。

"少女"听了大为不悦,说司机一个大男人跟一个女孩子家说话,咋能这么大声嚷嚷,一点儿教养都没有!

司机转头瞅瞅这位娇嗲的"女"乘客,用异样的目光打量她两眼,觉得这位女乘客好像不是正经人,就说了几句戏谑话来挑逗她。

随后俩人你一言我一语地拌起嘴来。"少女"觉得司机心怀鬼胎,对她不怀好意,有蓄谋不轨行为。她觉得自己是一个纯洁的"少女",这个男人对她有挑逗行为,必须进行自卫。

于是,她掏出一副拉杆箱的拉带,猛地套住了出租司机的脖子……

司机急忙踩住刹车,拼命挣扎,苦苦哀求:"小姐,别、别这样……有话好说,我家里还有老婆孩子呢!"

听到最后一句话"少女"心软了,松开了手。司机急忙推开车门跑了。"少女"下车追了几步没追上,又回到车上。

"少女"坐在车里,左等右等不见司机回来,忽然发现一帮村民呜哇喊叫着冲过来,团团围住了出租车,把她从车里拽下来,薅下了她的披肩长发。

村民们顿时惊呆了,居然是一个稚气未脱的少年——

少年被押到派出所,警察问他:"为什么这身打扮?"

少年说他喜欢与众不同,喜欢扮成女人的那种感觉,一扮成女人,就把一切烦恼都忘掉了。他说今天心里烦透了。

警察问他为什么心烦?

他说今天晚上接到警察从天津打来的电话,说双胞胎的哥哥因打架斗殴,造成故意伤害,被刑拘了。警察让他通知家属去一趟天津。双胞胎哥哥被抓,他心里很烦,换上一身少女装,想换一下心情,打车回沧州家里,没想到发生了这种事。

警察又问他:"你为什么要用带子勒住司机的脖子,为什么要杀死他?"

少年却说:"他不是好人,他开始攻击我了,我当然要还击。这是游戏中人人都明白的规则。"

少年居然说起了网络语言,而且,他的思维仍然沉浸在网络游戏的虚拟世界里,并把虚拟与现实完全混淆了。

但是,法律毕竟是现实的,不会因为你思维的混乱而怜悯你。

法院以故意杀人(未遂)罪,判了他有期徒刑两年零六个月。他的双胞胎哥哥因故意伤害罪,在天津也被判刑。这对双胞胎哥儿俩,同时被关在两个省市的未管所里。

此刻,十八岁的"伪娘"就坐在我的面前,他叫于泽光(化名),一个开朗、健谈的小伙子,开口就问我:"是想让我谈谈犯罪的经过吗?"

"不,不是。我想听听你的人生故事。"

我想,一对双胞胎哥儿俩,同时犯罪,同时入监。这对双胞胎出生在怎样一个家庭,为什么会走到今天?这才是我想探究的。

少年侃侃而谈,一个网络少年的人生故事,在我面前迅速展开——

于泽光出生在河北一个普通的农村家庭,有一个大八岁的大哥,还有一个大他几分钟的二哥。他们双胞胎哥儿俩的出生,给这个普通家庭带来了欢乐,也带来了无尽的烦恼。

母亲很宠爱双胞胎哥儿俩,要什么给什么,从不舍得打。这哥儿俩并不像其他孪生兄弟那样关系好,他们生来就是一对"冤家",见面就打,总想争个高低,看谁能打过谁!母亲只好哄哄这个,又哄哄那个,今天说给你买糖,明天说给他买糖,家里永远没有消停的时候。到了上学年龄,哥儿俩摽着膀子逃学,而且各逃各的,从不一起行动。于泽光喜欢上网,几天几夜不出网吧。老师多次找过家长,父亲无数次地打过哥儿俩。每次挨打,母亲都为哥儿俩求情,哥儿俩却变得越来越顽皮,越来越叛逆,越来越无法无天。再后来,哥儿俩分别离家出走,一次又一次,数都数不清,父母找回这个,那个跑了,找回那个,这个又跑了。

初中一年级,哥儿俩都辍学了,俩人分别去了天津、常州等地打工。于泽光干过餐厅传菜,仓库保管、快递等多项工作。

他读书不多,但很聪明,满脑子鬼点子,想出一招就能赚钱。但是,一位跟他一起干过快递的大叔却这样评价他:"你小子有财富的脑袋,却没有财富的双手。"

的确,他的心思从没有放在工作上,而是沉浸在虚拟的网络世界里。最多时,一个月没有走出网吧,吃住都在网吧里。他觉得网络虽然是虚拟的,却给了他信心,给了他呼风唤雨、叱咤风云的权利,给了他现实中所无法企及的高贵身份与地位。在网络世界里,他想干什么就干什么,想要什么就有什么。他从网络里,学会了用木马病毒赚钱。他说,网上什么人都有,很多人在网上传播各种犯罪手段,比如:电信诈骗、策划抢劫、贩毒、绑架、传销……

他生活在虚拟与现实的两个世界里,虚拟与现实在他生活中交替进行,人格也在真假难辨中分裂,一会儿是现实,一会是虚拟,但更多时候是生活在虚拟世界。他陶醉于虚拟世界,用虚拟世界所获得的一切来麻醉自己。他像许多痴迷网络的少年一样,常常分不清哪个是现实,哪个是虚拟。从此也可以得出,网瘾就是一种精神疾病。

现实中,他喜欢把自己打扮成女孩子,让男孩子挽着她的胳膊陪伴在身边,他很享受路人那种真假参半的目光。

他说,他觉得网瘾比毒瘾更可怕,"电脑在手,天下我有"。进了看守所,他觉得一切都没了,万念俱灰,想割腕自杀,看守以为他精神有问题,送去医院检查,发现他的精神并没有问题,而是网瘾太严重。

那天在出租车上,他就觉得是在上网打游戏,觉得对手要进攻他了,他必须抢先下手还击!

我为他感到庆幸,如果把司机勒死了,等待他的刑期就不止两年零六个月了。

这是一个很聪明的少年,如果把心思用在正道上,应该有一个不错的人生。

当今,网瘾与毒瘾已成为毒害未成年人的两大杀手。而每一个网瘾或毒瘾少年的背后,都存在着某些深层的家庭、学校及社会原因。

上网、逃学、离家出走、打架斗殴、吸毒、抢劫,直到进监狱,这似乎已成为一些未成年人犯罪的规律。

桀骜不驯的富家女

听听这个女孩的故事,就像看一场"小公主"或"小霸王"成长记的电影。

几年前,上海扫黄刑侦队捣毁了一个有组织的卖淫场所,抓获一批卖淫女,其中有四个未成年的女孩子。警察问她们,谁介绍你们来卖淫的?

四个女孩子异口同声地交代出一个人——林春媛（化名）。

扫黄队刑侦警察立刻抄起电话，让林春媛到扫黄刑侦队来一趟。

稍后，一个长相俊俏，却在大热天身穿长衫、长裤的女孩子，晃着膀子，满不在乎地走进了刑侦队，开口就问："你们找我又啥事？"

刑侦人员问她，你介没介绍未成年女孩子去卖淫？

"介绍了！朋友找我，让我给他们介绍几个女孩子去接客，我就给他们找了四个。她们四个自己愿意，他们一情一愿，怎么，这有什么不对吗？"林春媛回答得理直气壮。

刑侦人员又问她，你介绍一个女孩子得到多少钱？

"一个一两千吧。怎么，这也不对吗？"

其实，她才不在乎这点钱呢。她并不缺钱，父亲开工厂，她从小是在蜜罐里泡大的。她不认为介绍她人卖淫是犯罪。所以，接到扫黄刑侦队电话，就屁颠屁颠地跑来了。

但是，法律并不会因为你是法盲就宽恕你，更不会因为你从小娇生惯养而网开一面。尽管林春媛一再向警官强词夺理，说她不知道是犯法，说她才不在乎那几个破钱呢！但是，等待她的却是铁面无私的审判。此刻，她还差两个月就满十八周岁了。

我在上海未管所采访期间，已经出狱的林春媛被上海未管所请回来，给未成犯做时装秀表演。于是，我抓住机会采访了她。

一身时髦的打扮，白鞋、白裤、海蓝色大衣，黑框大眼镜，一头黄发，女孩子晃着膀子来到我的面前，讲起话来带着几分男孩子的霸气与率真。我请她坐下喝水，她说她从不喝水，只喝饮料，还说她从不穿裙子，只穿长裤。

随着她率真的讲述,一个小霸王的成长记就这样开始了——

1991年8月,她在父母的热切期盼中出生了,母亲在家专职照顾她。她像很多独生子女一样,是父母的心肝宝贝,从出生就过着小公主般的生活,从小就养成一种任性、暴躁、说一不二的性格。一句话不顺心就摔东西,家里的碗盘换了一茬又一茬,玻璃、瓷器用品全部换成了塑料制品。父母经常因为她吵架,双方都埋怨对方太惯孩子,她说他惯的,他说她惯的,到底是谁惯的,谁也说不清。小家伙的坏脾气却在父母的争吵中,在父母的相互埋怨中,越来越膨胀,越来越无法无天,发现摔不碎塑料碗盘就掀桌子,稍不顺心就将一桌子饭菜全部掀到地上。

也不知摔碎了多少只碗盘,掀翻过多少次桌子。只记得五岁那年,母亲实在受不了她的坏脾气,像抓小鸡似的,把她拎到阳台上,指着楼下怒声吓唬她:"你还摔不摔碗了?你再摔我就把你扔到楼下去!"

她瞅瞅高高的楼下,有生以来第一次感到害怕。无法无天的坏脾气第一次受到扼制,她第一次意识到,再摔东西就要被妈妈扔到楼下摔死了。于是,她的坏脾气稍稍有所收敛,不再摔碗,而是换成了摔枕头。

她虽然任性,脾气暴躁,但很聪明,学习成绩好,而且从不说谎。母亲从小教育她不许说谎,不许在男孩子面前轻浮。她牢记着母亲的教诲,至今仍保持着不轻浮、不说谎的品格。

上初中第一学期,全年级六百多人,每次考试她都在前十名。老师说她考上重点高中没问题,将来肯定能考上一所好大学。父母看到女儿的学习成绩好,感到既骄傲又放心。每天晚上,父母都出去忙各自的事情,忙着去打牌或应酬。林春媛放学后一个人回到家里,留给她的晚餐永远是留在桌子上的一沓钱,她都睡下了,才听到父母开门的脚步声。

久而久之,林春媛一个人面对空荡荡的家,面对写不完的作业、没完没了的考试,她感到厌倦了,感到一种莫名其妙的失落与孤独。她开始厌学,上课玩手机、睡觉。父母接连被老师请到学校谈话,父母和老师苦口婆心地劝她,给她讲人生大道理。可是,她那颗任性而执拗的心一旦放纵开来,就像打开了潘多拉魔盒——魔鬼放出来再也收不回去了。中考前,她恶补了两个月,考上了高中,但不久就辍学了。

辍学后,父亲只说了一句话:"现在你该满意了吧?"在家里关了她一个月"禁闭",就再不管她了。母亲根本管不了她。

她像许多辍学的孩子一样,整天无所事事,在社会上瞎混,结识了不少社会上的人。对未成年的孩子来说,一旦失去了学校与家长的管束,混入社会这个大染缸,接下来就是沉沦、堕落,甚至是犯罪。

林春媛性格豪爽、仗义,一呼百应,一帮混迹社会的青少年都爱听她的,小小年纪就成了那一带的"大姐大",也成了派出所"挂号"的人物。

她沉浸在任性、胡闹的快乐当中,享受着"大姐大"的"特权",从不考虑后果,直到接到扫黄大队刑警打来的电话,她还晃着膀子满不在乎地走进了刑警队。

因她未满十八周岁,法院判她有期徒刑四年零六个月。

父母觉得天都塌了。母亲一下子病倒了。他们做梦都没想到自己的宝贝女儿居然成了罪犯,而且要在监狱里熬过四年零六个月!他们恨不得自己进去代替女儿坐牢,把女儿替换出来。

在监狱里,林春媛第一次见到父母,发现四十几岁的母亲头发全白了,父亲也憔悴了许多,娇惯成性的她第一次感到震惊。

卢梭在《忏悔录》里说:"处在人生巅峰时,自责之心是沉睡着的;处在人生低谷时,它就立刻醒来了。"

是的,处在低谷中的林春媛父母,在痛苦中开始反思:女儿为什么会走到这一步?这到底是谁的错?

经过多少个不眠之夜的痛苦反思,他们终于意识到:女儿的沉沦是父母没有教育好孩子,从小对孩子太娇惯了。他们后悔不该晚上出去应酬、打麻将,把孩子一个人扔在家里,没有陪着孩子好好地度过青春期。这对爱子如命的父母,在残酷的现实面前,终于明白了一个浅显而深刻的道理:惯子如杀子,父母的失职使女儿走上了犯罪……

尽管父母在惨痛的教训面前不断地自责,可是父母的眼泪和白发,却救赎不了女儿骄横了十八年的心。

进了未管所的孩子,大多都想好好改造,争取减刑早点出去。唯独林春媛是个例外。她一直不肯认错,照样我行我素,破罐子破摔,大错小错像串糖葫芦似的,一个接一个,摆出一副死猪不怕开水烫的架势,公开向警官叫号:"我不需要减刑,看你们能把我怎样!"继续膨胀着她那从小没有受过约束、缺少管教的个性。最严重的一次,她在监舍里割碗自残,以示抗议,被警官上铐,并扣了十五分。

警官让她写检查,她冲着警官叫号:"我就不写!我还有十八个月刑满,有种你铐我十八个月!"

这个骄横傲慢的已经成年的女犯,成了女监的"老大难"。

但是,再强悍的外表也掩饰不住内心的柔弱,再强悍的人心也有柔弱的部位,何况一个二十一岁的女孩子呢。

因自残被警察上铐之后,林春媛心里隐隐感到一丝歉意,觉得对不住她原来的责任警官方媛(化名)。她记得刚被送进未管所第一天,她万念俱灰,觉得既无助又绝望,就像掉进了万丈深渊,眼前没有一丝光亮,不知如何熬过这漫长的四年零六个月。就在这时,她忽然发现走廊里有一位警官回头,冲她微微一笑。她忽然觉得那是她见过的最美丽、最慈祥的眼睛,就像妈妈一样,给她绝望的心灵送来了一缕阳光、一丝温暖。刹那间,她忽然觉得万丈深渊的黑帘子被人掀开了,一道明亮的阳光射进来,射进了她的心里……

冲林春媛微笑的人,正是她的主管警官方媛。

从此以后,方警官像老师一样教她如何做人,如何克制自己的坏脾气,如何明事理,鼓励她好好改造,争取早日减刑出去。林春媛则把方警官当成了亲人,遇到不痛快的事就跟她说,并且在这里学会了服装设计。后来,方警官升为大队长,不再是林春媛的责任警官。林春媛感到莫大失落,与新分来的责任警官搞得很不愉快。于是老毛病又犯了,又开始作妖,又割腕,又叫号,又被上铐了。

林春媛被上铐之后,升任大队长的方媛警官见到林春媛,没有跟她说话,只是用异样的眼光瞅瞅她,就转身走了。林春媛却从方警官的眼神里读出了嗔怪,读出了恨铁不成钢的失望。她觉得自己辜负了方警官的教诲,辜负了她对自己的一片真诚,对自己的任性深感后悔。她很珍惜方警官对她的那份希望——好好改造,争取早点减刑获得自由。

于是,林春媛决心干一件有意义的事情,以此挽回自己的面子。经过数日的冥思苦想,她想出一个好主意,想搞一次时装秀表演。提议上报后,受到管区及有关部门的大力支持,方队长也积极为她争取。她特别珍惜这次来之不易的时装秀表演机会。经过团队的数日奋斗,设计、加工、时装彩排,2014年10月13日,以"春媛"谐音命名的服装发布会,在监狱大礼堂里举行,没想到,发布会一炮打响,非常成功!

12月24日平安夜那天,方大队长送给林春媛一只大黄鸭及一件纯白的内衣,并对林春媛说:"希望你将来能像这白色一样,永远保持一份纯洁。"

没想到,这个手铐都铐不服的任性灵魂,却被一双温暖而慈祥的目光给融化了;更没想到这双充满母爱的嗔怪目光,却唤醒了一颗迷茫而狂野的心,使她不仅提前三个月出狱,而且从此走上正路:开服装店,开少儿乐器培训中心……靠智慧的双手开创了新的生活,并且遇到了一个很优秀的男人,婚礼就定在我采访她的这个周日举行。

刑场上的临终遗言

惯子如杀子,这话一点不假。

多年前,我曾经采访过一个真实案例。一天晚上,警察敲开一对老夫妇的家门,发现男主人手里哆哆嗦嗦地握着一块三角铁,用惊恐的目光盯着进门的警察。

当男主人得知警察是来抓他儿子时,他手中的三角铁当啷一声掉到地上,一屁股坐在凳子上,双手抱头发出绝望的哭号:"完了!完了!俺这个家全让这个孽子给毁了呀!呜呜……"

我从这位悲痛欲绝的父亲口中,得知了他儿子的成长经历。孩子从小跟着奶奶,是叼着奶奶干瘪的乳头长大的。奶奶是村里有名的"护犊子",每次看到孙子从外面哭咧咧地跑回家来,不问青红皂白,拉着孙子就跑到人家大门口,双手叉腰,把人家臭骂一顿,回头便对孙子说:"不怕!有奶奶给你撑腰,谁要敢欺负俺孙子,俺就跟他拼命!"

当孩子十五岁回到父母身边时,已经长成一个野蛮霸道、极度任性、自私懒惰又冷酷的人。稍不顺心就大发雷霆,嫌母亲做的饭菜不好吃,抬手就将饭桌掀翻;嫌母亲端上来的苹果小,一脚将苹果盘踢翻;什么活都不干,就在家里游手好闲。父母晚上正在做爱,他一脚踹开屋门,大骂父母老不死的,光知道自己快活,不管他的死活,不给他娶媳妇!扬言要弄死父母,吓得夫妻俩整天提心吊胆,将一块三角铁偷偷地藏在门后,以防孽子对他们下手。

警察从儿子房间的床底下,发现一堆茅台酒的空瓶子,以及抢劫作案用的工具及血衣。当父母看着儿子被押上警车的刹那,他们从儿子恶狠狠的眼睛里看到一种深深的怨恨。父母想不明白,他们对儿子做得仁至义尽,儿子为什么还怨恨他们?

在儿子被处决的前一天,我去看守所采访了他。他低着头迟迟不肯开口,最后他抬起头来,用绝望的眼神望着灰蒙蒙的窗外。我发现他因失眠而发红的眼睛里,流露出一种即将告别人世的不舍,只说了一句:"说啥都没用了,惯子如杀子啊!"

一个因杀人抢劫即将被押赴刑场的罪人,临刑前却道出了一句千古名言,道出了惨痛的人生教训。

采访中很多孩子都向我道出了心里话:

一个叫林羽(化名)的十八岁少年,出生在广西玉林一个普通农民家庭,他不爱说话,父母常常花钱买他开口。他十三岁辍学,整天跟着社会上一帮混混,上网、吸毒、打架,给老板看地下赌场,给黑社会老板当马仔,老板让砍谁他们就砍谁。他因怀疑十四岁女友与他人有暧昧关系,将女友刺成重伤二级,伤残十级,被判了十三年。

他最后说的一番话很深刻,也很耐人寻味。

"我觉得所以走到今天,是看到社会上负面的东西太多了,受到负面的影响太大,看到网上都是打打杀杀的游戏,看到周围很多人都在玩毒品、泡吧、泡女人,觉得张四好那样的人最牛×,他绑架过香港大富豪李嘉诚的儿子,还被拍成了电视剧。看人家玩得老嗨了!我特崇拜张四好,他祖籍是玉林人,我也是玉林人,我从心里佩服他,从心眼儿里跟他贴得很近。我的老板也让我向他学习,称他是十大黑社会老大之一。进来之后,我才逐渐明白,我的价值观完全颠倒了。从小到大,没人告诉我什么是对的,什么是错的,什么该做,什么不该做,更没有上过法制课,小学、中学老师都没讲过。在外面,我们那帮人从不管什么法律不法律的,全都是由着性子胡来,进来以后才学了一些法律,才明白一些道理,如果早学点法律,也许不会走到今天。现在一切都晚了!我要在监狱里待十三年,十三年后我已经……"

一个十八岁少年说出这番话,令人感叹,更令人深思。

一个从小父母花钱买他说话的孩子,为什么把一个罪大恶极的黑社会老大当成人生榜样?为什么他的价值观完全颠倒了,进了监狱才明白一些起码的道理?

而我们的法制教育,是否及时跟进了?传播手段是否流于形式?

前不久,中央电视台法治频道报道了一个案子,一个十三岁男孩儿带着一帮孩子偷了超市里好多方便面,十几个孩子全部被抓,十三岁男孩子却因不满十四周岁当晚就被放了。母亲为其签字时,警察问男孩子:"你们为什么偷那么多方便面?"男孩子没有回答,母亲却替孩子说了一句:"我宝宝不是饿嘛!"

然而,就在男孩子被释放回家的当天晚上,他又偷走了母亲的貂皮大衣卖了,又因打架斗殴打死了一个人,在此之前,他还身负着一起重伤害的案底……

有媒体报道,好多小学生在学校里,居然不会剥鸡蛋,不会剥虾,不会系鞋带,不会整理书包,吃鱼不会挑鱼刺……

未管所警察告诉我,有的孩子进来以后居然不会洗澡,不会洗衣服,身上散发出一股臭味儿。

清朝最后一个皇帝溥仪在他的《我的前半生》一书中写道,他被捕后不会系鞋带,不会扣纽扣,不会整理床铺,什么都不会,总是落在其他犯人后面。

溥仪是皇帝,我们的孩子并不是皇帝,却连起码的生存本领都不会。别说让他们承担社会责任,连管理自己都成问题,将来拿什么在社会上安身立命?

采访中还发现,如果大人从小满足孩子的一切欲望,从不扼制孩子的过分要求,久而久之,在孩子并不成熟的幼小心里,就会形成一种错误的思维定式:世界就是以"我"为中心的,我就是小霸王,我就是小太阳!你们所有人都必须围着我转,必须满足我的要求,稍不满足就会暴跳如雷,就会抗议、示威、离家出走……在孩子的示威面前,如果大人毫无底线地一再退让,那么这场大人与孩子之间的最初博弈,就将以失败而告终,最后往往是大人和孩子都输得很惨。因为人类的生存法则,绝非像父母对孩子那样,以满足孩子的一切欲望而存在。动物都懂得对幼崽该放手时就必须把它赶出去,让它学会独立生存的本领。这是自然界的法则。而我们人类呢?

第 六 章

被分数压垮的家庭

- 少年的奇迹，父亲的忏悔
- 撕毁的不仅是一张试卷

当今中国，正处在后独生子女时代，凡是有点经济实力的家长，都不想让孩子输在起跑线上，给孩子报各种学习辅导班。当孩子马不停蹄陀螺般地穿梭于钢琴、绘画、书法、舞蹈等各种辅导班之间，当孩子身心疲惫地趴在永远写不完的作业本前沉沉地睡着了，当父母心疼地把孩子叫醒，或苦口婆心，或声色俱厉地对孩子说，你这样下去怎么能考上重点学校时，请看看那些被分数逼得发疯，最后走向犯罪道路的孩子。这或许会让父母和老师冷静一下头脑，想一想如何让孩子度过一个正常的童年，如何引导孩子成为一个正常的人。因为让孩子做一个身心健康的正常人比什么都重要。

少年的奇迹,父亲的忏悔

一个温顺听话的十四岁少年,突然将刀子捅向一个陌生的少女;一位恩重如山的父亲,却发出了痛不欲生的忏悔……

在这对父子身上,究竟发生了什么?

在上海未管所,我见到了这个十七岁的少年,在这里就叫他孙小林(化名)吧。

当我与小林握手时,无论从他礼貌的言谈举止,还是从他面带微笑的眼睛里,都丝毫看不出他曾经的过去,更不相信这样一双柔软、白净、骨骼还没有完全定型的手,居然沾着一个无辜少女的鲜血。

他中等身材,戴一副黑框眼镜,脸上残留着几分孩子般的稚气,讲话慢声细语,一说一笑,露出一口整齐的白牙。我觉得这是一个善良而乖巧的孩子,并不是一个顽劣少年。

是的,我的判断没错,他曾经是世界上最乖巧、最听话、最能吃苦的孩子。

然而,三年前的一天下午,这个小小少年却开始实施一个蓄谋已久的可怕阴谋。

先回到那个被魔鬼诅咒的下午吧。

2013年4月12日,对小林,对小林的家庭,对其就读的学校来说,都是一场真正的噩梦。

那本来是一个美好的下午,上海某区重点中学初中二年级某班举行班会,全班同学集体过十四岁生日。请家长都来参加,全班同学一起唱《生日歌》,吃生日蛋糕,祝大家生日快乐,教室里一片祝贺生日的欢乐气氛。

然而,没有人注意,一个孩子的眼泪却淹没在同学的欢声笑语之中,只有奶奶拉着他的手,悄声问他:"林林你怎么哭了?告诉奶奶你怎么了?"可是,小林的内心世界是封闭的,从不向家里人敞开,即使最疼爱他的奶奶,也无法走进他的内心。

奶奶退休前是一位高级教师,班会结束后,她找到班主任老师,对老师说小林遇到了麻烦,希望老师能找他谈谈。但老师可能太忙,没来得及找小林谈话,就出事了。

班会结束后,有一堂英语考试。小林答完英语试卷,在校园里,向班上最要好的两个朋友做了最后道别,他告诉朋友,他今天将实施预谋已久的计划。朋友知道他的计划太可怕,苦口婆心地劝他,要他理智,千万别让一时冲动毁了自己。

他却内心决绝,十分坚定,朋友根本说服不了他。他心中那个恶魔般的小人像着了魔似的,完全主宰了他那偏执而不健全的大脑。

小林对我说,他们这些孩子有事都不会找老师和家长,家长和老师不信任他们,他们也不信任家长和老师。他们只相信朋友,只有朋友不会出卖他们。

朋友的确没有"出卖"小林。

小林告别了朋友,最后瞅一眼他深深热爱的校园,瞅一眼飘扬着五星红旗的旗杆,转身向家里走去。

这本是一个春光明媚的下午,春风习习,生机勃勃,花草树木都吐露出春天的盎然。然而在这个十四岁的少年心里,却充满了地狱般的黑暗。他觉得自己活得太苦、太累,好像有座大山压在身上,压得他喘不过气来。他心里常常有一种要爆炸的感觉。他很久以来就想得到解脱。但他不想自杀,他觉得自杀是懦夫的表现。他想干一件惊天动地的大事,以此来了却自己痛苦而看不到希望的人生。

他这种可怕念头来自两个人的一句话,一个是他的父亲,一个是他的班主任老师。

"孙小林,你再这样下去,就让你转到其他学校去!"

第一次听到这句话,是两周前的一次月考之后,他考试的成绩又是全班倒数第一,他永远是全班打狼的,父亲对他说出了这句话。第二次是几天前,班主任老师找他谈话也说了这句话。

今天早晨,父亲临出门又抛给他一句:"如果你再考不好,就别念书了!"这句话就像铅球似的砸得他脑袋嗡的一声,一下子蒙了。

这本是父亲吓唬孩子的一句"谎"话,只是想激励他努力学习罢了。没想到,却成了压倒这头小骆驼的最后一根稻草。于是,他将一把水果刀偷偷地放进了书包。

这是一所区重点中学,小林很爱这所学校。他在学校里当过升旗手,不过第一次国旗升到一半卡住了,老师批评他升半旗是政治问题。后来,老师又让他当了一回升旗手,这回终于将国旗顺利地升起来了。他并不知道,两次升旗都是父亲找到老师,苦口婆心为他争取来的。对于这个学习成绩最差的学生来说,他把升旗这份荣誉看得很重,那是他十四年来获得的最高荣誉。

其实,小林想解脱自己的真正原因,是学习压力太大,永远做不完的作业,永远解不开的数学难题,永远背不完的英语单词……可他无论多么努力,成绩永远都是全班倒数第一名。他喜欢语文,每次考试语文成绩都不错,他的理想是当一名作家。他曾是校报的小记者,还当过卫生委员、社会课代表。可是,他觉得自己不管做什么,都得按着老师和家长的意志,不管他多么努力,父亲都永远不满意,恨不得他当上国家总理才好呢。他觉得这样活下去太没劲了,还不如结束自己!

于是,就在这个看似平常的下午,十五时三十分,一个无辜的花季少女,便成了他发泄内心压力的牺牲品。

小林回家路上经过一个小区,看见迎面走来一个女学生。下午的阳光照在女孩微笑的脸上,看来她活得很开心,很快活,很幸福。刹那间,一种恶毒的阴暗心里突然袭上小林的心头,他心想:你活得开心,我活得可不开心!一时,羡慕、嫉妒、恨,像恶魔一般主宰了他偏执的心,使他完全丧失了理智。他从书包里掏出那把早晨带来的水果刀,一直向迎面走来的少女走去,走到她面前,突然挥起小刀向她胡乱捅去……

那一刻,他的头脑是蒙的,神志是恍惚的。

当他发现自己满手是血时,顿时吓蒙了。他慌忙跑去,身后传来警车声、救护车的鸣叫声,他在每天都走的小区里居然迷路了。

他来到一家电信局,到卫生间洗了手,擦去运动鞋上的血迹,背着书包向家里走去。

十六时,他回到家里,问奶奶,我什么时候转学?奶奶说,那是爸爸吓唬你,不会让你转学的。

有点痴呆的爷爷问他,林林,你今天怎么没去上学?他说我放学了。

接下来,他像往天一样,每项任务的时间安排都像机器一样准确,分钟不差,完成他每天必须完成的学习项目。

他趴在每天趴到深夜的桌子上,开始做数学作业题。

十六时三十分,父亲回来了,问他:"你今天在学校表现怎么样?"

他没有回答,也没有抬头,继续趴在桌子上写作业。

十七时,该到练习古吉他时间了。他放下书本,背起古吉他去附近的音乐中心,接受老师对他进行一对一的吉他课,四十五分钟,交费一百二十元。

上完吉他课,十八点十分回到家里,他又趴在桌子上继续写作业。

十八点三十分,父亲接到学校副教导主任打来的电话,一切都定格在这个时间上——2013年4月12日十八点三十分。

父亲以为自己听错了,让小林听听是不是他们学校的副教导主任。父亲还叮嘱小林:"一会儿见到老师要有礼貌,要问老师好,有什么事情快点儿讲清楚。"

小林和父亲走下民国时期的独幢别墅,刚下楼,一道手电光就像一把雪亮的匕首,立刻照在正下楼的小林脸上……

"你都干什么了?"警察厉声问小林。

"我杀人了。"他回答得很坦然。

听到这句话,父亲像遭电击一般伫立在楼梯上。他穷尽脑汁无论如何也不会相信,这个倾注了他全部心血的孩子居然成了杀人犯。

警察陪着小林走进屋来,奶奶忙将饭菜端到小林面前,哭着催促他:"林林,快吃两口饭再走吧!"

小林端起饭碗,在爷爷、奶奶、父亲肝肠寸断般的目光注视下,吃完了奶奶做的最后一顿晚餐。

临走,小林最后瞅一眼奶奶,他担心奶奶犯高血压,他最心疼奶奶,奶奶也最心疼他。他并不担心爷爷,爷爷有点痴呆了。可他并不知道,患有心脏病的爷爷因受不了孙子出事的打击,没过多久就过世了。

父亲看着儿子被押上警车,还最后叮嘱一句:"到里面要好好地听话啊!"

小林上车时,听到身后传来父亲悲痛欲绝的哭声像老牛叫一般,他没有回头看父亲,他一直以为父亲是一条冷血鳄鱼,没有眼泪,没想到鳄鱼也会哭呢。

孩子哪里知道,父亲看着自己倾注了一生心血的儿子居然成了杀人犯,他的心都碎了。他趔趔趄趄地回到屋里,抱住母亲放声大哭:"妈妈……天塌了!"

到了看守所,小林的班主任老师已经等在那里了。老师抓住小林的手泣不成声,连声责备他:"你怎么能干出这种事?你怎么能干出这种事啊?"

小林却将脸转向别处没有理睬老师。

也许,班主任老师至今都不会知道,小林最恨的不是别人,正是班主任和他的父亲,他恨他们对他管教太严。老师绝不会想到,小林预谋杀人的第一人选,竟然就是这位认真负责的班主任,只是没有找到下手的机会。而小林的父亲,大概至今都不会知道,儿子内心对他充满了仇恨。这恰恰是大人的悲哀。付出得越多,越负责的人,往往越是孩子仇恨的对象。

也许,我们会觉得小林这孩子太偏执、太冷酷、太不近人情了。然而,当听到这个十四岁少年在行凶之前的心愿时,又让人感到一种莫大的悲哀。这种悲哀不是小林一个孩子的,而是全社会、全中国的,几乎家家如此!

我问小林,你当时最大的心愿是什么?

他慢声细语地告诉我,他最大的心愿就是到上海各地方去走一走看一看。

"你不就生在上海、长在上海吗?为什么还要到上海各地去走一走看一看?"

他说长这么大,只在家周围看过,没有去过其他地方。他要在家里做那些永远做不完的作业。每次出去,都像监狱放风似的,时间很短。自从抓进监狱以后,他内心反而感到轻松了。

一个孩子如此简单的心愿,却变得那么遥远,明明是行凶伤人身陷囹圄,为什么却感到身心轻松?

警官告诉我,小林想通过杀人的方式来报复家庭,报复社会,从而结束自己痛苦的生命。当接到判决书,得知被害人没有死,而是脸部被毁容,他被判处有期徒刑九年时,他想到了自杀,但又下不了手。

其实,小林的父亲早在十三年前小林六个月大的时候,他的天就塌过一次,一个好端端的家从此解体了。

就在采访小林的第二天,在上海未管所我采访了小林的父亲孙先生,听到一位父亲含着泪,发自内心深处的忏悔……

这是一位满头乌发、举止斯文的中年人,一看便知是个有教养之人。他出身于书香门第,母亲是高级教师,父亲在上海社科院工作。他本人受过高等教育,在银行任高职,曾经有一个幸福美满的三口之家。

小林六个月的时候,他发现孩子总爱哭,不像别的孩子那样会翻身,更不会坐。他抱着孩子去儿童医院检查,做B超、CT,医生给出的结论却如晴天霹雳:孩子患有严重的脑积水,就像西瓜瓤似的,脑神经一圈坏死,比脑瘫还严重,是一个无法救治的废品。医生暗示他们夫妻放弃这个孩子再生一个。

原来,孩子母亲生小林时,婴儿巨大,十斤,折腾了三天两夜没生下来,羊水流光了,医生建议剖腹产,否则大人孩子都有生命危险。结果,难产给孩子造成了无可逆转的灾难,患上严重的脑积水。

听到这一消息，无疑是听到了死亡判决书。孙先生觉得眼前发黑，天旋地转，好像天塌了。他亲吻着襁褓中不谙世事的婴儿，强忍着泪水，抱着婴儿走出了医院。

关于孩子的留舍问题，夫妻俩产生了巨大分歧，一个要求放弃，一个坚决不同意，冲动之下，一个好端端的家解体了。孙先生与妻子分手，他房子什么都没要，唯独抱着被医生判了"死刑"的六个月婴儿，搬出去租房子，开始了抚养一个脑积水孩子的艰难人生。

一个男人顶着这片残破的天，既要上班，又要照顾脑积水的婴儿，其艰难可想而知。

当时，孙先生的母亲正在美国讲学，并不知道孙子生病的情况，没人帮他。他对育儿知识一窍不通，便跑到医院婴儿室，看护士如何给婴儿喂奶、换尿布、洗澡……白天上班，请来保姆帮他照顾孩子，晚上便由自己照顾。孩子脑积水难受，夜里总是大哭不止，他每天仅能睡三四个小时。

他抱着病孩子，跑遍了上海所有的医院，医生说，给孩子打一种生物针，能促使孩子的神经发育，两天一针，一针一两千元。他月工资才一千多元。为了给孩子治病，他倾尽家中所有积蓄，卖掉了父母的另一处房产。他觉得孩子既然降生到我家，倾家荡产也要为他负责，为孩子治病！

在上海一家中美合资儿童医院，一位教授看完孩子的病情，对他说："没那么严重，这孩子的脸不是傻子脸。但不要再给孩子打针了，打得孩子屁股萎缩，未必有效果。"

教授教给孙先生一套方法，拿针（尖锐东西）扎孩子的脚后跟，刺激孩子的神经，孩子受到刺激就会往前拱，慢慢就会爬了。

回到家里，孙先生每天用一根钝型针扎孩子的脚跟，孩子疼得哇哇哭,两条小腿拼命往前拱,在孩子的床单上,留下一片片泪水,也留下一位父亲呕心沥血的付出。

看到孩子哭得像泪人似的,两条小腿拼命地向前拱着,用惊恐的眼神看着父亲手中的针,孙先生常常将脸贴在孩子身上,哽咽无语。他默默地对孩子说:"儿啊,不是爸爸心狠,每扎你一下,都像扎在爸爸心上一样啊!爸爸实在是没法子,爸爸就是为了让你能像一个正常孩子那样活下去!"之后,他闭上眼睛,又将针尖扎向孩子的脚后跟……

几个月下来,孩子的小脚后跟被扎烂了,父亲终于看到儿子不用针扎也能往前爬了。孙先生哭了。他终于看到一线希望,尽管这希望像海市蜃楼一般虚幻渺茫。他买来一堆神经内、外科的书籍进行研究,渐渐成了这方面的专家。

孙先生从扎孩子脚后跟、逼迫孩子学会爬的过程中,明白了一个道理,就是强迫孩子学会各种技能,把他当成一个正常孩子来培养教育。在接下来的十四年里,这位父亲用针扎的原理,把这个不会爬、严重脑积水、被医生宣判"死刑"的孩子,训练成了会走路、会游泳、会骑自行车、会弹吉他、会画画,而且成了初中二年级的学生,直到出事那天为止。

然而,没有人知道孩子吃了多少苦头,没有人知道孩子的幼年和童年,是在血与泪的痛苦中度过的。孩子的每一步都是父亲逼出来的,逼迫孩子爬楼梯,一遍一遍地爬,不爬就打,膝盖爬肿了,出血了,继续爬!逼迫孩子蹒跚学步,一步步地学,孩子脑积水的脑神经,无法平衡,跌倒了,双手不会支撑身体,就整个人摔倒在地。一个正常孩子学游泳和骑自行车都不容易,但是,这位父亲硬是把儿子训练会了。其中的艰难,大概只有他们父子知道。

第六章 被分数压垮的家庭 ······ 171

孩子吃的苦头,是常人难以承受的。而父亲为孩子所付出的代价,更是常人难以想象的。凡是孩子学会的项目,父亲都首先学会,孩子流了多少汗,父亲就流了多少汗。孩子流了多少泪,父亲就流了多少泪。

孩子去幼儿园听不懂老师讲课,父亲不想告诉老师孩子有病,怕孩子在幼儿园受歧视,就十遍二十遍地教孩子,直到教会为止。上学以后,父亲把孩子所学的课程全部提前教他,否则孩子在课堂上根本听不懂。在学校里,没人愿意跟小林同桌,嫌他多动症,精力无法集中。没办法,父亲只好给小林服一种药,强迫孩子集中精力,可是这种药副作用很大,孩子吃了很难受,不吃又不行,否则无法集中精力听课。每次开家长会,孙先生都早早地来到教室,把老师发下来的试卷藏起来,提前听取老师的批评,以免孩子的自尊心受到伤害。

父亲对儿子,可谓绞尽脑汁,操碎了心,从上幼儿园开始,就向门卫、食堂厨师、各科老师分别打招呼,请对小林多多关照。尤其跟体育老师提前沟通,小林身体不好,不能上体育课。他不敢把真实情况告诉老师——因脑积水引起的脑神经问题,小林摔倒双手不会扶地,只能整个身体重重地摔倒在地,常常摔得满脸是血。

人的承受力毕竟是有限的,多年的操劳与担忧使孙先生患上了严重的焦虑症,得了斑秃,一头乌黑的头发掉得一根不剩,只剩下光光的头皮……

听到他的诉说,我大为惊讶,重新打量起他的满头乌发。他告诉我,他戴的是假发。说着,他抬手撩起乌发,向我亮出了假发的发箍。

他说:"为了这个孩子,我整个人生都改变了,至今没有结婚。我母亲从美国讲学回来,把全部身心都投入到孩子身上,我们就希望林林能成为一个正常的孩子,这恰恰是我犯的一个致命错误!实际上,林林不可能成为一个正常人,可我却不能面对这个残酷的现实,总是拼命地想改变孩子的命运,使孩子从小就吃尽了苦头,从未享受过一天童年的快乐。孩子从小缺少母爱,我这个父亲又过于严厉。而且,我的工作、生活压力太大,又常常把自己内心的焦虑与怨气,发泄到可怜的孩子身上。我现在觉得,我对不起我的林林……"

说到这里,我和他都陷入了沉默。我重新打量着这位历尽艰辛的父亲。是的,尽管他千错万错,但不能不承认,这是一位不平凡的父亲,为了这个不幸的小生命,他牺牲了一切,婚姻、家庭、事业、幸福……可是,等待孩子的却是漫长的铁窗。

他说:"也许,孩子母亲当初的选择是对的……"

我们无法评判他们的选择,但我知道,这位父亲永远生活在这个脑积水孩子的世界里,出事前,他为孩子操碎了心,出事后,他又沉浸在无法释怀的自责当中。现在,他又担心孩子将来出狱以后,生活、就业等一系列问题……

他说他在孩子身上犯下一个致命错误:就是要把一个并不正常的孩子,一心培养成一个正常孩子,逼迫孩子承受着常人难以想象的痛苦,导致父子双方都付出了惨痛代价,也给受害的少女造成了巨大伤害。

这虽然是一起特殊案例,但是,父母逼迫孩子学习,导致发生悲剧的事件并不罕见。

第二天,小林特意画了几幅速描,请警官转交给我留做纪念。速描画得不错,我将它珍藏在我的纪念册里,将他们父子的故事珍藏在我的记忆里。

撕毁的不仅是一张试卷

多年前,一个十三岁少年放学回家,怀着少有的兴奋心情,将一张95分的物理试卷送到父亲面前,说老师要求家长在试卷上签字。

少年本以为能听到父亲的一句表扬,或者一句鼓励。

可是,父亲接过试卷扫了一眼,却抛出一句气话:"你考这么差,还有脸让我来签字?"

随着几声刺耳的唰唰声,试卷被一双无情的大手撕得粉碎,又被攥成一个纸团委屈地蜷曲在角落里。而少年的心也如同试卷一般被撕碎了,不过却没有蜷曲在角落里,而是采取一种极端的方式来发泄内心的不满。

父亲只知考试的满分是120分,并不知95分的成绩在全年级排名第九。父亲更不会想到,他撕碎的不只是一张试卷,而是一个十三岁少年强烈的自尊心,一份宝贵的上进心,还有少年偏执个性中最后的底线。父亲万万没想到,孩子会采取同样极端的方式来对抗自己——

少年跑到学校,在同学惊诧目光的注视下,把书本全部塞进书包背走了,跑到外面无人处划着一根火柴,眼看着自己的书本燃起火苗,升起一缕缕白烟,最后变成了一堆灰烬。

他在心里赌气地向父亲发恨:你不是说我考得差吗,这回我不念了,看你怎么办!

他并没有意识到,一时赌气烧毁的不仅是书本,还有自己的大好前程。他原本是一个爱读书、爱学习,能背诵一二百首唐诗宋词、怀揣大学梦的少年。从这天起,他的人生完全偏离了正常轨道。

焚书的结果可想而知。

他挨了父亲的一顿暴打,皮带和拖布杆都用上了,屁股被打肿了,在家里躺了一天。傍晚,他对母亲说要出去找同学散散心,母亲让他晚八点之前必须回来。

晚九点,少年回来了,比规定时间晚了一个小时。

一进家门,等待他的又是一顿劈头盖脸的打骂,而且是母亲和姑姑一起动手。姑姑是高中教师,对学生的严厉在学校是出了名的,她一直认为只有严厉管教孩子才能有出息。

一天之内,两次挨打,早晨一顿,晚上一顿,父亲一顿,母亲和姑姑一顿!

而这一天却是他十三岁的生日,家里没有一个人记得他的生日,只有他自己记得。

这一天,也因此成为他人生转折的关键节点……

那是一个明月高悬、没有乌云的夜晚,街上传来几个醉酒少年摇摇晃晃、含糊不清的歌声:"来啊……快活啊……反正有大把的时光……来啊……爱情啊……反正有大把的愚妄……"

但在一个离家出走的少年看来,世界一团漆黑。他怀揣从母亲兜里偷偷拿走的六百元钱,离开了原本就没有多少感情的家。走在行人寥寥的大街上,他感到既迷茫又无助,泪水一次次地模糊了他的视线。奶奶死了,最爱他、疼他的人没了,他不知该去哪里,更不知今后的路在何方。

现在,这个当年离家出走的少年就坐在我的面前——路家辉(化名),已经是二十多岁的成年人了,绑架、杀人,判了十四年,已服刑八年,减刑三年零十个月,还剩一年零十个月就要出狱了。

他瘦高个，小脸，黑框眼镜，一口标准而沉稳的普通话。

我们的交谈就是从他第一次离家出走开始的。

我问他离家之后去了哪里？父母找他没有？

他说，父母到处找他，一周后，父亲在兰州一家网吧里，找到了脏兮兮的他。

"父亲又打你了吗？"

"没打，而是带着我去洗澡，带我吃了一顿像样的饭菜，我已经好几天没好好吃饭了。半年之内父亲再也没有打骂我。"

"你这回该好好读书了吧？"

"唉……"他却长叹一声，摇了摇头。

他说逃学之后，很长时间没上学，心野了，再也学不进去了，又在社会上结识了一帮辍学的哥们儿，跟着他们，整天在学校里惹事，半年之内，转了三所中学。后来，母亲让他去读技校，又发生了"5·12"大地震……

期间，父亲又开始打他，最激烈的一次是因为他玩电脑到凌晨一点，父亲打他让他罚站。他急了，冲父亲吼出一句压抑了许久的心里话："你从小就没有管过我，你凭什么打我？我告诉你，以后不用你管！"

父亲气坏了，骂他："你还反了天了！"接着，皮带雨点般地抽到他身上。

他说父亲是二婚，20世纪80年代"严打"时，不知因为什么父亲被关了几年监狱，第一个妻子跟他离了，出来后才跟母亲结婚的。他从小跟着爷爷、奶奶在县城长大，父母带着妹妹在兰州城里打工，很少回来。爷爷奶奶很爱他，爷爷教他背唐诗宋词，五六岁他就能背诵一二百首诗词了。十二岁那年，奶奶去世了，他才哭着回到父母身边。

父母为了他上学,从兰州回到了县城,可他对父母没有感情。父亲对他一直寄予厚望,所以对他管教很严。他的叔叔、伯伯家的孩子都很有出息,都考上了大学。父亲希望他将来能超过他们,考个好大学,好给父亲争脸,没想到他却进了监狱……

我问他:"因为什么进来的?"

"唉……"他微微叹息一声,压低了声音嗫嚅道,"杀人……"

"是打架失手,还是为了钱?"

"不,都不是。只因为受害人多看了我同案的哥们儿一眼……"

"什么?我没听明白……"

于是,一个令人不可思议的杀人案,在他低沉而缓慢的叙述中,渐渐地呈现在我的面前——

2009年1月15日上午,他们五个哥们儿在网吧上网,一个年纪不大的少年不经意地看了他们哥们儿中的"老大"一眼,"老大"觉得不爽,决定把少年骗出去收拾一顿。

五个打架成性的少年一拍即合,编了一套谎话把并不相识的少年骗到郊外一处水沟边,抄起棒子就打。他们不顾少年哭喊着苦苦哀求,从中午十二点一直折磨到下午五点,整整五个多小时,奄奄一息的少年蜷曲着身子躺在水沟边。

"老大"见状却说,打成这样,把他放了我们肯定被抓,还不如把他弄死埋了。于是,五个少年把剩下最后一口气的少年拖进水沟,又是一顿乱棒之后把他埋了。

二十天后,几个无法无天的少年又因自编自导一起绑架案而被捕,由此带出了这起命案。

听到这里,我半天无语:素不相识,仅仅因为看了哥们儿"老大"一眼,没有任何恶意,更没有任何恩怨,一个没有招惹任何人的无辜少年,就这样被活活打死了。当警察从水沟里挖出已经辨不出模样的少年时,少年母亲因承受不住痛失爱子的打击,精神失常了。

几个月来,我听到太多的命案,但没听过如此残忍、如此胡闹的命案,我不解:这些少年到底怎么了?为什么如此残忍,如此无视生命?他们拿人命当儿戏,仅仅因为年幼无知,不懂法吗?

"你打死那个孩子的时候,不觉得害怕吗?一条活蹦乱跳的生命被你们活活打死了,你动没动过恻隐之心?"

"害怕过……看到那孩子要死了,我害怕了,觉得心疼。我问老大,要是躺在那里的是我,你怎么办?老大说了一句:你别想那么多!"

"既然害怕了,为什么还不住手?"

"这……老大是我的铁哥们儿。我俩从小就是生死之交,是肯为对方两肋插刀的铁杆哥们儿,这种时候,我不可能违背他的意志……"

又是一起哥们儿义气害死人的惨案!

采访中,见到太多毁在"哥们儿义气"上的孩子。这些孩子把哥们儿义气看得比天都大,比父母都重要,只有进了监狱,看到漫长的刑期在等待自己,这才明白哥们儿义气是多么可笑,多么不值一提!

一个少年对我说,他在监狱里苦度日月,望着窗外偶尔飞过的小鸟,盼望哥们儿能来看看自己,哪怕捎来一封信也好。在一次次的失望之后,他才发现"坚如磐石"的所谓哥们儿义气,不过是一句屁话,好多哥们儿在监狱里见面,互相连瞅都不瞅一眼,早已形同路人。

路家辉告诉我,与他同案的四个人都判了,最少判了十年。一开始,他们都被关在未管所里却从不往来,后来陆续转到了其他监狱。

最后,他语气沉重地道出一番心里话。

"我从小是跟着爷爷奶奶长大的,对父母并没有感情。奶奶去世后,我才来到父母身边,他们对我管教太严我很反感,总觉得他们欠我的,觉得他们为我花钱是应该的。我在外面打架被警察抓了,我给父亲打电话,理直气壮:我被抓了,你快拿钱来捞我吧!我认为父亲出钱捞我是应该的,他将来还等着我为他养老呢。我出事以后,家里赔了死者不少钱,进了未管所,我还给家里列出清单,让他们给我买这买那,就是觉得父母从小没有抚养我,他们一直欠我的!直到有一天,父母和上大学的妹妹一起来看我,我发现父母老了,满脸皱纹,头发都白了,他们三人满脸泪水……那一刻,我突然醒悟了,突然觉得自己太混蛋了!干了那么多坏事,让父母为我操碎了心。尤其得知受害者的母亲疯了,到处疯疯癫癫地找她的儿子……我觉得自己真是一个十恶不赦的罪人。我心里第一次感到深深的忏悔,我隔着玻璃向父母鞠躬,冲父母哭喊道:爸、妈……对不起,你们为我操碎了心……等我出去以后,一定好好孝敬你们……父亲在玻璃墙外也连连向我道歉,说他不该打我,不该撕我的卷子……是啊,如果不发生那件事,我也不会离家出走,更不会走到今天……"

说到这里,他说不下去了,满脸泪水,失声痛哭。

他的泪,也打湿了我这颗多思的心。

是啊,本来是一个不错的孩子,如果不发生撕毁卷子一事,他就不会赌气焚书,也就不会离家出走……他的人生完全可能是另一番景象,也许已经大学毕业,也许……但是,人生没有也许,只有残酷的现实。

现实是,一条鲜活的生命,十四年的铁窗,终于唤醒了一个迷途少年尚未泯灭的良知,也唤醒了父母对子女教育问题的反思……

当然,除了那次撕毁试卷事件,孩子从小在爷爷奶奶身边长大、与父母缺少感情沟通,父母棍棒教育等诸多原因,也是导致悲剧发生的诱因。

采访中发现,不少家长都像路家辉父母一样,孩子进了监狱才意识到自己教育的失误。还发现,不少孩子开始学习成绩很好,很听话,但父母却总是把自己没有实现的大学梦、出人头地的想法、个人的爱好,强加到孩子身上,按照父母的意志来"塑造"孩子,对孩子要求过高,考分稍不理想就非打即骂,由此挫伤了孩子的自尊心,导致孩子破罐子破摔,对父母产生强烈的对抗情绪,甚至以辍学、离家出走来抗议父母,最后走向犯罪……

许多少年也像路家辉一样,看到为自己操碎心的父母顶着满头苍发,担负着倾家荡产都还不上的巨额赔偿,满脸横泪地站在会见室的玻璃墙外,终于明白了父母的良苦用心,跪倒在玻璃墙里,失声痛哭,向父母发出撕心裂肺般的忏悔:"爸爸、妈妈——对不起……孩儿错了……"

孩子终于醒悟了,尽管代价很沉重。

但愿这几个典型案例,能给诸多家庭的长辈和孩子一些启迪。

* 作者采访广西壮族自治区未成年犯管教所少年

* 广西壮族自治区未成年犯管教所
警官黄华琳

第 七 章

伸向孩子的黑手

- 一袋被魔鬼诅咒的"薯条"
- 上了贼船的少年
- 运毒者的真情告白
- 伸向少女的魔掌

一袋被魔鬼诅咒的"薯条"

卢梭说:"人性本善,所以儿童学坏的第一步,往往是因为被他人引入了邪路。"

在这一章里,是一个值得向世人警示的案例。

事情要从2008年2月1日说起,还有五天就是农历新年的大年初一了。在上海火车站人群熙熙攘攘的,从成都开来的列车上,走下两个十六七岁的少女,其中一个长相清纯的女孩子,手拎一袋"薯条",怀着第一次来上海的兴奋,正与闺密兴致勃勃地谈论着到上海以后去哪里玩、去哪里买东西呢。

然而,就在这看似平常的拥挤人群中,却有两双眼睛正死死地盯着两个少女,确切地说,是盯着少女手中的"薯条"。一双是洞察秋毫的眼睛;另一双则是罪恶的眼睛,就像食人蝙蝠似的,躲在阴暗的角落里,正偷偷地窥视着女孩子的行踪呢。

当警察一脸严肃地来到少女面前,对她们说:"请跟我到警务室去一趟!"两个女孩子并没有多想,就乖乖地跟着警察去了。

这时,拎"薯条"的女孩子四处瞅瞅,想寻找跟他们一起来的大个子——薯条是大个子让她带出站的,却突然发现大个子不见了,刚才下车时还在呢,不知他跑哪儿去了。

拎"薯条"的少女万万没想到,她手中拎的并不是什么"薯条",而是一场毁灭她人生的噩梦……

很巧,我到上海未管所采访期间,这个已刑满释放的女孩子正好被未管所请回来,以出狱后成功人士身份来向未成年犯做报告。我抓住机会采访了她。

那是2016年12月初的一天上午。她身穿一件豹点羽绒服,白线衣,灰色牛仔裤,长相清秀、文静,讲起自己的人生故事,慢声细语,平静而淡定,就像微风拂过水面一样,只是泛起几丝轻轻的涟漪。

应该说,方莹莹(化名)是我所采访的诸多未成年犯中最纯洁的一个女孩子。尽管已二十七岁,是一个孩子的母亲,但从她的眸子里,流溢出的仍是山泉般的清澈,从她的眼睛里,似乎能看到还未被世俗污染的灵魂。

面对这样一个清纯的女孩子,你会感到震惊,这么好一个女孩子怎么会犯罪,而且是偷运毒品的重罪呢?

但是，法律是客观而残酷的，它不会因为你懵懂无知而宽恕你，更不会因为你善良傻气而佑护你。

关于方莹莹的故事，还得从多年前说起。虽然她的犯罪带有很大程度的偶然性，但就其成长经历来讲，并不偶然，而且从中必然折射出令人深思的家庭和社会问题。

对于父母的离异，方莹莹不愿多讲，她认为那是他们大人之间的事。但她承认，父母的离异给她和哥哥造成了无法挽回的影响，她与哥哥的人生从此改变。

之前，她的性格特别好，特别阳光，特别快乐，从不知什么叫忧愁。和蔼可亲的父亲，非常疼她、爱她、惯她、宠她，总是满足她的一切要求。然而，无忧无虑的快乐生活在她十五岁那年戛然而止，变成了永远的回忆，好端端的家突然解体了，没有任何前兆，瞬间就分成了两个阵营：母亲带着哥哥去了北京，父亲带着她留在四川某县城。

当时，她正在读初中，年长两岁的哥哥正在体育学校读书，兄妹俩同时辍学。哥哥跟着母亲去了北京。她去了成都打工。从此，她再也没有见过母亲，直到2013年，她在监狱里已经关押了五年，患了癌症的母亲跟着父亲第一次，也是最后一次来监狱看她。母亲是一位女强人，性格刚强，在北京开饭店非常辛苦，患了癌症都没有落泪，但见到铁窗里的莹莹却哭了，母亲知道自己来日无多，哭得很伤心。母亲不久即离世了。

家庭的解体给方莹莹的童年造成了极大的影响，使她小小年纪就开始辍学打工，没有受到起码的教育。

单亲家庭，缺少父母关爱，缺少家教，缺少学校系统的教育，过早地步入社会，这是未成年孩子走向犯罪、被坏人利用的一个重要因素。

方莹莹是很典型的一个。

她到成都餐馆打工不久,就被一双深沉而狡猾的眼睛给盯上了。此人二十七八岁的样子,中等身材,长相儒雅,西装革履,谈吐斯文,举止得体。认识方莹莹不久,他就大把大把地给她钱,让她买衣服、买首饰,但并不是为了占有她,也没有流露出爱慕之意。

她感到奇怪,问他为什么对自己这么好?

他城府极深地笑笑,说喜欢她,愿意把她当成小妹妹。莹莹信以为真。

毛泽东说得好:"世界上没有无缘无故的爱,也没有无缘无故的恨。"

其实,此人从见到方莹莹的第一天开始,一张有预谋的大网就向这个单纯的少女悄悄地张开了。

可是,方莹莹太天真了,完全相信了这个男人的鬼话。当他回到上海,一再邀请她到上海过年时,她觉得盛情难却,就邀了一个闺密一同前往上海。陪同她们前行的还有一个大个子男人,他带着大包小裹好多东西,其中有一包是"薯片"。两个馋嘴女孩从卧铺底下掏出"薯片"刚要吃,却被大个子一把夺下来,不让她俩碰,并把"薯片"塞到别人的卧铺底下,叮嘱她俩:"有人要问起这东西,你们就说不知道!"

当时,方莹莹心里嘀咕,啥东西呀?为啥神神秘秘的不让碰,还撒谎说是别人的?

但是,少女的心简单而贪玩,玩的兴致很快遮盖了心中的疑惑。所以下车时,当大个子将那包"薯片"交给她让她拎出站台时,她毫不犹豫地接了过来,丝毫没有怀疑。

车站警察带她们来到警务室,警察指着"薯片",一脸严肃地问方莹莹:"这是什么?"

方莹莹说:"不知道。"

警察厉声道:"这是毒品!"

方莹莹心里奇怪,警察干吗那么凶啊?他怎么知道那里面装的是毒品?她对毒品的严重性丝毫没有概念,并不知道偷运二千七百多克冰毒意味着什么。如果是成年人,那将意味着见不到明天的太阳了。

可是,方莹莹年龄小,太天真,太善良,反倒害了自己。

她急忙对警察说:"这东西是我的,跟我女朋友没有关系,求你们快把她放了吧!"

她觉得好友是她邀来陪自己做伴的,她不能把好友也牵扯进去,于是就信誓旦旦地承认毒品是她自己的,跟女友没有关系。她的善良和无知为女友换来了自由,警察当天就把她女友放了。

方莹莹傻乎乎地以为,交代完之后,在看守所关几天,也会放了她。当她被押进看守所,从那些罪犯口中得知,运输毒品是重罪,肯定要被判刑的。她顿时吓哭了,哭喊着要求见承办此案的警察。

第二天,她向承办此案的警察哭诉了被人利用的真相。

但是,为时已晚,警察认为她在撒谎,认为她受监狱老犯的教唆,才演出了这场闹剧。

而且,方莹莹根本找不出为自己无罪辩护的证人和证据,交给她"薯条"的大个子,直到她被判刑一年半之后才落网。那个总给她钱的斯文男人,一直不知下落。即使落网,这些罪大恶极的毒贩也绝不会为她做无罪证人,他们唯恐自己推脱不掉罪责,恨不得把全部罪行都推到这女孩身上呢。

方莹莹被判处有期徒刑九年,起初被关押在上海女子监狱,后来被转移到百年历史的上海提篮桥监狱,再后来又被送到了上海未成年犯管教所。她被关押的监狱顺序完全颠倒了,就像她被颠倒的人生一样。

在提篮桥监狱里,与一帮杀人、抢劫、贩毒等女犯为伍,这个清纯、善良的女孩子第一次领略了人性恶的本质。

在关押着各种罪恶人犯的监狱里,方莹莹就像一缕明亮的阳光,怀着一颗纯洁而善良的心,保持着一份清纯而简单的快乐,深受警察的喜爱。她出淤泥而不染,在提篮桥监狱里,受到专业舞蹈老师严格的舞蹈训练,成为监狱回春艺术团一名舞蹈演员。每当她跳起舞来,就忘记了身陷囹圄的痛苦,忘记了漫长的铁窗生涯,完全沉浸在挥洒激情的舞蹈世界,身心感到无比快乐。

舞蹈给了她第二次生命,也给了她出狱后的谋生手段,更重要的是,还给了她一份来之不易的爱情。她并不知道,每当她在舞台上狂舞时,在后台的音响机旁,总有一双充满爱慕的眼睛偷偷地盯着她……

在回春艺术团里,绝不许男女眉目传情,有爱也只能深深地埋在心底。

对这份大墙里来之不易的爱情,单纯的方莹莹却毫无知晓,直到六年零七个月提前出狱之后,她忽然接到一个陌生人的来电,一个因打架斗殴致人死伤、刚刚结束了十年铁窗的帅气青年,来到她的面前,向她表白了这份沉甸甸的、隐藏多年的爱情。

一对浪子在铁窗里相识,却在铁窗外牵手,于2015年组成了幸福家庭。

从此以后,她教舞蹈,他销售房地产,如今,他们已经有了爱情的结晶——一个七个月大的宝宝。

方莹莹将手机里的孩子照片调出来让我看,是一个非常可爱的宝宝。

看到方莹莹的清纯样子,我心里不禁掠过一丝惊讶,漫长的铁窗生涯并没有污染她那颗清纯的心灵。她的眼睛里仍然闪烁着山泉般的清澈与纯洁。

关于方莹莹的故事,还有一个很重要的部分,六年零七个月的铁窗,支撑她保持一份纯洁心境、理性地把握人生的动力,除了狱中警官的教育,还有一份沉甸甸的父爱——来自父亲一周两封的来信。

父亲一封封充满深情而自责的来信,像甘露滋润着女儿绝望而茫然的心;来自监狱外的父爱,又像一双大手,为狱中的女儿支撑着那片残破的天。

从负责方莹莹的警官那里,我获知了方莹莹家庭变故的一个重要原因:曾是北京某著名高校毕业的父亲,职业为律师,曾赚了很多钱,却因赌博而无法自拔,导致家庭破裂、子女辍学、莹莹入监……

我相信,这位受过高等教育的父亲,在经历了家庭变故、爱女入监等一系列打击之后,他所受的教育将使他曾沉迷于赌博的灵魂开始苏醒。他用忏悔来鞭挞自己,用反思与自责来救赎女儿。他毕竟是受过高等教育的有识之人,而非一介视赌如命的悍夫。于是,他给狱中的女儿不断地写信,三天一封。对女儿深深地忏悔,呼唤女儿的回归,呼唤女儿保持那份宝贵的纯真。这已成为支撑他生命的重要柱石。

我相信,这位父亲对自己的赌博行为深感忏悔,这是知识给予他的力量,知识与理性使他悬崖勒马,没有让这个已经破裂的家庭继续沉沦下去。

方莹莹是不幸的,她因天真而付出了六年零七个月的惨痛代价。她又是幸运的,有一位疼她、爱她,用忏悔呼唤女儿回归的父亲,而且,还找到了一位理想的爱人。

但是,她的"薯条"教训,却为单纯善良的人们敲响了警钟……

上了贼船的少年

这天,在广西未管所,警官带进来一个十七岁的少年,他像其他少年一样,双手扶膝,规规矩矩地坐在我的面前。

我却发现,这孩子脸色沉郁,情绪低落,心事重重,迟迟不肯开口,即使开口,也是一副难以启齿的样子。

他叫华雨春(化名),二十年有期徒刑,十五岁进来的,刚进来两年,还有十八年刑期在等着他呢。

一个十五岁的少年,犯了什么样的大罪,为什么判得这么重?这孩子出生在怎样一个家庭?他人生的关键节点,到底出在哪里?一连串的问题敲击着我的思绪,使我尽快想探寻下去。

"孩子,别怕,跟奶奶讲讲你的故事,好吗?"

在我一再鼓励和劝说下,他终于吞吞吐吐地开口了。

他说,在接触舅舅家的表哥之前,他除了爱上网、爱打游戏之外,从没干过任何坏事。他家住在广西玉林某县,父亲在镇上卖水果,母亲在城里打工,家里还有一个姐姐。他初中毕业,本来打算开学后去职业学校读书。这期间,他跟着母亲在一家工厂打工,生活虽然平淡,却平安无事。

2014年7月的一天傍晚,随着表哥的到来,他的人生从此发生了巨变……

那是一个潮湿而闷热的傍晚,表哥来到他家对华雨春说,他一个人开车出去送货很无聊,连个说话的人都没有,想让雨春跟着一起出去玩玩,见见世面,而且还能轻松赚到可观的币子。

表哥是华雨春亲舅舅的儿子,二十多岁,已经结婚,有一个小女儿。华雨春对这位见多识广的表哥充满了信任,二话没说就同意了。母亲得知儿子要跟着表哥出门送货,认为表哥不会把表弟带上邪路,也就放心了。

第二天早晨,华雨春怀着对外面世界的美好向往,怀着赚大钱的梦想,跟着表哥兴致勃勃地上路了。

华雨春记得,那是一个阴沉沉、雾霾笼罩的早晨,可他心里却充满了阳光。在他十五年的短短人生中,明丽而纯洁,没有任何污点,虽然平淡,却没有什么过错,连架都没打过。

但是,这个雾霾沉沉的早晨,却成了送走他美好人生的最后一个驿站。

华雨春万万没有想到,表哥并没有带他去看什么外面世界,而是带着他经历了可怕的一幕,并且这只是刚刚开始——

表哥开着租来的小轿车来到一座城市,看见街头站着穿戴裸露、浓妆艳抹的"站街女",就下车上前搭讪,连哄带骗把一个女人弄上车,开到郊外一个无人的地方,就把那女人绑上逼迫她拿钱。那女人吓得半死,哆哆嗦嗦地说她没钱。表哥逼着她给亲属打电话,让亲属往她卡里打钱。那女人迟迟不肯打电话,足足折腾了一天,一直折腾到很晚,天黑了,她终于拨通了亲属的电话。

有时,天堂和地狱,就在一步之间。

如果那天华雨春没有跟着表哥出去跑车,他的人生完全可能是另一番景象。但是,人生从来没有如果,只有残酷得令人震惊的现实。

当表哥开车去银行ATM机取钱时,命令华雨春看押好人质,事后,他分到了第一笔绑架得来的赃款。

人生的岔路口,往往就像天堂和地狱的岔路口一样,一旦迈错,就将堕入万劫不复的地狱深渊。

十五岁的华雨春正处于懵懂的青春期,无论是生理还是心理上,都处于不成熟阶段,尤其在早有预谋犯罪的表哥面前,更是把握不住自己,他像很多少年一样糊里糊涂地上了贼船。

从此,他在表哥的带领下,不但参与了多起绑架,而且在表哥的教唆和怂恿下,大着胆子学会了强奸。开始他不敢干,也不会干。表哥却说:"没事,怕什么?"表哥让他下车,就在车上强奸绑架来的女人,给他做"示范"。

在接下来的短短两个月里,他和表哥疯狂地作案——绑架,强奸,拿刀在路上抢劫,什么坏事都干,就差没杀人了。

表哥觉得他们两个人作案,人手不够,让他再找来两个。于是,华雨春又找来两个辍学的同学入伙。

四个人租了一间房子,一起吃住,一起作案,从2014年7月一直疯狂到2014年9月5日中午十二点半。5日中午,四个人坐在车里正在路边睡觉,车门被拉开,几个便衣警察突然出现在他们面前。

法院以绑架、抢劫、强奸等数罪并罚,分别判处四个人有期徒刑:表哥二十五年,两个未成年人二十年,另一个未成年人十三年。

当华雨春接到判决书的那一刻,脑袋就像突然被掏空了,一片空白,完全没了知觉。

当他从麻木中惊醒之后,看到判决书的白纸黑字赫然写着"二十年",就再也控制不住自己了,双手抱住脑袋呜呜大哭起来。

他心想:二十年,人生有几个二十年啊?我才十五岁,啥时候才能熬到二十年啊?等我熬到出狱那天,已经三十五岁了,天哪!

一番痛苦地宣泄过后,夜深人静,狱友鼾声如雷,他躺在床上,开始反思自己:为什么会走到今天?自己过去从没干过坏事……都怪该死的表哥,如果不是他去找我,不是他教唆,我不可能去绑架,更不会去强奸……我本来准备去职业学校读书的,要是去读书该多好,将来毕业找一份工作,结婚生子,过着平淡而自由的生活,可现在,等待我的却是二十年的铁窗……

他在监舍里,突然放声大哭:"不——不——"

他恨透了表哥,当表哥从成人监狱给他来信,向他道歉,承认是他害了雨春,他却回信说,说什么都没用了。事情已经发生,怪谁都没用了,只能怪我自己!

父母来看他时,哭着劝他:"孩子,事情已经到了这步,怪谁都没用了,还是多想想自己吧。吸取这血的教训,好好改造,争取早点出去吧。"

我也在想:表哥这个人无须多述。但是,一个初中毕业的十五岁学生,还有后来入伙的两个同学少年,明明知道绑架、强奸、抢劫是犯罪,为什么还要参与其中?为什么不考虑后果?为什么没有起码的法律底线?

这正是我们应当认真思考与深究的问题。

因为这不是一起个案,好多未成年孩子的犯罪,都是如此。

运毒者的真情告白

如果说,前面的两个少年都是因为年幼无知,被坏人拉拢利用误入歧途的话，那么接下来的这个青年却完全不同了。这是另一类未成年人犯罪的典型，这类犯罪在未成年人犯罪当中，占有相当大的比例。

他叫于波（化名），运输毒品罪，有期徒刑十二年。十六岁进来，如今二十四岁，在监狱送走了八个春秋，已经是这里的成人"老犯"了。

采访中，他对我坦言："我当时就知道老板是利用我未成年运送毒品，因为未成年人判得轻，没有死刑。我也是想利用老板多赚点儿钱。"

"明知道偷运毒品是犯罪，你就不怕被抓吗？"我问他。

"怕被抓，但没想到会判这么重。"

采访中听到青少年说得最多的一句话就是"怕被抓，但没想到会判这么重"。

这也是未成年人犯罪时的普遍心理，而成年人却是利用孩子对法律的无知，对复杂的社会缺少防范，来实施他们有预谋、有计划的犯罪阴谋。

随后，这个身材不高，四方圆脸，眉宇间透出几分老诚的青年，操着带点口音的普通话，向我讲述了令人惊愕的人生——

于波生来原本有一个不错的底子，父母都是安分守己的农民，家庭虽说并不富裕，但很和睦，父母对他像朋友一样。不过，父母对他的管教也很严，犯了错也会打，希望他长大成人。小学时他学习成绩很好，上中学后进城住校，去网吧上网，结识了一个二十多岁的青年，此人为他打开了潘多拉魔盒……

采访中发现，好多来自农村的孩子误入歧途，都是从进城上初中住校开始的，初中一、二年级，孩子正处于青春叛逆期，他们脱离了父母的监管,来到一个令他们眼花缭乱、充满各种诱惑的新奇世界,学校又监管不到位,缺少自制力的孩子开始放纵自己。轻则辍学打工,重则泡网吧,成帮结伙,打打杀杀,成为社会上的小混混,过着一种灰色生活,直到进了监狱。

那个青年带着于波来到一家歌厅,走进了一个令他目瞪口呆、乌七八糟的世界。KTV包房,灯光昏暗,群魔乱舞,男男女女,疯狂地跳着"摇头舞",男女裸着身子,毫无顾忌地抱到一起亲嘴,甚至……

一个来自农村的孩子,从未见过这种场面,觉得既新鲜又刺激,一种难以抗拒的诱惑魔鬼般地占据了他的心。

就这样,在那个青年的引领下,于波很快就学会了吸烟、吸毒,先是吸食K粉、摇头丸,后来又是冰毒、海洛因,十几个男男女女聚到一起,吸毒,亢奋,通宵达旦地狂欢,疯狂地做爱,男女群交……

写到这里,忽然想起我曾采访的那些吸毒少年,想起那个患上艾滋病的男孩子,想起脸上长满"痘痘"的胖少年,想起那个在未管所强行戒毒的少女……

他们曾对我说,毒品这东西太坑人了,一旦染上,就等于把自己推向了万丈深渊,他们小小年纪就被毒瘾折磨得人不人鬼不鬼的,毫无尊严可言,整天过着见不得人的日子。为了吸上一口白粉,什么坏事都敢干,抢劫、卖淫、贩毒、运送毒品……不少人走上了"以贩养吸"的道路,直到进了监狱,强行戒毒,才算得到拯救,否则根本无法戒掉。

但是,玩得嗨是需要成本的。

不久,于波因在学校打群架被学校开除,换了一所学校很快就辍学了。他要出去打工,否则无法支付每天吸毒所必需的毒资。而且,他对毒品的需求越来越大,所需金钱也越来越多,所以必须拼命赚钱,否则就没法活下去。

他找到的第一份工作,是给四川某市一个地下赌场老板看场子,充当打手,一旦发现警察或闹事的,立刻向老板报告并想法儿摆平。老板是从监狱里放出来的,开了一家地下赌场,雇用了一批未成年人看场子,当打手,工钱不少。但他还是觉得不够买冰的,因此,特想找个赚大钱的差事。

不久,一个穿着一身他叫不上名字的世界名牌、每天来这豪赌、每次输赢都在十万元以上的有钱人,引起了于波的注意。他听说这个"大款"是贩毒的毒枭,很想结识他,想通过"大款"来谋得一份赚大钱的机会。

其实,这个"大款"也正在挖空心思物色运送毒品的合适人选,于波很快就进入了他的"视线":十五岁,未成年,而且浓眉大眼,四方圆脸,并非尖嘴猴腮的贼眉鼠眼,更重要的是,少年吸毒成瘾,没钱,离开毒品一天都玩不转,每天必须要有足够的毒资才能维持活命。

于是,"大款"安排了一顿丰盛的晚餐,只邀请于波一个人单独赴约。保镖身份的于波受宠若惊,这正是他求之不得的。

餐桌上,"大款"坦言,他观察于波好多天了,发现他既诚信又精明,是一个难得的可塑之材,称他是可干大事之人,还问于波想不想赚大钱。

于波两眼放光,嘴上说想赚大钱,心里也在说,做梦都想!

"大款"却迟迟没有开口,而是手里把玩着酒杯,说出一番似理非理、似哲非哲的话,却成了诱惑他步入罪恶深渊的最后"启蒙"……

他说:"人为财死,鸟为食亡。有钱能使鬼推磨。当今世界,有钱就是爷,到哪儿都被供着。到赌场,你们请我到贵宾室像祖宗似的供着我,不就是看我有钱嘛!钱哪儿来的?实话告诉你,拿命换的。这是个弱肉强食的世界,历来是撑死胆大的,饿死胆小的!想赚大钱,就得有胆量……"

于波听得目瞪口呆,急忙说:"老板,我什么都不怕,请指教!"

"大款"将杯中酒一饮而尽,开口道,让于波帮他去云南雅口接货,然后带货到成都,一次一结算,钱数当然可观,一次给×万元。还说,他父母在铁路处任要职,走贵宾通道,坐乘务员包厢,不会出任何问题。头两次带他蹚好路子,之后于波自己带货。末了他还说:"不用怕,即使真的被抓,你年龄小,不够法定判刑年龄,关几天也得把你放喽。再说,就凭你的智商,那帮警察休想抓到你!"

十五岁,年少无知,好糊弄,也好忽悠。

再说,毒枭老板抓住了于波致命的弱点——吸毒需要大量的毒资来支撑每一天,否则就无法活下去。

一个懵懂无知的吸毒少年,就这样被大毒枭拉上了万劫不复的运毒深渊。

第一次带货,于波跟着毒枭老板熟悉路子,各背着一只挎包,坐在火车上,他吓得要死,就像坐在地狱门口,随时可能被人揪出去枪毙。看到毒枭老板坦然自得的样子,他怦怦狂跳的心才渐渐地平静下来。路上,毒枭老板教给他,如何躲过警察的眼睛,如何应对警察的搜查,一旦被查出毒品,如何咬定是第一次,永远是第一次……

从此,于波一个人踏上了拿命换钱的贩运毒品之路。每次带着够成年人掉脑袋的毒品,从云南雅口,一次次地带到四川成都,每次都有上万元的收入。每当带着毒品上路时,他都给自己鼓劲儿:"不用怕,老板说了,即使真的被抓,我年龄小,不够法定判刑年龄,关几天就得把我放出来。怕啥?"

在短短一段时间里,他疯狂地跑了十几趟,直到2010年春节过后不久,当于波到成都与毒枭老板交接货时,随着一声突然发出的怒吼,一副亮晶晶的手铐铐住了两双罪恶之手……

两公斤冰毒,人赃俱获。

法院判处于波有期徒刑十二年。毒枭老板是成年人,另案处理。

其实,于波应该感到庆幸,刚满十六周岁,如果是十八周岁,刑期就不止十二年了。而且,法官对他们审判时,只能按照人赃俱获的最后一次毒品数量来量刑。

当拿到判决书的那一刻,于波像所有拿到判决的少年一样,顿时傻了、蒙了,完全没想到会被判得这么重!

现在,说什么都没用了,监狱的大门早已冲他敞开,十二年的刑期在等待着他呢。

讲到这里,他沉默了。

我试探着问他:"孩子,告诉奶奶,想没想过对你最大的教训是什么?"

他沉思了片刻,说出了一番令人深思的话——

"我觉得一个人,在懵懂无知的时候,父母没有多少文化,不能指导你的人生,学校也没有讲法律课,没人告诉你该做什么,不该做什么。我最大的教训就是,跟着某些人学坏了,学会了吸毒,如果不是吸毒,我不会走到今天。毒品这东西太坑人了。我十三岁开始吸毒,很早就开始脱发、掉牙,身上长了许多脓包,而且体质越来越差。由于吸毒,骨骼受损,连个子都没长起来。我个子这么矮,其实我家人都可高了。要不是进了监狱,强行戒毒,我个子就更矮了!"

"你多高?"我问他。

"一米六四。"

噢,的确不高。

最后他说:"现在才明白,人到啥时候都要清醒地把握自己,不能好高骛远,更不要羡慕那些有钱的大款。进到这里才明白,人最宝贵的并不是什么金钱,而是自由。没有自由,有再多的钱有啥用?连花钱的机会都没有!"

但愿这番来自一个吸毒少年的彻悟,能唤醒那些迷失在毒品中的青少年,快快醒来,远离毒品,不要再继续沉迷下去了!

借此,也想告诉家长们,叮嘱你的孩子,一定要远离毒品,而且要警惕某些心怀鬼胎的人,不要让孩子的天真善良被他们所利用,从而毁掉了一生。

伸向少女的魔掌

这又是一个令人警醒的真实故事,也是又一类未成年人犯罪的典型。

她叫阮多媛(化名),二十二岁,广西南宁某山区人,强迫卖淫罪,判了九年,已经服刑六年。

看着她,我无论如何也无法将这个满脸写着单纯,甚至有点傻气的女孩子,跟"强迫卖淫"罪联系在一起。在我的印象中,强迫他人卖淫,应该是那些内心险恶、狡猾诡诈的坏人所为,这样一个柔弱而单纯的女孩子,怎么可能强迫他人卖淫呢?

其实,单纯、傻气,没有防范意识,正是那些险恶之人所要寻找的目标。

她微笑着,操着甜润的带有广西口音的语气,向我讲述起她的故事——

她人生的第一场噩梦发生在十五岁那年。读完小学六年级正准备上初中,同村的一个远房表姐将她骗到一个地方,逼着她喝了不少酒。酒后,她感到晕乎乎的,表姐的男友扑上来不顾她的拼命反抗将其强奸了。

她哭着跑回家,向父母哭诉了所遭遇的一切,她渴望母亲能安慰她,哪怕说句同情的话也好。可是,七个孩子、小学文化的母亲,却像一个凶神恶煞似的,骂她丢人现眼,骂她是阮家的灾星,不由分说,对她就是一顿劈头盖脸的暴打!

父亲去派出所报了案,警察找到表姐,他们二人拒不承认,此案也就不了了之了。令阮多媛没想到的是,强奸她的人没有受到任何惩罚,而她这个受害者却被父母打入了"冷宫"。父母认为她给全家丢尽了脸面,兄弟姐妹都不理她了,都用鄙视的眼光看着她。她每天生活在全家人的鄙视及打骂声中,就连一向疼爱自己的父亲,也对她冷脸相待,拳脚相加,并且下令:"不许你去上中学了!"

她给父亲跪下,哭着苦苦地哀求,求父亲让她去上学,她太渴望读书了,开学就该上初中一年级了。

可是,下跪、哭求,丝毫没有撼动父亲那颗重男轻女的心。

在这个贫穷落后的家庭里,不仅她一个人遭受歧视,五个姐妹都遭受歧视,只有两个弟弟得宠。

这是一个重男轻女思想极其严重的家庭,否则不会不顾计划生育政策,接连生了七个孩子,成为名副其实的"超生游击队",全家每天都提心吊胆地过日子,一听说上边来人检查计划生育了,就立刻行动起来,大的背小的,磕磕绊绊地向山上的山洞里跑去,一直躲到检查人员走了才敢下山。前五个孩子都是女的,她是老四,父亲给她起名叫多媛,就是"多员"超标的意思。在他们那里,谁家没有男孩儿就会被人瞧不起。为此,父亲总爱借酒浇愁,一喝酒就唉声叹气,因此喝出了肝病,最后患上了肝腹水。为了要男孩儿,母亲一个接一个地生下去,生到第六个、第七个,终于生出了两个男孩儿。

父母认为女孩子读书没用。所以,大姐、二姐都早早地辍学了,三姐自己打工挣钱,父母也不让她去读书,说是女孩子读书浪费钱财。只有两个弟弟上了中学。父母对她们姐几个说:"你们将来挣钱要给弟弟盖大房子,他们将来要结婚生子……"在父母眼里,女孩子没用,只有男孩子才是传宗接代的根。

她苦苦哀求和下跪都没有换来读书的权利,反而遭到父母更加严厉的拳脚和冷眼。

于是,她跑到南宁城里找了一份擦皮鞋的工作,决心自己挣钱读书。

这时的她就像一只受伤的小鸟,躲在栖息的枝头舔舐着自己的伤口,没想到,一只老鹰却瞪着虎视眈眈的眼睛偷偷地瞄上了她,使她陷入了另一场更加可怕的噩梦。

那天,她正低头擦皮鞋,一个男人发现她的眼泪掉在了皮鞋上,嘴角掠过一丝不易觉察的坏笑,没说话,只是从兜里掏出一张纸巾,向低头擦皮鞋的阮多媛悄悄地递了过去。

对于缺少亲情关爱、处在绝望中的山里女孩儿来说,一张纸巾就足以打动她那颗单纯而傻气的心了。

她抬起泪眼惊愕地瞅瞅他——说真的,她一直没有读懂他,连他多大年龄都不知道——大概有四十多岁,跟她父亲年龄差不多,至于他有没有家室,干什么工作,她全然不知。

但是,四十岁的男人却看透了这个十五岁的山里女孩子,几顿饭,几千块钱,几句暖心的话,就把单纯得近乎傻气的女孩子给轻松拿下了。她把自己一肚子委屈全部倒进他的怀里,并哭着问他:"大哥,你能帮我报仇吗?"

大哥一脸坏笑地点点头,条件是她必须以身相许。

就这样,不该发生的事情再次发生。

开学时,她拿着擦皮鞋赚的以及那个男人给的钱,去中学读书了。期间,那个男人经常找她偷偷地跑去宾馆开房,每次她都问他,报仇的事怎样了?他都以种种借口搪塞着,称最近生意不好,让她帮着找几个女同学卖淫,帮他转转运气。

不久,阮多媛把两个女学生介绍给他。可是,那个男人又说,要想报复那个强奸她的男人,两个女生不够,还要再找来几个。

一心想报仇的阮多媛,信以为真,又介绍了三个女学生。

就这样,她先后给这个男人介绍了五个女学生,她们分别是十二岁、十四岁、十五岁。很快,阮多媛从五个学生那里得知,那个男人并没有让她们出去卖淫,而是就跟他一个人……她气坏了,在电话里跟他大吵起来。她不许五个女生再去找他,把她们的手机卡全扔了,跟她们闹翻了。于是,五个女生联名写信举报阮多媛强迫她们卖淫……

阮多媛被派出所警察叫去了,她觉得那个男人是为了给自己报仇,所以,就把责任全部承担下来了。

开庭那天,阮多媛的母亲和姐姐、弟弟都去了,唯独父亲没去。阮多媛被捕那天,身患肝硬化的父亲接到派出所打来的电话,一气之下,从刚建成的还没来得及装楼梯扶手的二楼上摔下来,全身多处粉碎性骨折,躺了二十二天就去世了。

结果,她被判了九年。那个男人却因嫖娼仅仅关了十几天就被释放了。

讲到这里，她沉默了。

我也无语了，为阮多媛这个傻丫头无语。

采访中发现，未成年女孩子受他人唆使、介绍、组织、强迫他人卖淫的案例最多。

在上海未管所，一个辍学的十七岁女孩子受成年人唆使，介绍女孩子卖淫被判处有期徒刑四年零三个月；一个从小缺少父爱的十六岁女孩，在网上结识了一个三十三岁的男人，并深深地爱上了他，他让她给他找卖淫的女孩子，她就乖乖地找了几个，他让她每天"陪"着卖淫女孩，她就乖乖地"陪"了一个多月。最后，她因强迫卖淫团伙罪被判了五年。

在广西未管所，一个服刑五年的二十三岁女犯对我说，她十五岁就开始吸毒，并受几个成年男人的唆使，以卖淫来招引嫖客，几个男人则以"哥哥"的名义突然闯进门进行敲诈、抢劫嫖客……她被判了十一年。

在河北省未管所，一个多次被抓的十七岁少年对我说，社会上一些有心计的人，专门寻找未满十四周岁、不爱学习的初一男生，唆使这些学生给地产商老板拆迁、催款要账助威，充当打手，因为他们未满十四周岁，花钱少，出事也不用承担法律责任。有一次，一个老板让他带去二十多个未满十四周岁的调皮男生，每人每天发给一百元，去围攻几家不肯动迁的户主。他们这帮人围着动迁户，不分昼夜地拼命敲锣打鼓，惊天动地的锣鼓声把人的五脏六腑都能震出来，两条小狗崽活活被震死了。第三天，动迁户乖乖地全部搬迁了。

采访中发现，有些成年人采取金钱利诱、感情拉拢等手段，利用未成年人来实施他们的犯罪计划。让未成年人介绍妇女卖淫、偷运毒品、盗窃、抢劫、充当打手，尤其让那些未满十四周岁的孩子从事犯罪。一些未成年的青少年被黑社会老大所雇用,为其打打杀杀,抢地盘,争高低,闹出了伤害或命案,被判以重刑,而背后指使他们犯罪的成年人,大多安然无恙,即使追究其刑事责任,被判刑的少年也无法挽回他们宝贵的少年时光了。

尤其令人憎恨的是,有的父母或亲属,居然也利用未成年孩子来实施犯罪。

据央视法治节目报道,2017年2月,北京警察破获一起来自湖南柳州道县的盗窃团伙,多名孕妇带着两个六七岁的男女孩子进行盗窃,孕妇负责为孩子掩护,让孩子溜进商场、超市去偷手机,最多一天偷了四十多部。而且,道县已经形成孕妇、幼童盗窃的产业链,父母居然将自己的亲生幼童出租给盗窃团伙,长租一年五万,短租一天一二百元。

2017年11月15日,媒体报道一个十四岁"碰瓷"少年的悲惨新闻,引起了全社会的广泛关注。父母强迫一个十四岁少年在三轮车拐弯或快速行驶时摔出,先后发生"碰瓷"二十多次,造成少年浑身上下——胳膊、腿、手臂和后脑勺到处都留下新旧不一的伤痕。

少年母亲却说:"只有小孩子摔了才可能骗到钱。"

一位母亲居然说出这种话,而她十四岁的儿子却向警察发誓:"我这辈子再也不会相信我的父母了!"

采访中,听到多起父母逼迫亲生女儿卖淫的真实案例,我忍不住内心的气愤,心想:这样的父母还配做人吗?他们还知道世界上有"廉耻"二字吗?先不说法律层面的问题,就说起码的道德吧。这些当爹妈的究竟要把孩子引向何处?孩子长大以后靠什么在社会上立足?靠什么来谋生?可谁来惩罚这些父母?

也许有人说,都是因为贫穷。

不！这种毫无廉耻的丑陋现象,那是任何理由的遮羞布都无法掩盖的！这是人性中的丑陋,是民族的耻辱！

孟子曰:"富贵不能淫,贫贱不能移,威武不能屈,此之谓大丈夫。"

当今社会,只要肯出力,肯动脑筋,捡废品都能维持生活。不少人靠拾荒、收废品,靠劳动改变了生活,改变了命运。

这些父母为什么会这样?难道仅仅是因为贫穷、愚昧,没有文化吗?

这是全民族应该认真思考的问题……

第 八 章

不是亲人,却胜似亲人

- 何爸爸,救救我!
- 不跟女人说话的孤儿
- 一千个孩子的警察妈妈
- 母子相拥,她却哭了
- 出狱少女的泪
- 记住,千万别再干蠢事

在漆黑寒冷的夜晚,一个迷途的孩子伸着小手发出求救的呼喊:"妈妈,快救救我……妈妈,快救救我……"

有人停下匆匆的脚步,擦亮一根火柴,给孩子送去一丝微弱的光亮,从而拯救了一个孩子,拯救了一个家庭,也拯救了一个世界。

人生难测,我们的孩子也会有迷路的时候,也需要有人拉他一把。

采访未管所里的孩子，必然要写到未管所的警察。

我常常在想：一个家庭有一个熊孩子，就能把这个家搞得天翻地覆，鸡犬不宁，搞得父母焦头烂额的。当成百上千误入歧途的熊孩子，带着各自的家庭背景，带着各种罪行与劣性，全部集中在一起，那将是怎样一种无法想象的场面？

未管所警察每天面对的就是这样一群熊孩子，不准打，不准骂，每天都要绷紧神经，高度紧张地注视着每一个少年，看着他们，不准出事，不许打架斗殴，不许自伤自残，不许违犯监规……而且要教育他们，改造他们，感化他们，救赎一个个迷失的灵魂，匡扶一棵棵歪歪扭扭的小苗，让这些过早凋败的花蕾，重新绽放出生命之花。

想想看，这将是怎样一项艰巨而伟大的工程啊！

但是，未管所的警察却这样自嘲："我们是被世界遗忘的角落，监狱警察被许多影视作品描写成给几个铜板就放行的小吏，各种荣誉头衔从不会落到我们头上。大年三十晚上，媒体向战斗在各条战线的工作人员拜年，从未提到过我们这些警察。其实，那是我们最紧张、最辛苦的时刻，好多警察都不能同家人团聚，而是守在未管所，跟那些无法回家的孩子们一起过除夕。因为大年三十晚上，是他们最想家的时候，也是最容易出事的重要时刻……"

是的，不仅是未管所的警察，也包括全国成年人监狱的广大警察，为了国家的安宁，为了社会的稳定，他们时时刻刻都坚守着这些"火药库"，默默无闻地奉献着他们的青春和热血。有的一家三代都是监狱警察，有的不仅夫妻同为监狱警察，子女也同样是监狱警察。他们每天的工作都是高度紧张，绷紧每一根神经，来不得半点疏忽，稍一疏忽，就可能酿成大祸，因为他们面对的是一群罪犯！

但是，未管所的许多少年却这样评价警察："警官对我们像父母、像老师一样,教我们学文化,教我们遵纪守法,教我们懂得了好多做人的道理,使我这个父母都管不了的调皮蛋,改掉了不少坏毛病。警官让我好好改造,争取早一天出去……"说这话时,少年稚气未脱的脸上常常掠过一丝不易觉察的渴望,不由自主地瞅瞅窗外。窗外是一片自由的天空。

采访中发现,未管所警察对待这些迷途的孩子,不是父母,却胜似父母;不是老师,却胜似老师;不是医生,却在治病救人。

真的,不是一两个警察,也不是一两个未管所,我跑了全国十几个省市的未管所,听到了太多太多令人感叹的故事。这些故事一次次打湿了我的眼帘,深深地震撼着我,完全颠覆了以往对监狱警察的印象。

故事太多,只能择选几位警官的事例奉献给读者。

何爸爸,救救我!

首先进入笔端的是一位退休的未管所警官。

当写到这位警官与孩子之间的故事时,不只是感动,还有敬畏,一种从心底升起的崇高敬畏,净化着我的心灵。

在上海未管所,还没有见到这位警官,耳朵却已灌满有关他的故事。

他至今未婚,却有无数个称他为"何爸爸"的孩子。"何爸爸"名叫何全胜,退休前是上海未管所新收犯管区的教导员副管区长。他与未成年犯人之间的故事,绝非"感人"两个字所能涵盖的。他把全部精力都投入到挽救青少年的事业上。

我费尽周折查到几组数据,何警官给在押或出监后经济困难的少年汇款,能查到汇款收据的就有五万三千四百元,查不到汇款收据的就无法统计了。在一本磨损得不成样子的《与少年家长通信登记本》上,记载着他与少年家长的通信记录,1998年9月至2009年9月,十年间,他给少年家长发出三百七十七封信,收到回信二百六十八封。除了通信,还记录着他与孩子家长的通话记录,仅2009年1月8日至2013年8月23日,有记录的电话共计一千五百四十次,之前没有记录的就更多了。

数据也许是最能说明问题的,但是,面对面采访才是纪实作品的生命。

于是,我请接待我的上海未管所办公室陈主任千呼万唤,把已退休的何全胜警官从大连请到了我的面前……

当戴着眼镜、一副知识分子儒雅风度的何警官微笑着出现在我的面前时,我伸出双手,紧紧地握住他那双不知抚摸过多少孩子脑袋的手,满怀敬意地说:"何警官,见到您太高兴了!我非常敬佩您……"

他却谦和地笑了,说他已经退休,不愿接受采访了。他说他只是像老师对待学生、医生对待病人、父母对待孩子一样,尽自己最大的努力,把未管所的孩子引上正道,把人性中的善与阳光,洒给那些需要温暖的孩子,让更多误入歧途的孩子,重新找到正确的人生道路。

"噢,说得真好!"我说,"您的故事,不仅是我采访的需要,也是家长的需要,孩子的需要。再往深层里说,是社会的需要,是民族未来的需要。"

他再次笑了,说他可没有那么伟大,他只是一名普通的监狱警察,而且已经退休了。

在我的恳求下，他终于接受了我的采访。

伴随着他或低沉或激越的真情叙述，一位监狱警察与许多迷途少年之间所发生的事情，就像一条山涧清泉，缓缓地流进了我的心田，流到了我的笔端……

1961年10月何警官出生在一个离休干部家庭，父亲是早期开垦苏北农场的监狱警察。父母文化程度不高，都是小学，给五个子女留下的最宝贵精神财富就是老实、善良、踏实，淡泊名利。1979年他考入上海师范大学历史系，毕业后被分配到上海司法警官学校，当了十五年教官，1998年调到上海未成年犯管教所新收犯管区，从事新收犯人教育工作，到2013年10月退休，在未管所工作了十五年。他是为了照顾生病的母亲，根据《公务员法》提前退休的。

我问到他不成家的原因，他坦率地说，人的一生总是有取有舍，这是我心甘情愿的选择。干我们这行很辛苦，很累，无暇顾及家庭，所以选择了更适合自己的生活方式。所有进来的孩子都需要帮助，在"新收"管区，责任重大，一个月进来一两批孩子，孩子对警察有戒备心理，以对立的心态来对待管理教育他们的警察。要在短时间内取得他们的信赖，并不是一件容易的事，必须用你真诚的心打动他们，用你的真情去感化他们，取得他们的信任。否则，你无法了解他们，更无法帮助他们。

他说，未成年人犯罪与家庭及社会有关。这些孩子本来是纯洁的，他们就像漂泊在水中的一片树叶，被灰尘污染了。你如何把他们洗涤干净，把人性中的善发扬光大，荡涤污浊，驱散黑暗，给孩子以人性的关怀、真情的慰藉，让孩子打开心扉，去接受温暖的阳光？这就是我们未管所警察所从事的工作。

究竟有多少个未管所的孩子，因何队长的帮助而改变了命运，我无法统计。在这里,我只想讲几个真实的故事。

就从一封特殊的签名贺卡写起吧。

方秋华(化名):

你好!不论多么痛苦,要记住我们,大家都期待你,给你力量与勇气,相信你一定能战胜疾病,早日回到大家中来……我们永远不放弃你,期待你早日回来!祝你振作精神,早日康复!

五分区全体少年
1999年11月6日

这不是一张普通贺卡,而是来自一个特殊的群体——上海未管所五分区一群少年,写给一个身患肾病、已下达病危通知的十六岁少年。

在这张充满真情鼓励与呼唤的背后,隐藏着一个非常感人的故事。

当时,在上海市监狱医院的病房里,一个身患严重肾病,各种药物都毫无效果的少年,鼓着浮肿的脸颊躺在病床上。他拒绝打针、吃药等一切治疗,瞪着一双绝望的眼睛望着装有铁栅栏的窗外,一心等待死神的到来……

他就是方秋华,十六岁,因强奸、抢劫罪被判十六年,刑期跟他的年龄一样长。他白天不敢哭,只能在夜晚蒙上被子偷偷地哭,压抑的哭声在寂静的病房里回荡,发出凄凉而绝望的哀鸣……

他出生在新疆一个下乡插队的知青家庭,父亲是上海知青,母亲是四川人。他五岁那年父母离异。母亲留给他的最后一点记忆是在凄冷的站台上,他哭喊着妈妈迈着小腿拼命追赶着火车,眼看着无情的火车拉着妈妈越开越快,越开越远,最后完全消失在空荡荡的铁轨上,他哭倒在站台上却被父亲狠狠地踢了一脚。

父亲带他回到上海,却从不管他,经常喝酒,打他,骂他,撕碎他的书本。父亲连奶奶都打,何况他这个累赘儿子呢。他十三岁就辍学自己谋生了。奶奶给他点钱,他到码头上批点小黄鱼,在马路边卖,却因无证经营被警察没收了,从此他恨透了警察,认为是警察断了自己的生路。后来,他结识了社会上的一帮混混,因抢劫小学生的钱被判刑,在看守所蹲了一年,父亲没来看过他,出狱时也没去接他。出狱不久,他没有生活来源,又被那帮哥们儿拉拢去,因绑架强奸、抢劫被判了十六年。在看守所期间,他得了严重的肾病,医院向家属下达了病危通知书,父亲却连面都没露。他对父亲又恨又气,觉得自己被世界遗忘了。后来,他被送到了上海未管所。

就在方秋华失眠的夜晚,有一个人也在为他失眠。此人就是警官何全胜。

方秋华进队以后,何警官发现他病得很重,就向上级申请厨房给他单开小灶,淡盐、增加鸡蛋,何警官自己花钱给方秋华买营养品,从警官食堂给他买包子。开始,方秋华恨警察,但他发现何队长对自己生活上的关心很真诚,渐渐产生了信赖。

何警官接连给方秋华父亲发去几封信,希望父亲来看孩子,给孩子一点鼓励,却是泥牛入海。直到有一天,突然来了一个男人,自称是方秋华父亲的小学同学,受方父之托,来看方秋华。何警官破例同意他们见了面。

来人却对方秋华说:"知道你父亲为什么没来看你吗?他因为强奸被抓起来了,关在看守所等待判刑呢!"

听到这一消息,方秋华的精神彻底崩溃了。

他从凳子上瘫倒在地,呜呜大哭,自言自语:"呜呜……我以前总是怪罪爸爸……其实爸爸也挺可怜的,没有老婆,没有工作……看到爸爸苦闷喝老酒的时候,我从来没有想过关心他,只是赶紧跑出去。在法庭上听到判决后,爸爸对我说,等你出去时,爸爸已经六十九岁了。当时我不理解这句话的含义,现在才真正明白了,是我的犯罪让爸爸失去了对生活的希望,是我害了爸爸……呜呜……"

何警官却从孩子痛不欲生的哭诉中,从他瘫倒在地的表现上,看到了孩子未泯的良知,觉得这孩子还是有希望的,决心全力拯救这个不幸的孩子。他扶起孩子,与另一名警察把方秋华搀回到监舍里。

中秋节之前,何警官问方秋华,想不想见到你父亲?

"想!"每逢佳节倍思亲,何况一个身陷绝境的孩子呢。他瞪大眼睛疑惑地看着何队长,"可是……"

可是,一个在未管所,一个在看守所,儿子怎么能见到父亲?

何警官把方秋华叫到办公室,打开录像机,对方秋华说:"把你对父亲想说的话,对着录像机都说出来,我去看守所放给你父亲看。"

方秋华很是激动,开始还能控制住自己的情绪,后来越说越激动,越说越难过,最后,再也控制不住内心的悲痛,冲着录像机放声大哭:"爸爸,我好想你呀!爸爸,对不起……呜呜……"他对着录像机说出了有生以来从未说过的话。

接下来,在未管所、市司法局、公安局等各个部门的帮助协调下,通过层层审批,在中秋节前夕,何警官赶到上海普陀区看守所,将方秋华的录像放给他父亲看。此情此景,儿子在录像中忏悔哭泣,父亲在录像机前泪流满面,悲痛不已。父亲被判了五年,儿子被判了十六年,为父的怎样一番心情?自责、愧疚、痛心……一切一切,统统化作一捧老泪,千叮咛、万嘱咐,让儿子好好改造,千万别再干坏事了!

第八章　不是亲人,却胜似亲人

中秋节这天下午，何警官把父亲的录像放给方秋华看，方秋华看了两遍之后，提出能不能让他一个人在空房子里待一会儿？不行！必须有警察在场，这是纪律！最后，在只有两个人的小屋里，何警官看到孩子号啕大哭，哭了很久很久。等他哭够了，宣泄完了，何警官过去抚摸着他的头，安慰他，别难过，一切都会好起来的。

可是没过多久，方秋华的病情再次恶化，又住院了。

医生给何警官打来电话，说他拒绝治疗。何警官急忙赶到医院，拉着方秋华的手问他怎么了，为什么拒绝治疗？

方秋华哭着说："何队长，我的病这么重，真的不知我能不能活着出去……很痛苦，每天坐在窗前，看见楼下的孩子生病时都有爸爸妈妈陪着，都那么幸福。可我呢，父亲在坐牢，母亲不知道在哪里，我连母亲的模样都不记得了。这十六年刑期怎么熬啊？我白天不敢哭，怕人家笑话，晚上蒙在被子里哭。队长，我真的不想活了，还是早点死了算了，呜呜……"

何警官劝他："孩子，我帮助你，是希望你生，而不是希望你死。我帮助你，是希望你能闯过难关，走出困境，而不是希望你自暴自弃。你是男子汉，应该坚强地面对现实……"

走出病房，何警官的心情很沉重，他叮嘱医生和看守，要多关心这个不幸的孩子，千万别出事。

回到未管所，何警官给方秋华的主治医生写了封信，希望在治疗他身体疾病的同时，也能多开导开导他的心理。然后，何警官又召集全管区少年开会，把方秋华的处境跟大家讲后，又说："看看我们大家能为方秋华做点什么？"他希望通过这件事启发引导大家如何帮助他人，激发孩子人性中的善。没想到，这些身负各种罪行的孩子，群情激奋，纷纷提出要给方秋华打钱，要给他食品，要去看望他，甚至有人

* 上海市未成年犯管教所退休警官何全胜

* 作者向上海市未成年犯管教所所长鞠光赠送自传《生命的呐喊》

提出要捐出一个肾脏来挽救方秋华的生命。

看着这一张张急切的脸庞,看到那一双双流露着真情的眼睛,何警官的眼睛湿润了。孩子心灵深处的善良火种被点燃了,他感到莫大欣慰。

讲到这里,何警官停了一下,对我说:"在我眼里,虽然这些少年犯了罪,做了错事,但我从来不认为我们的少年是无可救药的(他说的是"我们的少年",而不是"这些少年")。人性是复杂的。我发现,每个孩子的心中都有一份真诚和善良,都有一种美好的情感,就看我们如何把它挖掘出来,如何去引导他们!这些孩子愿意去帮助他人,甚至宁愿自己少花一些,也要帮助那些需要帮助的人。这就是人性中的善!'勿以恶小而为之,勿以善小而不为。'相反,我倒是觉得有些成年人是很难改变的,尤其是孩子的父母。"

于是,五分区全体少年写了一张一百零六人签名的贺卡,还写了一封真情鼓励的信,信上有这样一段话:

"方秋华,如果你放弃生命的话,你对不起的人太多了,特别是何队长,你不是说要报答何队长吗?那就拿出行动来吧!"

第二天,当何警官再次来到市监医院,将五分区全体干警和少年那份沉甸甸的真情捧到方秋华面前时,他非常感动,失声痛哭。他给全体少年写了一封回信,在信中说再也不会放弃治疗,再也不会轻视自己的生命了。他给何警官的信中写道:"我一定会战胜一切,重塑自我,用光明的明天来拥抱您,报答您!"

为了安慰这个不幸的孩子,也为了支撑他羸弱的生命,何警官四处寻找方秋华母亲的下落:给他父母原住地新疆阿克苏某镇派出所写信,打电话,查无此人;又给他母亲原工作单位发信,打电话,说她早已下岗;何警官每得到一个线索,就发去一封信,接连发了五封,却

第八章 不是亲人,却胜似亲人 213

始终不见回音。

方秋华的病情很重,医生说,随时可能发生并发症,一旦出现并发症就可能没命了。

为了鼓励方秋华顽强地活下去,春节前,何警官从养老院请来最疼爱他的八十岁的奶奶来看望他,他抱住奶奶呜呜大哭。管区破例让他们祖孙俩一起共进午餐;大年三十晚上,破例让他与奶奶通话,怕他激动,影响身体,还事先给他服了两粒麝香保心丸。当奶奶对他说,她就要过八十岁生日,能不能回去给奶奶过生日时,他再也控制不住满眼的泪水……窗外阴雨霏霏,电话两头泪水凄凄。

一天下午,何警官对方秋华说:"你准备一下,不要激动,你父亲来看你了。"

听到这话,方秋华惊呆了,不敢相信自己的耳朵。

他哪里知道,为了让他们父子见上一面,未管所陈副所长亲自开车跑了三百多公里,专程跑到安徽军天湖监狱,经监狱长同意,把方秋华的父亲从军天湖监狱接到了上海未管所。在车上,方秋华的父亲一言不发地望着窗外,他以为一定是儿子不行了,这是与儿子的最后一面,警察给的面包和水他一口没动。他想起儿子在看守所病危时通知他他都没去,现在专车接他去看儿子,一定是凶多吉少。

然而,当父亲看到午后的阳光下儿子向他缓缓走来时,他不敢相信自己的眼睛,父子俩抱头痛哭,彼此间的怨恨瞬间烟消云散,父子俩双双跪在何警官面前……

何警官却说:"不要谢我,我只是一名队长,在我身后有那么多人在关心你,希望你们父子好好珍惜亲情,别再做违法的事,今后好好生活吧。"

后来,何警官给他父亲写信说:"你以前不是一个好父亲,希望你今后做一位称职的好父亲。"

那天,方秋华父子俩说了好多话,把十几年没说的话都说了。当晚,父子俩一起共进晚餐。第二天,未管所警察又开车把他父亲送回了安徽军天湖监狱。

也许,真是应了那句名言:精诚所至,金石为开。

2000年1月下旬,在何警官发出第五封"寻母"信不久,终于收到了方秋华母亲的回信,她说刚刚见到来信,没想到他们父子俩混成这样。她不是一个称职的母亲,没有给孩子一点儿母爱,心里很愧疚。但她的处境也很糟,无法顾及这个孩子了。

何警官立刻给她回信,详谈了方秋华的病情,说孩子渴望见母亲一面,希望她能来看看孩子,万一孩子有个三长两短,后悔就来不及了,并以个人名义给她寄去一千元旅费。

不久,何警官收到方母的来信,说她丈夫肝癌刚刚去世,她处理完丈夫的后事就来看望儿子。

当何警官把这一消息告诉方秋华时,孩子激动得张大嘴巴,半天说不出话来。他不相信是真的,以为队长在哄他、安慰他。

当何警官把他母亲的来信交到方秋华手里时,他双手颤抖捧着母亲的来信,就像捧着一份沉甸甸的活下去的希望……

方秋华连夜给母亲写了一封长达三页纸的回信。这封信让我们听到了一个离异家庭的孩子,向母亲发出的一声声啼血般的呼唤。

亲爱的妈妈:

您好!当我拿起笔给您写信的时候,我的手在颤抖,我的心在流泪……当何队长把您的信交给我时,我真的不敢相信,我盼了十二年了……妈妈,我多想看看您呀!多想亲口喊您一声妈妈呀！妈妈，这就是我最大的愿望，也是我活下去的勇气和希望……

妈妈，有一首歌，"世上只有妈妈好，没妈的孩子像根草……"世上任何爱都代替不了母爱。妈妈，今天我给您写信，不是要得到您的同情，我要老天还我一份应得的母爱。我要妈妈，我希望自己能像世界上千千万万的孩子一样，有一份应有的母爱。我没有得到父爱，更不要生活在一个没有母爱的世界里。我不要钱，不要财物，只要您的关心和爱护，让我感到妈妈心里还有我这个儿子就够了，真心期盼妈妈能来看看我。我好想您呀！妈妈……

2000年3月14日上午，在上海未管所会见室，发生了一幕令人心酸、不知重复过多少次的悲剧——

门开了，母与子，都瞪大眼睛盯着对方，一个满脸沧桑，一个满脸病态，都迈着踉跄的脚步，向对方奔过去，却觉得对方既相识又陌生……

十二年了，四千三百八十个日夜，漫长的岁月就像一把刀，早已割断了母与子的记忆。

"妈妈——"一声撕心裂肺般的呼喊，瞬间撕开了尘封多年的记忆闸门。

"儿子——"

拥抱，哭泣，诉说，一连七天，母亲极尽关怀，极力弥补着对儿子十二年来的歉疚。

按规定，母亲可以让儿子申请保外就医。但她没钱给孩子治病，只好让孩子继续留在这里。对孩子来说，母亲能来看看他，已经很知足了。

2000年5月的一天,满十八周岁的方秋华,突然接到调到上海提篮桥监狱的通知,他哭了。

何警官摸着他的头,安慰他:"别难过,那里的队长是我当年在警校时的学生,我会让他们照顾你的。"当时,何警官兜里只有十元钱,他给方秋华买了可乐,让他在路上喝,一直送他上了监狱开来的警车,对他说:"去吧,到那儿好好适应新的环境,别忘了给我写信,我会给你写信的。"

一句承诺,从此成为方秋华度过漫长铁窗生涯的生命支柱。

从2000年5月至2009年7月,方秋华因表现好提前刑满释放。九年间,何警官给方秋华写去五十三封信,收到回信四十二封;给方秋华父亲发去十二封信,收到回信十封。在方秋华服刑期间及出狱后,何警官给他的经济资助,有汇款收据及有记忆的共一万二千九百元。

方秋华父亲出狱后,把原来的房子卖了,用这笔钱到养老院养老去了。方秋华出狱后,十分艰难,没地方住,无法报户口,没人接纳他。他曾到江苏某地大棚种蔬菜,因身体不行回到上海治病,医生说他患心脏病需要马上住院。何警官得知后,立刻赶到医院为他交上住院费,并联系街道综合治理的相关部门,请街道出手帮助他。何警官又在网上给闸北区区长写了一封信,报告了方秋华的情况,希望区长出面帮助方秋华解决实际问题。在区长及街道等多个部门的协助下,方秋华的许多实际问题得到了解决。

如今,方秋华的生活虽然比较拮据,但已结婚,并生有一女。

看到方秋华的人生轨迹,我不禁在想:当今世界,人情淡漠,对一个犯罪的十六岁少年,从他入狱到出狱,十几年的时光,他的亲生父母只是见见面,惭愧惭愧,仅此而已。而一位监狱警官却与少年保持着十几年的友谊,每当少年陷入绝境,他总是第一时间赶到。他们不是父子,却胜过了父子。

这又是一个真实故事:

"这个儿子我不要了!我管不了了,也不想管了!就当我没有这个儿子!"一个父亲在电话里,冲着何警官发出了愤怒的咆哮。

2011年8月,上海未管所新收大队收进来三十一名犯罪少年。

何警官发现,一个叫魏利(化名)的四川籍少年情绪低落,总是低着头,他十七岁,因盗窃抢劫罪被判了七年,是这批新收队员中刑期最长的。何警官知道,新入监的少年最渴望与家人会见。但是,魏利的父母离异,父亲又远在四川,不可能来看他。何警官拨通了魏利父亲的电话,告诉他魏利的情况,希望父亲能给孩子写封信,鼓励孩子好好改造,结果却听到父亲一顿愤怒的咆哮。

这种情况见多了,何警官只好耐心地听下去,听父亲把满腔的愤怒连珠炮似的发泄到自己头上。

"我一个人起早贪黑带着他,为了他不停地换住的地方,不停地换工作,可他一直往网吧里钻!我再换,他再钻!我有什么责任?他的犯罪是他自己造成的,是社会的责任!是黑网吧没人管……"

第一次通话,以魏利父亲的一顿宣泄而告终。

魏利见到何警官,眼神里充满了期待,怯生生地问他:"队长,我爸爸的电话打通了吗?"

"啊,电话暂时无法接通。放心吧,我会再和你爸爸联系的。有时间咱俩聊聊你的父亲好吗?"何警官只好用善意的谎言来欺骗孩子。

十天之后,何警官再次拨通了魏父的电话,开口就说:"这些年你一个人带着孩子,吃尽了苦头,很不容易。孩子却让你很失望,但我们不能光停留在怨恨上,怨恨是不能解决问题的。你说不要儿子了,但真能狠下心不要他吗?俗话说,血浓于水,打断骨头连着筋。现在孩子知道错了,我们正在帮助他,但这毕竟代替不了父亲,要是你能和我们一起齐心协力,帮助孩子走上正道,这不正是你所希望的吗?这样吧,我让他给你写信,或者把这里的地址告诉你,你给他写信……"

"不不!不要他给我来信,我会给他写信的!"父亲急忙打断了何警官的话,他怕周围的人看到未管所的地址给自己丢脸。

几天之后,魏利对何警官说:"队长,我爸爸来信了!我原以为爸爸不要我了,我做梦都没想到,爸爸在信里说,还盼着我回去呢!我激动得一夜没睡……"

何警官发现,说这话时,魏利的眼圈红了,父亲的来信触动了孩子内心最柔软的部位。他微笑着,摸摸孩子长出了短短头发楂儿的脑袋,以示安慰。

父亲在信中说,当得知儿子在监狱里时:"我心里的愤怒、绝望、伤心交织在一起,就像刀割一般。虽说我曾多次发誓,不再为你伤心,可是不知为何,你每次跌倒,这种锥心的刺痛都会鬼使神差地随之而来……"整整写了四页A4纸,父亲最后写道:"我向你提出五点,你必须做到……你要记住,亲人都在等你归来,都在等你修成正果。我还等着你给我养老呢,不要让我继续失望哦!"

魏利对何警官说,他想给父亲写信,可是父亲没留下地址,不知给父亲的信寄到哪里。

何警官说:"你写吧,我把你的信通过电话读给你爸爸听,以后你写的信,我都会读给你爸爸。等有一天,你父亲来看你了,你把所有写给父亲的信一起交给他,你看好吗?"魏利满眼含泪,连连点头。

2011年9月30日晚,何警官值班,再次拨通了魏利父亲的电话,把魏利写给父亲的信,读给千里之外的他……

这是一份忏悔书,也是一个浪子回头的痛悔心声:"爸爸,对不起,请原谅你这个不懂事的儿子……"

听完儿子的来信,电话那头的父亲久久地泣不成声。

当魏利再次收到父亲的来信时,发现字里行间不再冰冷,而是充满了炽热的父爱,父亲说明年一定来看儿子。

为了一个孩子的新生,为了化解父子间的积怨,一位未管所的警官却是如此煞费苦心,绞尽脑汁。

10月30日,何警官值班,再次把魏利的信读给千里之外的父亲:"亲爱的爸爸,我非常感谢您这些年来的养育之恩,也非常感谢您一次次地原谅我。爸爸,请您相信,我一定用行动来证明自己,儿子将以一个崭新的面貌出现在父亲面前……"

何警官问魏父,现在可不可以把魏父的地址告诉魏利,让魏利不写未管所的地址,直接与父亲通信?父亲说不行,还是他给孩子写信吧。魏父又问,可不可以跟孩子通电话?何警官说,根据未管所规定,目前还不行。

在很长一段时间里,魏利写给父亲的信,都是通过何警官的电话念给父亲的。父子俩心中积怨已久的冰山,在何警官的一再努力下,一点点地融化了,化成一股股热流,温暖着父子俩干涸的心。

魏利见到何警官,眼神不再冷漠,而是充满了感激。何警官总是笑着摸摸他的脑袋,给他一句安慰:"没事。我会给你爸爸打电话的。"

2012年1月,马上就要过年了。魏利却因主动坦白自己的余罪,被松江看守所提走了。何警官很担心他,给他写了几封信,鼓励他要正确面对现实。

半年后,2012年6月1日中午,何警官看见看守所警察带着魏利回来了。当时管区午饭已经结束,何警官急忙跑到警官食堂买了饭菜,把魏利带到管区来吃午饭。

魏利的心情很沉重,他因坦白三起盗窃案,数额三万多元,被加刑两年零六个月,合并执行九年。这出乎很多人的意料,却是无法改变的现实。何警官担心魏利能否平稳地过这道坎。

第二天,魏利交给何警官一封信,信中说,他很感谢何队长对他的关心和帮助,他会调整好心态,更加努力地去改造,让队长放心。

但是,当何警官把魏利加刑的消息告诉他父亲时,父亲却无论如何也无法接受。何警官只好劝他:"这是法律,孩子要承担他所犯下罪行的法律责任……"

就在魏利逐渐适应了加刑后的生活,从阴影中走出来的时候,7月2日,已满十八周岁的魏利,突然接到被移押到青浦成人监狱的通知,他的脸一下子变得铁青,半天没说一句话。

由于魏利走得突然,何警官没有见到魏利,他担心孩子承受不住突来的变故。

7月3日,魏利到青浦成人监狱第二天,何警官就收到了他的来信,信中写道:"何队长,最可怕的事情还是发生了。我不明白为什么让我走?我已经很努力了,虽然坦白的案子加刑了,可我并没有任何情绪,我告诉自己,这是你自己犯的罪,应该承担的……何队长,我很想念你们,我真的不想走,不想离开那个'家'!今后,我再也遇不到像您一样对我这么好的人了,再也无法感受您那双经常抚摸我脑袋的温暖的大手了。何队长,我现在害怕抬头,总是喜欢低着头走路,我告诉自己很快就会回去的。可是真的还能有那么一天吗？……老天啊，为什么要我承受这么大的打击，要我怎样去面对啊？我想逃避，却发现这一切都无法逃避了。何队长，我好想您……"

从少年的来信中，何警官看到一个内心孤独而绝望的孩子，眼神里充满了无助与渴望，在茫茫黑夜里，伸出双手在向自己求救。于是，他接连给孩子写去好几封信，告诉他要"适应环境，学会生存"。并且让魏利的父亲、大伯及其亲生母亲，分别给魏利写信，让他们以亲情的关怀，帮助孩子渡过这段艰难期。

后来，何警官终于收到了魏利的来信，在中秋节那天，还收到一张贺卡。

"何老师，收到您的信，我非常开心。这段时间，我遇到很多困难，在困难面前，我按您所叮嘱的，选择了面对，而不是逃避。我现在已经长大了，请您放心，我会不断学习来充实自己，并希望您能给我寄本《弟子规》。对了，我告诉您，我爸爸、大伯还有亲生母亲，都给我来信了，都让我好好改造……何队长，人家都说，监狱就像一只大染缸，有的人越变越好，有的人越变越坏。请您放心，我不会令您失望的，我对自己的未来充满了信心，请您相信我……"

"何老师，您给我寄来的每一封信，我都珍藏着，经常拿出来看看，对我启发很大……感谢您一直以来的关心，我无以回报，只有深深地记在心里。我在余下的刑期里会把心沉下来，努力学习玉雕，学习一技之长，珍惜机会，不再辜负何老师的期望……"

岁月如梭，一晃五个年头过去了。何警官已经退休三年，魏利仍在狱中服刑，他们一直保持着通信。

这是魏利2017年9月28日写给何队长的信：

"何老师：见信好，今天收到您的回信，非常开心。……最近监区楼下的几棵桂花树开花了,非常香,每年到这个时候我就知道,中秋节快到了。我先祝您国庆、中秋双节快乐……我从十七岁进来,到现在二十四岁了。我是2011年8月15日到的未管所,您是第一个跟我说话的未管所队长,到2017年9月28日,整整六年多了,真没想到,您居然一直在给我写信。您给我写的每一封信我都保留着,比我家里人写的还多,我真的很庆幸能遇到您……何老师,非常感谢您在我最无助的时候给我的帮助,感谢您为了我和家人的关系所操的心,所做出的努力!您让我明白了好多做人的道理,当初年少无知,现在想起来非常后悔……将来,我会靠自己的双手去打拼,绝不会再干违法的事……"

看到这一封封来信,何警官感到很欣慰,觉得自己的心血没有白费,一棵长歪的小树,终于张开伸展的双臂去拥抱阳光了。

2013年春节前夕,何警官接到一个长途电话,是一个出狱两年多的十九岁青年打来的,他叫金卓群(化名)。他告诉何队长,他得了胃癌,住院三个多月了。他最放不下的是孩子,才几个月,妻子没工作,父母年迈……他哽咽的声音里充满了无奈与绝望。

何警官的心头一震,小伙子这么年轻,怎么会得这种病?他记得这个内向、两眼炯炯有神的小伙子,长得很帅,2009年4月因抢劫罪入狱的,刑期三年零三个月,因表现好提前十个月,即2011年4月假释。临走前一天,他对何警官说:"何老师,我出去以后,要遇到问题,我对你说说好吗?"

"当然可以了。"何警官爽快地答应了。

没想到,这个承诺从此成为金卓群的精神支柱。回家不久,十八岁的小伙子就按着父母的意愿结婚,生子。新生活刚刚开始,厄运却突然降临到这个并不富裕的家庭。何警官从金卓群母亲的哭诉中得知，他的确得了胃癌，而且拒绝配合医生治疗。母亲哭着恳求他："何队长，求你帮帮他吧，他信任你，愿意跟你说心里话，你帮我们劝劝他，让他好好治病吧！"

何警官给金卓群打电话："癌症并不是那么可怕。为了孩子，为了父母，你可不可以尽自己最大的努力，配合医生治疗，让自己早点好起来？"他鼓励金卓群，要坚强，要积极地面对现实，并用鲁迅的名言鼓励他："真的猛士敢于直面惨淡的人生，敢于正视淋漓的鲜血。"并且把治疗癌症的相关资料发给金卓群，又到上海农科院买了灵芝破壁孢子粉寄给他，还汇去了一万元钱……

小伙子感动得在电话里泣不成声，并同意接受化疗。

当金卓群第六次化疗最痛苦的时刻，他给何队长发来短信："我在医院快挺不住了，我实在不想待了……"

何警官回短信："我知道你很痛苦，我真想握住你的手，把我的力量带给你。千万记住，黎明之前是最黑暗的，坚持几天就好了，相信没有任何力量能打垮你！"

"我感受到了您的力量，我一定咬牙挺过去……"

"好样的，你真棒！我就在你身边和你一起面对，请握住我的手，不要松开！"

"您有一颗金子般的心，我感到特亲切、特温暖，我永远感激您……即使到了九泉之下，也会感激您的。"

不久，金卓群因贫血晕倒在楼梯口，父亲把他背上楼。可他却拒绝去北京治疗，坚决要去上班，全家人谁说都不听，母亲急得直哭。何警官告诉他母亲，用红枣、红皮花生米和红豆炖着喝最能补血，并拨通金卓群的电话，问他为什么不去北京治疗。他说："我觉得自己好像快走到生命尽头了,不想在医院里待了,想工作,挣点钱贴补家用,孩子还小,看病已经花了不少钱……"

何警官劝他:"人的信念是最重要的,精神垮了,身体也会垮。告诉你,我的母亲最近也查出了肺癌,我每天凌晨三点就起来给她服中药,五点起来做早饭,准备好午饭,晚上要熬中药忙到九点才结束。虽然我们无法抗拒自然规律,无法延长生命,但可以提高生命的厚度。你不要担心经济困难,我可以帮你!"

何警官给金卓群已寄去一万元,后来分两次又寄去一万。

金卓群不肯要,要退回来。何警官却说:"不要把钱当成负担,你就把它当成努力恢复健康的动力吧。就当是朋友借给你的,等你发财那天再说。我最大的愿望就是,能看到你以前那张红扑扑的脸……"

面对这个令人感动得落泪的好人,我不禁在想:一名监狱警察,对一个刑满释放、病入膏肓的青年,却是如此尽心,如此慷慨,究竟为了什么?而且,受他资助的未成年犯绝非一两个,何况他本人又不是富翁。他到底有着怎样的境界?而何警官却说,人这一辈子会遇到很多人,当你看到他人遇到困难时,停下脚步,问候一声,伸手帮一把,拉他一下,不论在精神上还是物质上,给对方以切实的帮助,或许就能帮对方解决一点困难。对这些未成年的孩子来说,就更重要了。他们毕竟年轻,前面的路还很长。再说,你在帮助他人的同时,也在完善和提升自己的境界。如果我们每个人都能帮一下身边需要帮助的人,那我们的世界就会变得更加美好,更加温暖。

我不由得想起了那首歌:"这是心的呼唤,这是爱的奉献,这是人间的春风,这是生命的源泉……只要人人都献出一点爱,世界将变成美好的人间!"

但是，这里不是轻歌曼舞，不是浪漫的小夜曲，而是一个个身陷绝境的弱小生命，在向他最信赖的人发出求救的呼声……

何警官说："帮助一个孩子，就等于在帮助一个家庭。家庭都和睦了，社会自然和谐了。"

他还说："用真心真情温暖着本已寒冷的心，消除他们之间的隔阂，重新架起沟通亲情的桥梁，挖掘人性中被尘封的情感，让温暖的情感流进干枯龟裂的心田，唤醒他们对生活的希望。也许我们做的工作，就在于这点点滴滴的平凡小事吧。"

又是一个求救电话——

"何爸爸，我叫何伟（化名），您还记得我吗？……我遇到了难题，我恨死他们了，恨不得把他俩都砍喽！……我不知该怎么办，我渴望得到您的帮助……"

这个带着哽咽的求救声，来自一个从未管所出狱不久的少年。

少年因抢劫罪被判处有期徒刑三年，减刑七个月提前出狱了。母亲早已过世，父亲再婚根本不管他。他出狱后，恳求多位老板给他一份工作的机会，都一次次地遭到冷眼。后来，一位五十多岁的男人帮他说情，终于找到一份工作。他很感谢那人，也十分珍惜这来之不易的机会，拼命工作，一心想证明自己，从打扫卫生的临时工，干到受领导赏识的正式工，而且，从不敢奢望的爱情也悄然降临。他把一颗炽热的心捧给了一个女孩。女孩要手机，他花八千元给她买最好的手机；女孩要电脑，他为她买来八千元的电脑；对女孩儿的要求，他有求必应。由于工作出色，厂领导派他去浙江学习半年，半年后，当他满怀希望地回到厂里时，一声晴天霹雳却把他一下子击垮了。

朋友告诉他，你走后，你女友就跟那个帮你介绍工作的男人开房了,有厂区的监控录像为证……

他气惨了,质问女友:"为什么这样对待我?"

女友毫不掩饰,说她想买车、买房,你没钱,说什么都没用!

那一刻,支撑他信念的支柱轰然垮塌——

他发现,投入全部心血所创建的世界,只是沙滩上盖起的一幢楼阁,瞬间变成了一堆令人作呕的废墟。他觉得,世界上最信赖的人都如此欺骗我,还有什么人可信赖的?干脆拿刀砍了他俩算了!然而,就在绝望烧焦理智的刹那,他突然想到一个人,一个在未管所时对他帮助最大、令他最信赖的人。他想起出狱前,"何爸爸"曾叮嘱他,遇到想不开的事可以找他。于是,他向"何爸爸"发出了紧急呼救……

何警官知道,这种打击是任何人都难以承受的,必须及时疏导,否则后果难测。他拨通了何伟的电话,此时他正一个人喝闷酒呢。

何警官说:"孩子,你靠自己的努力,在工作上取得这么好的成绩,非常棒,我很敬佩你!我很理解你对感情的渴望,以及遭受背叛的心情。但我告诉你,你需要的是一份真情。如果真心付出了,对方却没有真心地对待你,说明她不懂得珍惜,那你有必要为一个不懂得珍惜感情的人,再次做出违法犯罪的事吗?值得吗?"

电话打了半个多小时,何伟的情绪才渐渐平稳下来。接连几天,何警官都打去电话,在一次次的疏导中,何伟终于走出了愤怒……

一个闷热的上午,当一个身材矮小的四川少年手里拿着一沓厚厚的书信,迎着灼人的阳光,走出上海青浦未成年人劳动教养所大门时,第一眼看见迎上来的何警官,他的眼圈瞬间红了,奔过去,像认错的孩子似的低着头,规规矩矩地站在何察官面前,泪珠不断滴落到炎热的地面上。

这孩子曾经在未管所服过刑，出去后又因交友不慎而再次劳教，期间他一直与何警官通信。出狱前，他写信给何警官，希望他出去那天，能第一个见到"何爸爸"——因为他家在四川，父亲在坐牢，母亲改嫁，根本没人管他，只有"何爸爸"是他最亲的人。

何警官亲切地抚摸着少年的头，叮嘱他："记住，今后无论遇到什么困难，都不要再走错路了。"

少年低头啜泣道："何爸爸，请您放心，我今后再也不会让您失望了。我再也不会干任何违法犯罪的事了，哪怕饿死都绝不会干了！"

何警官说："希望你能说到做到，有什么困难尽管跟我说。我会尽最大努力帮助你，希望你今后的路能走稳走好。"

采访结束时，我问何警官："你这么做，究竟为了什么？"

何警官淡然一笑，他说自己早已退休，名啊、利啊，早都看透了。"我觉得，每个人在人生路上，都会遇到不同的困难，也会遇到不同的人，只要我们心存善念，把温暖和阳光洒给最需要的人，这就是我们应该追求的信念。我不知道这些孩子今后会不会再犯罪，但我用善良、真诚、温暖的心，最大限度地去感化他们，感染他们，以润物细无声的信念，来温暖他们灰暗的心灵，让他们重新燃起生活的信心。他们毕竟还年轻，以后的路还很长，帮他们一把，就是在挽救一个人。相信人性善的多，真正恶的极少。我从他们信中歪歪斜斜但很认真的字里行间，感受到他们对我真诚的感激之心。我觉得自己的付出很值得，我感到无怨无悔！"

后来得知，何全胜警官曾荣获2007年"全国优秀监狱人民警察"称号。

不跟女人说话的孤儿

采访中获悉,在各个省未管所都设有心理咨询师,大多由女警官担任。未管所的孩子称其为"警官妈妈"。这些警官妈妈以女性特有的细心及真诚的母爱,去感化那些从小缺失母爱、缺失亲情的孩子。

在生活中,无数次领略过母爱的伟大,母爱如天,母爱如地,母亲给了孩子整个世界!但在采访中,却听到很多母亲抛夫弃子的事例。

我无法见到这位母亲,她早已消失在十几年前的茫茫人海之中,消失在为生活奔波、为追求幸福的忙碌之中了。但是,却得知她留下的一条生命坐在未管所的教室里,不肯抬头看一眼女警官教师,而是在抄歌词……

在北京未管所采访时,听到这样一个真实故事,当老师给全班少年讲授关于三峡方面的课程时,在课堂上巡视的一位心理咨询师女警官,发现一个少年没有听课,而是趴在桌子上抄着《一封家书》的歌词:"亲爱的爸爸妈妈,你们好吗?现在工作很忙吧?身体好吗……"

女警官走近少年,将一张纸条悄悄地放到他面前,纸条上写着:"我不知你叫什么名字,我不知你是否懂得歌词的内容。我希望你能珍惜特殊日子里的每一节课,来提高和充实自己。"

下课后,少年来到女警官面前,低垂着头,两眼充满了冷漠与敌视,冷冷地说了一句:"我懂,但我再也没有孝敬父母的机会了!"说完,转身离去,留给女警官一个冰冷的背影。

女警官得知这个十六岁少年三岁时父母离异,跟着父亲长大,因入室抢劫,被判了十二年。入监第二年父亲病故,他成了孤儿,没有任何经济来源。女警官想跟他谈谈,却遭到少年的冷言拒绝:"我不跟女人说话,我讨厌女人!"

女警官无法与少年面对面地交流,只好给他写信,从各个方面关心他、疏导他,经常把一些励志的名言警句写在纸条上,传递给他。

半年之后,少年在日记中写道:"半年来,我第一次发现女人还不错,第一次发现有人像母亲一样关心我。我想她不只是警官对犯人,而是出于一种母爱吧?"

一座由仇恨母亲而导致仇恨女人的冰山开始松动了。

终于有一天,少年来到这位女警官面前,向她道出了埋藏在心底多年的积怨。

"我讨厌女人,我三岁时母亲就走了,从此再也没有见过她。这对我的打击太大了,我恨我母亲,也恨所有的女人!我觉得,既然你不肯养我,为什么还要生我?既然你不愿教育我,为什么要把我留在这个世界上,让我一个人活受罪?而你却不尽一个母亲应尽的责任!我的犯罪就是跟母亲失职有关……老师,我从您身上第一次感受到母爱,第一次尝到被人关怀的滋味。请您放心,我会尽最大努力来改造自己,不会让您失望的……"

尘封十几年的冰山,终于开始融化。这番发自孩子肺腑的痛苦心声,像冰山下的涓涓溪流,发出了潺潺的流水声。

警官拉着孩子的手,鼓励他:"我相信你,我相信你一定会走好今后的路……"

从此,这位警官妈妈与一个缺失母爱、缺失家庭的孤儿,开始了长达数年的"母子"情。

警官妈妈看到这孩子踢足球时,又表现出以往的痞劲儿,就写信给他:"如果你克服了痞劲儿,就更像一个男子汉了。"

一次朗诵比赛,这孩子特别卖力,却没有获奖,他很沮丧。警官妈妈买来一支钢笔和笔记本送给他,对他说:"你在我这里已经获奖了。"

他十八岁生日那天,警官妈妈在未管所值班出不去,就打电话让自己儿子买了生日蛋糕送来。当警官妈妈捧着生日蛋糕,带着全队少年唱着生日歌,来到他面前祝他生日快乐时,他顿时惊呆了。

他满眼泪水地说道:"妈妈,我长这么大从未吃过蛋糕,也从未过过生日,这是第一次,而且是在监狱里……"就再也说不下去了。

他在"祝你生日快乐"的歌声中,切完蛋糕,将第一块蛋糕捧到了警官妈妈面前……

从此,他一直表现不错,出狱后,与这位警官妈妈一直保持着联系。

一千个孩子的警察妈妈

闻静(化名)是上海未管所的警官、一级心理咨询师、高级矫治师,已从事心理辅导、咨询工作二十多年。她以女性特有的爱心与情感,从心理矫治入手,挽救了许多存在着各种心理疾病的孩子,一千多名未成年犯因她的心理辅导而走出了迷失,获得了新生。孩子们称她为"妈妈",大家称她是"一千个孩子的警察妈妈"。她多次获得上海司法局"三八红旗手"等荣誉称号。

闻警官坐在我面前,胖乎乎的脸显得很慈祥,讲话细声细语,给人一种慈母般的亲切。

我发现心理辅导老师有一个共同特点:温柔、亲切。上海未管所陪同我采访的心理康复中心主任徐警官,也是这样,脸上永远挂着温柔的微笑,丝毫看不出警官的威严。

闻警官给我讲了几个令她记忆最深的少年故事……

几年前,她发现一个新进所的少年长得瘦弱,总是低着头,眼睛里充满了恐惧。监控发现,这孩子连续多日失眠,情绪到了崩溃的边缘,对他进行XRX(WXRX)检测,情绪易变性、焦虑、抑郁倾向等多项指标都不好。

闻警官找少年到心理咨询室谈话,他不敢直视警官的眼睛,低着头,大气不敢出的样子,不停地揉搓着自己的衣角。

问他怎么了,他低声道:"我晚上一闭上眼睛,就看到黑压压的楼道,看不到尽头,我无法想象在这里如何度过十四年……我整夜整夜睡不着,睡着了就做噩梦,总是梦见鲜红的血喷到我脸上,热乎乎的,怎么擦都擦不干净……我、我好像要崩溃了。"

他因故意杀人,被判了十四年。

看着他无助的样子,闻警官知道,一个十五岁的孩子,等待他的却是十四年的刑期,那是怎样一种看不到尽头的绝望!而且,她看过少年写的自传,了解他的身世,他所遭遇的坎坷,那是令人难以承受的……她发现少年患有严重的心理疾病,必须想法儿减轻他内心的恐惧与焦虑,把他从梦魇中解救出来,否则,后果难以预测。

闻警官握着少年微微发抖的手,安慰他,让他别怕,鼓励他把自己的经历讲给老师听,让他把内心压抑的事情宣泄出来,从而使焦虑和压抑得以释放。这是一种很好的心理治疗方式。

在闻警官的一再鼓励下,少年多舛的人生,在他小声小气的陈述中,就像一幅黑色的荒诞画,一点点地呈现出来……

他出生在一个多次离婚的家庭。父亲离了三次婚,母亲离了三次。父亲的前两次离婚是在他出生之前,生下一男一女两个孩子,父亲带来一个男孩儿。母亲三次离婚是在他六岁之后,与父亲离婚,先后跟两个男人过不多久又离了。他有过三个"父亲",两个"母亲",却没有一个人肯抚养他,他就像一块破抹布一样,被亲人们甩来甩去。唯一抚养过他的亲生父亲,又在他九岁那年病逝了。父亲死后,他哭着来找母亲,发现母亲又嫁人了,那个男人虎着脸不肯收留他。他只好跟着同父异母的哥哥住在父亲留下的房子里,但已上班的哥哥只让他回家睡觉,却不管他吃饭,也不给他家门钥匙。他只好跑到外婆家,外婆更是看不上他,视他为眼中钉,撵他走,骂他是孽种。一天晚上,已经睡着的他被舅舅揪起来,撵他滚回家去。他哭着又去找母亲,敲开母亲的家门,发现她带着与前一个男人生的男孩儿,又嫁人了。母亲没让他进屋,对他说:"外婆他们不让你住,你就回自己家跟你哥哥一起住好了!"他只好哭着跑回家去。可是,他没有进家门的钥匙,每天放学后只好在街上流浪,要等哥哥下班才能回家,有时一直等到半夜十二点哥哥才回来。中午没处吃饭,母亲允许他去她家吃午饭,但不许在她家住,每次要等母亲打来电话他才敢去母亲家吃饭。要是母亲没来电话,他就只好饿着肚子了。

他在被亲人抛弃、亲属冷眼的困境中,艰难地度着时光,没有学坏,一直在读书,直到十五岁。

那是一个看似平常的下午,几个同学放学后要去吃肯德基,他没钱,就推说有事,蹲下系鞋带。当他抬起头时,发现同学已经跑远了,只留给他几个跑去的背影。他拖着失落的脚步,像往常一样,敲开了一个同学的家门,想把书包放到同学家再出去玩。他每次来这个同学家,同学的奶奶都唠叨他,不给他好脸色看。这次,同学的奶奶又冷着脸子唠叨起来,而且说得很难听,极尽挖苦,说他是有娘养无娘教的孩子，放学不回家，天天跑到别人家来，她不欢迎他，怕他把自己孙子带坏喽！"

正是同学奶奶的这番挖苦，激起了他内心多年来的压抑，他突然丧失了理智，跑进厨房操起了水果刀，对她连捅数刀……

从那天起，无论是关进看守所，还是转到未管所，一个无法摆脱的噩梦就像魔鬼附身似的，日夜缠着他，搅得他心神不宁，一闭上眼睛，就看见有一股鲜红的血喷出来，喷到他的脸上，热乎乎的……

清明节，他在日记里写道："又到清明节了，每年清明，我都会给父亲去上坟，今年不能去了。我感到很难过。我想如果爸爸真的能回来，我宁愿再坐十年牢都没关系。想想自己真可怜，如果我有一个很好的家庭，我绝不会走到这一步。我再努力至少也要吃十年以上的官司，我如何熬过这十年……"

说到这里，他忍不住发出压抑的哭声："呜呜……"

"孩子，想哭就哭吧，哭出来能好受些。"闻警官抚摸着他的脑袋，一再安慰他。她觉得这孩子饱受亲情的冷漠，居无定所，无法忍受同学奶奶的无端责骂，是一时失去理智，属于激情犯罪，并不是生性顽劣。

她决心全力帮助这个孩子，首先为他做心理疏导，克服他内心的恐惧，用新学的意象技术，让他进入半睡眠的状态。她坐在他身边，像母亲一样，对他发出亲切的呼唤："孩子，别怕，擦去你脸上的血……孩子，别怕……"

少年在似睡非睡、似醒非醒的状态中，听到一个亲切的声音从遥远的天际飘来，越飘越近，像母亲一样在呼唤他、安慰他，他感到一种从未有过的温暖，一股苦涩的泪水从他迷失的灵魂深处涌出来，凝成大把大把的泪珠涌到脸上……

这种心理治疗持续了几个月,少年心中的恶魔终于被驱走了,他从心里"擦"去了脸上的血迹。从此以后,噩梦消失,能安稳地睡觉了。

闻警官为他安排了长短时间的改造计划,让他从每一天、每一件小事做起,并从感情和生活上关心他,亲近他,使他感到人世间的温暖。

从此,少年一直表现很好,十八岁时转到提篮桥监狱,多次被减刑,服刑十年就被提前释放了。出狱后,他在上海找到一份工作,与闻警官一直保持着联系,每当遇到想不开的事,就会问问闻警官。

闻警官成了他的恩师。

闻静警官和监区杨壮(化名)警官都谈到了同一个少年。

2013年,新入监一个叫方博(化名)的十六岁少年,身高一米八〇,长得白白净净,很帅气,很斯文,因谎称父亲乘坐的飞机上有炸弹而获刑,刑期不长,三年,却是令警官最头疼的一个。

这孩子是家里众星捧月长大的独生子,但因父亲赌博输掉了家产,父母离异,他被判给了父亲。父亲很快组成了新的家庭,并生下一对双胞胎女儿。他不愿跟父亲,想跟母亲一起生活,但母亲也组成了新的家庭,男方先前也有一个孩子,无法接纳他,让他去姑妈家住,母亲愿承担他的一切费用。他去姑妈家觉得寄人篱下,没有归属感。他觉得自己被父母抛弃了,每天放学后无处可去,一个人在大街上痛苦地徘徊,细数着脚下的梧桐落叶,感到无比失落。上中学不久,父亲把他送到外地一所武术学校,他觉得武术学校太苦了,逃出来给父亲打电话想回家。父亲说了一句气话:"你逃出来就不要找我,我再也不管你了!"于是,就发生了谎报飞机上有炸弹的事。

入狱后,少年拒绝改造,觉得自己没偷、没抢,跟其他犯人不一样,对所有人都抱有敌对情绪,不听劝导,拒绝会见。他父亲从南京跑到上海未管所来看他,警官安排他们父子见面,他居然抡起凳子砸向父亲,被一旁的警官及时制止了。

对这样一个偏执少年,如何对他进行心理疏导,如何化解他们父子之间水火不容的矛盾,这是摆在警官面前的一大难题。

杨警官说,他们想尽一切办法化解少年与父亲之间的敌对情绪。多次找方博谈话,对他说,你父亲答应给你买房、买车,父亲还说他再也不赌博了。全家人都很关心你,继母带着妹妹来看你,给你带来那么多吃的、用的,你亲生母亲一次次地打来电话……

方博却说:"我什么都不需要,我就想杀了他!"

杨警官说:"你这孩子本质不坏,在外面不偷不抢,没有劣性,跟其他人不一样,只是跟你父亲憋着一口气,转不过劲儿来……"

听到这话,方博哭了。他说他这辈子全让父亲给毁了,一个好端端的家让父亲给赌光了。他恨透了父亲。他拒绝减刑,要求加刑,就是因为他出去就一心想杀了父亲。

闻、杨二位警官又找方博的父亲谈,让父亲向儿子承认错误,承认对儿子关心不够,教他如何化解与儿子之间的矛盾。

父亲痛心疾首地说:"我也是第一次当爸爸,也不知道该怎么当啊!我以为孩子要钱就给,满足他的一切物质要求,就是最大的关怀了!没想到……你告诉方博,我再也不赌了!一个好端端的家全让我给输掉了,以后我得好好赚钱养家了。"

闻警官又找来方博的亲生母亲,对她说:"今天,我们以平等的身份进行一次交谈,我希望你能做到一点,不要在孩子面前说他父亲的坏话。你们离婚了,但父亲永远是孩子的父亲,你说的话会对孩子产生很大的负面影响……"

方博的母亲深感痛心,她没想到会出现这种结果。她表示,今后再也不会在孩子面前说前夫的坏话了。

可是直到出狱,方博还是没有转过弯来,他不想出狱,想重新犯罪加刑,被警官劝说制止了。

出狱那天,当方博看到大门外有三四辆轿车都来接他,父亲、继母带着两个孩子,还有表哥、堂兄一大帮人都来了,都上前来拥抱他,接他回家。他这才找到没有被亲人抛弃的感觉。

出狱后,方博学了一门技术,干得很好。

这是一个很典型的案例,是很多离异家庭的缩影。孩子并不坏,父母也满足孩子的一切物质要求,但父母都各自有了新的家庭,却忽略了孩子,使孩子产生了被冷落、被抛弃的感觉,从而走向犯罪。

说到这里,闻警官微微叹了一口气,说:"嗨!并不是所有的孩子都能改造好的。有的在未管所表现很好,但出去不久又犯罪了。有的成了二进宫、三进宫的监狱常客。最让我感到痛心的一个孩子,刚出去八个月,就因抢劫杀人被判了死刑……"闻警官的声音哽咽了,好一会儿才继续讲下去。

她说,得知这个孩子被处决的消息她哭了,好多带过这个孩子的警官也都哭了。他们都记得这个十七岁的小伙子,身高一米八五,长得很帅,因抢劫罪被判了七年,安排他在未管所犯人食堂烧饭,一直干得很好,减刑八个月,二十四岁时出狱的。出狱前,他还让父母给同厨房的狱友每人买了一双雨鞋。

闻警官记得,少年刚进来时,未管所与华东师大合作,给未管所少年讲授降低攻击性的纠正课,培养少年的自控力,课后,让每人写一篇课后感言。她发现这个少年写完感言,总会画上一把滴血的尖刀,问他为什么画这个,他说这就是我的签名。

少年出生在一个渔民之家,父母没有文化,简单粗暴,动辄棍棒教育。他从小跟着打鱼的父母学,身上总是带着一把尖刀,一看到小鱼就把它弄死,使他从小产生一种对生命的漠视。

当他上到第八节课时,老师发现那把滴血的尖刀不见了,年轻的老师高兴得跳起来,从此以后,在少年的作业本上,再也看不见那把滴血的尖刀。

可是,他出狱后又回到父母身边,家庭环境没变,周围的社会环境没变。像过去一样,父母每天出海打鱼,他一个人留在家里无所事事,就拿着父母给他留下的钱去游戏厅打游戏,后来尾随一名女大学生抢钱,结果就酿成了人命案。

他被处决之前,一名法警问他,你还记得未管所的闻老师吗?他哭着说出的最后一句话,令闻警官潸然泪下,非常痛心。

"记得,你告诉闻老师,我并不想杀她呀!我真的不想杀她!呜呜……"

闻警官哭了。她听到了一个孩子在临死前,向自己发出的绝望与忏悔。她曾看着这个帅气少年在这里改造了七年,目送他走出了未管所大门,最后却是这样一个结果,实在令人痛心。

闻警官说,监狱效应就像紧箍咒,对出狱人的制约力只有六个月,过了六个月,很多本性中的东西又会暴露出来,未管所的警察不可能永远跟着他们。因此,孩子回归社会后的安排是非常重要的,要让他们脱离犯罪前的家庭环境,脱离犯罪前接触的哥们儿,帮他们找到生存的出路。这需要社区和家长做大量的工作,所以现在对出狱少年提出了"无缝对接"。

她说,一个问题孩子,大多来自问题家庭。要想改变一个问题家庭,并非易事,要想改变周围的社会环境,就更不容易了。

母子相拥,她却哭了

这天上午,在浙江省未管所会议室,又一位"警官妈妈"接受了我的采访。

蒋小霞警官,浙江省未管所评估矫治中心副主任,带着微笑,带着温柔而富有磁性的声音来到我的面前。从她如数家珍般的故事中,我又看到一位"警官妈妈"对犯罪孩子那种全身心的投入,看到一位监狱警察对其工作的高度敬业。

还是从一个真实的故事说起吧。

一天,管区警官给蒋小霞警官送来一个叫胡楠(化名)的十七岁少年,他因抢劫被判了三年,进来一年多了,不说话,不愿劳动,不愿练队列,完不成劳动任务,对改造持对抗态度,被管区列为"顽危犯"、重点监控对象。送他到心理辅导中心,是请蒋警官给他做做心理疏导,打开他紧闭的心扉,以便采取帮教措施。

蒋警官打量着眼前的少年,中等身材,圆脸,浓眉大眼,长得蛮俊朗,但表情冷漠,一副拒人千里之外的样子。她并没有急于同他交谈,而是在一名金鑫男警官的陪同下(女警官与男犯接触,必须有男警官陪同),把少年带到沙画台前,她用温柔而充满慈爱的语气对他说:"胡楠,这个沙画台交给你了,你随便画吧,愿意画什么就画什么,好吗?"

少年没有说话,站在沙画台前,开始胡乱涂鸦,没一个清晰的线条,没一个像样的圆圈,一盘乱象。

蒋警官和金警官站在一旁,默默地、一声不响地看着他,时间在少年胡乱涂鸦中一分一秒地逝去,二十分钟过去了,少年手下的沙盘渐渐地有序起来,有了清晰的直线和圆圈,有了图案……

蒋警官发现,孩子的心终于安静下来,不失时机地赞扬道:"胡楠,你画的东西有条理了,能告诉老师,你画的是什么呀?"

胡楠并没有说他画的什么,而是开口说出一句令两位警官万万没有想到的话。

"老师,你们这么静静地陪着我,让我很感动,这是我从来没有感受到的……"

仅仅是两位警官站在他身边,默默地陪了他二十分钟,仅仅是让他胡乱涂鸦,一扇关闭已久、拒人千里的心扉,在蒋警官一句话的启发下突然敞开了。

"你希望有人陪着你吗?能给老师讲讲你的故事吗?"

于是,一个不幸少年的坎坷人生,伴随着掉到沙盘里的泪水,徐徐地展现开来……

胡楠出生在贵州一个不幸的农村家庭,五六岁时父亲病逝,母亲来浙江打工,从此没了音信。他跟着爷爷奶奶生活到十三岁,小学没毕业就带着母亲的照片来浙江寻找母亲。母亲没找到,钱没了。去餐馆打工,第一次挣了两千元钱,到小餐馆吃了一顿饱饭,发现一个乞讨少年,就把少年叫过来跟他一起吃,从此结为哥们儿。他看到路边一个乞讨的老人很可怜,想到自己的爷爷,就把挣的钱全部给了乞讨老人……然而,他的善良,他没见过世面的单纯,却成为社会上一些混混所猎捕的对象,一个"大哥"拉他去抢劫,让他望风。

显然,这是一个心地单纯、善良,本质并不坏的孩子。但他从小缺少家教,也缺少学校教育。对这样一个来自山区、没有多少文化的孩子,绝非一朝一夕、一两次沙画所能改变的,要从文化、人际关系、价值观、亲情帮教等多方面来帮助他,引导他,让他正确地面对现实,才能认真地接受改造。

在十几次沙画疏导交流之后,蒋警官终于看到沙盘上出现了一高一矮两个小人,高个小人牵着小个小人的手,但随后他又把两只连着的手给弄断了。

蒋警官发现,这孩子希望有个大人牵着他的手,走过漫漫人生。她问他:"那大人是谁呀?"

他说是妈妈,他记得小时候,妈妈牵着他的手,走在乡间的小路上,那是他最难忘的幸福时刻。

"胡楠,你最大的愿望是什么?"蒋警官又问他。她以为他会说获得自由。

他却不假思索地说:"能见到妈妈!"

考虑到胡楠对亲情的需求,未管所成立了专门的寻亲小组。为尽快帮胡楠寻找到母亲,民警通过打电话、发函等方式联系胡楠户籍地的司法所、派出所、村委会,经过多方寻找,终于在茫茫人海中,大海捞针般地联系到了孩子日思夜想的母亲。

可是,母亲却在电话里表示不愿见儿子,说她有了新家,有了孩子,不愿再打破这来之不易的平静生活。

管区警官一再劝她:"他是你的孩子,孩子犯罪进了监狱,有你们家长的责任,希望你能来看看孩子,尽到一个母亲起码应尽的义务和责任……"

在一次次长途电话苦口婆心的劝说下,母亲终于同意来看孩子了。

那是一次特殊的亲情帮教会,一切都在双方毫不知情的情况下悄悄地进行着。一群来探视孩子的家长,一脸茫然地坐在台下,看着孩子上台做沙画投影表演。

蒋警官让胡楠上台画沙画表演,开始他不愿上,金警官一再鼓励。最后他说为了感谢两位老师,终于同意上台表演了。

儿子站在台上默默地画着沙画……

坐在台下的母亲,并不知台上的孩子是谁。但她从警官给她的照片、从台上孩子脑袋的形状上,似乎认出了儿子,不由得起身奔上台去。她站在孩子身后,看着儿子聚精会神地画着沙画,只见画面上出现了一个大人拉着一个小人的手,走在乡间的小路上……

看到这一情景,母亲再也忍不住了,突然泪崩,哇的一声大哭起来。

胡楠却觉得奇怪,回头瞅瞅,谁的妈妈在我身后,哭得这么伤心呢?

这时,金警官来到胡楠面前,问道:"胡楠,你认不认识这个女人?"

胡楠茫然地摇摇头。

"她像不像你的母亲?"

母亲瞪大眼睛盯着眼前陌生的儿子,儿子瞪大眼睛盯着陌生的母亲,足足盯了两三分钟,儿子终于认出了日思夜想的母亲……

"妈妈——"

"儿子——"

随着一声撕心裂肺般的哭喊,这对分离十二年的母子,终于紧紧地抱到了一起……

母亲抱住儿子,儿子紧紧地抱住母亲,很怕一松手妈妈就会再次把他抛弃似的。

看到这一幕,台下所有的家长都哭了,会场上一片哭声。

此刻,站在幕后的蒋警官、金警官还有其他警官,却眼含泪花悄悄地笑了。他们感到一种莫大的欣慰,多日来的辛苦和操劳,终于换来了母子团聚。

"妈妈,你别走了!这里警官教我做人,教我劳动和学习,还教会我画沙画。今后我赚钱养活你……妈妈,求求你别走了,妈妈……"儿子哭着,抱住母亲,苦苦地哀求她。

可是,母亲那边有家,有孩子,不可能留下来。

母亲抚摸着儿子俊朗的脸庞,向儿子道歉:"对不起,妈妈抛弃了你,你却在这里学会了做人……孩子,你放心,妈妈以后会常来看你,我那边的家你也可以去……"

从此,这个孩子完全变了,变得非常好。

可见母爱与亲情,对一个孩子来说是多么重要!

浙江省未管所党委书记、政委戴相英说:"对失足的青少年来说,亲情很重要。在外面时,父母说话他不听。进了未管所,经过警官苦口婆心的教育,他懂得了感恩,学会了感恩,这是他痛改前非、重塑新我的开始。"

看来的确如此。

出狱少女的泪

但是,并不是在未管所改造过的每个孩子都能获得预想的效果,有的是未成年犯的原因,有的则是父母的罪过。

在广东省未成年犯管教所女子监区,年轻的王警官对我讲了曾经发生的一件真事——

12月的广州已经很冷了。这天傍晚,监狱大门口来了一个穿着单薄、冻得瑟瑟发抖的年轻女子,她对警卫说,自己叫汪晓波(化名),刚刑满释放从未管所女监区出去,现在无路可走,只好回来找她的主管警官王警官。

王警官接到电话来到大门口,看到汪晓波一身过于袒露的打扮,急忙把她拉到屋里,问她:"为什么不回家?为什么又跑回来了?"

汪晓波低下头,哽咽道:"我、我去原来住的地方找了,没找到老妈……"

她所说的住处是她原来卖淫的地方。她要找的老妈是组织几个女孩子卖淫的老鸨。

"你为什么不回家?"王警官问她。

"我恨他,我不愿见他……"

王警官知道,她家在河南农村,她出生在一个母亲离家出走、父亲混蛋透顶的家庭,从小跟着父亲和奶奶生活。父亲爱喝酒,爱赌博,不爱劳动。她十二岁那年,父亲逼着她出去卖身赚钱,她哭闹着不干,父亲就打她、逼着她干。后来,父亲又以两千元的价钱,把她卖给了一个老男人当老婆。奶奶发现后把她找回来,又被父亲再次卖出去,如此折腾了好几次。十六岁那年,她终于逃出了父亲的魔掌,跑到广州,没别的本事只好去卖身。这期间,她结识了一个贩毒的男友,男友让她帮他贩毒,结果被抓,被判了四年。

"天底下哪有这样的父亲,居然逼着亲生女儿去卖淫?这样的父亲也太混蛋了!"我忍不住气愤道。

* 浙江省未成年犯管教所警官蒋小霞

* 浙江省未成年犯管教所警官郑贺斌在作《弟子规》专题讲座

王警官却说:"这种情况并非个案,在我们女监区关押的未成年女犯中,不少女孩子走上犯罪道路,都是受他人唆使或被逼迫的,当然也有她们自身的原因。她们年幼无知,好吃懒做,缺少正确的判断力。有一个叫方洋(化名)的四川农村女孩,从小没妈,十一岁那年,父亲把她领到工棚里逼迫她卖淫,她几次逃跑都被父亲抓回来。半年后,她终于逃了出去,跑到东莞,也是结识了一个贩毒的男友,男友唆使她贩毒,结果……"

　　我惊愕无语,这哪是什么父亲,分明是魔鬼,是畜生!我问这些女孩子后来怎么样。

　　王警官告诉我,这些孩子文化程度低,又缺少起码的家庭温暖,在监狱里改造几年,出去时也很迷茫,不知该去哪里,不知哪里是她们的归宿。有的又重操旧业。

　　她说:"汪晓波出狱前问我,王警官,你说我该去哪里?我说你应该回家,我帮你联系当地的司法所,请司法所帮你解决一些实际困难。她却摇摇头,说她恨父亲,不愿回家。所以,她又去找原来的老妈,而且袒胸露背,一副卖身'小姐'的打扮。身上没钱了,只好跑回未管所来找我。后来,我打通了汪晓波家的电话,得知她父亲已经死了,她这才决定回家。"

　　王警官和监区同事,给汪晓波带够了旅费,给她带了一些她们自己的衣服,送她到火车站,看着她踏上了回家的列车。

　　不久,王警官收到汪晓波打来的电话,说她找到了一份工作,已经开始新的生活了。

　　王警官说,她终于可以放心了。

记住,千万别再干蠢事

在黑龙江省未管所,教育改造科副科长颜火警官对我讲了另一个不称职的父亲。

一个叫李键(化名)的少年,因抢劫罪被判了五年。他是一个有父母的"三无"少年:无人探望,无人汇款,无人来信。他很小的时候,母亲离家出走再也没回来,父亲从不管他。他能吃苦,在未管所干得挺好,2010年报减刑,但因父亲没给他交判决的两千元罚金而受影响,一股急火使他突患眼疾,两眼突然间歇性失明。颜警官等人送他去医院就诊,并根据他的情况,为他申报了保外就医。但需要家属签字时,却找不到人,不知其家长在哪儿。

颜警官费尽周折,终于在鹤岗某农场找到了为他人种地的父亲,让这位父亲去未管所看看儿子,并为儿子的保外就医签字。父亲却坚决不去,说他早就不要这个儿子了!

颜警官说:"那不是你要不要的问题,他是你的儿子,这是你当父亲应尽的责任和义务!你这样对待自己的孩子,周围人会怎么看你?"

好说歹说,父亲终于同意去哈尔滨未管所看望儿子,颜警官还给他留下了两百元车费,说好下周一去。

可是,下周一没来,周二也没来,从此手机关机,再也联系不上这位父亲了。

面对李键充满期待的眼神,颜警官只好直言相告,劝他别着急,要正确对待。当时,李键的脸色很平静,这一结果似乎在他的预料之中。他说很感谢警官对他的照顾,为他看病,为他买药,为他寻找父亲……颜警官却担心他想不开,一连数天对他进行重点监控。还好,并没有发生什么意外。

半年之后,李键终于刑满释放。临走,颜警官给他买了继续服用的药,几名警官还给了他一些钱,并开车送他到火车站。

临上车,李键向颜警官深深地鞠躬,真诚地说:"颜警官,我一辈子都忘不了你……我家人太令我寒心了,等我找到父亲一定杀了他!"

"不!你千万不能干这种事,他毕竟是你的父亲!你刚出去,如果再出事这辈子就毁了!你听到没有?"颜警官像在未管所那样严厉地批评他。

可是,少年却没有像在未管所那样回答"是",而是没有说话,脸阴沉沉的很可怕。

颜警官越发担心他真的出事,目送着少年走出好远,还冲着那远去的背影,大声喊道:"记住我说的话——千万别再干蠢事——"

"记住我说的话,千万别再干蠢事!"这是每个未管所的孩子出狱时每位警官都要叮嘱的一句话。

警官目送饱含着自己心血的熊孩子走出未管所大门,就像看着受过伤的小鸟飞出笼子,希望他们能展翅高飞,不再被老鹰抓住,不再因暴风雪袭击而跌落山谷,希望他们走好今后的人生之路。

此时,我突然想到,这些犯了罪的熊孩子有未管所警察来管教,可是,那些不负责任甚至混蛋的父母,又由谁来管教呢?

第九章

以心换心的博弈

- 只对两位警官开口的少年
- 不知父亲是谁的混血儿
- 令警察"崩溃"的少年
- 不改名就"死"
- 绝望中的残疾少年

当晚风习习的傍晚,我们牵着孩子的小手漫步在林荫路上,你可知在大墙里边,有人也"牵"着孩子的手,但牵手的却不是他们自己的孩子。他们甚至不知孩子的父母是谁,却"牵"着这些孩子的小手,艰难地行进在泥泞的人生路上……

在未管所,警察每天面对的都是形形色色、各种犯罪类型的未成年人。

这些孩子带着各自的家庭背景,带着各种罪行及个性,在未管所接受改造与矫治,少则一两年,多则无期。对这些犯罪的孩子,每位警察都得绞尽脑汁,穷尽智慧,针对他们每个人的不同情况,对症下药,制定出不同的救治方案,从而完成对每个人的拯救与矫治。即使达不到彻底改好之目的,也要让他们在服刑期间遵纪守法,老老实实地接受改造。

听着未管所警察与少年犯之间的故事,我一次次地感到震惊,我看到一种默默无闻的平凡,然而却并不平庸的人生——

只对两位警官开口的少年

这是我创作三十多年来最失败的一次采访。

一个飘着春雨的下午,我带着多日奔波的疲惫,走进广西区未管所,采访一位十五岁的少年。

少年个子不高,坐在我对面,不肯抬头,头一直低成四十五度角,一动不动地盯着桌子上的矿泉水瓶,长着青春痘痘的脸上毫无表情。无论我用什么样的语气、穷尽所有的词汇,无论陪同我的童团结警官怎样劝他,他都始终不肯开口。一二十分钟过去了,这个叫吴铁柱(化名)的孩子,留给我的除了沉默还是沉默,山一样的沉默。

他越是沉默,我越想探知他到底是怎样一个孩子、出生在怎样的家庭,为什么会走到今天?

当我用尽所有的语言技巧,终于撬开他的嘴巴时,从他嘴里蹦出来的只是一两个字,每蹦出两个字,都像扛出一个千斤重的铁砣。

我问他,你母亲在哪儿呢?他沉默半天:"死了。"

"怎么死的?"

又沉默半天:"自杀。"

"为什么自杀?"我很惊讶。

他却毫无表情,又沉默半天:"跟爸爸吵架。"

"你当时多大?"

"两岁。"

"你父亲呢?"

"死了。"

"你当时多大?"

"七岁。"

我从他蹦出来的一个个字句中,得知这孩子很不幸,从小就失去了父母,是孤儿,靠政府每月七百六十元的救济金独自生活,有个叔叔还经常喝醉酒跑来打他。

我似乎明白,他为什么用沉默来包裹自己了。

我试探着问他因为什么进来的。回应我的又是冰山般的沉默,而且十分决绝,没有任何一点儿松动的可能。

几十分钟过去了,我不愿在沉默中空耗下去,只好伸手与孩子告别,他犹豫着伸出手来,我握到一只冰冷却是汗渍渍的小手。

采访不成功,我觉得自己很无能。

陪同我的警官却说:"他对你已经很不错了,这孩子有两个特点,第一,他从不跟人握手。第二,他只对两个人开口,一位是他的主管警官、副监区长黄华琳,另一位是未管所主抓教育的副所长刘卫平。"

于是,我采访了广西区未管所副监区长黄华琳。

黄警官留着寸头,宽宽的大额头,讲一口流利的广西普通话。他1995年监狱警官学校毕业,从事监狱警察工作二十二年,是一位精明干练、很有头脑的中年警官。

我们的交谈就从吴铁柱割腕自杀未遂那天说起。

黄警官说,那天是2016年9月28日,劳动车间里突发情况,刚入监两个月的吴铁柱突然情绪失控,大哭大叫,说他不想活了,操起工作用的剪刀就要割腕,值班警察见状急忙上前夺下剪刀。吴铁柱又将脑袋拼命往桌子上撞,值班警察命令四个人把他抬到操场。吴铁柱在操场仍然拼命撞地,哭喊道:"他说我是癫仔,我不想活了!他说我是癫仔……我活着还有什么意思?"他所说的"癫仔"就是精神病。

黄警官说,早在两个月前,吴铁柱入监第一天,他就发现这个孩子不跟任何人讲话,你跟他说话,他像没听见似的,连瞅都不瞅你,永远低着头。根据他从警二十多年的经验,这种孩子是最危险的:他内心是封闭的,别人不知道他心里想的是什么,很难跟他沟通。

黄警官找来吴铁柱的卷宗翻阅,十五岁,因看小叔放的黄色录像忍不住诱惑,强奸了邻居的女孩儿,被判了刑。吴铁柱的身世很悲惨,两岁没妈,七岁没爹,八岁没了奶奶,十一岁没了爷爷,一个人孤苦伶仃地靠政府发放的七百六十元维持生活。

黄警官发现,这是一个自尊心极强、有荣辱感的孩子,不是那种没皮没脸的顽劣少年。他犯了强奸罪觉得很丢人,所以不跟任何讲话,永远低着头。黄警官多次找吴铁柱谈话,吴铁柱从不开口,连头都不抬。黄警官觉得这种没有亲人、自尊心极强的孩子,最容易走极端。于是,他亲自担任吴铁柱的主管警官,并派同监的两名少年随时注意他,将他列为监区的重点监控对象。

黄警官发现,吴铁柱在写给亲属的信中,痛恨亲属不关心他,让他一个人从小孤独地活在世界上;痛恨小叔在他家看黄色录像,他受不了诱惑才犯了罪;痛恨亲属吞占了父亲留给他的一万元钱……总之,在信中对亲属充满了怨恨。

黄警官觉得要是把这样一封信寄出去,只能激起亲属的更大反感,而吴铁柱现在需要的是亲情、是温暖,而不是发泄怨恨。于是,黄警官以警察的名义重新写了一封信,告诉吴铁柱的亲属,孩子在未管所很孤独,渴望亲人的探望,也需要一些买生活用品的费用,希望亲属能给孩子一些温暖和安慰,并留下了自己的联系方式。

可是,寄出的信却是石沉大海。

就在这时,一个叫程宏(化名)的少年突然跑来向黄警官报告,说吴铁柱对他说不想活了!吴铁柱说,看到其他犯人都活得很幸福,就他这么倒霉,他觉得老天对他太不公平了!为什么让他一个人活在世上受罪?干脆死了算了!

说到这里,黄警官岔开话题,对我讲起他与程宏之间的故事。

程宏是一个更内向、更难帮教的少年,2013年因抢劫罪进来的。你跟他说十句话,他不回你一句,回一句也是应付。他虽长得瘦弱不堪,一副营养不良的样子,却整天惹是生非,打架斗殴,吞异物,多次因违犯监规遭受处罚,也是监区的重点严控对象。黄警官多次找他谈话,发现他满腹怨气,怨父亲没本事,家穷,生了他们兄弟仨,母亲嫌家穷跑了,剩下他们爷儿四个住在贫穷的山村,害得他只好跑出去抢劫。

黄警官多次给程宏的父亲打电话,希望父亲来看看儿子,给孩子一些鼓励,也化解一下孩子对父亲的怨恨。父亲却说家里很穷,他身体又不好,实在来不了。

在黄警官的再三劝说下,父亲终于同意来探望儿子了。

可是,当弓着腰身、瘦得像稻草人似的父亲跑了很远的路,一瘸一拐地走进会见室,颤巍巍地操起玻璃墙外的话筒与儿子通话时,黄警官却听到程宏说的第一句话是:"你拿钱来了吗?"父亲嗫嚅着说家里没钱,他来的车票钱都是借的。一听这话,儿子啪地挂断了电话。

看到父亲一脸茫然的痛苦样子,黄警官觉得这孩子太不懂事、太没感情了!父亲大老远地跑来看你,怎么能这样对待父亲呢?

黄警官与父亲聊了很久,得知他们家的境况的确很糟,父亲体弱多病,不能外出打工,只能种点地。父亲谈到这个操心的儿子,几次哽咽得说不出话来。

父亲走后,黄警官批评程宏:"你不应该这样对待父亲,应该理解父亲的艰难。你妈妈离家出走,父亲一个人抚养你们几个孩子,多不容易……"

可是,无论警官说什么,程宏都低头不语,一声不吭。

后来,父亲再来之前,黄警官事先找程宏谈话:"你父亲身体不好,来一次不容易,你应该理解父亲,父亲是爱你的,只是他没有文化,不会表达。你见到父亲,态度要好点。你的犯罪应该由你自己负责,而不应该将自己的罪过全部推到父亲身上。你父亲活得已经够难了!"然而,不管黄警官说什么,程宏永远是一副油盐不进的样子。

黄警官说,好多犯罪的孩子都把罪过推到父母身上,这是不对的。必须要让孩子认识到这是你犯的罪,要由你自己来承担,只有这样才能真正忏悔,才能认真改造。

父子见面之前,黄警官又跟父亲谈,教他如何对儿子表示关心,如何表示一个父亲对儿子的爱……

我发现,监狱警察就像一条扁担似的挑着两头,这边在拯救迷途少年,那边又安抚着生活艰难的父亲,不断化解着父子之间的矛盾。

这位没有文化、不爱讲话、满脸沟壑般皱纹的父亲,拖着一瘸一拐、虾米般的身子,一次又一次地跑到未管所来看望儿子,却遭到儿子一次又一次的冷落。儿子除了要钱,没有别的话可说。直到第七次,也就是最后一次与儿子隔着玻璃通话时,儿子的语气才稍有缓和。

可是晚了。

黄警官收到程宏哥哥打来的电话,父亲已经是胃癌晚期。

当时,程宏正在乐队练电贝斯,他体质太差,黄警官劝他参加乐队,这样既能锻炼身体,又能陶冶情操,增强与其他少年交流的能力。但却接连被乐队撵了出来,嫌他光顾自己瞎弹,不考虑与他人合作。每次被乐队撵出后,黄警官又把他送回来,如此这般,足足折腾了五次。期间,黄警官并没有把程宏父亲病危的消息告诉他,怕影响他的情绪。

后来,当黄警官把程宏父亲去世的消息告诉他之后,却发现这孩子好像没有感觉,眼睛里没有一丝悲伤,对父亲一点儿感情都没有。

"你父亲去世,你不感到难过吗?"黄警官问他。

他却表情木讷,低头不语。

"程宏,你母亲离家出走,父亲一个人抚养你们三个孩子,身体又不好,你想想,他多不容易呀!他一瘸一拐一次又一次地跑来看你……你应该记住这份恩情,一个人应该知恩感恩。你对自己所犯的罪行,应该好好地进行反思,那不是你父亲的过错!"黄警官有些动气了,用父亲的病逝极力呼唤着这个迷失少年的良知,呼唤着少年起码的感恩之良心。

程宏却一直低着头,没说一句话。

过了几天,程宏来找黄警官,让黄警官给他找一首刘和刚唱的那首歌曲《父亲》。

从此,程宏再也没有离开过这首歌,直到今天,他仍然经常弹着电贝斯,唱着《父亲》:"我的老父亲,我最疼爱的人,人间的甘甜有十分,您只尝了三分。这辈子做你的儿女,我没有做够,央求你呀下辈子,还做我的父亲……"

从那以后,这个总爱惹是生非的孩子变了,学会了合群,学会了关心他人,更重要的是,他对自己的过去有了较为理性的认识。

听到这里,我心里不由得发出感叹:未管所警察的工作太不容易了,为了唤醒一个迷失少年的良知,花了这么多心思。

随后,我们又谈到自杀未遂的吴铁柱。

黄警官说,听到程宏报告的情况,他立刻派人送吴铁柱去监狱医院检查,鉴定他是不是患有抑郁症。时间是7月27日,他发生自杀未遂事件的前一天。

在医院里,吴铁柱听到医生说了一句"癫仔",回来就大哭大闹不想活了。

黄警官觉得吴铁柱与其他少年不同,自尊心极强,不自卑,很自信。他在众人面前大哭大闹要自杀,绝非像某些顽皮孩子那样在演戏,是为了引起警官的注意,并不是真想死。而吴铁柱却是真的,他的确想死。

黄警官把吴铁柱找到办公室,安慰他,稳定他的情绪,赞扬他有正义感,有正确的荣辱观……

吴铁柱却哭喊道:"黄警官,你给我一把剪刀,我立刻捅死自己算了!我是癫仔,我活着还有什么意思?"

黄警官急忙向他解释,说他听错了,医生说的癫仔不是说他,是说别人。

刘卫平副所长也来找吴铁柱谈话。刘副所长对未成年犯教育很有经验,曾与暨南大学教授张鸿巍主编出版了《未成年服刑人员教育读本》。他对全所的"问题罪犯""顽危犯"都了如指掌,经常找他们谈话,经常与警察一起研究每一个"顽危犯"的具体帮教措施。

在刘副所长和黄警官的一再劝说下,吴铁柱的情绪终于平静下来,并向刘副所长提出一个条件。

"刘所长,你要答应我一件事……"

"什么事,你说。"

"我今天的举动你不要扣我小组的分数。"

听到这句话,刘副所长笑了。

未管所少年三五个人一个小组,相互制约,相互监督。按规定,这种自杀未遂事件肯定要扣小组分。但刘副所长却从吴铁柱提出的条件上,看到了他的集体观念,看到了他的进步,当即答应:"好,我答应你!我也向你提个建议……"

吴铁柱破天荒地抬起头来,看着刘副所长,不知所长要提出什么要求。

刘副所长说:"11月×日是你的生日,我来给你过生日,你看好吗?"

吴铁柱惊讶地愣在那里,半天无语。

"吴铁柱,刘副所长要给你过生日,你愿意吗?"黄警官问道。

"愿意。"他从嗓子眼儿里挤出两个字。

"我问你,你现在到底是想生还是想死?"黄警官又问他。

"又想生……又想死……"

"那我给你一张纸,把你想生的理由列一下,你最想干什么?"

吴铁柱居然在纸上写下:"我想去看动物。"——这显然还是一个孩子。

"想看哪种动物？老虎、长颈鹿，还是河马？"黄警官又问。

"都想看。"

"那好，等你获得自由那天，我陪你一起去看动物，好吗？"

"好。"

一个站在悬崖边上的绝望少年，就这样被警官们拉了回来。

11月×日晚，在高墙电网的未管所里，一场精心准备的生日晚宴，在刘副所长和黄警官的主持下，伴随着《祝你生日快乐》的歌声，大家纷纷向这个从未过过生日的孤儿走去，为他唱起《祝你生日快乐》的歌曲，纷纷发表祝福感言，用掌声鼓励这个从未吃过蛋糕的孩子，第一次切着蛋糕，第一次吹灭生日蜡烛……

刘副所长发表贺词："这是我们未管所今年以来第一次为学员（犯人）过生日，也是吴铁柱有生以来第一次过生日。吴铁柱，我衷心祝你生日快乐！"

可是，无论气氛多么热烈，无论大家的祝福感言多么真挚感人，吴铁柱却心如死水，未泛起一丝涟漪，始终毫无表情地低着头，一言不发。让他说两句生日感言的话，他却一个字都不说。

结束后，黄警官问他："吴铁柱，大家给你过生日，你高兴吗？"

"高兴。"只有两个字，仍然低着头。

黄警官觉得，这个孩子从小就成了孤儿，受过很多委屈，他心中的冰山太厚，绝非一个生日晚宴、几次谈话所能融化的。他对自己的亲属充满了怨恨，要想打开这孩子的心结，必须联系上他的亲属。

于是，黄警官多次给他亲属发信，希望亲属能来看看孩子，给孩子一点关怀和鼓励。不久，吴铁柱终于收到表姐充满真诚与鼓励的来信。姑妈也来看他了，还给他凑了四百元钱，并向吴铁柱一再解释，家里太穷，所以一直没钱还上吴铁柱父亲留给他的一万元钱，让

第九章 以心换心的博弈 257

他放心,他们一定把钱还给他……

黄警官找吴铁柱谈话,指出他的犯罪并不是亲属造成的,而是他自身法律意识缺失、缺少自控力造成的。

吴铁柱仍然低头不语。

但是,2016年12月,吴铁柱却主动来找黄警官,要求申请参加乐队。

虽然他仍然低着头,仍然表情木讷,但黄警官却发现,这座封冻已久的冰山终于开始松动了,他甚至听到了冰雪融化的潺潺流水声……

黄警官笑了,抬手拍拍吴铁柱从不许他人触碰的肩膀,感到一丝欣慰——又一个迷失的孩子在警察们的共同努力下,终于走出了封闭的心狱。每当看到某个孩子有了一点转化,警察们就像看到自己的孩子有了长进一样,感到很高兴,有一种成就感。

但是,警察对这群特殊的孩子,绝非像哄孩子似的靠"哄""捧"来管教,而是要教育他们在忏悔中认识自己的罪行,懂得做人的道理,同时还要为缺失亲情、缺失文化教育的孩子补课。

吴铁柱进乐队以后,学架子鼓,开始也像程宏一样跟大家合不来,几次被乐队撵出去,几进几出。每次被撵走,黄警官又把他送回来,让他学会与大家合作与交流,学会理解和宽容,这样才能融入乐队这个小集体。

如今,乐队组长调走了,吴铁柱成了乐队的牵头人。他虽然仍然极少开口,却像程宏用手中的电贝斯弹出自己的心声一样,他则用手中的架子鼓,敲击出他内心的渴望,敲击出一个迷途少年对未来的向往。

有一天,吴铁柱对黄警官终于说出心里话:"黄警官,我想争取早点出去……"

"好哇！到时候我陪你去看动物，好吗？"黄警官说。

"好！"少年认真地点点头。

双方又是一个承诺，又是一场以心换心的融通。

不知父亲是谁的混血儿

一想到这个孩子的身世，我的心里就一阵阵发紧，觉得上帝真是太残酷、太捉弄人了，将一切苦难都压到一个孩子身上，然后再把孩子推向罪恶的深渊。

此刻，看着少年的照片，听着录音笔里传来他吐字不清的话音，仿佛他就坐在我的面前——

郑旭（化名），故意伤害致死，被判十二年，进来时十七岁，现在二十岁了。他长得又瘦又小，大鼻头、厚嘴唇，表情木讷。说的是广西话，吐字不清，含含糊糊，我费很大劲，也听不太明白。只听他说母亲是越南人，肚子里怀着他，嫁给了广西北流市某农村的一个中国男人。他不知自己的亲生父亲到底是谁，也不知父亲到底是中国人还是越南人。他只记得，从小养父就逼着他干活，稍不留神，粗糙的大巴掌就会狠狠地扇过来，扇得他脸上火辣辣地疼，却不敢哭。他从小就养成一种内向、寡言、谨小慎微的性格，从不敢大声说话，更不敢直视养父那双恶狼似的眼睛。后来，母亲又生了弟弟和妹妹，家里更穷了，他挨打的次数也更多了，他读了三年书就辍学了。后来，他跟弟弟犯了罪……

为了进一步了解这个不幸少年的身世，我采访了他所在监区的主管警察、广西区未管所某监区副监区长文帮健。文警官是广西司法学校毕业,2006年考入未管所,是一位精明能干、尽职尽责的中年警官。

文警官说,别看郑旭长得又瘦又小,却是监区里的"问题罪犯"、重点监控对象,几次以自伤自残的方式来抗拒改造。八月十五发月饼,他趁机吞掉干燥剂,送他去医院强行排出后,他再次吞食其他异物,又急忙送往医院抢救。找他谈话,关禁闭,他都一声不吭,警官不知他心里到底想什么,根本无法与之沟通。

刘卫平副所长,多次找郑旭谈话,他终于流露出一点感情色彩,说他想念弟弟和妹妹……

刘副所长下令,对郑旭成立"攻坚教育小组",由文帮健警官带人去广西北流市农村寻找郑旭的家人,希望用亲情来帮教这个不幸的少年。

文警官带着几位警察,驱车两百多公里,费尽周折,来到偏僻落后的北流市某农村,找到郑旭的家。推开屋门的刹那,所有的警官都惊呆了。

仿佛走进了另一个世界——

黑洞洞的屋子里,破烂不堪,一无所有,一个中年男人佝偻着身子,气喘吁吁,病恹恹地坐在板凳上;三个黑黝黝的孩子像萝卜头似的,一个比一个矮,都瞪着好奇而茫然的眼睛,盯着警官带来的礼品盒。一个瘦小枯干的女人挺着与她年龄不相称的大肚子,在笨手笨脚地忙活。可是,却不见郑旭所说的妹妹和弟弟。

经过深入了解,这个极为复杂甚至充满犯罪嫌疑的家庭背景,终于呈现在警官面前——

怀孕的女人是越南人,又黑又矮,没人知道她为什么从越南来到中国。在与越南交界的广西、云南地区,有不少这样来路不明的越南女人。村里人只知道,她的第一个男人死了,第二个男人也死了。她怀着第二个男人的孩子嫁到这个村里,生下无法落户的"黑孩儿"郑旭,与第三个男人又生了两个孩子。第三个男人又病死了,她带着两个男人的三个孩子,又嫁给了隔壁的光棍儿,跟第四个男人又生了三个孩子,现在又怀着第四个男人的第四个孩子,也就是她的第七个孩子。村里人背地里都说她是克星,很少有人与她交往。

在郑旭和弟弟十几岁时,这个越南母亲曾以三千元的价格,把哥俩儿偷偷地卖了。人贩子将哥俩儿带到广西贵港,让哥俩儿在码头上扛货物。哥俩儿年龄太小扛不动,乘人不备偷偷地跑回家来。不久,哥俩儿又被母亲再次偷偷地卖了,就在她与人贩子讨价还价的当儿,被第三个男人的哥哥报警了,她被抓进监狱关了两个月。哥俩儿成了无人抚养的"孤儿"。司法局根据哥俩儿的情况,给弟弟办了每月六百元的低保。郑旭因没有户口无法享受低保。司法局让他们的大伯父代管弟弟的低保钱款,不久,哥俩儿因低保钱款问题与大伯父闹翻,从此离开家跑到北流市流浪。2014年早春,一个五十多岁的流浪汉占据了哥俩儿睡觉的地盘,哥俩儿乘流浪汉醉酒酣睡之际,把流浪汉绑在破板床上烧死了。当时,弟弟未到十四周岁的法定年龄,没追究其法律责任,十七岁的郑旭被判了十二年。

面对这样一个复杂而特殊的家庭,警官们感到既同情又无奈。

文警官对孩子的母亲说,希望她能关心一下郑旭,去看看他,或者打个电话,因为他毕竟是你的孩子。母亲却瞅瞅自己的肚子,又瞅瞅三个萝卜头似的孩子,说她过得很艰难,实在顾不过来那个老大了。

文警官又问她郑旭的那个妹妹去哪儿了,她说送人了。警官怀疑，她是不是将女儿又卖了。又问她郑旭的弟弟现在哪里，她说他好多年没回家了，她也不知现在哪里。

离开时，警官们感到很失望，又找到郑旭的大伯父家，看看大伯父能不能给郑旭一点安慰，却发现他已重病卧床，根本无暇顾及郑旭了。

警察们又开车跑到北流市去寻找郑旭的弟弟，跑遍了整个市区，终于在郑旭当年流浪时发生命案的地方找到了他。十四岁的弟弟比哥哥开朗，比哥哥健谈。因为有民政局提供的六百元低保，生活得还可以。民政局几次把他送进福利院，他都几次"越狱"逃跑。民政局要送他去上学他不去，送他去领养人家他也不干。他已经习惯了这种无拘无束的流浪生活。文警官让他跟他们一起坐车去省城未管所看看哥哥，他却拒绝了。

警察们带着疲惫与失望，回到未管所。

当文警官把带回来的郑旭家人及弟弟的录像放给郑旭看时，这个从不动情的少年眼睛里第一次泛起了泪光，不知是因为看到亲人的录像而感动，还是因为警官为他寻找亲人所付出的努力而动容。从此，他变了，再也没发生过自伤自残事件，对自己的罪行也有了较为清醒的认识。

令人不安的是郑旭那个不幸的越南母亲，及其同母异父的六个弟弟、妹妹。显然，贫穷与不幸造就了这个母亲悲惨的命运，她在中国又种下一群不幸的种子。我们不得不承认，比贫穷更可怕的是愚昧，是愚昧所带来的后果。想想这个女人，与三个男人所生的七个子女——一个在监狱里，一个在流浪，一个被送人，一个在娘肚子里，三个蜗居在贫民窟的家里，这些孩子将来的命运又会怎样，会不会又走向犯罪？我们无法得知。

而且,这种现象并非个案。采访中获知,在我国一些偏僻落后地区,有不少类似的家庭,他们远离法规与文明,在愚昧、贫穷、落后中苦度日月,繁衍生命,下一辈重复上一辈的生活,不少未成年的孩子走上了犯罪道路。

令人欣慰的是,习近平总书记提出打响扶贫攻坚战:"在扶贫的路上,不能落下一个贫困家庭,丢下一个贫困群众。"相信不久的将来,那些贫穷落后地区的孩子,将会迎来美好的明天。

文警官说,对未管所这些孩子来说,家庭的支撑、亲情的安慰,是他们能否安心改造的最大动力。那些没人探视、没有经济来源、没有信件的"三无"人员,是最难办的。他们有的是无家可归的流浪儿,有的是离家出走,或者被父母抛弃。他们看不到希望,没有盼头,常常以抗拒改造来宣泄内心的情绪。所以,千方百计找到他们的亲人,让亲情去告慰他们受伤而孤独的心灵,是我们的一项重要工作。

文警官对我讲了一个叫徐明桦(化名)的少年,十六岁,已经结婚生子,因强奸姐妹俩被判了五年,进来一年多,无人探监,无人寄钱,经济状况很糟,精神状态更糟。此人性格内向、固执,总是按照自己的意愿行事,经常因违纪违规而受到处罚,被监区列为重点监控的"问题罪犯"。

文警官发现徐明桦的情绪低落,夜里经常失眠,翻来覆去睡不着,于是便多次找他谈话。刚开始徐明桦不肯开口,只是唉声叹气。

文警官对他说:"我是心理咨询师,把你心里想不开的事情跟我说说,我看能不能帮你解决……你家里都有什么人?"

一提到"家",少年的眼里顿时噙满了泪水,于是,一个问题少年的成长经历,渐渐地浮现在文警官面前——

第九章 以心换心的博弈 263

问题孩子,往往出生在问题家庭。徐明桦出生在农村,父亲好吃懒做,好赌,靠母亲打工赚钱来维持家庭生活。徐明桦与父母的关系很糟,很早就辍学了,跟社会上一帮人胡混,在KTV歌厅给人看场子。十五岁时,他与一个同龄女孩相爱了,却遭到双方父母的强烈反对。双方父母都对他们下了通牒:"你要跟他(她)结婚,就再也不许登这个家门!"但是,两个十五六岁的少男少女,却坚决地走到了一起。就在他们的女儿出生不久,徐明桦却犯下一个不可饶恕的罪过,先后强奸了一对姐妹……

讲到这里,少年的语气越发沉重:"我对不起她,她为了跟我,被父母从家里撵了出来,可我……她再也不会原谅我了。可我非常想念她和孩子,夜里经常梦见她,也不知她们现在过得怎样……"少年流露出一种对家庭、对亲情的强烈渴望。

文警官安慰他,并向他承诺,一定帮他找到家人。

文警官通过当地公安局,找到徐明桦母亲的电话,对她说:"你的孩子很想念你,他很渴望亲情的帮教,你作为母亲,能不能抽时间来看看他协助我们警察帮帮他?"

母亲的回答却令警官大失所望:"我没时间,我不想跟那个孽子有任何联系!"

文警官又千方百计查到徐明桦爱人的电话,对她说:"徐明桦在这里改造得很好,他很想念你和孩子,很挂念你们娘俩儿,希望你抽时间来看看她,他非常渴望亲情的温暖……"文警官在电话里,听到对方长时间的哽咽。

不久,在未管所一间特殊的会见室里,在未管所领导的特批下(他们没有结婚证,不算合法夫妻,不能会见),上演了催人泪下的一幕……

会见室里没有玻璃窗,中间只隔着一段铁栅栏,双方的手能触摸到对方的肌肤。门开了,只见一身囚服的徐明桦瞪大眼睛向日思夜想的爱人走去,而年轻的爱人怀抱一岁多的女儿,也向他一步一步地奔过来,二人奔到铁栅栏前,隔着铁栅栏四目相对,久久无语,只有泪千行。

年轻妈妈对女儿啜泣道:"这是爸爸,快叫爸爸……"

一岁多的女儿瞪大懵懂无知的眼睛,看着铁栅栏里的男人,乖乖地叫了一声:"爸爸……"

一声奶声奶气的"爸爸",一下子叫碎了一颗男人的心。

徐明桦突然泪崩,呜呜大哭,伸出颤抖的双手,握住爱人送过来的一只胖乎乎、暖暖的小手,紧紧地握着,很怕失去似的。父亲的一双大手紧紧地包围着母女俩伸过来的小手,一直紧紧地握着,直到会见结束。

"对不起,亲爱的,让你受累了!你放心,我在这里一定好好改造,争取早一天出去,到时我会加倍地报答你……"这番伴随着真诚与泪水的话语,是文警官事先教给他的:"你爱人来看你,你要对她承认错误,要让你爱人看到你能出去的希望……"

"你放心,只要你在这里好好改造,我再苦、再累也要等你……"这也是文警官事先叮嘱她的:"见到徐明桦,你要给他鼓励,让他有奔头,看到希望,尤其让他看看孩子,让他感到一个父亲的责任与担当……"

泪眼对着泪眼,承诺对着承诺,短短二十分钟的会见,很快就结束了。但它留给少年的温暖却像电热煲一样,一直温暖着少年渴望亲情、渴望爱情的心,而为电热煲充电的则是他的爱人和孩子。

从此,这位年轻的爸爸变了,变得越来越好,奖励分数越来越多,再也不是监区里的问题罪犯了。

令警察"崩溃"的少年

我没有采访到这个少年,他已经转到成人监狱了。但在采访中,河北省未管所的几位警官都谈到了这个孩子:林非寓(化名),十五岁,判了十五年有期徒刑。

在他身上,曾经发生了令人发指的一幕:他正在叔叔家上网打游戏,五岁的堂妹不小心碰掉了网线,他起身抓起堂妹的两只小胳膊,像扔一只死猫死狗似的,将堂妹从楼上的窗子扔了出去。然后他坐在电脑前继续上网玩游戏,小堂妹却惨死在楼下的血泊之中……

众所周知,网瘾少年已成为中国好多家庭的一大灾难。采访中,我听到许多少年犯的父母痛哭流涕,发出这样的呼吁:"我孩子本来是个好孩子,自从上网就学坏了。我们当父母的拿他(她)实在没招了,求求有关部门救救我的孩子吧!"好多网瘾少年的父母发出了啼血般的呐喊。

的确,网络对青少年的影响太大了。孩子年少无知,缺少自控力,上网就像吸毒一样,甚至比吸毒还可怕,一旦上瘾,就像着了魔似的,整日整夜泡在网吧里。网游中打打杀杀的血腥场面,虚拟世界的成就感,充满各种诱惑的色情内容等等,对未成年的孩子来说充满了诱惑力。当上网的钱花光之后,没钱上网,就开始抢劫、盗窃,甚至模仿网游中的人物,漠视生命,持刀行凶……

据中国青少年网络协会第三次网瘾调查研究报告显示:我国城市青少年网民中网隐青少年约占百分之十四点一,人数约为两千四百零四点二万;在城市非网瘾青少年中,约有百分之十二点七的青少年有网瘾倾向,人数约为一千八百五十八点五万。

就在2018年"六一"儿童节期间,一个孩子写给帮扶志愿者的小纸条引发了网友的热议,也引起了社会良知的关注和担忧:"叔叔我不喜欢你们带来的东西,我想要一个可以打《王者荣耀》的手机。或者以后你们给我钱,我们自己买喜欢的东西,你们带来的书和文具,我们不喜欢,谢谢。"

为此,二十二名院士联名发出呼吁,提出了四点建议:

一、国家有关部门真正全面地推行网游实名注册制,并对网游设立严格的分级管理制度,加强对涉及不良内容网游的监管惩罚力度,为孩子们创造一片属于他们的、纯净的网游世界。

二、互联网企业以及各互联网平台,加强对网游广告的管理,严格审核网游的推广信息和推广场景,不让孩子们坠入不良商家的"网游陷阱"。

三、家长们日常能放下手机,给孩子多一点时间、多一点耐心、多一点陪伴,和他们共同感受真实生活的阳光与精彩,更不要把随意打网游作为儿童节的"礼物"。

四、在每年"六一"儿童节当天,基于共同的社会责任,为起到警示效果,全体网游运营服务商能够在某个时段暂停服务器运行,各大网络平台能够主动屏蔽网游内容和游戏链接。至少在这一天,让孩子们暂时远离网游,享受一个健康阳光、简单快乐的节日。

林非寓则是一个典型的网瘾少年。

为了深入了解林非寓的情况,我采访了他所在监区的张副监区长——一位四十多岁、并不太健谈的老警官,从他口中得知林非寓的故事远非网瘾少年那么简单。

说起林非寓,张警官开口就说:"这个林非寓可把我们折腾惨了,我们警察被他折腾得都快崩溃了。"

"为什么会这样?"我颇感惊讶,要知道,监狱警察什么样的顽劣少年都见过。

于是,伴随着张警官老成而慢条斯理的讲述,一个犯罪少年带着他特殊的家庭背景,带着他与警官之间特殊的故事,一次次惊诧着我的神经,惊怵着我本以为见多识广的心……

张警官说,2011年12月林非寓从看守所转到未管所,警官发现这孩子的精神不太正常,问他问题,他不正面回答,而是手舞足蹈,胡言乱语,不着边际,直流口水。晚上不睡觉,大喊大叫,使得全监舍的人都无法入睡。开始,警官以为他是装的——在看守所关押期间,成年犯会教唆未成年的孩子,教唆他们如何装疯卖傻,如何避免犯人欺凌,如何引起警察的关注等等。可是,警官发现,给林非寓服安定也不管用,他的行为好像不受他的大脑控制,到了晚上就像打了兴奋剂,一连几天几夜不睡,全监舍都能听到他声嘶力竭的喊叫声,弄得值班警察高度紧张,时刻都得盯着他,很怕他出事。

送到医院检查,确诊为间歇性精神障碍,具备法律规定的行为能力,还得继续关押在未管所。

警察了解到林非寓的身世很悲惨,家在邯郸市某县农村,很小的时候,母亲因故被父亲杀害,父亲被判无期徒刑,后改判为有期徒刑二十年,至今仍关在监狱里。孩子从小被寄养在叔叔家,叔叔家还有一男一女两个孩子。没爹没妈的孩子,从小缺少家教,更缺少亲情的关爱,很少与人交流,自从迷恋上网络,他全身心地投入到网络游戏当中,使他的思维与现实隔绝,造成了人格分裂。在虚拟的网络世界里,他找到了从未有过的快乐,常常把网络与现实混淆在一起,分不清哪个是现实,哪个是网络。出事那天,他在网游中激战正酣,小堂妹无意中碰断了他的网线,他觉得有人阻挠了他的战斗,毫不犹豫地做出了疯狂举动……然而,当他从虚拟的世界回到现实,当他清醒过来才发现,他犯下了不可饶恕的滔天大罪!

其实,这个孩子本质并不坏,不偷、不抢、不打架,而且很聪明,他尤其喜欢活泼可爱的小堂妹。他深知叔叔婶婶养育自己多年,而他却干出这种丧尽天良的事,当然无法原谅自己。

没人知道,这个孩子的内心承受着怎样的愧疚与煎熬。更没人知道,一个孩子经历了母亲的惨死,父亲的判刑,又亲手造成了堂妹的惨剧,其内心承受着怎样的创伤,发生了什么样的痛苦裂变。

警察们发现,每月的12日,也就是出事那天,这孩子肯定会犯病,一犯病就折腾好多天。

张警官说,对这样一个严不得、宽不得的孩子,监区警官绞尽脑汁,为他制定出严格的监控措施:每天二十四小时派人盯着他,晚上安排两个护监人员盯着;另外,从生活上处处关心他,给他按"三无"人员发放生活用品,给他过生日,让他体会到未管所的温暖。并且给他叔叔多次打电话,希望叔叔家人能原谅他,能来看看孩子,孩子已经知道错了。叔叔婶婶非常恨他,是他把自己心爱的小女儿摔死了!

林非寓非常渴望亲人的原谅,他在日记中写道:"又是一个接见日,只看到别的家人都来看望自己的儿子,可我却没人来看,我知道我严重地伤害了他们……"

在警官的一再努力下,叔叔终于来看他了,并表示原谅了他,鼓励他好好改造,争取早日出狱。这对林非寓是莫大的安慰。

警察们发现,林非寓性格活泼,渴望融入集体,渴望被人承认,爱写东西。为了安定他的情绪,到晚上就让他抄书,一直抄到很晚。监区举行足球比赛,此前他从没踢过足球,警察破例让他上场,在足球场上满场飞,半天碰不到一个球,碰到一回球还让他一脚踢飞了。但他却感到特高兴,觉得大家没有抛弃他。让他参加队列比赛、歌咏比赛,参加鼓乐队吹号,他都特卖力气,而且小号吹得很棒。

  张警官值班的晚上,就把林非寓叫到值班室,跟他聊天,怕刺激他,不跟他谈案情,只谈他感兴趣的话题。林非寓最爱谈上网,一谈上网就眉飞色舞,像打了兴奋剂似的,谈起他的各种网络游戏,谈起他的网游武器装备如何升级等。

  有时,张警官让林非寓朗诵他自己写的东西,并且把他写的感想推荐到内部小报上发表,队里每月都会表扬他一次。这对林非寓来说是莫大的鼓励,给他的精神也带来了极大的安慰。

  林非寓在一篇感想中这样写道:"当你从高兴到生气,你会感觉很难受。当你从富人到穷人,你会感到很痛苦。当你从正路走向弯路时,你会感觉已经走上了犯罪道路……我相信每个人的一生,都有着不同的想法和理想,但我要告诉大家,你们一定要记住,犯罪这条路千万不能走!它会让你的人生走到尽头,最终走进监狱。法网恢恢,疏而不漏……有的是因为哥们儿义气,有的是为了金钱,这些注定要毁了你一生。所以要切记,万万不可因为哥们儿义气和金钱,而步入歧途,从而毁了自己呀!"

  两年之后,这样一个间歇性精神障碍的孩子,一个因网络而犯罪的少年,在未管所警官的努力下,不但不再犯病,而且表现得非常好。2014年7月,成为监区的骨干。

  至今,林非寓仍在成人监狱里服刑。

不改名就"死"

我没有采访到这个少年,在云南省未管所采访教育改造科副科长申顺宝时,他对我讲述了这个真实的案例。

申警官是学医的,曾在监狱从事医疗卫生工作,2002年考进未管所,是一个话语不多却高度负责的很有思想的警官。

他从警十几年,改造过无数的未成年犯。但有一个孩子给他留下了极深刻的印象。直到今天,他脑海里还经常浮现出那个孩子的身影……

那时他刚来未管所不久,负责改造一名新收押的十五岁少年。少年长得瘦小、柔弱,自卑到不敢抬头看人,讲话声音小得跟蚊子似的。然而这样一个胆小自卑的少年,却因故意伤害罪(致死)被判处有期徒刑八年。被害死的不是别人,正是他的亲生父亲。

其间,他接连七八次自杀未遂,都因胆量不够。每次发生自杀事件之后,管理警察都细心分析,耐心疏导,真诚地感化他。

为了进一步了解这个少年的案情及家庭情况,申警官多次与他深入交谈,发现少年犯罪的原因很简单,甚至十分荒唐。

他叫田若水(化名),十五岁,从小丧母,跟随父亲一起生活,经常遭同学欺负。有人对他说,你的名字不好,田若水,像水一样软弱,所以总挨欺负。于是,他回家跟父亲提出要改名字,父亲没同意,觉得改名太麻烦,也没必要。

可是,改名一事却成了田若水的心病,上了初中一年级,他再次向父亲强烈提出要改名字,并为自己起好了一个新名"田××"。他认为自己有了钢铁般强大的名字,今后的命运就能改变,就再也不会受欺负了。父亲却说改名字有什么用,简直是瞎胡闹。仍然没同意给他改名,也没有把这件事放在心上。

但是,因名字而倒霉的宿命邪念,却像魔鬼一样死死地缠住了他幼稚的心,令他日夜不宁,寝食难安。他天真地认为,不换掉名字,就会永远倒霉,就会永远受人欺负。他觉得,这样倒霉地活在世界上,还有什么意思?干脆死了算了!

于是,他想到自杀,并用小刀在手腕上划了一个小口,划破点儿皮,却没有勇气再深划下去。没死成,怎么办?他又想找个人来杀死自己,想了一晚上没找到合适人选。苦思冥想几天之后,又冒出一个天真可笑的想法,除非我杀了人,让警察来枪毙我,那样就可以死了。

可是,杀谁呢?谁能等着让如此瘦弱的他去杀呢?他怨恨父亲,也只有杀死父亲才有机会……

在一个漆黑而宁静的夜晚,十五岁的他怀着三岁幼儿般的荒唐想法,带着偏执而疯狂的举动,向操劳了一天、此时正在熟睡中的父亲举起了菜刀……

父亲就这样惨死在儿子的屠刀之下。原因极其简单,只因为要改名字。

第二天,少年坐在家里等待着警察的到来。

警察来了,他向警察如实交代了杀害父亲的原因和经过,并提出强烈要求:立刻枪毙我,就是为了死我才杀死父亲的!

他要求判他死刑,可他未满十八周岁不适用死刑。面对八年有期徒刑他越发感到死期无望,所以进未管所以后就一直想用自杀来结束自己的生命,但始终未能如愿。

面对这样一个偏执、残酷而又可悲的少年,申警官对他进行深刻而冷静的心理分析,觉得这孩子从小丧母,父亲忙于家庭生计,缺少与孩子的沟通,使孩子从小自卑、受气的压抑心理寻不到发泄口,因而产生了严重的认知错误。在偏执而错误的认知下,缺少家庭支撑,缺少亲情帮教,他越走越钻牛角尖,越走越进入死胡同,最后犯下了不可理喻的罪过。

申警官多次找田若水谈话,以理解和接纳他的态度,从劳动和生活上关心他,并为他进行长达半年的心理危机干预,使他渐渐认识到自身存在的认知错误,以及偏执性格所造成的危害。同时,申警官还引导其他犯罪少年理解他、接纳他并帮助他,使他渐渐融入了集体。

从此,直到田若水离开未管所都一直表现很好,再也没有发生自杀行为。

申警官还讲到一名少年女犯,因贩卖毒品罪被判有期徒刑十五年,家中父母全部亡故,经过十二年的改造,刑释时她已经二十七岁了,因无家人来接,由申警官护送她坐上返乡的客车。走出监狱大门时,她向申警官深深地鞠了一躬,郑重地说道:"申警官,谢谢你,谢谢政府,这么多年是政府将我养大的。"话音刚落,早已泪流满面。

申警官送她登上客车,他在思考一个问题:青少年犯罪不仅仅是青少年自身的问题,也是一个社会的问题、时代的问题、家庭的问题,也是教育的问题。

绝望中的残疾少年

杜警官是陕西省未管所卫生所所长,刚退居二线。说话时,他面带微笑,眉宇间透出一种天性的善良,丝毫没有警察的威严。

他说从警三十年，整天跟一群犯罪的娃娃打交道，什么样的娃都遇到过，什么样的事都发生过。他说与娃之间的故事太多了，给他留下印象最深的是一个残疾娃。

他说的是陕西话，一口一个"娃"地叫着，很亲切，丝毫没有距离感，就像在说他自家的孩子一样。

多年前，他刚调到未管所二队任副队长，在众多孩子中，一个十六岁的娃引起他的关注。这娃患的是小儿麻痹，走路一瘸一拐，紧锁眉头，低着头，情绪十分低落。

他走近这娃，发现这娃的一只脚肿得像馒头似的，皮肤已经发黑。问娃怎么弄的，娃说几天前不小心踩到一根钉子，没当回事，可能是感染了。

杜警官立刻派人送娃去医院，但晚了，一只脚必须截肢！

一听要截肢，娃哭了。娃说他从小得了小儿麻痹，已经够不幸了，再截去一条腿，让他今后咋活呀？咋熬过这漫长的刑期呀？

这娃因强奸杀人罪，被判了十五年。他把邻居一个女孩强奸后又弄死了。

这娃苦苦地哀求医生，不要截肢，求医生给他留下一条腿。医生也觉得这娃太可怜，但不截断坏死部分肯定不行，只好尽量少截一点儿，只截去了一只脚。可是，善良的心愿却换来了更大的不幸，因锯得不彻底，导致这娃又接连做了两次截肢手术，直到一条腿从大腿根全部锯掉。

按法律规定，这样的病犯可以保外就医。可是娃的家在农村，出去后根本付不起巨额的医疗费，只好继续留在未管所。警官就安排他从事最轻的工作。

杜警官发现，这娃情绪很糟，很颓废，甚至有厌世倾向。他觉得这娃本来就是残疾,家庭和学校的教育都很缺失,造成他人格不健全,犯了罪,现在又截去了一条腿,他靠什么力量支撑自己走完这漫长的刑期呢?再说即使刑满释放出狱了,这样的残疾娃,不找到谋生出路,不同样是家庭和社会的负担,甚至成为危害社会的累赘吗?

杜警官发现,这娃虽然残疾,但很聪明,爱琢磨事,不是那种傻乎乎的吃饱不饿、一天啥也不想的娃。

于是,杜警官找娃谈话,鼓励娃,给娃讲一些身残志坚的故事,讲奥斯特洛夫斯基如何顽强地创作《钢铁是怎样炼成的》,讲著名音乐家贝多芬居然患上耳聋,讲文王拘而演《周易》、仲尼厄而作《春秋》、屈原放逐乃赋《离骚》……

杜警官发现娃瞪大聪慧的眼睛看着他,聚精会神地听着。他对娃说:"你虽然少了一条腿,但你有聪明的大脑,将来出去以后,可以用你的智慧和头脑去谋生,去自食其力,去开创一片新天地!"

杜警官双手重重地拍在娃瘦弱的肩膀上,眼睛盯着娃的眼睛,郑重地说:"记住,只要你有决心,有恒心,有耐心,就一定能成功!我相信你,你完全有这个智慧和能力!"

娃透过蒙眬的泪眼,惊讶地看着队长,不敢相信自己的耳朵,自从来到这个世界上,投向他的目光除了歧视就是怜悯,从未有人对他说过这样的话,更没人如此首肯他。而且,这番话是从管教他的队长嘴里说出来的,这对一个绝望中的残疾少年来说,就像圣旨一样。不!比圣旨更珍贵,更令人敬畏。因为在娃们的眼睛里,未管所的警官就是他们的上帝。

但是,复苏一个人的信心与良知,尤其对一个重刑在身的残疾少年来说,谈何容易。

杜警官记不清对这个残疾娃进行了多少次长谈,更记不清苦口

第九章 以心换心的博弈 275

婆心地说了多少话。

斗转星移,许多年过去了。

2016年夏天,一个明丽而晴朗的上午,在未管所,一个满面春风的中年人出现在杜警官面前,惊喜地说:"杜队长,还认识我吗?"

"你是×××!"杜队长脱口而出叫出了他的名字。

"杜队长,这么多年了,没想到您还能叫出我的名字……"中年人的声音由惊喜变成了哽咽。

"我怎么能忘呢?你的顽强毅力让我很感动……对了,你怎么又跑回来了,有事吗?"杜队长担心他又出事了。

"没事。杜队长,我就是来看看您,向您表示感谢!"说着,他向杜队长深深地鞠了一躬,"队长,要不是您当年苦口婆心地劝我、鼓励我,我早就颓废了,说不定早就完蛋了!"

他告诉杜警官,他现在有了自己的企业,一家食品厂,一家物流公司,还有一家招待所,并且成了家,有了两个宝宝。

"我今天就是想来看看您,希望您有时间去我那里玩玩,吃、住、行我全包。您当年说的话,我至今还记得,您说:只要你有决心,有恒心,有耐心,就一定能成功!您还说,我相信你,你完全有这个智慧和能力!"

杜警官笑了,他感到很欣慰。一个重刑在身的残疾娃,出狱后能开创出一片新天地,有了自己的公司和食品厂,有了幸福的家庭,真是太不容易了!这是对他们监狱警察的莫大肯定。

临走,杜警官又像当年一样,拍拍他已经成熟结实的肩膀,又鼓励他一番:"记住,要好好地把握自己,遇到挫折不要气馁,不要颓废,要勇敢地面对……"

讲到这里,杜队长话题一转,又谈到了另一个重病在身的少年。

* 黑龙江省未成年犯管教所警官颜火

* 作者在内蒙古未成年犯管教所作报告

这个娃叫范田林(化名),也是农村的,故意伤害致死罪,被判了八年,已服刑六年,两次减刑,还有一个月就要出去了。两年前,这娃得了胸壁结核,胸前出现拳头大的脓包,打针吃药都不好。未管所将他从监狱医院转到西安市胸腔医院,做了手术,住了一个月院,花了十七万元。住院期间,未管所派三名警察日夜轮流监护,这件事令娃和他的母亲都非常感动。

娃的母亲流着泪说:"未管所对我娃太好了,花这么多钱给我娃治病,要是在我家,我家没这多钱,我娃可能早就没命了!警官对我娃比他爹都好,我娃他爹一次都没来看过娃!"

杜警官说,进这里的娃大多来自底层,生活并不富裕,他们从小缺少家教和学校教育,价值观错误,不知好坏,分不出对错,以为哥们儿义气,打打杀杀就是英雄。所以必须对他们进行启蒙教育,最大限度地挽救他们,唤醒他们的良知。这就是我们监狱警察的责任和义务。这些娃就像我们的孩子一样,患了疾病,未管所会全力救治。

为此,我采访了这个即将出狱的范田林,他长得瘦小羸弱。他说之所以走到今天这个地步,跟家庭有很大关系。父亲整天就知道喝酒,跟母亲吵架,从不管家。后来父母分居了。他上学连坐汽车的钱都没有,早早就辍学了,跟着社会上的混混瞎混,故意伤人致死,涉案九个人都判了。他十五岁被判刑,进未管所六年多了,父亲一次都没来看过他,连封信都没有,就连他住院做手术,父亲都没来看他。

他说,他非常感谢未管所,是未管所给了他第二次生命。他住院手术花了十七万,三位警官轮流监护他,很辛苦。住院期间,警官不嫌他脏,不怕传染,没地方睡,就躺在走廊的椅子上,对他像待他们自己的孩子一样。他永远忘不了上手术台那天,躺在小车上非常绝望,不知等待自己的是天堂还是地狱。身边的警官拉着他的手,不断地安慰他,鼓励他。他从手术台下来,醒来第一眼见到的就是警官……

说到这里,孩子的眼睛再次湿润了。他说,按照他的情况,法律允许他保外就医,但他母亲没钱,只好继续待在这里。等他出去以后,找份工作,好好孝敬母亲,好好回报社会,永远忘不了是政府给了他第二次生命。

警官们告诉我,在未管所,他们面对形形色色的罪犯,面对各种性格乖戾甚至让人讨厌的孩子,但无论什么样的孩子都不能放弃,都必须想尽一切办法拯救。这是我们监狱警察的职责,必须拉着这些曾经沾有罪恶的手,走出艰难,走出困境,走向正道……

广东省未管所某监区蔡监区长给我讲了一个真实的案例:一个十七岁少年因看黄色录像,犯强奸、杀害幼女罪,被判了二十年。入监后,他割腕、撞墙、吞咽异物,二十一次自杀未遂,被列为监区B类重点监控对象,给警察带来很多麻烦。这个孩子心理扭曲,行动诡异,有手淫的坏毛病,一天两三次,身体都搞垮了,同监舍的人都讨厌他。

为了挽救这个孩子,蔡监区长多次找他谈话。交谈中用地区方言,为的是拉近距离。生活上关心他,指出手淫将影响他将来的传宗接代。

多次沉默之后,这孩子终于向蔡监区长道出了自己的身世,他是父母从小领养的,养父经常把他绑起来暴打,只读了两年书就辍学了。他犯罪之后,天天做噩梦,总是梦见被杀害的女孩像魔鬼似的缠着他,所以他不想活了,一心想死。

蔡监区长发现这是一个内心扭曲、缺少家庭关爱的孩子,很让人同情,就安排他到一个优秀小组,指定几个可信赖的少年二十四小时跟着他,让他找不到手淫的机会。并从生活上关心他,联系他的家人前来探望,请心理辅导老师为他做心理疏导,引导他懂得一些基本的做人道理,让他感受到人世间的温暖,帮他走出噩梦。

蔡监区长说,对这些孩子绝不是一味地"哄""捧",而是要让他们认识到,被送进未管所接受改造,是他们犯罪所必须付出的代价,这是国家法律对他们罪行的惩罚。还要让他们明白,国有国法,监有监规,监狱警察对他们的关怀和鼓励是有底线的,并不是毫无原则地放纵。他说,这个十七岁少年有一次私藏危险品铁丝,被他严肃地处理了。最终,这个孩子在警察的拯救下,终于走出了低谷,开始老老实实地接受改造。

采访中发现,警察对每个犯罪少年的改造与救赎,都是一场博弈:罪与罚的博弈,人性与兽性的博弈,文明与愚昧的博弈。也是警察责任与放任、认真与敷衍、守职与失职的自身博弈。在每一场博弈中,都将体现出警官的职业操守与责任。

第十章

谁为我补上人生大课

- 迷失的歌者
- 破天的麻省理工学院梦
- 无国籍的缅甸少年
- 又一个作家梦
- 一个流浪儿的真情告白
- "把刑期变成学期"
- 追求理想,开创美好人生

入监之前,他们有的在社会上流浪,有的被父母抛弃,有的是离家出走,即使有父母也是如同仇人。他们在亲情缺失、经济枯竭的沙漠中,或被人教唆,或跟坏人学坏,或情感失控,从而步入歧途。

进了未管所,谁来充当他们父母和老师的角色,谁来为他们弥补亲情缺失、家教缺失、文化缺失的人生大课?

迷失的歌者

在云南省未管所采访汪晓峰（化名）时，他给我唱了一首筷子兄弟的《父亲》：

总是向你索取，却不曾说谢谢你
直到长大以后，才懂得你不容易……

可他刚唱两句就唱不下去了，好一会儿，才用哽咽的声音继续唱下去：

多想和从前一样，牵你温暖手掌
可是你不在我身旁，托清风捎去安康
时光时光慢些吧，不要再让你变老了
我愿用我一切，换你岁月长留……

这是一个阳光、帅气的小伙子，身高一米八〇，因受过舞蹈训练，显得高挑挺拔，就像春天里的一棵小白桦，充满了青春活力，丝毫看不出是在监狱里度过了九年的二十五岁"老犯"。

采访前，我曾看过他主演的音乐剧《拯救》录像，很感人。他在云南未管所艺术团担任独唱和音乐剧主角。说心里话，我无法将屏幕上那个舞艺高超、绝不亚于专业水平的领舞者，与眼前这个一身囚服、身负命案、一审被判无期、二审改判十五年的重犯连在一起。

这样一个多才多艺的少年,为什么会走到今天?他舞台下的人生,到底有着怎样的背景?这是我急于想探寻的。

我问他:"你与父亲的感情一定很深吧?"

"不!我恨我父亲,我跟他像仇人似的,不跟他在一个餐桌上吃饭……可当我明白事理时,已经晚了,连说句道歉话的机会都没有了。"

"为什么会这样?"

他没有回答,而是痛苦地摇了摇头。

之后,伴随着小伙子真诚而坦率的叙述,一个叛逆少年的人生,就像一艘在狂风巨浪中颠簸的小船,经过翻江倒海般的折腾,几经生死沉没的惊怵,渐渐地驶出海面。而伴随他一起颠簸沉没的还有他的父母……

汪晓峰说,他出生在云南楚雄彝族自治州某县城,父母都是汉族。父亲承包建筑工程,家庭生活原本富裕而平静。在他五岁那年,父亲的合伙人突然卷走工程巨款逃跑,父亲一下子身负几十万元外债,家庭顿时陷入了绝境。为了还上这笔巨款,父亲卖掉家里的房子和搅拌机等设备,上山租种别人的果树,拼命苦钱(挣钱)。母亲也开了一家饭店,从早忙到晚,也拼命地苦钱。父亲被骗之后,脾气变得火暴、多疑,而且开始赌博。父母天天吵架,有时关上饭店大门操起菜刀对打。有时半夜三更打得不可开交,吓得他蒙在被子里哭,掀起被角偷偷地看着他们打,很怕父亲把妈妈打死。他曾劝过父亲,可是,暴怒的父亲却冲他挥起巴掌,吓得他再也不敢吱声了。渐渐地,他对原本温暖幸福的家产生了恐惧和厌烦,一心想逃离它。

之前,母亲很关心他的学习,提前给他讲课、检查他的作业。他是一个乖孩子,学习成绩一直名列前茅,三、四年级时还是班级的语文、数学课代表呢。老师和同学都用赞赏的目光看着他。可是,五年级期末考试他的成绩却一落千丈,成为全班倒数第几了。同学和老师的目光由赞许变成了诧异,背地里悄悄地嘀咕他。他的自尊心受到了极大的伤害,从此对学习失去了兴趣。

他说:"这时候,我的父母正沉浸在苦钱、还债、无休止的吵架之中,根本无暇顾及我,就是从这时候我开始学坏的。"

我在采访中发现,当一个孩子对学习、对家庭、对进取都失去了兴趣之后,他最大的选择就是逃离学校和家庭,跑到外面去寻找他的快乐。一个孩子叛逆而危险的时刻,往往就从这时开始。孩子一旦开始放纵自己,就像开闸泄洪一样,很难收住沉沦堕落的脚步,唯一能阻挡他脚步的往往只有法律。

汪晓峰说,从此以后,他开始逃学,打架斗殴、抽烟、喝酒、上网吧,去同学家偷东西……每次被父亲找回来,就是一顿皮开肉绽的暴打。带钢丝的电线,把他身上抽出一道道斑马般的血痕,他跪在碎玻璃上,膝盖上扎了无数块玻璃碴儿……

但是,父亲的暴力丝毫没有阻挡住他学坏的脚步,反而使他越来越叛逆,越来越无法无天。他在学习上找不到成就感,就在打架斗殴上称王称霸,靠当"老大"来获得成就感。上中学到镇中学寄宿,两个月就成了全校出名的人物,跟老师对着干,带领全班同学与其他班级打群架,很快就被学校开除了。

之后,父亲让他跟着自己上山种树,好能天天看着他。父子俩却成了死对头。父亲从不拿正眼看他,他也从不跟父亲在一个餐桌上吃饭。父子俩唯一的肌肤之亲,就是父亲打到他身上的巴掌。而他回报父亲的则是一次次地被学校开除,一次次地离家出走,一次次地犯罪。

母亲看他小小年纪就辍学了,要送他到楚雄市私立学校重新读书。父亲却不同意,说学费太贵。为了摆脱父亲,他坚决要去学费昂贵的楚雄市私立中学读书,到那里却发现,人家都有手机,就他没有;人家放学都有轿车来接,他却坐着五角钱的公交车回家,心里很不平衡。没过不久,他因晚上偷偷地跳墙跑出去上网,又被学校开除了。

父亲对这个顽劣儿子彻底失望。而汪晓峰对自己也彻底放纵,其犯罪的脚步越走越快,就像上楼梯,一步三个台阶:从偷家里的钱和物,到学生之间的打架斗殴,到抢劫路人,直到发生命案……

他第一次抢劫是跟辍学的同学一起干的,从两个小男孩手里抢了几块钱和一辆自行车,很快就被警察抓住了。因他刚满十四周岁,又是初犯,法院对他"判二缓二"。但对缓刑的法律制裁他不但没有吸取教训,反而不以为然。在法庭上,他还讥笑同伙没有男子汉的骨气呢。

判刑之后,母亲苦口婆心地劝他学好,花钱送他去职业技术学校学厨师,想让他以后当一名厨师。可他没上几堂课就一头钻进网吧,五天五夜没出来,第六天早晨走出网吧,一头昏倒在路边睡着了,等他醒来太阳已经落山。从此以后他很少回家了。

不久,他虽身负"判二缓二"的罪行,却又带领十几个青少年同伙开始了疯狂作案,抢劫出租车,偷摩托、自行车……偷抢来的钱全部砸进网吧里。

期间,一个放高利贷的成人老大相中了他,看他未成年,个子大,下手又狠,收他做了手下的小头目,多次派他带人去各处要账。他帮老大收回好多钱,每次收回钱都得到几百元。

就这样,他在偷偷抢抢、打打杀杀、浑浑噩噩的黑色生活中走到了2008年5月。十六岁的他已经发展到说打就打,说抢就抢,看谁不顺眼就动刀子,两句话不投机就动拳头的地步。

5月30日这天晚上,他带着一帮同伙手持棍棒,闯进跟他有过节的某活动中心老板店里,一声令下,将店里的物品全部砸得稀里哗啦,一片狼藉,将店老板夫妇及员工打倒在地。老板因伤势过重,数日后在医院死亡。

6月2日,距离前一起命案仅差两天,他们这伙人又制造了一起更加残忍、更加凶狠的命案。事情的起因极其简单:有人多看了汪晓峰的一个同伙两眼,同伙觉得心里不爽,为此双方展开了一场恶战。汪晓峰这伙人挨了打不甘心,找到对方同伙的一个人,将其拖到山上活活打死。

两天之间,两条生命就这样结束了,带头闹事的人此刻就坐在我的面前。

我问他:"你当时不觉得害怕吗?不怕被抓吗?"

"不觉得害怕,毕竟年龄小,才十六岁。"他爽快地说。

是啊!十六岁,大好的年华,朝霞般的生命。然而,等待他的一审判决却是无期徒刑!

他说母亲一听"无期徒刑"四个字,顿时觉得天塌了。母亲知道无期徒刑对十六岁的孩子来说意味着什么,意味着儿子在监狱里起码要待二十年。二十年哪!人生有几个二十年?等儿子出狱那天,十六岁的风华少年,已经是三十多岁的中年人了!

可是,对汪晓峰来说,无期徒刑并没有什么清醒的概念,因此也就没有什么负担。

几天后,主管警察通知他去会见室。他以为又是母亲来了,却发现站在铁窗外的居然是父亲。他感到很意外,心想:他怎么能跑来看我呢?他恨父亲,他永远不能原谅父亲对自己的暴力。可是,父亲说出的一番话,却触动了他心中最柔软的部位,眼中的泪水一下子涌了出来。

"儿子,啥也别想了,在里面好好改造吧。"

"儿子",这句极为平常的亲昵称呼,他却渴盼了十几年,今天在监狱里,终于听到这句带有温度的称呼从父亲嘴里说出来。霎时,他感到一股从未有过的暖流流进心里,很少掉泪的他,顿时像孩子般地哭了。

然而,真正触动这个顽劣少年良知的却是当他接到二审判决之后——

当时,他已经转到未管所开始服刑了。这天,警官通知他去会见室,他很开心,脸上还挂着笑容,他要告诉父母,他的二审下来了,从无期徒刑改判为有期徒刑十五年。这样,他在监狱里就可以少待几年了。

可是,当他看到父母同时出现在会见室的铁栅栏外的刹那,便一下子惊呆了!

他说:"我看到父母明显地老了。父亲的鬓角出现了不少白发,显得十分苍老。我看到父亲握着铁栅栏的十个手指全都缠着胶布,有的胶布上还粘着血丝。我知道那是干活太多,手掌的老茧开裂造成的,只好用胶布缠上……"

讲到这里,他哽咽得说不下去了,屋子里静悄悄的,只听见他吞咽泪水的哽咽声。我静静地听着,好像听到一个迷失的灵魂在挣扎中发出了真诚而醒悟的忏悔。

"张老师,你知道吗?看到父母站在铁栅栏外,看到父亲苍老的样子,刹那间,我好像突然长大了,突然明白了好多事情。突然觉得我以前太混蛋、太不懂事了,竟干了那么多坏事!我突然意识到,我不仅给死者家庭带来了巨大痛苦,而且给我的父母、我的家庭也带来了巨大的灾难。这么多年,我一直恨我父亲,恨他打我,对他的所作所为一点不理解,总觉得他像仇人似的。警官后来告诉我,二审所以从无期改判为有期徒刑十五年,那是我父母向受害人家属一再道歉,就差没给人家跪下磕头了,不仅同意承担巨额赔偿,父亲还承诺帮受害人家属盖房子,这才得到受害人家属的谅解,所以二审才对我进行了改判……我现在才明白,我所犯下的罪过,我对死者所付出的巨额赔偿,全部压在父亲的身上了!这不是父债子还,而是子债父还。父亲必须比以前更加拼命地苦钱,才能赔上那几十万的巨额赔偿款啊!爸爸……"

当时,他哭喊着扑向铁栅栏,双手抓住父亲缠着胶布的手,一个劲儿地向父亲道歉:"爸爸……对不起……是我害了你……爸爸,都怪我太不懂事了……爸爸……呜呜……"

父亲没有说话,只是满眼泪水,将粘满胶布的手,费劲地伸过铁栅栏,久久地抚摸着儿子剃光的头,似乎在弥补着多年来所欠下的父爱。

四十分钟的会见很快就结束了,他们谁都没有说更多的话,双方只是用泪水和着深深的忏悔,弥合着父子之间隔阂多年的裂痕。

临分手,父母又叮嘱他一番,他向父母保证:"爸爸、妈妈,我向你们保证,我一定好好改造,争取早点出去,出去以后我要好好地孝敬你们!"

从此,这个顽劣少年真的变了,他寻回了迷失多年的灵魂,第一年就被评为改造积极分子,后来又被选入未管所艺术团。

可是,他的父亲并没有等到他出狱那天。

2012年10月,汪晓峰被选进了未管所艺术团。这是未管所每个少年都梦寐以求的,进了艺术团就可以脱产训练,可以演出,可以展示自己的才华。警官发现汪晓峰很有艺术天赋,既能唱歌,又能跳舞,还能当主持人。所以,很注重培养他,让他担任独唱,并让他在音乐剧里出演主角。

当汪晓峰把这个好消息打电话告诉父母时,肺癌晚期的父亲却连一句话都说不出来了。

"不——爸爸——你不能死啊——儿子还没有报答你啊——爸爸——你倒说话呀!爸爸你倒说句话呀——"

可是,无论儿子发出怎样撕心裂肺的哭喊,都挽留不住父亲因操劳过度而过早逝去的生命了。父亲没有说出一句话,就带着对儿子的牵挂永远地走了。

从此,每当汪晓峰再想起父亲,眼前晃动的总是父亲那双缠满胶布的手……

也就是从那时起,他每次演出,都要唱起那首《父亲》,他将这首充满忏悔的歌曲,献给天国里的父亲:

　　……多想和从前一样

　　牵你温暖手掌

　　可是你不在我身旁

　　托清风捎去安康

　　时光时光慢些吧

　　不要再让你变老了

　　我愿用我一切

　　换你岁月长留……

最后，汪晓峰对我说："张老师，我真的很感谢未管所，在这里，警官不仅教我如何做人、如何遵纪守法，而且给了我自信，给了我尊严，给了我展示才华的机会。每次登台演出，我都像登上赛场的运动员一样，把自己的情绪调整到最佳竞技状态。我珍惜艺术团给予的每一次法治教育的演出机会，也是在珍惜我失去的大好时光。你问我出去以后干什么？我想好了，我会从事文艺方面的工作。"

看得出，这个少年已经找回了迷失的灵魂，尽管晚了，但毕竟找回来了。

采访结束了，我的思绪却沉浸在这对父子的悲剧当中，久久地难以释怀。一个原本和谐美好的家庭，一个尽心尽力的父亲，一个原本优秀的儿子，却走上了如此悲惨的道路……

在现实生活中，像汪晓峰这样的父子，在中国很普遍，由于缺少沟通，由于父辈信奉棍棒底下出孝子的传统观念，最后酿成了无可挽回的悲剧。

破灭的麻省理工学院梦

没有比这个少年更令人惋惜的了。

2017年4月16日上午，我在陕西未管所采访张力光副所长，他对我谈到一个天才少年。而此刻，在西安市全国自考某考场上，正上演着罕见的一幕——

一名戴着眼镜的特殊考生，在两位警察的看押下，在监考老师惊诧目光的注视下，走进了空荡荡的、只为他一人增设的考场，等待着即将开考的铃声……这是汉语言文学大专自考的最后一天。

这名特殊考生并不知道,为了让他能参加这次大专考试,并拿到这张来之不易的大专文凭,张力光以副所长的名义,向有关部门申请"以党性担保,绝不会发生任何意外",这才获得了有关部门的特批——为一名未管所的未成年犯增设了一个人的考场。由于自考生太少,考点都撤了,这是特批才增设的考点。

张副所长对我说:"章良浩(化名)第一天进考场前,我郑重地跟他握了握手,拍拍他的肩膀,鼓励他别紧张,相信他一定能考好。他冲我微笑着点点头,说请所长放心,我一定能考好!"

张副所长说,章良浩曾以宝鸡某县第六名的成绩,考进了西北五省著名的西安市某重点高中,并成为该中学大有希望的佼佼学子,校长希望他将来能考美国麻省理工学院,可是……

"章良浩这孩子,"张副所长以惋惜的口气说,"是我们未管所众多孩子中,最有文化、最有才气的一个,我们称他是天才。进未管所的孩子大多都文化水平低,不爱学习,遇到一个爱学习、有文化的孩子,我们都很重视,都希望他在未管所不要浪费大好时光,好好努力完成学业。这孩子本来是准备考美国麻省理工学院的,可惜,一时冲动,害死了女友,判了十年,已经进来四年多了。这个孩子品质不坏,就因为一时冲动付出了惨痛代价。但是,每个爱冲动孩子的背后,都隐藏着个性的缺憾。你应该采访他,这个孩子很有思想,也很典型……他很自律,一直在坚持写日记……"

一个大有前途的十五岁少年,为什么会堕入罪恶的深渊?在他的人生旅途中,到底发生了什么?是激情犯罪,还是另有隐情?

当天下午,警官就将刚参加完自考考试的章良浩带到了我面前,这是一个长相斯文、戴着眼镜的瘦弱青年。此时他脸上带着几分考场归来的倦意,嘴角习惯地挂着一丝自信的微笑,讲起话来慢声细语,卷平舌发音很准,一看就是一个受过教育、有文化底蕴之人。

交谈中,无论是他的学识和思想,还是他的言谈举止,都使我对他产生一种亲切感,好像不是在采访,而是在跟老朋友进行一场心灵的对话。

首先谈到他的自考成绩,他说考试对他来说没问题,下一步准备考本科。接下来我们谈人生,谈理想,谈他读英文版的《肖申克的救赎》读后感,谈卢梭的《忏悔录》,谈青少年犯罪的根源。谈到网络对青少年的影响,他说有些网络游戏或玄幻小说,就像冰毒一样令人上瘾,令人在虚构的世界里为所欲为,叱咤风云,获得最大的成就感和满足感。好多进来的孩子都是因为受网络影响犯罪的。谈人生价值如何体现时,他说有的孩子找他教英语,问他问题,他很高兴,他觉得自己还有价值。谈到将来的人生计划,他说准备在未管所里完成大学本科学业,将来也要写书。

当然,谈得最多的还是他的家庭,以及他骤变的人生……

他出生在陕西宝鸡某县一个美满和睦的家庭,母亲在财政局工作,父亲从工厂下来创业建厂。他是家中的独子,深受父母的宠爱与重视。为了让他开阔眼界,父亲带他国内国外跑了好多地方,东南亚好多国家都去过,本来已经给他订好了2013年7月去美国、加拿大旅游的机票,可他在4月就出事了。父亲本想送他去美国读高中,但因报名晚了,只好让他读完高中再去美国读大学。当时,他以全县第六名的成绩考入了西安一所西北五省最著名的高中,这所高中每年考入国家重点大学的比例高达百分之九十五以上,很多学子考入了剑桥、牛津、芝加哥大学等世界名校。

他说,他特喜欢这所高中学校的校服,纯白色,带有海蓝色条纹,给人一种纯洁清新之感。当他身穿这身校服,怀揣鸿鹄之志,走在家乡县城的马路上，享受着行人投来的注目礼，心里感到无比自豪，觉得自己就像一轮初升的太阳，喷薄欲出，他即将张开臂膀去拥抱世界，拥抱美好的明天了！

校长曾问他："章良浩，你将来准备报考美国哪所大学？"

他说，他准备报考美国加州大学伯克利分校物理专业。他知道，加州大学伯克利分校与斯坦福大学、麻省理工学院被誉为美国工程科技界的学术领袖，出过许多人才。他喜欢物理，从小就对牛顿、爱因斯坦、伽利略那些伟大的科学家充满了敬畏。

校长却说："读研究生，你可以考麻省理工学院。"

他点点头，他知道麻省理工学院被称为世界理工大学之最，八十多位诺贝尔奖获得者，都在麻省理工学院学习或工作过。

然而，冲动却毁了一切。

2013年4月4日那天正是清明节，天阴阴的，并没有下雨。但是，杜牧那"清明时节雨纷纷，路上行人欲断魂"的名句，却成了他人生的魔咒。

学校放假，他从西安回到老家县城，相恋的女友打来电话，邀他到宝鸡市石鼓山公园见面。石鼓山公园因出土春秋时期的文物石鼓而得名。他和女友读小学就认识，初中时他们相爱了。他们的爱情虽然没有如火如荼，但少男少女的初恋很纯真，没有半点功利和虚伪。半年前，他考上了西安高中，她留在宝鸡读高中，彼此仍然保持着热线联系。

当他兴致勃勃地走进公园见到多日未见的女友时，迎接他的却是一句冰冷的话语："咱们分手吧。你去西安读书，我在宝鸡，我不想再见到你了！"

他很惊讶，却对自己说：每个人都有选择爱情的权利。他只想问一句:"这五年怎么算?你是不是爱过我?"他想得到一句肯定的答复。

然而,他听到的却是:"我并不爱你!"

"那你为什么与我交往这么多年?"

"我是骗你的!"

正是这句话,骤然刺痛了少年的自尊心。

"你为什么要骗我?"

"我就骗你了,那又怎么样?"

刹那间,冲动的魔鬼带着狰狞的冷笑,疯狂地攫住了少年的灵魂,他那双从未打过架的手鬼使神差般地向相恋多年的女友脖颈伸去,随后又扯下她帽子上的绒绳……

一念之差,不该发生的悲剧发生了。

之前无怨,无仇,无恨,只因为一句话!

一条鲜活的生命在少年的怀里,渐渐地软了下去。

他吓坏了,扔下她急忙向山下跑去。

回到家里,父母要带他出去吃饭,他却心神不宁,忧心忡忡,担心她有危险,就对父母讲了。父亲觉得问题严重,让他立刻拨打120和110报警。

可惜,一切都晚了。

一个十五岁的花季少女,一个前程似锦的十五岁少年,一个失去了生命,一个因自首被判处有期徒刑十年,并赔偿对方家庭六十余万元。

讲到这里,他沉默了,屋里静悄悄的,只有我俩微微急促的呼吸声。

他轻轻地重复着那句:"一念之差……一念之差……"

是啊，天堂与地狱，只是百分之一秒的闪念！但是，多少人都毁在这一念之间了。

对这样一个智慧少年，无须追问他后不后悔之类的话题，我相信他比任何人都会追问自己的良知，问责自己的灵魂：为什么会发生这种事？

昨天还是怀揣大学梦的佼佼学子，今天却沦为十年长刑的阶下囚，小小少年经历了怎样炼狱般的痛苦，才完成了角色的转变？才从绝望的深渊中挣扎出来，以决绝的心态，面对残酷的现实，继续完成学业……

他说他非常感谢未管所的领导和警官，在刚进来时最痛苦、最绝望、最无法接受现实的那段时间，张力光副所长找他谈话，一再鼓励他要他面对现实，把刑期当成"学期"，在未管所里完成学业，通过自考拿到大专和本科文凭。张副所长对他说，未管所警察会全力支持你，为你完成学业创造学习条件，安排你的学习时间。

听到张副所长的话，他觉得自己的人生又有了一线希望。

从此，所里安排他事务性的岗位，帮助警官在电脑上写写材料，协助警官做一些新入监的青少年工作，每天保证他的看书学习时间。他也非常感谢父母，从未埋怨他，给他送来大量的书籍，鼓励他，让他好好完成学业。

两个小时的采访结束了。我很想看看他的日记，看看他进来之后的心路历程，但很遗憾，我第二天就要离开西安了。

不过，我的编辑朋友、陕西人民教育出版社的编辑姜莹听到我讲章良浩的故事，出于对题材的敏感，通过张副所长见到了章良浩，并拿到了他的三本日记——《自己与上帝对话》。

姜莹在给章良浩的信中写道：

在日记的字里行间,我看到了你的忏悔、挣扎、迷茫,看到了因为你的罪过,你所付出的惨痛代价,更感到死者"加在"生者身上的精神十字架是何等地沉重。也许你一生都无法释怀。能够真正审判罪恶的,也许只有自己的良心与良知。这种精神上内化的惩罚残酷而久远,远远胜过外在的法律审判。这似乎是人性中的一种悖论,越是彻底的悔悟,越是会陷入至深的精神折磨。我在日记中,看到了你的不甘、你的超乎常人的努力、你的希望和梦想!最为可贵的是,在这几年里,我看到了你的内心在时间的磨砺中,在孤独的自省中,一天天、一步步地成长与成熟。"一个人彻悟的程度,恰等于他所受痛苦的深度。"(林语堂)你应该深谙其意。

抛开你的罪,毫不夸张地说,你比许多与你年龄相仿的同龄人,甚至比你年龄大的成年人,在认识事物、看待问题的角度和深度上,站得更高,看得更远,同时你又保持着一个年轻人应有的激情与爱憎分明,以及虽身陷囹圄却少有世俗气的单纯。的确,如果真的一切都没有发生,如果没有你那一直耿耿于怀的一念之差,你可能是一个完全不同的你——在命运的湍流中,谁也不知道下一刻会发生什么。只能说,命运阻击了你,也雕刻着你、塑造着你!你那么年轻,最终会成为一个什么样的人,会走什么样的道路,还需要漫长的时间去考验、去探索、去追寻。所谓独特,所谓天赋异禀,更多的则是每一天、每一分钟的不放弃、不动摇,甚至是近乎疯狂般的坚持与坚守!

我知道,一些所谓的心灵鸡汤打动不了你,但我还是想对你说两句:好好把握自己,你所经历的痛苦,也许会成为治愈你心灵的良药,也许会成为你脚下结实的阶梯……

我相信,章良浩在未管所警官的帮助下,正如张力光副所长所说,将在监狱里完成大学学业,出去后重新开始……

但是,再真诚的忏悔也挽不回少女的生命,也追不回少年失去的大好时光了。

但愿这血的教训能给世人以警示,使那些被冲动烧焦了理智的人们牢记:退一步,将是海阔天空。

无国籍的缅甸少年

这是一个特殊的流浪儿,缅甸人,佤族,也是另一个典型的犯罪少年。

在中越、中缅等边境地区,有不少这样的犯罪少年,听着他们的故事,不仅使我了解了这些未成年犯在异国生活的状况,同时也进一步了解了我们国家对外籍未成年犯的政策,以及外籍少年在未管所改造和生活的情况。

在云南省未管所,警官带到我面前的是一个缅甸青年。他中等身材,戴副眼镜,从那黑红脸膛上透出的不是顽劣少年的精明与狡诈,而是山里孩子那种憨厚与纯朴。他会说中国话,但说得不太流利。

他叫尼刚(化名),二十二岁,入监时十六岁,进未管所五年多了,是一个无户口、无国籍的"黑孩儿"。

谈及他的家庭,他说他五岁就被一个当兵的带走了,对家里的情况全不记得,只恍惚记得,家住在缅甸北部佤邦市一个贫穷落后的山区,破旧的房屋在山上,家里穷得连油都吃不起。他有一个哥一个姐一个妹,不知父母叫什么名字,也不记得他们长什么样子。在他的记忆里,他们那里经常打仗,好像是佤邦部队在跟缅甸政府军打仗。

他只记得,一个潮湿而炎热的上午,一个在佤邦部队当过兵的男人带他走了好远的路,来到佤邦市城里的佤邦部队,让他跟着一帮孩子在那里读书,学的课本是中文的,说的是中国话,花的钱也是人民币。可是,读了两年书就不让他读了,把他撵了出去。他弄不明白,当兵的男人为什么把他从家里带出来?为什么让他读了两年书又不让他读了?小小年纪的他,就像一块被大人啃完的木瓜皮,随手扔到了马路边,在懵懂与迷茫中开始了他的流浪生涯。

他很想回家,可不知家在哪里,也不知父母叫什么名字。像他这样的流浪儿在佤邦市街头随处可见。就这样,七岁的他露宿街头,常常挨饿,为了混饱肚子,给别人搬砖、端沙灰,什么活都干。

2006年的一天,有人对他说:"不用打工了,明天我们去干一笔生意。"

他问那人:"什么生意?"

"贩毒。"

一个十三岁的孩子对贩毒没有什么概念。再说在那里,贩毒、贩枪、走私的人很多,没人管。于是,一个少年的贩毒人生就这样开始了。

他跟着五六个比他年龄稍大的人到孟腊取来毒品,藏到裤带或包包里,将毒品偷偷地带过中缅边境,一次次送到中国的西双版纳,每送一次他能分到几百元钱。

我问他:"一共运送了多少次?"

"不记得了。"

"你不害怕被抓吗?"

"不怕,不知道贩毒是犯罪。"

2012年8月19日,他永远忘不了那一天。那是他第一次独自一人带着毒品准备从缅甸佤邦送到中国普洱孟连县,途中,几名荷枪实弹的中国武警突然出现在他的面前,并从他包里翻出了三千克海洛因……

他从中国武警嘴里第一次听说贩运毒品是犯罪,而且是重罪。他吓坏了,忙问中国武警:"我会不会被判死刑枪毙?"他害怕被枪毙。

武警说:"你这么小,不会判死刑,顶多判无期。"

在看守所等待审判的那段时间里,他日夜不宁,惶恐不安,害怕被判死刑。2012年12月开庭那天,审判他的是一个态度和蔼的女法官,为他指定了律师。一个月后,他接到了判决书,被判了十年,他悬了几个月的心这才放下来。他发现看守所里关了不少贩毒的缅甸人、越南人,他们都是成年犯,等待他们的多是重刑,甚至是死刑。

尼刚说,刚进未管所他很担心,担心自己是缅甸人,会受到中国人的歧视和欺负。可是进了未管所才发现,这里很公平、很平等,警官很关心他,犯人对他也一视同仁。他跟中国少年犯一样,在这里读完了小学,受到法治教育,懂得了许多中国法律和做人的道理。他很吃苦,曾在一百多人的劳动车间里排名第一。现在他在伙房里干得也很出色,两次被评为改造积极分子,四次受到特殊表扬,三次共减刑两年半,目前,还剩十一个月就要出狱了。

讲到这里,他脸上露出了憨厚而欣慰的笑容。

我很惊讶,没想到一个缅甸少年在中国未管所里能改造得这么好。我问他:"能让奶奶看看你的手吗?"

他立刻规规矩矩地伸出双手让我看,我发现这是一双从小挨累的手,就像一位七十岁的老农,手掌上结满了厚厚的老茧,与他二十二岁的年龄极不相称。

"孩子,看来你很能吃苦,很能干,对吧?"我说。

"是的,我从小在家就吃苦,吃点苦、多干点活对我来说不算什么。"

我从他憨厚的脸上,从他结满老茧的手上,看到了他内心的纯朴。

"你想没想过,出狱以后怎么办?去哪儿?"我问他。

"想过!"他不假思索地说,"出狱后我想留在中国。我喜欢中国,中国没有战争,中国的老百姓生活得很幸福,很安宁,也很自豪。中国很发达,而我的国家很落后,分好多帮派,经常打仗,与中国的差距太大了。我不敢想象我成为一名中国公民该是多么幸福。但我知道,想留在中国不容易,得写申请,须政府批准才行,批不了就得回缅甸。我也想找我爸爸妈妈,可我不知他们叫什么名字。回到缅甸,我也没有户口,没有国籍,我是一个黑户,只能走一步看一步吧。"说到这里,他沉默了。

警官曾对我说,这里的外籍犯人都想留在中国,但中国不可能留那么多刑满释放人员。

我不知该怎样安慰这个缅甸少年,只好说:"孩子,不管你出狱后去了哪里,都希望你做一个遵纪守法的公民,靠劳动挣钱来养活自己,千万不要再干违法的事了。"

"奶奶,请你放心!"他信誓旦旦地说,"无论我去到哪里,都绝不会再做对不起中国人的事了!在这里,中国警官像父母一样照顾我,教我学文化,教我做人,教我遵守中国的法律……我五岁就离开了家,一直在社会上流浪,在这里待的时间比在家都长,我是在中国的未管所里长大的。我永远忘不了这里所给予我的一切……"

我相信,他说的是真话,这是一个在中国未管所长大的缅甸孩子。

又一个作家梦

"奶奶,我马上就要获得自由了!"他开口第一句就对我说。

这是一个开朗、健谈,语言和感情都很丰富的小伙子,身材高挑,脸上写满了掩饰不住的喜悦。

"太好了,祝贺你!告诉奶奶,叫什么名字?因为什么进来的,判了多少年?"我微笑着问他。

"我叫程明(化名)。因为抢劫进来的,判了十二年,三次共减刑三年零九个月,服刑八年二个月零十七天,还剩十三天就要刑满释放了!"他像背诵课文似的背诵着他服刑的时间。

在监狱里待了八年,还剩十三天就要获得自由了,他怎能不高兴呢!

"给奶奶讲讲你的故事好吗?"我说。

"好的!奶奶,我很愿意跟你讲讲我的故事,我还想写写自己,将来出书呢。"

"噢,是吗?"

于是,伴随着小伙子时而哽咽、时而失声痛哭的侃侃而谈,又一个犯罪少年的坎坷人生呈现在我的面前——

程明,1993年8月出生在广西壮族自治区柳州市,因为没有父亲,出生后就成了一个无法落户的"黑孩儿"。

他母亲没结婚,却生了两个男人的孩子,又被两个男人给抛弃了。两个男人留给母亲的唯一财富就是两个嗷嗷待哺的孩子——程明还有一个大他六岁的同母异父的姐姐。母亲高中毕业,童年时不慎玩火,头顶烧成了秃顶,这给她坎坷的人生带来了更大不幸。

程明小时候看到别人有爸爸,就哭咧咧地问母亲:"妈妈,别人都有爸爸,为什么我没有爸爸?妈妈,他们都骂我是没有爸爸的野种。为什么我没有爸爸,为什么我是野种?呜呜……"

母亲不耐烦地敷衍他:"去去,别听他们胡说!"

有一次,母亲嫌他实在问烦了,悻悻地回他一句:"谁说你没有爸爸?你有爸爸,你爸爸在台湾呢,他是一个企业家呢!"

他不知台湾在哪儿,更不知爸爸是不是什么企业家。他只恍惚记得小时候有一个男人像风一样地刮进家门,又像风一样地刮走了,带走了最后一丝不曾有过的父爱,从此没了踪影,留给程明的是一生的谜团与伤痛:我爸爸到底是谁?为什么我是一个没有爸爸的"黑孩儿"?别的孩子都能落户口,为什么我却不能?没有户口就不能在城里上学。后来听外婆讲,他父亲真是一个台湾的房地产商,在台湾有家室,在他两岁的时候,抛弃了他们母子,再也没了踪影。

他说,他很想问问那个隐形父亲:你明明在台湾有妻儿,却跑到这里来找我母亲玩一通,又把母亲抛弃了,把我这个无辜的小生命弄到世界上,却不管不问,让我吃尽了苦头,受尽了凌辱。你知道我这十几年,是怎样熬过来的吗?

讲到自己的身世,他眼里噙满了泪水。

他六岁之前,跟着外婆在柳州市生活,七岁时,因没有户口无法在城里上学,被母亲送到很远的乡下外公家,因为农村学校不需要户口。外公和外婆离婚多年,他第一次见到外公。

讲到外公,程明的声音越发哽咽:"外公对我最好,我最对不起外公……外公曾经教过夜校,六十多岁了,享受低保,母亲从不给他寄钱。他生活很困难,每次去镇上赶集,就买一个包子给我吃,他自己从来舍不得买。买鸡蛋只买一个,煮汤让我一个人吃。我问外公为什么不吃,外公却说,你正在长身体,需要营养。外公吃了也没用,也是浪费。有一年中秋节,我哭闹着跟外公要月饼,我说人家都有月饼,就咱家没有!外公长长地叹了一口气,起身向门外走去……"

中午时,程明放学回家,看到村口一棵大榕树下围了不少人,他发现外公爬到三十多米高的大榕树上,挥着大砍刀正砍多余的树枝呢!原来村长向外公承诺,砍掉多余的榕树枝,可以给外公一百元钱。程明吓坏了,想喊外公下来又不敢喊,跑回家跪在老祖宗牌位前磕头作揖,祈求老祖宗保佑外公平安归来……

外公终于回来了,手里拿着月饼和水果,喊着他小名:"苗苗,快来!你有月饼吃了!"

"外公——"他扑到外公怀里哭喊道,"我再也不要月饼了!呜呜……"

那时,他的学习成绩很好,在全班名列前茅,也曾有过将来考北大、清华的梦想。可他从小养成一种贪图小便宜爱偷摸的习惯,曾遭到外公严厉的训斥和打骂。

"你偷了亲属家的钱,把我这张老脸都丢尽了!这让我今后怎么去面对亲属?你要知道,小时候偷针,长大就会偷金!你再不改掉偷东西的坏毛病,长大就得进监狱,被关进大牢!你这辈子就完蛋了!"

程明却瞪着一双不谙世事的眼睛,不解地看着外公,觉得外公小题大做,偷几个钱有啥了不起?长大我不偷就是了。

但今天,他却追悔莫及,后悔当初没有听信外公苦口婆心的劝告,没有改掉爱偷东西的坏毛病,结果在犯罪的道路上越走越远,从小偷小摸亲属及左邻右舍的东西,发展到偷村里的锅碗瓢盆、鸭毛,什么都偷。

他的名声在学校里越来越坏,同学们背地里叫他神偷,骂他是没有父亲的野种。一天在教室里,一名同学当着全班同学的面羞辱他,指着他的鼻子,骂他是没有父亲的野种,是神偷,是有娘养没娘教的孩子。他再也忍不住了,跟那个同学扭打起来,双方都抓破了脸。

当时,正好母亲来乡下看他,他对母亲哭诉了打架的缘由,母亲没说什么,只是长长地叹了一口气,带他和那同学到卫生院上了药。第二天,母亲去找校长提出要给程明转学。校长说程明的学习成绩很好,是全年级的前三名。听到这话,从不落泪的母亲哭了,她对校长说,孩子在这里待不下去了,要给他换个学习环境。

于是,他转到了镇中心小学。

当时,按照他的学习成绩本该分到尖子班,可是,却阴差阳错地走进了闹哄哄的差生班,情绪低落的他索性就在差生班里留了下来。

尖子班与差生班,仅是班与班之差,却像人生的岔路口一样。从此,他跟着差生班的同学瞎混,对学习渐渐失去了兴趣,小偷小摸的恶习不仅丝毫未改,而且还越来越厉害。

上了中学,他想去柳州市读书。可他没有户口,市里中学不肯接收,只好跑到县城一所乡中学,对校长好说歹说,交了很贵的学费才肯收留他。在这里,他学会了吸烟、赌博等不良习惯,不久就辍学了。

这期间,母亲又得了间歇性精神病。母亲受他人蛊惑,卖掉家里的房子,找了一间不到十平方米的小屋住下,用卖房的钱跑到马来西亚去打工。不知她在国外遇到了什么事，一年之后回国，没有挣到钱，人却变得疑神疑鬼，语无伦次，整天说有人在追杀她，吓得她四处躲藏。性格也变得越来越暴戾，天天向享受低保的外婆要钱，不给钱操起板凳就打，吓得外婆远远地躲着她。姐姐因交不起学费，跟母亲吵了一架从此不知去向。一天夜里，母亲把程明也撵出了家门，他哭着离开了到处都堆放着垃圾的家。那是母亲不犯病时捡来的垃圾，一旦犯病，她就谁都不认了。

就这样，从小缺少家教、缺少父母亲情的他，开始了半流浪的生活，没有经济来源，居无定所。网吧、公共长椅、别人家的走廊，成为他的栖身之地；爱偷东西的劣性，成了他谋生的手段。

他常常拖着孤独的身影，茫然地走在空寂无人的马路上，不知该去哪里过夜，更不知今后的路在何方。

有时，他用偷来的钱买来吃的，回家送给母亲。有时，他带着偷来的钱乘火车跑回乡下，给外公留下几百，对外公谎称是自己打工挣的。外公信以为真，连声称赞："苗苗出息了！苗苗出息了！"

外公总是叮嘱他，要好好做人，不要好逸恶劳，不要贪图小便宜，要靠劳动养活自己，千万不要走犯罪的道路。

外公的话，让他心里深感歉疚，但他内心的贪婪越来越膨胀，觉得小偷小摸来钱太慢，不如抢劫来得痛快。于是，与网吧里新结识的几个同龄人一拍即合，分头准备了牛角刀。

2008年8月的一天夜里，他们一伙人向一个女孩子扑去……

这样，他犯罪的性质变了，从一般性的盗窃升级为抢劫。

他说，他们这伙人怀着"我用青春赌明天"的疯狂心理，开始了疯狂的"人生赌博"，四个月连续作案，一起接一起，开始还有点害怕，后来越抢越疯狂，越抢胆越大，作案手段也在不断升级。

但是,欠债总是要还的,出来混总是要为自己的行为付出代价,法律绝不会允许他们永远地疯狂下去。

2008年12月29日,警察突然出现在他的面前。

他永远忘不了那一天。那是他们团伙最后一次作案第二天,还有两天就过新年了。他本想抢点钱跟母亲和外婆一起过新年,可万万没想到,这个愿望却成了他永远无法实现的遗憾。他在监狱里,外婆去世了,母亲精神失常,听别人叫他的小名"苗苗",眼睛就瞪得老大,却记不得他这个儿子了,更没有来监狱看过他。

其实,他早就是派出所的常客了,因盗窃经常被警察抓去,每次都对他进行一番教训,因他未成年又把他放了。但这次,警察却一脸严肃地训他:"这回你的事情可犯大了,快老老实实地交代吧!"

于是,他老老实实地交代了四个月来他们这伙人疯狂作案十一起(法院认定十起)的经过,抢劫人民币四千多元,交代完之后,他觉得心里很痛快。

但是,当他们几个接到判决时,顿时全傻了!程明被判了十二年。其他同伙分别被判十五、十四年不等。

他懊悔不迭,痛哭流涕,觉得对不起外公、外婆,尤其对不起含辛茹苦的母亲。

说到母亲,他忍不住失声痛哭:"我两岁,父亲就抛弃了我们娘俩儿,母亲出国打工受骗上当又精神失常了,现在不知她在哪里。等我出去以后,一定要找到她,我一定要赡养她……"

末了,他说出了一个迷途少年发自肺腑的心声:

"进来以后我才明白,失去了才懂得珍惜,最宝贵的并不是什么金钱,而是青春,是宝贵的时间!我十六岁进来的,最美好的八年时光是在监狱里度过的,想想,多可惜呀!进来以后才明白,一个人完

第十章 谁为我补上人生大课　305

全可以通过自己的努力,去打拼,去改变命运,何必用不劳而获来害人害己,把大好时光耗在监狱里呢?在这所特殊的学校里,警官教我们学习传统文化,教我们背《弟子规》,使我明白了许多做人的道理……在这里,我读了不少励志方面的书,还读过卡耐基的传记。我在我们的报纸上还发表过好多篇文章呢。"说这话时,他脸上露出几分自豪的笑容。

后来,我看到他发表在《广西未管报》上的多篇文章,文笔不错,也很有思想。

"奶奶,我告诉你,我很早就想当作家,想写一部我的自传。我要把我坎坷的人生写出来,把我犯罪后的懊悔心情告诉世人,让广大青少年从我的经历中吸取教训,不要像我这样,一心想不劳而获,进了监狱才懊悔不迭。希望人们从我的经历中,有所启迪,获得警戒。我甚至想走进学校,现身说法去教育那些学生,千万不要走我的路……"

一个在监狱里度过了八年时光、即将出狱的青年,不仅有了醒悟与忏悔,而且还有了一份社会担当与责任,实在难得。

随后,我又采访了程明所在监区区长李爱平警官。

李爱平警官说:"我们监区在押犯两百多人,是广西未管所连续四年的优秀监区,去年还荣获了二、三等功。程明是我们监区的先进典型,也是未成年犯接受教育的缩影。程明的身世很可怜,从小没有父亲,母亲精神失常,离家出走。通过几年的学习,尤其学习了《弟子规》之后,他变化很大,爱上了读书,懂得了学习的意义,每天坚持看书、写自传,目前已经完成了七万字的自传。不仅是他,我们监区已经形成一种爱读书的氛围,不少监犯让父母给他们买书,买养殖的、励志的,有的还要学编剧,为出狱后寻找生活出路做准备。程明要出狱了,我要找他谈话,希望他把握好今后的人生道路,遇到什么事情,可以给我打电话……"

听李警官这么说,我对程明又多了几分理解。

十几天后,我正奔赴在另一个省的列车上,忽然接到一个电话,一个兴奋的声音穿过崇山峻岭,传入我的耳鼓:"奶奶,我出狱了!这是我打出的第一个电话……"

我一下子听出是程明的声音,我给他留下了电话号码。

"孩子,你一定要好好地把握自己,祝你好运!"

我为他高兴,终于出狱了,衷心祝愿这个命运多舛的孩子,能走好今后的人生。

然而,坎坷之路并没有随着他出狱而变得平坦。不久,我再次接到他打来的电话,他在电话里呜呜大哭:"呜呜……奶奶,我发现我妈妈了!我看到妈妈蓬头垢面的样子好可怜啊!我心里好难过,我追上去想带妈妈回家,可是妈妈不认识我了!我越想靠近妈妈,妈妈越躲着我……奶奶,妈妈不认识我了,不认识她的儿子了!我好难过……呜呜……我不知该怎么办?我出狱以后遇到好多事情,觉得太难了。我在未管所的作家梦,恐怕难以实现了。奶奶,你告诉我,我该怎么办啊?"

我一时语塞,真不知该如何安慰这个不幸的少年,只能绞尽脑汁,寻找一些话尽量安慰他,让他别灰心,让他先找一份工作谋生,写作可以慢慢来。我再三叮嘱他:"不管多难,你一定要把握自己,千万不能再误入歧途。你已成年,再犯罪就得重判了。遇到困难,你可以去找司法所或者社区……"

他说:"奶奶,你放心,无论多难,我都不会再走过去的老路了。我不能辜负未管所警官对我的教育……"

我真心希望他能把握好自己,走过这段艰难之路。

一个流浪儿的真情告白

写到这个"三无"少年,我不由得想起卢梭在《忏悔录》中的一段话:"在年幼无助的阶段,邪恶的诱惑和绝望的凄凉,在我身边围绕。在比以往更为冰冷、残酷的难以忍受的压力之下,被迫到远方去面对未知的痛苦、错误、圈套、奴役,甚至死亡。"

我想无论在哪个时代、哪个国家,人性的善与恶、美与丑都是相通的,甚至连人生的经历,也常常有着惊人的相似之处。

留守儿童是改革开放中呈现出的一种特殊现象。农民进城打工将年幼的孩子留在农村,留给年迈的老人,造成一种"留守"之痛,不少留守儿童甚至走上了犯罪的道路。

采访中警官告诉我,在未管所其实最可怜的并不是留守儿童,而是那些"三无"人员,即:无人探视、无汇款、无信件的孩子。

在一个阴冷、潮湿的上午,在广东省未管所的会议室里,我见到这个少年,身穿一套黄褐色囚服,显得既单薄又瘦弱,给人一种瑟瑟发抖的感觉。但他却长着一双似笑非笑的眼睛。这双眼睛似乎在告诉我,他很聪明,也很调皮,甚至有几分小狡猾。

我问他:"孩子,告诉奶奶,叫什么名字?"

他似笑非笑,淡淡地回答:"吴领导(化名)。"

"什么?无领导?"我忍不住笑了,幽默道,"你这不是目无领导吗?来,坐下,跟奶奶讲讲你目无领导的故事。是不是因为你目无领导,所以才进来的呀?"

* 作者与广东省未成年犯管教所干警合影

* 广东省未成年犯管教所某监区以
威风锣鼓欢迎来访亲人

他微微一笑,露出几分孩子气。

"告诉奶奶,多大了?"

"十七岁。"

我们的交谈就在几分幽默的气氛中开始了。

然而从少年嘴里流淌出来的故事,却丝毫没有幽默感,连黑色幽默都算不上,沉重得像铅砣,听起来让人感到心里一阵阵发悸。

少年出生在湖南常德石门县某农村,从小没见过母亲。奶奶说他母亲被带她出去打工的人骗走了,也有人说是母亲自己要走的。总之,他是跟着奶奶长大的。奶奶有严重的风湿病,管不了他,就把他锁在柜子里。他抓起泥巴打奶奶,才放他出来。六岁那年,他回到父亲身边,父亲又找了一个结过七次婚的女人,从此他的日子更难过了。

从小没人管教的他,就像一匹没戴过笼套、没受过驯服的小野马,野性十足。在他的人生启蒙中,没有人告诉他什么是对,什么是错,什么是耻辱,什么是荣誉。而且,他又天性顽皮,爱恶作剧,上学专门爱干坏事,打架斗殴,偷看女同学上厕所,偷偷把别人家水渠放开淹了庄稼,把老师的摩托刹车弄坏,半夜往同学床上撒尿……老师多次找他父亲告状,父亲当着众人的面脱下鞋子,把他按倒在地狠狠地抽他屁股。告状与暴打,不仅没有改变他,反而使他越来越叛逆,越来越调皮,留在屁股上的鞋印还没消,他又把班主任老师的摩托车给弄坏了。

老师最后一次来找父亲告状,他躲在门后听到老师的语气很坚决,向父亲下达了最后通牒——退学!

他知道这回完了,他为自己感到可惜,才九岁,刚上小学三年级。而且他很爱学习,学习成绩很好。

可是，他必须辍学了。

从此，他在家里帮继母、爷爷干活，割稻草，卖柑橘。父亲经常外出打工。离了七次婚的继母很刁蛮，天天骂他，无中生有地向父亲告他刁状，说偷了她的钱。父亲不容他分辩上来就打。

他与继母的关系越来越糟，一天，继母居然挥起砍刀来砍他。他急忙用胳膊一搪，砍刀砍在他的左臂肘上……他伸出胳膊让我看，我看到他的左臂肘上确有一道不小的疤痕。

他觉得这个家实在待不下去了，便产生了一个大胆的想法……

2010年10月，一个暮色沉沉的傍晚，他在市场卖完柑橘之后，将卖柑橘和原来攒的一共三千元钱揣进衣兜，背上事先偷偷准备好的行李，最后一次瞅瞅家乡的袅袅炊烟，一个人孤零零地向远方走去……

没有目标，不知该去哪里，只是想逃离这个家，逃离那个恶魔般的女人。后来得知，父亲跟那个女人也离婚了。他想从长沙去广州，但因听不懂普通话，坐过站了，只好来到东莞，后来又去了中山市。

一个十岁的孩子，孤独无依，背井离乡，连一句普通话都听不懂，就这样走进了灯红酒绿、令人眼花缭乱的世界，开始了流浪生涯。

小小年纪的他，太单纯，不谙社会的复杂，分不清谁是好人谁是坏人，什么是对什么是错。更不知哪个行业是正当行业，哪个行业是非法的犯罪行为。然而，社会上一些不法分子却瞪大贪婪而罪恶的眼睛，专门盯着这些涉世未深、离家出走的孩子，一心想利用孩子来实施他们的犯罪计划。

采访中发现，好多未成年的孩子都是这样走上犯罪道路的。

在中山市，吴领导借别人的身份证登记，到一家工厂打工，干得不错，老板要给他转正，却发现他才十岁，只好把他解雇了。

他又借别人的证件,以十七岁的身份到一家电子厂打工,干了半年多,攒了一万多元,却被人骗了。

骗他的是一个十七岁的女孩子。她说家里很困难,她出来打工是为了读书交学费。他对她很有好感,也很同情她,就给了她三千元钱。她又说她父亲要手术,需要钱回家。他和她在公园里正说着,几个男人突然围上来,称是女孩的男朋友,对他大打出手,并抢走了他身上全部的钱和手机,还说不够,又逼着他去借钱。他借不到钱,他们就把他送到了派出所。他吓坏了,对警察说他并没有碰那女孩子,他才十一岁。警察给他录了口供就把他放了。

从派出所出来,天色已晚,身无分文的他走在空空荡荡的马路上,感到一种从未有过的无助。钱被他所信赖的女孩子骗光了,工作也丢了,他恨死了那帮人,但又毫无办法。他听到自己还没有变声的沙哑哭声,在寂寥的马路上传得很远。出来一年多,他第一次哭,也是第一次想家。但他知道,他不可能回到那个家了。

应该说在他十一岁之前,尽管干了好多顽劣之事,但那是由于缺少家教,出于孩子的顽皮天性,干一些调皮捣蛋的勾当罢了,并没有触犯真正的法律。

但接下来的几年里,流浪少年却一步步走进了犯罪的灰色地带。

十二岁,他到一家烧烤店打工,烧烤店老板嗜赌如命,欠了几百万的赌债。他跟着老板学会了赌博,学会了出千,与老板合伙骗人。老板被债主追得四处躲债,他给老板偷偷地送饭,偷偷送去出逃的旅费……

十三岁,一个二十岁的女人教他第一次懂得了男女之欢。

十四岁,因与三轮车夫发生争执,他不给车钱,推翻了对方的三轮车,被判了九个月,对此他一直耿耿于怀。

九个月的牢狱之灾,不但没有使他吸取教训,反而在看守所里跟着成年犯学会了赚钱的"门道"——贩毒、组织女孩子卖淫等。

十五岁出狱后,便开始了真正的堕落,泡妞、赌博、找女孩儿卖淫,从中牟利……

2016年1月,十六岁的他,伙同他人强迫女孩子卖淫,女孩子报警,几个人同时被抓,他被判了四年。

从十岁开始流浪,就这样一步步走向了堕落。

六年流浪,两次判刑,没有亲人来访,没有来信,更没有汇款,"三无"少年只有一个孤独的灵魂在迷茫与痛苦中苦苦地挣扎。

我看到了他的日记,是警官拿给我的。

翻开这本磨损得近乎破烂但字迹工整的日记,我越读越感到震惊,不敢相信日记是出自一个只读了小学三年级的流浪儿之手。

日记很长,我只择抄了几篇。

在2016年12月1日的日记中,写道:

这几天我一直在想一个问题:当一个人什么都不在乎的时候,没有什么牵挂,没有什么想念,活着又意味着什么?我一直在回忆这十七年,我得到了什么,又收获了什么?我一无所获,唯一深刻的就是两次牢狱之灾。而此时此刻,我还在第二次的牢狱之中。如果有机会,我想问一问我的父母,你们对我这样不管不问不顾,为什么还要生我?为什么要让我来到这个世上,我感觉我就是多余的。你们这样做为了什么?难道就为了你们的一时之乐吗?你们把我带到世上来,又这样对待我,抛弃我,你们心里能过意得去吗?当初我就不应该活在这个世上……我只是世间一个微不足道、非常渺小的生物,平凡得不能再平凡的人,没有人关心,没有人问候,生与死,都不会有谁来在乎。我们的终点站都是火葬场,是永远的消失。而我现在想插个队,我觉得这一路走得太坎坷,太累了,我想搭个高铁或飞机,直通终点……

2016年12月9日的日记写道:

今晚的夜很安静啊。天空没有一颗星星,一片黑暗,好久没有这样静静地凝视夜空了,有一种久违了的感觉。好想就这样一直沉醉下去,没有人打扰,一个人静静地望着夜空,一个人默默地跟夜晚倾诉,它永远不会嫌弃你,不会讨厌你,不会对你冷嘲热讽。我愿把我所想的一切,我内心的痛苦、内心的思念,一切一切都对它倾诉。因为只有它才会默默地倾听,不会挤对我,不会冷淡我,不会嘲笑我,不管我的想法与忧伤多么傻,它都不会说我傻,不会说我是白痴。只有它会默默地陪我开心、陪我忧伤,默默地听我倾诉,默默地包容我。只有它最懂我,像一位慈母一样。只有这个时候,我才能真正地放松自己,才能感到久违了的祥和。

2016年12月13日的日记写道:

昨天被扣了三分,唉!好烦啊!……好累,我熬不了了!我想解脱,无所谓了,一切一切都无所谓了!不能减刑又能怎么样?不出去又能怎样,不活了又能怎样?

在日记里,我读到了一个铁窗少年内心的孤独、痛苦、烦躁与追问,读到了一个孤独的灵魂在绝望中的苦苦挣扎与渴望。他渴望有人倾听,渴望得到亲情,更渴望得到他人的认可。

可是,他的做法却是极端的,甚至是可怕的——

吴领导所在监区的熊警官对我说:"这个孩子多次自伤、自残,因此成为监区的重点监控对象。其实,他并不是真想死,而是想通过自伤、自残的手段,引起警官对他的注意。比如,查出他患有低甲病,让他服药,他却几次把药片压在舌头底下,然后把它吐掉。每次吃药,我们只好看着他把药咽下去。我们发现这孩子很聪明,爱看书,爱写日记,文笔很好,就鼓励他,多次找他谈话,给他讲道理。现在,他变化很大。"

熊警官是广东未管所一名五十七岁的老警察,对工作高度负责,对管区内一百五十名未成年犯的情况了如指掌,对每个服刑人员的个人信息、社会关系、犯罪事实、改造表现,以及一百五十人的名字,全都烂熟于心,每次进行"无册点名"考核,他从未失误过。广东电视台曾拍过他的一部专题片《一名基层监狱干警"怀抱炸药包 坐在火山口"的一天》。但他不善于言谈,谈到吴领导这个孩子,他说得很轻松,也很简单。但我深知,要唤醒一个孩子的良知,管教一个从小缺失家教、缺少文化、在社会上流浪多年的少年,谈何容易!

吴领导对我说,监区长和警官多次找他谈话,告诉他什么该做什么不该做,什么是犯法。他长这么大,从未有人这么认真地跟他谈过话。他总结自己犯罪的教训是,从小缺少家教,离家出走,不肯吃苦,总想投机取巧赚钱,自甘堕落,所以走到了今天。

他在2016年12月17日的日记中写道:

> 一个星期扣了五分,四个警官找我谈心。我现在的心里百感交集,五味杂陈。我本来做好了最坏的打算,但没想到他们这么

用心地对待我,跟我谈心,给我讲道理,我还要继续这么堕落下去吗?我对得起警官的良苦用心吗?谢谢你们,这几天给我上了很好的一课,我长这么大第一次听到。虽然我没办法马上转过这个弯,但我会慢慢地去克服,去控制自己,我不会也不想再让警官对我失望了,我一定能行的……争取做到最好,不要让他们失望。

在2017年1月28日的日记中,我看到了希望——

正月初一,今天是新年的第一天,也是一个新的开始,这篇日记写给一年后的自己。在未来的日子里,不管遇到任何困难和挫折,都希望自己能够积极地去面对,不为任何人,只为自己,为那些热心帮助你的人。成长并不是年龄的增加,而是在某个瞬间开始鼓起勇气去面对困难,直视现实,敢于承担!同样也送给自己一句话:成功并不算什么,在人生的最低谷还能站直了不趴下,才是最牛的!

我从他的日记里,看到了一个流浪少年在未管所的变化和成长。当翻到他最后一篇2017年2月27日的日记时,完全出乎预料,令我大吃一惊。

今天是个平凡又特殊的日子,长这么大头一次接受采访,原以为只是走个过场,我只是抱着敷衍的心态来对待。然而,让我没想到的是,她是那样的眉慈目善,笑容可掬,给人一种亲切感,同她聊天不曾感受到被歧视的感觉,不会让你觉得低人一等。与她的每句交谈都能让你感受到一份深深的关心与包容,犹如已过世的奶奶。在她那里,你能得到一种从未有过的被尊重与人格的重视。正如她在《生命的呐喊》一书中所说:"人之所以成为人,是因为有自尊,有人格,她需要他人的尊重。"《生命的呐喊》将会是一个奇迹的出现,一个少年的人生转折,将会从这本书里得到启迪! 我相信,这是一本能够改变他人命运的好书!

原来,向未管所赠送我的《生命的呐喊》仪式上,未管所领导安排上台接受赠书的就是吴领导。

临走前一天,我从未管所办公室刘主任那里要来一本很漂亮的带塑料封面的日记本,在众多少年面前,我第二次邀见吴领导。

他规规矩矩地站在我面前,我将日记本郑重地捧到他面前,对他说:"孩子,你很聪明,文笔也很好,希望你坚持写日记,好好把握自己。我看你的日记本快用完了,送给你一本新的,希望用这本新日记写出你崭新的人生!"

他眼睛里掠过一丝惊喜,但不露声色地笑笑,双手接过日本记,向我深深地鞠了一躬,说了声"谢谢"。

但愿这个从十岁就开始流浪的十七岁少年,能用这本新日记记下他重新开始的人生。

"把刑期变成学期"

2017年3月3日,是广东未管所第三监区上半年狱务公开接访日。

四十多位父母来未管所探望自己的孩子,在未管所院子里,迎接他们的是三监区的威风锣鼓队。只见一队少年身穿镶着金边的红色锣鼓队服,脚踏黑靴,生龙活虎,敲击出震天响的锣鼓声。此时,我却发现父母的脸色都很沉重,不少人眼睛里噙满了泪水。在另一批孩子表演队列时,一个孩子掉了一只鞋却没有捡,而是跟着队列走过去,直到队列表演结束了,那只鞋仍然孤零零地躺在操场上。天很凉,我几次想拾起鞋子给那个孩子送去,却又止步了,怕影响了孩子们的队列表演。

接下来,我看到一个非常感人的场面——几十个失足的孩子齐刷刷地坐在父母面前,集体给前来探视的父母洗脚。

之前,我在其他未管所的亲情帮教中,见过父母跟孩子同坐在一张餐桌上就餐,常常是一块红烧肉在父子或母子的筷子之间夹来夹去,最后送到儿子的嘴里。而未管所的孩子给父母洗脚,这还是第一次见到。其场面不仅感人,而且让人看到洗脚背后的良苦用心——这是在教育孩子,要明白"乌鸦反哺、羊羔跪乳"的道理,让孩子懂得知恩感恩,知道回报父母的养育之恩。

要知道,这些孩子进来之前都是调皮捣蛋的熊孩子,动不动就离家出走,甚至是打爹骂娘的主儿。可眼前,一群让父母操碎心的孩子却乖乖地坐在父母面前,将父亲或母亲结着厚厚老茧甚至捂了几天的臭脚,放进盛着热水的塑料桶里,不停地洗着、搓着。

此情此景,每位父母都感动得老泪纵横。偌大的活动室里,只听到哗哗的撩水声、父亲的哽咽声、母亲的啜泣声……

这种时候去采访人家,我觉得太残酷了。可我又不想失去这难得的机会,只好硬着头皮走过去,走近一个个来访的父母,听听他们的心声,听听这些孩子改造的真实情况。

于是,在警官的带领下,我拿着小板凳走过去,来到他们中间。我在一对面色憔悴的中年父母身边坐下来,问他们是从哪里来的,离这里远不远。母亲急忙抹一把脸上的泪水,说是从贵州来的,远着哪,坐了两天两夜的车。

我拍拍男孩子的肩膀,笑道:"孩子,父母大老远地跑来看你,吃了那么多苦头,你说你该不该挨打?"

"该打。"男孩子难为情地笑笑。

母亲却说:"哪里舍得打哟,疼都疼不过来哟!"

我又问母亲,孩子进来多久了,表现怎么样?有没有什么变化?

一听这话,母亲顿时激动起来,快言快语地说道:"进来快一年喽,变化太大喽!跟以前完全不是一个人了!过去让他洗碗他都不干,整天在外面胡混。现在懂事了,长大喽,给我洗脚,还对我说,让我好好孝敬他爷爷,说爷爷年岁大喽。还说他出去以后,一定好好孝敬我们,一定好好做人!我跟他爸爸做梦都没想到,儿子还会有今天……"母亲说不下去了,双手捧着脸哭起来。

男孩子急忙将湿手在囚服上抹了抹,抬手给母亲擦泪。父亲则一直低着头,默默地盯着水桶。

第二个家庭是父亲一个人来的,满脸皱纹的父亲一边流泪一边看着低头给自己洗脚的儿子。他是从云南来的,儿子因为抢劫判了四年,进来一年两个月了,变化太大了,过去不听话,现在居然给家里写信,说他要立志做一个好人。

"没想到,我娃在这里长大了。居然还能给我洗脚,还说他要做一个好人,我以为这辈子……"父亲说不下去了,用粗糙的大手捂住了黑红的脸膛。

儿子小声道:"爸爸,对不起,都怪我以前太不懂事……"

父亲哭着叮嘱一句:"儿啊,今后你可要好好听警官的话哟!"

"爸爸,你放心,我一定……"

一把把泪水,一声声忏悔,一句句叮嘱。

我走近十几个来访家庭,几乎所有的父母都在流泪,都说孩子的变化太大了,跟过去判若两人,还说从孩子身上看到了希望。

父母从孩子身上看到了变化,看到了希望。而我从父母的脸上,从孩子对待父母的态度上,看到了犯罪少年在未管所的改造情况,看到了警官在这些孩子身上所投入的心血和精力。要知道,每一个进未管所的迷途少年都不是省油的灯,他们每个人的点滴变化,都是警官心血的结晶,都是未管所各项矫治措施、各种教育结果的体现。

在三监区狱务公开接访日,三监区王监区长向来访家长介绍监区的情况时说:"我们三监区一百五十多名失足青少年,二十多名警官,我们的警官对待失足的孩子,就像对待自己的孩子一样。孩子是民族的未来,国家的希望,我们对每个失足孩子都要高度负责。对每个孩子都要进行文化教育、政策教育、法治教育、职业教育等多项技能培训。广东未管所有纳入国家九年制义务教育的职业工读学校——新穗学校。未管所实行一区一高校联手,大学生定期到未管所对失足青少年进行帮教,三监区与中山大学牵手,收到了良好的效果。2016年,我们三监区有二十八名学员初中毕业,并获得了国家颁发的正式毕业证;五十六人获得茶艺师资质;五十五人参加大学自学考试,二十七人单科合格,一人通过了十四门学科考试,还剩四科就能拿到大专文凭了!有文化才能懂道理。我们向孩子提出的口号是:要把刑期当成学期,把未管所变成长知识、长本领、完善人格的学校。等孩子出狱那天,个个都成为遵纪守法、有劳动技能、自食其力的社会公民。"

"哇——"听到这番话,家长们眼含热泪,响起的掌声持续了许久。

是啊，哪个父母不希望自己的孩子成为一个遵纪守法、自食其力的人呢？

广东未管所矫正与刑务办公室刘主任对我说，为了将广东未管所纳入国家九年制义务教育，未管所领导向有关部门足足申请了十年。2016年，广东未管所终于被纳入国家教育系统，创建了新穗学校，聘请专业教师，除了文化课，还开设了茶艺、厨师、保健按摩、电子商务、电脑操作等十几门课程，并颁发国家正式资格证书，从而使青少年出狱时不仅提高了文化，而且掌握了某种谋生技能，这样才能避免他们再犯罪。新穗学校的师资力量很强，还有一位南京师范大学毕业的博士呢。

在参观新穗学校教学楼时，我见到了这位博士教师。当时他正在上课，我们简单交谈了几句，他告诉我，他在研究青少年犯罪问题，发表过一百多篇论文，还送给我一本他出版的著作《中国工读教育的理论与实践》。在工读学校里，居然有博士教师，我感到很吃惊。

我想正是未管所的用心用力，才让迷途的孩子补上了人生大课。

追求理想，开创美好人生

说心里话，给未管所的孩子讲个人的奋斗经历，并不在我此行的计划之内。

广东未管所矫正与刑务办公室刘主任对我说，他们常请一些成功人士或志愿者来未管所，给未管所的孩子做报告，谈理想。他上网查了一下我的资料，觉得我的人生经历很独特，想请我给未管所孩子和警察们做一场报告，讲讲我个人励志方面的经历。

刘主任对工作既热情又细致,在我到广州之前,他事先购买了我的大量作品,《生命的呐喊》《盖世太保枪口下的中国女人》《与魔鬼博弈——留给未来的思考》《百年钟声——香港沉思录》等,他说我的作品充满了正能量,很适合警官和未管所的孩子看。

我觉得,能为未管所的孩子和警官们做点事情,也是我的荣幸,于是就欣然接受了。

尽管我曾去过好多大学、中学做过报告,但是,当我走上广东未管所礼堂的讲台时,心里还是带着几分忐忑、几分不安。因为我面对的毕竟是迷途的孩子,并非普通的青少年,对他们讲述我的"追求理想,开创美好人生"的信念,这些孩子能爱听吗?

面对一张张稚气未脱、迷惘甚至冷漠的面孔,我开口就说,我出生在只有一户人家的山沟里,只读了五年书,十五岁当了专业速滑运动员,三十五岁开始写作,曾是国家一级运动员,现为国家一级作家……台下先是一阵沉默,继而响起一阵饱含着各种复杂内容的掌声。

我说,我九岁才吃到第一块糖,十岁时跟父母哭喊着要上学,每天上学要往返三十多里山路,我一个小女孩儿,遇到过坏人,遇到过野猪,眼睁睁着狼把我的狗吃得只剩了几块骨头……此时我发现,会场上鸦雀无声,孩子们的眼神开始专注。我说,我也是一个叛逆者,小学五年级时一心想当运动员,背着父母从家里偷走了户口和行李,一头扎进了滑冰队。四年后,我因伤病垂头丧气地回到家里。我又一心想考大学,一边工作,一边自学完初、高中全部文科课程,1966年准备报考时,全国停止了高考。但是,我追求理想的脚步却从未停止过。我不甘心碌碌无为地度过一生,我想干一番大事业!三十五岁那年,我疯狂地爱上了文学,从此就像一个输光了老本的赌徒,把后半生的最后一个铜板全部押在文学的圣坛上,一拼就是三十年,一直到今天仍在奋斗着。我不会外语,却去过好多国家,去过俄罗斯、乌克兰、比利时、德国、丹麦、奥地利、韩国等多个国家采访……

讲到这里,我发现孩子们的眼神变了,变得不再那么冷漠,有了温度,变得湿润,掌声也有了力度。

当我讲道,十岁那年母亲给了我一个热乎乎的煮鸡蛋,我说了一句"妈妈,我一辈子都忘不了你"!

当我讲道,我六十岁心脏做搭桥手术开胸,剧痛无比,却不肯吃止痛药,因为怕对大脑神经有影响。当时我心想,疼算啥?只要活着,一切疼痛都会过去!生命在,一切在,只不过从头再来!

当我讲道,我在《生命的呐喊》一书中的一段话:"孩子们,请记住,贫穷不是我们的过错。我们要向命运挑战,要把内心的不平与自卑,化作发奋的动力,要用顽强的毅力和丰富的学识,把因贫穷而扭曲的心灵给扭过来。让我们像天下所有人一样,酣畅淋漓地暴饮阳光,享受大海,拥抱浩瀚的蓝天——因为阳光、蓝天、大海,对所有人都是公平的!因为社会是不断前进的!我相信,只要你有无坚不摧的毅力,全身心地投入到工作和学习之中,早晚有一天,你会顶天立地地活在世界上!但要记住,要善待他人,善待他人就等于善待自己,就像人类善待地球、善待动物一样。'己所不欲,勿施于人。'如果人人都能善待他人,社会就会多几分安宁与和谐。"

我最后说道:"孩子们,跌倒了不可怕,希望你们从哪儿跌倒从哪儿爬起来!世界上好多个国家总统还坐过牢呢,韩国总统金大中、南非总统曼德拉、马尔代夫总统纳西德等都坐过牢。请你们记住,任何成功都不是不劳而获得来的,任何成功都是奋斗出来的,都是汗水、泪水甚至是血水换来的。孩子们,你们是时间上的富翁,好好珍惜吧！但要切记,富翁只能给你一次,绝不会再给你第二次!"

"哗——"一次次热烈的掌声,久久地回响在礼堂里,也回响在孩子们激动的心里。

我发现台下的一双双眼睛,由迷惘、冷落变成了敬重……

是的,是敬重！是对一位七旬老作家的敬重！

随后,我向孩子代表赠送了我的著作《生命的呐喊》。

后来,在参加四监区孩子与广州外国语大学生互动时,警官向大家介绍了我,孩子们顿时一拥而上,纷纷让我签名留念。警官一再制止,怕我累着,怕我发生意外,但我还是坚持给每个孩子都签了名字。我不能拒绝孩子这一小小的心愿。有心愿,就有希望,有希望,就有未来。我觉得,孩子不仅是对我的敬重,也是对作家这个崇高职业的敬重。

没想到,我的讲座在未管所的孩子和警官当中,引起了强烈反响。在接下来的数月采访中,我在各个省的未管所做了十几场报告,收到了远远超出我预料的效果。

其间,发生了好多感人的事情。在内蒙古未管所,教育科谢守武科长让听课的孩子每人写一篇心得,我看到半尺高的心得放在他的桌子上,很是感动。其中一个青年说,我多么渴望能跟张老师握握手啊！我不仅满足了他的愿望,而且与他进行了一番长谈。在云南未管所,我曾采访过的艺术团主演汪晓峰,他带着艺术团全体人员都去听我的报告,没有凳子,他们就坐在水泥地上。

采访结束了,但我忘不了那些孩子,那些孩子似乎也没有忘记我。

前不久,那个多次打电话的小伙子又打来电话,在电话里向我哭诉他的近况……

就在昨天,一个刚刚出狱的少年,在微博私信中给我留言:"奶奶,还记得我吗?我是×××。我第一时间告诉您,我出来了!可我心里很迷茫,不知该如何走今后的路。"

我告诉他,不管多么迷茫,多么艰难,都要切记,要靠劳动养活自己,千万不要再干蠢事了,你已经饱尝了失去自由的滋味。

他回答说:"请奶奶放心,我绝不会再走老路了!"

在微博上,还看到这样的留言:"奶奶,你写的书什么时候出版呀?到时我准备买好多本送给未管所的孩子每人一本。"我知道这个孩子是谁。

作为一名作家,能给迷失的孩子送去一点人生启迪,点拨一下他们迷茫的心灵,我感到很欣慰,感到一种存在的价值感。等这本书出版之后,如果可能,我准备再去未管所看看那些孩子,看看那些令人尊敬的警官。

第十一章

为了那份沉甸甸的责任

- 无情未必真豪杰
- 男儿有泪不轻弹
- 山一样的压力
- 对"暴恐"少年的救赎
- 拯救重犯少年
- 监狱女警官那些鲜为人知的故事
- 拉着女病犯跳舞

如果没有走近他们,没有触摸他们心灵深处的脉动,没有看到他们眼里含着的泪花,没有亲临他们在难以想象的高压下如何工作和生活,也许我永远不会认识他们——平凡之中的伟大!

不为别的,只为了那份无悔的担当,为了那份沉甸甸的责任。

现在,让我们来听听坚守着"火药桶"的监狱警官平凡但不平常的故事,来领略一下他们平凡但不平庸的人生吧。

无情未必真豪杰

3月8日下午,当采访云南省未管所张军政委,听他讲述自己的人生故事时,我真正领悟了鲁迅的那句名言:"无情未必真豪杰,怜子如何不丈夫。"

张军政委,五十四岁,从警三十多年,从小习武,举手投足,都带着几分习武之人的阳刚之气,握手时,能感受到他手劲的力量。

他说这一生对他打击最大的有两件事。

第一件事发生在1990年,他在云南省小龙潭监狱当警察,一名罪犯逃跑,他正准备去执行追捕逃犯任务,妻子抱着两岁的儿子来找他,说孩子忽然感到肚子疼。罪犯在逃,刻不容缓。他让妻子抱孩子去医务所找医生看看,自己就继续去执行追捕任务了。

这是他们的第一个孩子,非常可爱,一见到他,就挓挲着一双小手喊他"爸爸抱!爸爸抱!"他就把儿子抱起来,高高地举过头顶,儿子在空中咯咯地笑个不停。他把自己的警帽像小船似的扣在儿子长着一头黄毛的脑袋上,儿子则举起胖乎乎的小手,将手背朝前笨拙地敬个军礼,逗得他哈哈大笑。

儿子留给他的记忆,是那么美好。

然而,八天后,当他追捕逃犯归来时却发现,儿子的病情并没有好转,而是更重了。他急忙带着儿子赶往远在三百公里外的昆明市儿童医院,被确诊为一种罕见的急性白血病。二十几天后,活蹦乱跳的儿子没了,就死在了他的怀里。

儿子留给他的最后一句话是:"爸爸抱……"

"爸爸抱！爸爸抱——呜呜——"他哭喊着将儿子瘦小的身子紧紧地搂在怀里，很怕被死神夺走。可是，儿子的小身子却越来越软，越来越软，最后永远地离开了他。

他悲痛欲绝，泪雨滂沱，心里充满了自责，觉得是自己耽误了儿子。从此，"爸爸抱"这三个字像石头般沉进他的生命里，再也没有离去。他夜里经常梦见儿子，听到儿子奶声奶气地唤他："爸爸抱……爸爸抱……"他突然惊醒，却发现怀中空空，只有清冷的月光洒在儿子空荡荡的小床上。

第二件事发生在1996年4月，也是追捕逃犯。但这次执行追捕任务的不是他，而是在云南省小龙潭监狱工作的弟弟，追捕小组五个人开车从开远市前往曲靖市。当时，他在曲靖见到了弟弟，对弟弟说曲靖这边冷，并把自己的皮夹克给弟弟穿上，还拍了拍弟弟结实的肩膀，叮嘱弟弟要注意安全，早点回来。他和弟弟的感情非常好，他从小爱打架，而弟弟总是他的帮手。他被调到外地监狱工作以后，让弟弟照顾好父母，弟弟拍着胸脯，让哥哥一百个放心，说一定会照顾好爸爸妈妈。

可是二十天后，噩耗传来，当他乘车匆匆赶回开远市的时候，见到的却是弟弟躺在殡仪馆冰冷的冷冻柜里，身上穿的就是他那件皮夹克……

原来，一连二十多天紧张地追捕逃犯，日夜兼程，司机过度疲劳驾驶，返回监狱途中造成汽车追尾，三人死亡，两人重伤。弟弟年仅三十一岁，才新婚不久，还没有当上父亲，不幸因公牺牲。

五年之内，儿子和弟弟，两个最亲的亲人相继离世，都跟追捕逃犯有关。张政委每次回忆起这段往事，都感到一阵锥心般的痛。

讲到这里，张政委沉默了。

我没有看到他脸上的泪，却听到了他吞咽泪水的哽咽声。我知道，他在极力抑制自己不要在我面前落泪。

稍许，他用缓慢而沉重的语气说道："当时，我们家真的像天塌了一样，父母全病倒了。但我知道，天再塌，也得挺着。我们全家八口人都在监狱工作，父母、姐姐、弟弟、妹妹、姐夫、妹夫，唯独我爱人不在监狱工作，但她也是公安警察，全家都理解监狱工作的性质……"

噢，是这样……这完全出乎我的意料。

采访中，我见到不少夫妻都在监狱当警察，有的是两三代人，但一家八口全在监狱工作，这还是第一次遇到。

张政委说，他老家在四川广元，父亲是老公安，曾在西南公安部工作，参与审讯过国民党特务头子徐远举，就是小说《红岩》中徐鹏飞的原型。父母对他们四个子女要求很严，姐弟中他最调皮，小时候经常挨打。但他多才多艺，吹拉弹唱，写写画画，都很在行，十七岁高中毕业就考工当了冷作工，学会了看图、画线、电氧焊等技术。二十岁加入共青团那天，他一夜之间成熟了，觉得自己是共青团员了，要带头做个好青年，从此再不调皮捣蛋了。后来参加干部考试考上了警察，被分到云南省小龙潭监狱，入了党，提了干。因父母在监狱工作，其他几个子女也相继进了监狱系统，有的在医院，有的在监区。

记得他离开家那天，曾当过教师的母亲严肃地对他说："送你一句话——远离酒、色、财、气，切记。"

母亲还说："毛泽东的老师杨昌济先生，曾说过这样一句话：'货色两关打不破，其人不足道也！'你要珍惜警察的岗位，努力工作，不要做违法乱纪的事，不要做对不起人民的事！"

母亲是国高毕业,有文化,一身正气,退休前是监狱工会副主任,她经常教诲几个子女:"富贵不能淫,贫贱不能移""国家兴亡,匹夫有责"……

张政委说,他铭记母亲的教诲,从一名普通警察到担任领导干部,诚实做人,踏实工作,多次获得各种荣誉。2015年,云南省司法厅任命他到云南省未成年犯管教所担任政委,对他说,希望能在教育改造未成年罪犯方面做出进一步的贡献。

他说,作为政委,就是要当好警察的后勤,做警察的贴心人。监狱警察工作非常辛苦,我们要体谅他们的艰辛。在广大警官、职工的努力下,我们云南省未管所在未成年犯教育改造方面走在了全国前列。他说,关于未成年的法治教育,必须从孩子抓起,小学就要有法治课。全社会要形成一种敬畏法律、崇尚法律、遵守法律、依法办事的风气,这样才能降低未成年人的犯罪率。

最后他说,他很感谢父母,弟弟去世时,他本想调回家乡工作,陪在父母身边。但是,父亲这位老警察却躺在病床上,拉着他的手对他说:"我们一家人都是警察,当警察就意味着担负着使命,就意味着会有牺牲,想想当年那些革命先烈……"

父亲是老一辈人民警察,他的灵魂早已刻上了那个时代的烙印。弟弟离世短短几个月,他却发现父亲的头发全白了。

如今,二十多年过去了,儿子蹒跚的身影早已远逝。但张政委偶尔还会梦见儿子,还会听到儿子奶声奶气的呼唤:"爸爸抱……"偶尔还会从梦中惊醒,还会下意识地瞅瞅原来放小床的地方。那里早已空荡,唯有儿子的笑脸却永远封存在张政委的生命里。他偶尔在梦中,还会梦见弟弟……

男儿有泪不轻弹

3月末,踏着北方初春的寒意,来到我的家乡黑龙江省未管所及黑龙江省女子监狱。

当我采访黑龙江未管所出监管区区长章志军(化名)警官,跟他聊到家庭时,没想到,这位警校毕业、与罪犯打了三十多年交道的五十二岁东北汉子,却哽咽得半天说不出话来,一捧积聚了几十年的内疚化作滚滚热泪,在我面前唏里哗啦地流下来……

他一边擦泪,一边难为情地说:"对不起,张老师,让你见笑了,实在不好意思!"

我说:"不,这正是我想要的。"我就想听听他们真实的故事,听听他们人生的酸甜苦辣,警察也是人嘛。

章警官说,昨天晚上,家里刚刚发生了一件事,对他触动很大,他心里感到特别特别内疚,所以今天一说到家庭就忍不住掉泪了。

几天前,他二十七岁的儿子从上海回来了。儿子从小到大,很自立,从不让父母操心,目前大学毕业正在上海第一医院实习。儿子很懂事,他心脏不好,每天早晚都发来短信,提醒他按时服药。

昨天晚上,一身疲惫的他准备上床休息了,儿子却推门进来对他说:"老爸,咱爷俩儿从没有好好聊过,明天我又要走了,咱爷俩儿好好聊聊好吗?"

二十多年来,他从未跟儿子聊过天。父子俩第一次坐下来聊天,可刚说几句就搞得很不愉快。

儿子说,小时候他一直以父亲是警察而感到骄傲。可现在,父亲五十多岁了,又有冠心病,希望今后能多想想这个家,多照顾照顾母亲……

"爸爸,你想想,这么多年,你为这个家付出了多少?我妈妈喜欢啥,你知道吗?你想想,我从小到大……"

正是这番带着潜台词的话刺痛了警察父亲的心。他觉得对不起这个家,对不起妻子,更对不起儿子。但是,北方男人的大男子主义却令他放不下这份尊严,更不能在儿子面前露出内心的柔弱,何况他有更充分、更坚挺的理由来为自己辩解呢。

"谁让你爸爸干的是监狱警察这项工作,既然干上这行,咱就得担当起这份责任。再说,我还当着出监管区的区长,管理着四十多号犯人、十几名警察。我不尽职尽责行吗?出事怎么办?你妈跟我一样,她在女监当过队长,她能理解我,我们都是为了工作,所以顾不了这个家,你应该理解才对。行了,行了,时间不早,快回屋睡觉吧!"

父子俩的第一次谈话,就这样不欢而散了。

儿子留下一个不情愿的背影,而给父亲带来的却是一个不眠之夜……

说到这里,章警官长叹一声:"嗨!仔细想想,真是对不起儿子。从小到大,我没带他去过医院,没给儿子开过一次家长会,更没有带儿子去过公园……最让我感到愧疚的是2003年暴发'非典',我和妻子都在监狱里进行封闭式值班,把十二岁的儿子独自扔在家里……"

当时,他是监区的中队长,妻子是女监的副大队长,都是监区领导。特殊时期,他们本着舍小家、保大家的原则,带头第一批入监值班,跟犯人同吃同住,完全封闭,与外界隔离几十天。儿子在家里没人管,只好找来妻子的堂弟帮助照顾孩子。当时,一家三口分别住在三个地方,他在未管所,妻子在女监,儿子在家里。而且,彼此之间不能通电话，因为进入监区大门，所有的警察都要交出手机。这是监规。一个多月的值班结束之后，他终于回到家里，儿子一下子扑到他怀里，紧紧地抱住他，很怕他再跑掉似的。当时，他的眼泪都快下来了。

不仅是愧对儿子，八十岁的老父亲肺心病去世前，他和妻子轮流值班，一人一天，赶上他夜里值班去不了，只好请朋友代他去陪父亲。

章警官说，监狱警察跟其他工作不一样，责任重大，来不得半点儿疏忽。我们是半军事化管理，无论多脏、多累、多危险，你该上就得上，根本顾不上亲人，甚至连自己都顾不上。

几年前，一个十六岁少年入狱前被火车轧断了一条腿，入监不久，又患上了肾病和肺结核，送去住院无法自理。章警官跟另一名姓赵的警察，担着被传染肺结核的危险，对重患少年精心护理，与少年同住一个病房，每天给他端屎、端尿、擦身、喂饭。

少年母亲看到这一切，哭着说："孩子他爸对孩子都没有这么好啊！"全院医护人员都被他们的精神所感动，大家纷纷为家境贫寒的重患少年捐助钱物五千多元。重患少年出院后，改造得非常好。

章警官说，但是感化和教育并不是万能的，并不是所有的犯罪少年都能改造好。常言道，江山易改，禀性难移。有一个少年，出狱前说得非常好，信誓旦旦，出狱第二天就去找提前释放的同监狱友。同监狱友请少年吃饭，并留少年在家里过夜。可是第二天早晨却发现，少年不见了，同时不见的还有家里的手机和五千元钱！

章警官说，最让他感到失望的是一个刑满释放的十七岁少年，从小在某县城孤儿院长大，2016年10月因抢劫罪刑满释放了。因为他是孤儿,未管所及其所在县城的司法局对他格外重视,政府规定对刑满释放少年实行"无缝对接",就是未管所把释放人员交给当地司法所,由司法所负责下一步的帮教、就业、生活等一些具体事宜。为此,当地政法部门特意开了一次会议,给少年解决了身份证、户口、低保等多项具体事宜。为了让少年学好按摩技术解决就业问题,未管所特意把他从县城又接回到哈尔滨,安排他住在旅馆里,并给了他三百元伙食费,警官还给他捐了不少衣物、手机等物品。安排他学习半个月按摩,回去就可以就业了。可是第三天早晨,少年却没有去上按摩课。章警官发现手机里发来一条短信:"章区长,不要找我,我去外地打工了,有时间再来看你!"

看到这条短信,章警官半天回不过神来,心里感到莫大的失落。

为了这孩子出狱后能走上正道,未管所和县司法局同志做了那么多工作。可是,孩子却连声招呼都不打就偷偷地跑掉了。他心里感到一种挫败感。他不知这孩子去哪儿了,担心他没亲没故,没有经济来源,会不会重新走上老路。但是,没办法,该做的都做了,人生的路毕竟是自己走的。

作为一名未管所出监管区的管区长,他只能偶尔拉开抽屉看一眼抽屉里给少年办好的户口和身份证,希望这孩子早一天来取走户口和身份证,并对他说,没有辜负未管所警察的教育和改造,靠劳动赚钱自己养活自己呢。

这就是一位监狱警察最大的心愿了。

章警官说,从未管所出去的孩子大多数都能走上正路,但仍然有少数人重新犯罪,甚至成为"二进宫""三进宫"的监狱常客。

他说,明天他要去机场送儿子回上海,他对儿子感到十分歉疚,但对自己的工作却是无怨无悔。

"既然干了监狱警察这行,咱就要担当起这份责任。不仅是我,所有警察都是这样。这不,最近又有一个十七岁孩子要出狱了,延寿县的,也是孤儿。这孩子出生不久,父亲喝农药自杀了,母亲扔下他离家出走,抚养他的爷爷奶奶也都去世了。他成了无依无靠的孤儿,入狱以后,无人探望,没人寄钱,我看他太可怜,就自己花钱给他买内衣、内裤、生活用品。我们好多警察都是这样,看到孩子可怜就自己掏腰包给他们买东西。这个孩子叫我章爸,前两天他对我说:'章爸,我还有二十天就要出狱了。我出去以后不知去哪儿,也不知该咋办。你让我去哪儿我就去哪儿,我一切都听你的!'最近,我要抓紧时间跟延寿县司法局联系,要安排好这个孩子的'无缝对接',给孩子找出生活出路。否则,这孩子没有家,没有亲人,生活怎么办?我真的很担心他。对了,前几天你采访过这个孩子……"

噢,我想起来了。那是一个内向、话语不多的少年。他对我说,他没上过学,从小就流浪,一个三十多岁的男人教他们一帮孩子吸毒,让他们给他送"货"(毒品),让他们偷钱,最后一次偷了六万被抓了,他被判了一年零九个月。我问他出去以后打算怎么办?他说想打工,可他不识字,没有文化,没有家,没有亲人,连户口和身份证都没有,他不知出去以后咋办。他说想在未管所多待几年,可是未管所不留他。

时至今日,章警官带着泪水的脸时常在我面前出现,那是一位父亲对儿子的歉疚。仿佛听到章警官说的那番话:"我们要安排好这个孩子的'无缝对接',给孩子找出生活出路。否则,他没有家,没有亲人,生活怎么办?我真的很担心他……"

这就是一位未管所警官对一个出狱少年的最后承诺,没有任何豪言壮语,却饱含着一份沉甸甸的责任。

山一样的压力

对内蒙古未管所第四监区区长陈宇警官的采访,是在犯人生产车间的办公室进行的,伴随着隆隆响的机器轰鸣,伴随着不断进进出出的脚步,一位监狱警察的酸甜苦辣,就像一幅浓墨重彩的油画,铺陈在我的面前……

这是一个高大、帅气的中年人,满脸写着北方人的豪爽与率真,无须我更多的启迪与寒暄,他便坦率地向我敞开了心扉。

他说,说起监狱警察的工作,没人知道我们的心酸,更没人知道我们默默地付出了多少。我们好多一线警察都患有心理疾病。别看我长得人高马大,还不到四十岁就有好几种病:失眠,夜里顶多睡三个小时;高血压,低压一百二十毫米汞柱,高压一百七十毫米汞柱;心脏病,常年服药。不仅是我,好多一线监狱警察都是这样。

"为什么会这样?"我有些不解。

"工作压力太大,工作量也太大。"

他说,我们警察每三天就要值一个夜班,监区领导值班二十四小时,还要继续干十二小时才能下班。我们每个月的工作时间都超过三百个小时以上,监狱领导和一般警察都是超时的。别人节假日都在休息,而我们却是最紧张的时刻。今年清明节晚上九点钟,一个犯人突然肚子疼,三名警察急忙开车送他去医院看急诊。我从家里直奔医院。他被确诊为急性腹膜炎,检查、化验、打吊瓶,四名警察陪着病犯,一直折腾到凌晨一点多。

"有加班费吗?"我问道。

他苦笑笑，摇了摇头。旁边一位警官接过一句："没有，一分钱都没有，没有任何超时补助。"

　　陈警官说，我们监区一百八十名犯人，警察必须掌握每一个犯人的身体情况、心理问题，不得有半点疏忽，一旦发生意外，上级就要拿我们问责。无论白天还是夜晚，无论上班还是下班，我们的神经都是高度紧张，就像绷得过紧的皮筋。手机二十四小时永远开着，夜里只要手机一响，心里就咯噔一声，不知监区又出什么事了，常常在梦中被吓醒。监区出事，无论半夜几点，必须立刻赶到监区。对了，你刚才进来时，看没看见办公室门口蹲着一个犯人？

　　"看见了。怎么？"

　　"他是一个病犯，患了中度抑郁症。今天上午，刚带他去医院看病，为他取来抗抑郁的药。刚才他又来找我……"

　　陈警官说，这个人叫胡春林（化名），第一次发病是在去年夏天。那天晚上八点多，他难得在家跟女儿玩一会儿，正给她讲故事，突然接到监区电话，说有一个犯人精神失常了！

　　他放下女儿急忙赶到监区，发现胡春林一见到他，立刻抱住他大哭大叫："爸爸！我好想你呀！爸爸，我好想你呀……爸爸，你可别不要我呀！爸爸！呜呜……"

　　原来，胡春林犯罪进来以后，父母很生气，一直没来看他。胡春林非常后悔，患上了抑郁症。他渴望父亲的原谅，把警察当成父亲了，一见到警察就叫爸爸。

　　陈警官把胡春林搂在怀里，抚摸着他颤抖的肩膀，极力安慰他："孩子，别怕！爸爸爱你，爸爸永远不会抛弃你！你是爸爸的儿子，爸爸哪能不要你呢？"

　　为了解开胡春林的心结，他把胡春林带到操场，像父亲拉着儿子似的拉着胡春林的手,在洒满月光的操场上转了一圈又一圈,说了好多安慰的话,直到半夜十二点,胡春林的情绪才渐渐恢复了平静,陈警官这才把他送回监舍。可是陈警官回到家里却又是一夜无眠。

陈警官说:"我女儿六岁了,我从未像陪胡春林这样陪过她,女儿高烧四十度,我却无法陪在她身边,都是她妈妈陪着。"他爱人乔燕在未管所教育科任副科长。

他说不仅是愧对女儿,而且愧对所有的亲人。父亲已到了肺癌晚期,他却无法陪在父亲身边,只能把愧疚深深地埋在心底。

"但是对犯人,我们必须尽职尽责,来不得半点含糊!为了安慰胡春林,我们千方百计找到胡春林的家人,希望家人来看看孩子,给他一点安慰。可他父亲却一直没来。我们可能不了解自己亲人的病情,但对管区二十六名病犯的病情却了如指掌,并为他们每个病犯都建立了档案,包括他们就医的全部影像资料……"他指着卷柜里的档案让我看。

"为什么要给病犯建立档案?"我不解。

他说:"一方面是为了病犯治疗负责,另一方面我们要做'物证保全',一旦病犯家属来闹,来告我们,我们有为自己辩护的物证资料。现在,犯人即使是正常死亡,即使监狱没有任何责任,有的家属也会来闹,而且经媒体一曝光,人们不了解真相,会给监狱造成极坏的负面影响,好像监狱多么黑暗似的,让我们感到特别委屈。当然,有个别警察违规执法,但那是他个人的问题,不能代表全体警察。外界并不了解,现在中国监狱的人性化管理已经到了什么程度。随着中国经济的发展,监狱管理已经同世界接轨,其文明执法程度,甚至超过了某些发达国家。我们警察有严格执法的法规,上级要求我们要'零差错',一旦违规执法,犯人有权向检察院提出申诉,违规警察就会受处分,甚至承担法律责任,弄不好就会脱掉这身警服。因此,犯人讲维权,我们警察也得讲维权!"

最后他说:"虽然我们监狱警察承受着巨大的压力,承受着不被人理解的委屈,有时也会发发牢骚,泄泄内心的郁闷。但我们选择了这行,就要对这份职业尽职尽责,就要对我们手下的每一个犯人负责。这就是我们的职责!"

内蒙古未管所的政委郝来棣谈到警察的工作时,带着心疼的语气说,我们监狱警察的工作非常辛苦,进了监区不准带手机,家里人有急事都联系不上。工作压力大,经常加班,平均每人每月工作二百八十小时以上。没有加班费,但请假要扣工资。犯人得了尿毒症,去医院做透析,要有四名干警陪护,大家开玩笑说,犯人在享受部、局级待遇。犯人得病是全额报销,而我们警察享受不到这种待遇。我们的警察是凭着良心和职业操守来对待工作,长期默默地奉献着。

对"暴恐"少年的救赎

能采访新疆未管所的几位警官纯属偶然,能把新疆未管所警察改造"暴恐"未成年犯的故事呈现给读者,是我和读者的幸运。

新疆未管所并不在我此次采访的计划之内。

4月19日,我在山东未管所采访期间偶然遇到几位来山东未管所参观学习的新疆未管所警官,出于作家的敏感,我意识到:这是一次难逢的机会,必须抓住。

当天晚上八点钟,我贸然敲开了新疆未管所所长所住宾馆的房间门,从而听到了新疆未管所警察独特而令人震惊的真实经历。

一连两个晚上,我对他们进行了"抢救性"采访。

于是,几位警官带着新疆口音,带着他们惊心动魄的经历,走进了我的笔端……

采访就在老所长的房间里进行,六七名警官挤在一张床上,时间紧,无暇询问每位警官的履历,只知道他们当中有一位维吾尔族,其他都是汉族,都是新疆未管所的中层领导。

老所长从事监狱工作三十六年,是一位经验丰富、高度负责的老警官。他们纯朴、热情,争先恐后地把所经历的故事讲给我听,使我的采访拓宽了视野,也使广大读者有幸看到鲜为人知的新疆警察挽救"暴恐"少年的感人故事。

他们说,内地未管所关押的未成年犯大多是刑事犯罪,而新疆未管所关押的大多是"危害国家安全罪犯"(简称"危安罪")。这些未成年孩子有的才十四五岁,却受到境内外暴恐分子的蛊惑,受地下讲经点(网上)的洗脑,向他们煽动民族分裂情绪,推崇极端宗教,崇尚恐怖暴力等等。而且,成人暴恐分子欺骗这些孩子,极力鼓吹被捕入狱是真主对你的最大考验,你要经得住考验。所以,不少孩子入监后拒不认罪,抗改,绝食,要求做宗教祈祷(监规不允许)。可是那些成人暴恐分子,一进监狱就老老实实地交代了罪行,因为他们知道对抗法律毫无用处。

这些孩子有的是在校学生,有的则是文盲。他们懵懂无知,思想单纯,大多数人都不懂汉语,未管所首先要对他们进行双语教育和法治教育。

老所长说:"看到这些稚气未脱的孩子,我感到很痛心,感到肩上的责任重大,必须把他们从极端思想中拯救出来。因为这不仅是拯救一个孩子,拯救一个家庭,而且是为国家、为民族消除一个暴恐隐患。在新疆,家国情怀并不是一句说说而已的空话,而是时时刻刻考验人的客观存在。一个个被暴恐思想、极端宗教洗脑的少年,就站在面前,你必须想尽一切办法拯救他,想办法扶正这一棵棵长歪的小苗。否则,孩子将来出狱以后,很可能就是一个危害国家安全的暴恐极端分子。"

可是,拯救一个被洗过脑的少年,谈何容易!

老所长讲到他所负责的一个少年,维吾尔族,十七岁,长得很帅,叫买买提(化名),参加过暴恐活动,判了十一年,罪名是"煽动民族仇恨罪"。买买提文化水平很低,中毒却很深,极端宗教思想严重,一心想参加圣战去天堂。进未管所后,抗改,绝食,只好给他输液补充营养。所长多次找他谈话,毫无效果。所长请来宗教学者,给他讲授宗教发展史,讲什么是正常宗教,什么是极端宗教,什么是国家与民族。可他文化水平太低,根本听不懂。老所长说,这些孩子好多都是"三盲",即文盲、法盲、教盲(宗教),所以,首先要对他们进行双语"扫盲"教育,有文化才能接受道理,明白道理才能接受改造。

所长说,对这种顽固不化的孩子,亲情帮教是最好的拯救方式。可是,新疆地域辽阔,大多数孩子的家庭都在千里之外,而且交通不便,家长根本来不了,通一次电话都很困难。有的家庭根本没有电话。

于是,老所长带着几位警察,在茫茫戈壁滩上驱车行驶五千多公里,对诸多未成年犯家庭进行大巡访。

这天,他们驱车一千五百多公里来到南疆,带着礼品和录像走进了买买提的家,呈现在他们面前的是一个贫穷而纯朴的农民家庭:父亲半身不遂行动不便,母亲忙碌的脸上写满了操劳与沧桑。当夫妻俩在惊愕中看完警官带去的录像视频,看到儿子买买提在监狱里绝

* 黑龙江省女子监狱医院院长赵惠华

* 黑龙江省女子监狱警官戴莹

食、抗改的情景,母亲哭了。她说,他们坚决反对儿子去参加暴恐活动,好端端的日子不过,跑去砍人干什么!儿子参加暴恐活动那天,她拼命地拉着儿子回家,可是儿子力气太大,挣脱她的手跑掉了。父亲看完录像,气得满脸通红,操着不太灵活的舌头,说他要去监狱看儿子,要告诉儿子,不要再胡闹了,好好改造早点回家。父母还等着他回家帮家里减轻点负担呢!

可是,从买买提家到乌鲁木齐一千五百多公里,交通不便,乘汽车,换火车,要走两天两夜。而且,父亲又行动不便,去一趟乌鲁木齐谈何容易!

但不久,在乌鲁木齐新疆未管所会见室里,却发生了这样一幕——

买买提满脸疑惑地走进会见室,突然惊呆了,他看到母亲和舅舅搀扶着父亲,拖着一条不太灵活的腿,出现在他的面前……

"爸爸——妈妈——"他眼里倏地充满了泪水,张开双臂踉踉跄跄地向父母扑过去。

很久不见的一家人,紧紧地抱在一起,会见室里响起一片呜呜的哭声。

"爸爸、妈妈,你们怎么来了?"买买提知道,他家很穷,从他家到乌鲁木齐要花好多钱。

满脸泪水的母亲抚摸着儿子帅气但消瘦的脸颊,告诉他,他们来的旅费和食宿费全部是未管所承担的。

为了挽救这个中毒颇深的少年,未管所领导决定,对他家特殊照顾,邀请其父母来所对少年进行亲情帮教,并承担全部费用。母亲一个人照顾不了父亲,又请来孩子的舅舅一起帮助。

为了拯救一个迷失的孩子,未管所的领导和警官们真是煞费苦心。

一个迷失少年的心灵坚冰,终于在亲情的感召下,在父母的苦苦劝导下,开始融化。同时受到感化的还有他周围的那些未成年孩子。

但是,绝大多数父母因路途遥远或经济困难等原因,无法来未管所对孩子进行帮教。所以,未管所所长带着警官对犯人家庭进行大走访,每年上半年一次,下半年一次。

走访之前,他们把每个孩子的生活、学习、劳动情况分别拍成录像,带着这些录像,开着汽车,走进一个个迷途青少年的家庭,把孩子的录像视频放给父母看,再把父母对孩子的祝福与叮嘱的录像带回来,刻成光盘,播放给未管所的孩子们看。为此,父母和孩子都倍受感动,流着泪,一遍又一遍地看着远方亲人的录像。而未管所的警官们却在五六千公里的颠簸后,带着满脸倦容露出了一丝轻松的微笑。

后来,老所长又提出远程视频,把未管所孩子的录像,定期发给各地司法所,司法所通知孩子家属到司法所集合,在视频里与孩子见面。每逢这时,全村人都像看电影似的,纷纷跑到司法所去看录像,从而达到法制教育的目的。司法所把村里观看视频的录像,再转发回未管所。未管所组织全体少年集中在大礼堂里,集体观看各地司法所返回来的录像视频,这种做法起到了相当好的效果。

他们说,我们未管所对每个孩子都高度负责,不放过任何一点改造他们的机会。一个叫库尔曼(化名)的维吾尔族少年,学习成绩非常好,高中毕业全县考第一,本来有着大好的前程,但因传播非法信息罪被判了四年。他对主管警官说,他非常羡慕被送到内地著名高中读书的一名同学,他说凡是被送到"内高班"的学生都是精英,可惜自己没有了这样的机会。

没过几天,库尔曼忽然接到那位同学从"内高班"打来的电话,他对库尔曼说,在"内高班"读书非常快乐,感受到党的关怀、国家的强大,鼓励他要好好改造,争取早点出去,重新考上"内高班"。

库尔曼接到同学的电话高兴得哭了,觉得同学没有嫌弃他,感到自己有了希望。可他哪里知道,为了这次通话,他的主管警官在背后做了多少工作!

不久,未管所又安排库尔曼与他的维吾尔族班主任老师在大礼堂里进行了一场别开生面的师生视频对话。未管所许多孩子都坐在礼堂里,参加了这次特殊的师生会面。当老师微笑着出现在录像视频里,亲切地叫着库尔曼的名字,库尔曼的眼里唰地充满了泪水,怯怯地叫了一声:"老师,您好!"

老师说:"库尔曼,你是我最好的学生,就像我的孩子一样。我希望你在里面好好学习,不要放弃你的梦想。我永远不会放弃你,我会继续当你的老师……"

"老师,我绝不会辜负您的期望……"

当时,无论是视频里的老师,还是视频外的失足少年,全都泪流满面。这场师生视频会面收到了非常好的帮教效果。

所长说,我们的警察每天就是这样地工作着,很辛苦,压力又大,工作时间是"白+黑,5+2",上班不许带手机,没有网络,经常加班加点,即使在家休息也常常被电话招呼回来。有的罪犯病了,警察要为他们端屎端尿,充当护工的角色。令人感到欣慰的是,我们所对失足青少年的改造,效果非常好。2016年,我们开车跑了六千多公里,巡访了几千名释放回家的少年,发现重犯率只有百分之零点六四。这是一个非常低的数字。

这时,老所长忽然话题一转,真诚地说道:"张老师,真希望你能去我们新疆所采访,深入了解一下那里的情况,看看我们新疆警察在第一线的工作情况,我可以带你去拜访那些重归家庭的孩子……"

几位警官也七嘴八舌地说:"是啊,张老师,我们非常欢迎你去新疆所采访,去看看我们那些回归家庭的孩子,出去以后,有的自己成立了婚庆公司,有的成为当地的汉语翻译,有的重新上学了。我们每次下去巡访,他们都像欢迎贵客似的欢迎我们,跑出老远来迎接我们……"

警官们如数家珍般地诉说着出狱孩子的情况。我知道,那是他们最大的欣慰,也是他们生命价值的最大体现。

"谢谢各位的邀请,有时间我一定去。"我笑着,一再感谢他们的盛情邀请。

夜已深,采访意犹未尽。握手告别,那一张张纯朴的黑红色脸膛,那一次次令人难以忘怀的帮教,都深深地印在我的脑海里。

拯救重犯少年

浙江省未管所教育科一位警官向我讲述了一个真实案例,今天想起来我仍心有余悸。

2011年12月24日平安夜晚上九点钟,浙江某县发生了一起令人震惊的凶杀案,一个叫江桦(化名)的十七岁职高男生,把一名女同学和她妹妹杀了。

江桦发现自己一直追求的女同学有了男朋友,他劝女同学放弃男友未果,便产生了可怕的念头:"既然我得不到你,别人也休想得到!"

他学着网上谋杀小说里的情节,购买了涂改液等作案工具,并通过QQ聊天打探到女同学家里的情况。12月24日傍晚六时许,他来到女同学家,对她说你快过生日了,我最后一次来看你,送给你一件生日礼物。那天他在女同学家待到晚上九点,想挽回女同学的心却再次遭到拒绝。于是,他对女同学说:"闭上你的眼睛,我把生日礼物送给你。"

女同学信以为真,便闭上了眼睛,他却挥起了事先备好的菜刀……

同学的妹妹听到姐姐的尖叫声,急忙从另一个房间里跑出来,看到姐姐被砍倒在地,急忙往门外跑,却遭到江桦的疯狂砍杀。一对无辜的花季姐妹,就这样惨死在疯狂少年手里了。

之后,他并没有马上逃跑,而是把姐妹俩的脑袋割下来,用塑料袋包好,用涂改液清理了现场,直到凌晨两点,才带着血衣,拎着姐妹俩的头,乘出租车返回自己家,将头和作案工具埋在他家的自留地里,第二天又回学校去上课了。

两天后,江桦被捕,被判无期徒刑,民事赔偿一百一十二点二五万元。江家没钱,只赔了一万。法院最后调解,由江桦所就读的学校对被害人进行了赔偿。

这个背负着两条命案的十七岁少年,被送到了浙江省未管所第九管区重刑犯管区,该区关押的都是十年以上的重犯。当时,方(化名)警官在九管区当教导员。

他说,这孩子长相并不凶,很清瘦,情绪低落,不与任何人交往,总是一个人低头沉思。爱写日记,找他谈话,一言不发,抗拒改造、绝食,是管区重点关注的高危犯。

方警官说,他从江桦的日记里发现江桦与父亲的感情不错,于是就与当地司法局取得联系,让司法局同志做江桦父亲的工作来看看孩子。司法局同志费尽周折,找到江桦偏僻山村的家,家里很穷,没有手机,最值钱的就是一台二手摩托、一台21英寸黑白电视。母亲有精神病史,经常发脾气毒打父亲。老实巴交的父亲只好忍让她,村里人都瞧不起父亲,说他懦弱、怕老婆。江桦是在母亲的毒打下长大的。但是,江桦并没有精神病。

几天后,从未出过远门的父亲和叔叔来到未管所,会见时,却发生了这样一幕:隔着厚厚的玻璃隔墙,父亲哆哆嗦嗦地拿起了话筒,江桦却迟迟不肯拿话筒。

方警官劝他:"你父亲好不容易来一趟,有话快跟父亲说说吧。"

只见江桦看了一眼父亲,突然将脑袋狠命地向台板上啃啃撞去,边撞边大声喊道:"你们不要来看我了!让我死吧!让我死吧!让我死吧——"

方警官急忙上前制止,少年停止了撞击却低着头,一连十几分钟怎么劝都不肯开口。

老泪纵横的父亲将一双带着深深伤痕的粗糙大手贴在玻璃上,悲痛地哭喊道:"儿啊……别这样……千万别这样!求求你……千万别……"

这时,江桦忽然发现父亲手上有几道鲜红的、深深的伤口,他内心最柔软的地方一下子被触痛了。他操起话筒问父亲:"你的手怎么了?"

父亲嗫嚅道:"我、我这几个月没来看你,是上山找山货,想赚点旅费,不小心把手砸了……"

只听"哇——"的一声,父亲的这句话就像打开了河堤,一下子撕开了江桦内心紧闭的闸门。江桦哇哇的哭声在寂静的会见室里响了很久。

父子俩隔着一道玻璃墙,终于开始了对话。

"儿啊,不管你在里面待多久,爸都等你……你妈有病,也要我照顾,希望你能理解……"不善言词的父亲,流出的泪水比说的话都多。

"爸爸……你不用来看我,我是罪人……"

"儿啊,可你是爸的儿……爸要等你回家……"

"爸爸——对不起……呜呜……"

这场令人揪心的会见结束了。

方警官心里长出了一口气,他看到了亲情帮教的预期效果。从那以后,父亲在叔叔的陪同下每月都来看江桦,每次来,都按照方警官事先授意的,给江桦带来他最爱吃的烙饼和家里炖的小鸡。为取得更好的效果,所里特批他们父子在一起共进晚餐或午餐,每次就餐,江桦流出的泪水比送进嘴里的食物还多。

为了拯救这个重案少年,方警官多次给当地政府打电话,请当地政府对这个困境中的家庭给矛照顾,大家共同努力拉少年一把,帮他渡过这段艰难期。从此,方警官成了江桦最信赖的人,每当他情绪陷入低谷,又在绝望的深渊中苦苦挣扎时,他就主动找方警官倾诉。方警官就像父亲一样,坐在他面前,拉着他那双曾沾有两条人命的手,耐心地听他倾诉内心的痛苦,倾诉家庭的不幸。曾学过心理学,并获得心理咨询师资格的方警官,深知倾听是心理辅导的一项重要内容,让孩子在倾诉中释放内心的压抑,在倾诉中自省,走向理智。

一天晚上十点多钟,方科长正准备上床休息,突然接到值班警察打来的电话,说江桦忽然精神反常,行为暴戾,让他快去看看!

方科长急忙开车来到未管所,发现江桦又哭又闹,大叫着不想活了。

江桦见到方警官就像见到了亲人,抓住他的双手号啕大哭:"方警官……我身负两条人命，我不值得活在世上了，让我去死吧！"他带着深深的负罪感，道出了灵魂深处的忏悔，"她们两个人都死了，我父母为我承担一百多万元的赔偿款，我家根本没钱！法院又出面协调由我就读的学校来赔付……我该死，我对不起死者，对不起学校，更对不父母啊！呜呜……"

一个迷失的灵魂，终于醒悟了。

方警官拉着江桦的手极力安慰他，开导他，让他在忏悔中拯救自己……

从那以后，江桦表现一直很好，直到转入成人监狱。

方警官说，我们对每一个进来的孩子都像对自己的孩子一样，无论罪行多重、刑期多长，都要全力拯救，引导他们重新走上正路。这就是我们未管所警察的职责。

监狱女警官那些鲜为人知的故事

女子监狱，又是一个特殊的群体。

由于未成年女犯人数少，她们大多关押在成年女子监狱，因此我有机会走进黑龙江、山东等几座女监，采访了数十位女警官，听到不少鲜为人知的故事。

我发现，来到我面前的女警官，个个都是风风火火，雷厉风行，带着一种强悍之气的女汉子，很少看到她们女性的温柔，更看不到女人撒娇、发嗲的样子。

"张老师，你别提我的名字，"一位女警官对我说，"我告诉你，我们整天跟犯人打交道，都不会温柔了，对丈夫都不会了，更别提撒娇了！我们回家因为大嗓门,常常遭到丈夫的批评,他说请你不要用命令的口气跟我和孩子说话好不好？我们不是你手下的犯人。大姐你想想,我们一天二十四小时,一年三百六十五天,满脑子装的全是犯人,哪个犯人又闹情绪了,哪个犯人又打架了,哪个犯人家属没来探视……你说哪还有心思搞温柔、搞浪漫啊？不怕大姐见笑,连做爱的时间都很少,即使做爱也是……"她冲我心照不宣地笑笑,又补充道,"我们有的女警察,因为总值夜班,又不会温柔,家庭都解体了。不过,我们的工作虽然很苦、很累,常常不被人理解,但我们觉得自己的工作很有意义,我们挽救了一个女人,就是挽救了一个家庭。尤其那些未成年的女孩子,我们把她们当成自己的孩子,唤醒她们迷失的灵魂,看着她们出狱后走上正路,心里感到莫大欣慰,感到自己很有成就感！"

是啊,监狱女警官长期生活在一个特殊的环境里,面对一群身负各种罪行的女犯,面对社会上最顽劣、最难调教的一帮女人,如果没有强悍的个性,没有强大的心理素质,没有尽职尽责的精神,不可能管教好这样一群女犯。

在女警察身上,阴柔之美往往被磨砺殆尽,呈现在人们面前的往往是一般女性所不具备的强悍,一种铿锵玫瑰般的美丽。

但是,再强悍的女人,也是女人。

她们除了工作,要生孩子,哺乳,操持家务,所以,她们承担着比男警察更艰巨、更难以想象的压力。让我们来听听她们的故事,来领略一下她们平凡但不平庸的人生吧。

她们告诉我,监狱警察所承受的压力,是常人难以想象的,每个监区关押着好几百名犯人,随时可能发生违规、打架斗殴、自杀自残、抗拒改造等各种突发事件。有的女警察因为压力太大，月经失调，长时间怀不上孩子。

说到压力，不少女警官都谈到那场突然袭来的"非典"。

2003年，噩梦般的"非典"突然袭来，全国所有的监狱警察都面临着一场责任与担当、小我与大我、人性与良知的巨大考验。

司法部监狱局下达命令：2003年×月×日，全国监狱全部实行封闭，不得有半点贻误。

黑龙江省女监劳动管理科科长戴莹，一位从警十七年、十五年工作在一线的女警官对我谈起当时的情景几度哽咽。

她当时在狱侦科，接到入监值班任务，当天下午一点全监就要实行封闭，下午四点值班警官必须全部到岗。可她十九个月大的孩子却无人照顾，爱人在外地工作，她急忙给在外县的婆婆打去电话，让婆婆请假立刻把孩子接走。婆婆找人开了三个半小时的车，四点之前赶到了哈尔滨。

可是，从未离开过妈妈的孩子却死死地搂住她的脖子哭喊着不肯跟奶奶走。戴警官只好哄骗他："好孩子，妈妈要去抓坏蛋，你快去跟奶奶走！噢，好孩子，听话！"

她不顾孩子的哭闹，把孩子塞给婆婆让司机快开车。她转身向监狱奔去，等她再次见到儿子，已经是四十五天之后了。

当天下午四点，监狱开始全面封闭，值班警官与犯人同吃同住，不得与外面接触，不得带手机，连电话都不能打。

戴警官惦记着儿子，着急上火，一连五天没有排便，肚子胀得鼓鼓的。第六天，监狱长让戴警官用监狱长的电话，给婆婆打个电话问问孩子的情况。当戴警官听到电话里传来儿子说得笨笨磕磕、不太流利的第一句话时，她的眼泪一下子就下来了。不仅是她，在场的所有警官都哭了。

只听儿子奶声奶气地问她："妈、妈……你、你抓住坏蛋了吗？"

戴警官哭得唏里哗啦，回答不出儿子的问话。她无法告诉儿子，该死的"非典"坏蛋，不知啥时候才能消灭它。

戴警官说，不仅是我，所有的警察都是这样，都是舍小家保大家，舍小我保大我。当时，监狱里发生了很多感人的事情。

一天傍晚，女监大墙外忽然传来一个男人的喊声："胡玉楠——我抱着孩子来看你了——"

女警察不知是谁喊的，都急忙跑到楼上往大墙外观看，只见大墙外站着一个男人，怀里抱着孩子，身边还有一位白发苍苍的老太太。原来是胡玉楠的丈夫带着婆婆，抱着九个月大的孩子来看胡玉楠警官了。

丈夫站在大墙外，冲着女监的院子里大声喊道："胡玉楠——我来告诉你——孩子带得挺好——你在里面好好安心工作——别惦念孩子——"

听到这亲切的喊声，看到这感人的一幕，胡玉楠警官哭了，在场的所有女警官都哭了。

那一刻，女警官觉得这位丈夫不是来看胡玉楠一个人，而是来看她们所有的女警察，来看监狱里所有的警官妈妈，来向警官妈妈报告孩子平安无事，来安抚全体警官妈妈那颗操劳的心！

这件事像风一样在监狱里传开来，后来还编成了小节目在狱中演出。

戴警官说，她觉得最对不住儿子的并不是"非典"时期，而是儿子上小学三年级那年冬天，这天老师给她打来二十七个电话，可她在监狱里检查工作根本接不到，直到下班，才发现老师和丈夫狂轰滥炸般的来电,急忙给老师回电。这才得知,雪大路滑,儿子跌倒摔坏了下巴,找不到孩子的母亲,老师只好给外地的父亲打电话,父亲派人把孩子送到医院……

当戴警官看到儿子下巴上缝了六针,喝水还直往外漏水,她再也控制不住自己,抱住儿子号啕大哭。

她不断责问自己:"你的工作真就那么重要吗?你的工作真就那么重要吗?"

懂事的儿子看见妈妈哭得如此伤心,忙给妈妈擦泪,劝她:"妈妈别哭!我没事,很快就好了。妈妈你别难过,我长大一定对你好!"戴警官抱住儿子哭得更加伤心,心里更加内疚了。

如今,儿子已经长成了一米八〇的帅小伙,下巴上那道伤痕却像针一样永远扎着母亲的心。而更加刺痛母亲心的则是学习平平、面临中考的儿子,谈到他的学习成绩,儿子竟说出一句令父母哑口无言的话:"我从小到大,你们都在忙工作,你们管过我的学习吗?"

这句话令戴警官心头一震,她想到未管所那些犯罪的孩子,他们不就是因为长期缺少家庭管教,缺少父母关爱,从而误入歧途的吗?天天教育别人家长如何如何管教孩子,而自己呢?她扪心自问:你是一位称职的母亲吗?

"不,我不是!我对不起孩子……"

不仅是戴莹,几乎所有的女警官一说到孩子,都会红了眼圈,甚至会流下歉疚的泪水。

但是,当戴莹谈到犯人,谈到刑满释放人员给她打来电话,告诉她找到了工作,回归了家庭,每当这时,她都觉得自己活得很充实,很有价值。她觉得监狱警察在改变着罪犯的命运,也改变着他们的人生。

拉着女病犯跳舞

在黑龙江女监采访期间,我本想走进女监医院看看,了解一下那里的病犯及警察工作的情况。

但是,负责接待的警官却说我年龄大了,医院里关押的病犯带有多种传染病,拒绝了我的请求。我想她们怕我被传染上疾病,然而,那些天天看押病犯的警察,她们就不怕传染吗?

想想,警察看押着一群患有精神病、艾滋病、肺结核等各种疾病的犯人,天天守着这样一群人,一天天,一年年,是怎样一番心境?

于是,我采访了黑龙江省女子监狱医院院长赵惠华,一位成熟、沉稳的五十五岁女警官。赵院长是2008年调到女监医院的,在医院工作了九年,还有几个月就要退休了。

我问她,在医院工作,是不是会遇到很多烦心的事?

她微微一笑:"什么样的烦心事都能遇到,甚至常常会觉得有一种快疯掉的感觉。"

"哦?真的?"我不禁问道。

尽管我想象着监狱医院的工作如何艰难,但赵院长的一番长谈,一个远远超出我想象的世界呈现在面前,令我百感交集……

这里,关押着黑龙江省全部重病女犯,上至七十多岁的老犯,下至未成年犯。目前住院一百七十八人,其中精神病二十六人(五名重犯被隔离),艾滋病三人,梅毒十四人,坐轮椅四人,肺结核等其他重病犯人一百多人。有的病犯因过去长期静脉注射毒品,采血时针头连血管都扎不进去。

赵院长说,这些病犯身负杀人、贩毒、邪教等各种重罪,又患上了精神病、艾滋病、肺结核、梅毒、肿瘤等各种疾病,是监狱特殊群体中的特殊人群。她们身负重刑,又患上重病,身心绝望,精神失控,常常表现出难以想象的疯狂:绝食、对抗、自伤、自残……不少病犯被列为A级危犯,成为监区的重点监控对象。

她说,我们警官每天就跟着这样一群病犯打交道,每天一上班,一踏进医院大门,就像踏进随时可能爆炸的雷区,神经高度紧张,既要严格防范被疾病传染,又要高度防备精神病犯的突然袭击;既要严格执法,又要关心病犯的身心健康。我们的警察,每天都被精神病犯的哭号声、咒骂声、打砸的作闹声蹂躏着,而且随时面临着被精神病犯殴打、抓伤的危险。一名女警察就被一个膀大腰圆的精神病犯突然摁倒在地,抓破了脖子,不得不做了手术。

赵院长说,面对精神病犯,她常常觉得自己也快疯了,不得不跟着她们一样说着疯话……

一个中年精神病犯,在房间里足足骂了一天,晚上赵院长来值班,精神病犯神秘兮兮地对她说:"赵院长,我有一根神秘的电线,你要跟我合作,咱俩就能拯救整个人类!"

"好,你先练着,练好了咱俩合作。你快回到床上睡觉去吧!"赵院长只好跟着精神病犯说疯话,疯犯才肯乖乖地回到床上睡觉。

一个杀夫女犯,得了精神病,又患上了严重的肺结核,肺空洞了,保外就医一段时间,家里人又把她送了回来,说家里没人照顾。女病犯一见到赵院长,就拽住她的手不肯撒开,恳切道:"赵院长,好长时间没见到你了,咱姐俩儿可得好好唠唠!"

一个艾滋病的精神病犯,经常发疯,抓起东西就胡乱砸,又得了急性阑尾炎。警官带她跑遍了哈尔滨所有的医院,没一家肯为她手术,最后只好由监狱局中心医院为她做了手术。

一个信奉邪教的病犯,把自己女儿捂死了,判了死缓,全家人都疏远她,不肯来看她。她却执迷不悟,不肯认罪,长期绝食,身体虚弱到了极点,只好给她进行鼻饲。为了给她增加营养,赵院长从自己家里给她带来骨头汤、鱼汤等。

一个上了年纪的女犯得了恶性肿瘤,需要去市里医院检查,通知其家属来医院协助警察照顾女犯。在医院里,女犯要上厕所,家属不管,只好由女警察给女犯擦屁股、提裤子,擦拭其呕吐物……

赵院长说,我们年轻的警察常常是含着泪,为犯人干着这种为父母都没有干过的差事,她们是看押犯人的警察,却常常充当着护工的角色。没法子,我们监狱医院好像成了敬老院。令警察最委屈的并不是脏和累,而是常常不被病犯家属所理解。无论警察付出多少,都换不来理解,更别说一句感谢的话了。警察与犯人,永远都是对立的。只要病犯死了,不管是否正常死亡,病犯家属都会来监狱作闹,向监狱索要高额赔偿……一名犯人患恶性肿瘤在保外期间正常病逝,其家属却跑到监狱来作闹,声称要到法院去告,向监狱索要高额的赔偿。

"你可以告,但我告诉你,我们医院存有病犯入院前后的全部资料。请你咨询律师后再来找我们,或者自己先看看法条,然后再决定是否起诉。"赵院长对病犯家属如此说道。

"他后来起诉了吗?"我问。

"没有,他再也没来,起诉到法院也不会赢。我们早已做好了资料保全。这样的事太多了。"

"天哪!这工作也太难干了。"我忍不住感慨道。

"的确难干,但是,该干还得干。而且,在法律允许的情况下,我们还要尽量帮助她们。"

她说,有一个五十八岁的病犯,杀人罪,被判无期,在看守所期间患上截瘫,一直不肯认罪。上诉被驳回后,一度有自杀倾向,被列为A级危犯。赵院长派四名犯人轮流看护,为她申请营养餐,对她的关怀无微不至。她再次要求申诉,赵院长为其联系法律援助和驻狱监察室,为她申诉提供尽可能的帮助,该病犯对赵院长非常感激。

"这些人虽然犯了罪,处在人群中的最底层,处在人生最绝望、最低潮的时候,但她们也有人的权利。我们从人性的角度,从法律的角度,应尽最大的努力来帮助她们,让她们感受到人与人之间的温暖。这不仅是我们的个人行为,也是体现国家法律对犯人的人文关怀。"

说心里话,过去我一直以为,监狱警察就是看押犯人,看着犯人别逃跑,别干坏事就行了。现在才明白,绝非那么简单,监狱警察对犯人的所作所为,所代表的并非他们个人,而是体现国家法律对罪犯的政策,体现出人性及罪犯的人权问题。

写到这里,我想起赵院长最后说的那番话:"每天晚上,我们都要把能走的病犯带到院子里,包括精神病、艾滋病犯,不能让她们总憋在屋里,带她们出去遛遛弯、跳跳舞,呼吸新鲜空气。拉着她们的手,带着她们跳舞,她们都特高兴,我也感到很欣慰……"

蓦然间,我对监狱警察心生敬意——平凡而伟大!

他们是警察,却没有侦破案件、大显英雄本色的机会。在他们身上,你听不到惊心动魄抓坏人的故事,听不到惊天动地的感人事迹。但是,他们每时每刻都承担着常人难以想象的责任与压力,他们为国家默默地把守着一只只火药桶,肩负着拯救罪犯、拯救家庭之重任。

不为别的,只为了肩上那份沉甸甸的担当与责任!

* 中国公安大学李玫瑾教授

* 作者夫妇与云南省未成年犯管教所领导合影

第十二章

少年强,中国强

- 可怜天下父母心
- 对症下药,永不放弃
- 不要把法制教育当儿戏
- 孩子犯罪应向谁问责
- "为中华之崛起而读书"
- 如何渡过青春危机
- 孩子教育是一项工程
- 拯救孩子,就是拯救未来

我写的是大墙内的孩子,可我的笔触、我的思绪却延伸到大墙之外,延伸到千家万户,延伸到大千世界——

因为孩子是民族的希望,祖国的未来,是每个家庭的明天!

可怜天下父母心

写这一章时，正值2018年春节。

望着窗外"千门万户曈曈日，总把新桃换旧符"的喜庆景象，听着远处不断传来的爆竹声，我不由想起未管所那些稚气未脱的孩子；想起他们满面愁容的父母；想到未管所的警察，他们不能和妻儿老小一起欢度佳节，而是坚守在一个个"火药桶"旁，安抚着一颗颗稚嫩而顽劣的心，注视着每一个孩子些微的变化……

一年来，我跟未管所的孩子深层地交谈过，他们心灵深处的伤痛，他们迷茫而渴望救赎的眼神，深深地触动了我这颗母亲的心。监狱警察平凡但不平庸的故事，让我一次次地感动，使我一次次领略了什么叫平凡中的伟大。而犯罪孩子父母的哭诉，则一次次呼唤着我的良知，令我对未成年人犯罪的问题进行更加深入的思考。

每一个孩子的故事，都透视出不同的人生轨迹。这些轨迹恰恰就是一双双歪歪扭扭的脚印缩影，而父母所发出的困惑，则正是我不断探询的问题……

以下几个不同类型的家长，每一种类型都将给我们带来不同的警示与思考——

在广东未管所会见室，一对满面愁容的中年父母坐在玻璃窗外，母亲一直在哭，父亲脸色沉重，操着话筒对里面的儿子苦口婆心地叮嘱着，儿子低着头在默默地抹泪。

会见结束时，我对父母提出想跟他们聊聊，他们同意了。警官安排我们在小会议室里坐下来。

我问他们孩子因为什么进来的。

母亲是个爽快女人,操着川、贵兼而有之的山里口音,竹筒倒豆般地说道:"哪里晓得娃儿为啥子会犯罪哟!两个娃儿是双胞胎,在家里听话得很,从不惹事。我跟娃儿他爸在广州打工,两个娃儿不愿上学,也要出来打工,哪里晓得刚来广州一个月,两个娃儿就因为抢劫被抓了!……不是一起被抓的,这个是弟弟,在广州被抓的,哥哥是在广西被抓的。我不明白,两个娃儿在家里时都很懂事,从不拿别人的东西,好好的娃,为啥子到城里一个月就学坏喽?两个娃都被判了四年!你是作家,你告诉我,这到底是为啥子嘛?我的两个娃为啥子都犯罪了?"

看着母亲乞求的眼神,我真想告诉她,城市与农村发展不平衡,孩子从贫穷、落后的农村来到繁华的都市,内心落差很大,面对各种诱惑没有自控力,又没有法律概念,很容易学坏。但我知道,这不是一两句话能讲清楚的,更不是我这个作家能阐释明白的,只好对她说:"也许是孩子年龄小,经不住诱惑,没有法律观念……"

看到她脸上露出了失望之色,我心里很是愧疚。

在浙江未管所,警官告诉我,这位母亲主动要求找我谈谈。

她是从云南跑来看儿子的,三十多岁,身材瘦小,眉头紧蹙,一脸苦相,开口就说:"听说你是作家,我想跟你唠唠!"

我请她坐下来,还没等开口,她的眼泪就下来了。

她哭诉道:"我十四岁就嫁给了孩子爸爸……当时年纪小,什么都不懂,嫁人就是想换个家,在家我爸爸天天喝酒,天天打我们,也打妈妈。我以为换一个人家就不会挨打了,没想到,到这家打得更凶。

我十五岁生了孩子还没满月,他就打我。孩子大了,他连孩子一起打,孩子受不了他的打骂,离家出走,犯了抢劫罪,判了四年……我找过村干部,可是没用,他反而打得更凶了。我们那里的女人都是这样过来的,我妈妈、婆婆、外婆都是挨了一辈子打。我不想像她们那样挨一辈子打,我知道这是家庭暴力。可我没有文化,不知该咋办。听说你是作家,我想问问你,我该咋办?"

又像前一个女人一样,她抬起满是泪水的脸,用乞求的眼神看着我,渴望我能给她一个解脱暴力的答案。

说心里话,我很想告诉她,这是家庭暴力,这是妇女儿童权益保护法所不允许的! 现在都什么年代了,怎么还能忍受这种家庭暴力? 女人要有尊严地活着,跟这种男人最好的选择就是离婚! 可我知道,我什么都不能说,在她那种生存环境下,这种家庭矛盾绝非用"权利""平等""法律"等简单概念所能解决的。所以,我只好说几句苍白无力的话来安慰她,让她回去找妇联,找派出所……

听到我的回答,她脸上的表情由渴望变成了失望。临走,我看见她低头抹泪的背影渐渐远去,心里涌出一股无法言表的酸楚与歉疚,看来女人和儿童脱离家庭暴力的路还很长啊。

在上海未管所,这位母亲是我遇到的又一种类型。

人到中年,化着淡妆,穿戴讲究,脸上虽挂着笑容,眼睛里却含着泪花。她对我说,她家不缺钱,她自己开着连锁店,年收入上百万;丈夫开公司收入更高。但是,她和丈夫感情不好,很早就分手了。她和孩子的父亲都忙于各自的生意,忽略了对儿子的教育。俩人都觉得没有给儿子一个完整的家,心里感到亏欠儿子,所以俩人都以满足儿子对金钱的要求来弥补内心的愧疚,要多少给多少,儿子却不好好学习,在社会上胡混,犯了罪……

最后她说:"我很后悔,后悔没有给儿子一个完整的家,如果有一个完整的家,孩子不会有今天。我更后悔,为了挣钱,忽略了对儿子的教育。现在想想,儿子在监狱里,挣太多的钱有什么用?现在,我每月都来看儿子,我要等儿子出狱那天,接儿子回家……"

"儿子在监狱里,挣太多的钱有什么用?"这是母亲以惨痛的代价换来的人生醒悟。应该承认,这是一位聪明的母亲,儿子用沉痛的代价毕竟换来了她的反思。而还有很多父母并没有这种反思能力,这才是最悲哀的。

在陕西未管所,我永远忘不了那双手……

我与这对夫妇握手的时候,心里一酸,眼泪差点掉下来。我觉得握住的好像不是一双手,而是两块粗糙的松树皮,硬邦邦的老茧很扎手。

男的布满深深褶皱的脸上,强挤出一丝苦笑,眼里却噙满了泪水,只听他怯怯地说:"我没文化,我只想打工挣钱供我娃读书,我没想到我娃会……"

他说不下去了,用那双松树皮样的手捧住了那张过早苍老的脸,双肩激烈地颤抖,发出压抑的哭声。女人眼里含着泪,急忙在桌子底下扯男人的衣襟,小声劝他别这样,哭甚呢?

男的忍不住呜咽道:"哭甚?我想不明白,我起早贪黑,拼死拼活,挣钱为了甚?不就是为了娃能读书,长大能有出息嘛!别像我这辈子,没钱读书,连名字都不会写,连手机短信都不会弄,在工地干活只能干粗活、累活……"他越说越激动,把内心的愤怒和迷茫,一股脑地倾泻出来,"这娃,咋就不想想我,想想我们为了这个家,拼命地挣钱,你为甚不好好读书？跑出去胡闹,闹出了人命,蹲了大牢,判了十二年,赔了人家十五万。十五万哪！我一个打工的,哪年哪月才能还上这十五万的人命债？法官还说我没教育好娃,我不知该咋教育娃。该说的我都说了,娃不听你让我咋办？我不明白,如今这娃,为甚么不懂事？我爹也没文化,也没教育我,我也没去杀人。你说这娃,到底咋了？"

说着,他抬头用充满泪水的眼茫然地看着我,而我却无法回答他。我知道,时代变了,环境也变了,人们对精神、物质的需求也变了。如果放松了自我约束,没有了自律,就会触碰法律。当然这是一个深刻的社会问题,绝非几句话就能阐释清楚的。

我问他孩子在里面表现怎样。他摇了摇头,将茫然的目光收了回去,投到他那双松树皮似的双手上。

女人瞅瞅丈夫,忙说:"娃表现挺好,刚才一见面就在玻璃窗里给他爹跪下了……"

"跪有甚用？"男人气愤地打断她,"要是下跪能还上十五万的人命债,我就给他跪下！我现在只能是拼命地打工……娃啊,你可害死你爹唡！我哪辈子欠你的债呀？呜呜……"

可怜天下父母心。父亲的哭诉深深地刺痛了我的心。

为了孩子,父母拼命地打工、苦苦地赚钱。孩子惹了祸,父母又要倾家荡产为孩子赔上巨额赔偿。孩子进了监狱,父母又大老远地、一次次地跑到未管所来看望孩子……

孩子,你可知父母活得多累、多难、多痛苦啊！

可是,很多孩子对父母并不领情,更不知感恩。而父母对孩子也不理解。

为什么会这样？我相信不仅是我,许多有良知的社会人士都在关注青少年的犯罪问题。

现在,让我们来听听未管所警官、法律专家、学者等专业人士谈谈青少年犯罪的原因、改造现状,以及如何预防等问题吧。

无论他们谈的是成功经验,还是对司法工作的建议,都是出于对国家、对民族、对孩子高度负责的态度。他们深知,孩子是民族的希望,国家的未来,匡扶那些长歪的幼苗,让他们重新去拥抱明天,这就是未管所广大警察的责任,也是每一位父母最大的心愿。

对症下药,永不放弃

2016年12月8日,我采访了上海未管所党委书记、所长李辉(化名)及副所长于中强(化名)。他们都是从警多年的老监狱警官,在未成年犯教育、改造方面有着丰富的经验。

李所长说,青少年犯罪折射出的是社会问题。孩子犯罪,是家庭失教、学校失管、行为失范所造成的。

现在关押量比过去少了很多,我们未管所的工作能更加细化了。犯人一入监,我们就为每个人建起改造档案,也就是矫治手册,根据每个人的情况进行个性化矫治,也即对症下药。

他说上海未管所已形成一套理念,即未管文化与监禁文化。未管文化即:忠诚、挚爱、智慧、卓越;监禁文化即:撕毁、亲情、责任、感恩。我们觉得,矫治好一个孩子,绝不是未管所一家的事,必须与家庭、社会联手,构成三大支持系统,即:警察支持系统、家庭支持系统、社会支持系统。此外,还有第四个支持系统就是未成年犯自治系统。

每个未成年犯回归社会时,要做到:第一,从灵魂深处认罪,做到真正忏悔；第二，要有谋生的技能和手段。只有这样，出去后才能在社会上立足。

　　于副所长说，要把一个监狱人转变成一个有技能、有担当、对未来有规划的社会人，不是一件容易的事。我们的监狱警察要怀着对国家、对民族负责的精神，怀着对职业的忠诚，对孩子的爱，本着不抛弃、不放弃的原则，来对待每一个犯了罪的孩子，对每一个入监的孩子都要进行谈话、咨询、沙盘、内观等各种测量手段，进行表格量化的评估，从而科学地认知罪犯，分析其犯罪成因：为什么从一个自然人变成了犯罪人，从一个自由人变成了监狱人？探究其成长史及犯罪史，分析其家庭、亲朋、社会对其犯罪的影响，准确地找出犯罪的关键成因，根据具体情况制定出不同的矫治方案。比如：暴力罪犯，让他们练书法、练绣花，使其宁神静气，克服暴躁与戾气；抢劫、盗窃犯，让他们多劳动，让他们明白劳动创造世界，不劳而获是可耻的，要他们懂得敬畏劳动，热爱劳动。根据每个人的文化程度，进行文化补课，技能培训，帮每个人规划好出去后的人生设计。总之，在未管所期间，我们警察既是父母又是老师，帮他们每个人补好缺失的人生大课，提高他们的整体素质。我们上海未管所有回春艺术团，有回春传媒、电视台、广播台，有与社会共同办学的九年制义务教育学校等。

　　他说，从未管所出去的孩子，不少人创业当了小老板，再犯罪率较低。由于我们的工作出色，2015年上海未管所被评为全国文明单位。

不要把法制教育当儿戏

　　在云南未管所，我采访了所长郝卫彪及副所长庞涛。

郝卫彪所长,中央警官学校专科毕业,从警三十多年,跟罪犯打了三十多年交道,对罪犯改造有着丰富的经验。

一见面,他就笑道:"我从未接受过采访,这是第一次,不知该说些什么。"

我说没关系,就想听听有关未成年人犯罪、改造方面的真实情况。

"好吧,那我就谈谈。"

他说,目前从未成年犯罪的总体情况看,呈现出四种倾向:

一、文化低,就拿我所来说,八百多名未成年犯,文盲占百分之八,三分之二是初中以下,高中生占的比例极少;二、不懂法,抢劫了都不知道是犯罪;三、爱冲动,不计后果;四、团伙性,一群人纠集到一起相互壮胆犯罪。

究其犯罪原因,主要有以下几种情况:

一、单亲家庭及留守儿童居多,孩子从小缺失家庭教育及亲情温暖。二、家长对孩子持极端态度,一种是极端溺爱,要什么给什么,满足孩子的一切欲望,造成孩子高度自私;另一种是极端不负责任,对孩子不管不问,导致孩子放任自流。三、学校应试教育,分优劣班,挫伤劣班学生的自尊心,导致一批学生破罐子破摔,丧失进取心,到社会上胡混去寻找存在感。四、社会原因,世界进入信息、网络时代,但是网络监控并没有跟上时代发展,网络游戏充满了血腥、暴力、色情等内容,好多未成年孩子深陷其中,患上比毒瘾更可怕的网瘾,从网吧直接走进监狱的孩子不在少数。改革开放以来,中国经济高速发展,道德却陷入低谷,信仰缺失,传统文化丢失,使未成年孩子缺少了人生榜样。五、中小学缺少真正的法制教育课。目前的法制教育是走过场,搞形式,为了完成任务,缺少有广度、深度、力度的真正的法制教育。

他说,我们应该把法制教育前置,预防犯罪要从幼儿抓起,要让孩子从小就懂得什么是法律红线,要让孩子明白法律红线不能触碰!不要等孩子进了监狱才给他们补课。我们对入监的未成年犯,首先要给他们补文化课和法制课,让他们完成九年制义务教育,教育他们成为有文化、遵纪守法的公民。其次,要对他们进行各种技能培训,我们所设有茶艺、电脑、绘画、理发、缝纫、电工、修理汽车等十六项技能课,每个孩子出狱时至少掌握一门以上技能,并获得专业部门正式颁发的有资质证书,让他们出去后能自食其力。出狱之前,我们要对他们进行社会实践培训,有的孩子进来好多年了,要教他们回归社会以后如何使用电脑、银行取款、网上购票、公交卡等等,否则,社会变化巨大,他们出去以后什么都不懂,就像小傻瓜似的。

谈到九年制义务教育,他说,这是国家教育法规定的,2006年9月1日起,开始实施新的《义务教育法》,中国每一个未成年的孩子都享有义务教育的权利,包括未成年犯。但目前各省的未管所情况并不统一,经济发达地区的上海、浙江、广东等地,已将未管所纳入义务教育范畴,未成年犯享受到义务教育的权利。但像云南、广西、黑龙江等一些经济欠发达地区,就还没有纳入义务教育范畴。按说,国家应规定各省未管所的孩子该享受同等义务教育的权利,希望张老师能为我们呼吁呼吁,因为这关系到未成年犯能否享受国家义务教育的权利问题。

我说一定帮你们呼吁。采访中,我听到不少这样的呼声,好几个省的未管所领导都提出了这个问题。

庞涛副所长说,青少年犯罪是世界性的,它已成为环境污染、吸毒及青少年犯罪三大公害之一。与全国其他省市相比,我们云南省青少年犯罪率高,监禁率大,每年未管所进出一千多人,已成为严重的社会问题。云南未管所按照上级指示,坚持开展文化教育、社会帮教、心理矫治、职业培训、警示教育等五项工作,并创造新的改造手段:成立艺术团,让警察和未成年犯同台演出,拍了好多歌舞节目,坚持用艺术去教育、感化未成年罪犯,常备演出节目一百二十多个,每逢节假日都对外演出。其中音乐剧《拯救》《青春之伤》最为著名,以现身说法教育社会上的青少年,要牢记道德底线和法律红线。另外,我们每年要对释放人员进行回访,通过回访来检验我们对未成年犯的改造成果。好多犯人释放后,怀着在未管所提出的口号"放飞梦想、重塑新生"的理念,开始创业。当然,也有一定比例的再犯罪。

他说,关于救治青少年犯罪问题是一项综合治理工程,绝非未管所一个部门所能解决的。中央早在2016年就发布了《关于进一步深化预防青少年违法犯罪工作的意见》(中办发〔2016〕26号)文件,但是,未成年犯罪问题并没有引起全社会的高度重视。对未成年孩子的法制教育应该在狱外认真地进行,不能走过场,不能等到进了未管所再补法制课。云南未管所是云南省青少年法制教育基地,每年接待的学生一万多人,起到了很好的警示作用,但要从根本上达到效果,还得从家庭教育、学校教育及社会教育抓起。

云南未管所教育科申顺宝副科长也谈到了这个问题。

他在接待来接受法制教育的学生时,却发现有的老师和学生说说笑笑地吃着零食,像逛公园似的。学生看到未管所里的条件好,还说:"监狱里条件这么好,进来也没什么了不起的!"当未成年犯现身说法讲述自己的犯罪经历时,学生们却嘻嘻哈哈地开着玩笑,不以为然。

一次,他接待了一批中学生,他给学生划出活动范围,对学生讲,这里是监狱,不许随便乱跑。可是学生根本不在乎,打打闹闹地到处乱跑,有两个男生居然动手打起架来。申警官问老师为什么不制止?老师却说:"管不了呀!管他们根本不听。哎哎,你们别打了!"打架的学生却照打不误。

"那只好由我们来管了!"申警官厉声制止学生,"不许打架!"学生一看是警察,才勉强停了手。

可是,打架的学生却梗着脖子,一脸不屑地看着申警官,不服气地说:"我不是你们管的犯人,你没有权利管我!"

申警官厉声道:"这里是监狱,不是你们学校,你必须遵守这里的规矩!否则,我有权处理你!"

打架的学生这才不情愿地悻悻离去。

采访中,申警官感慨万端地说:"现在的学生怎么变成了这个样子?这还是一所重点中学的学生,老师管不了,警察的话不听,对什么都无所谓,监狱对他们根本起不到震慑作用。这样下去怎么能行?"

申警官对未成年人犯罪问题进行过深入研究,他说教育孩子是一门很深的学问,大多数父母不懂得如何教育孩子,要么不管不问,放任孩子,或者遇到问题就拳脚相加;要么过于溺爱,要星星不给月亮,使孩子以自我为中心,成为说一不二的小霸王。对孩子,不讲究教育方法,管教太过于随意,没有真正注意到孩子心理上的成长。因此,如何教育好孩子,是摆在每一位家长面前的一个重要问题。

内蒙古未管所教育科的谢守武科长谈到未成年人的法制教育问题,他说建议社会综合治理部门应将青少年的法制教育常态化,国家不应把大批人力、物力投入到犯了罪的孩子身上,而是应该把法制教育前置,把法制教育融入家庭、学校、社区,把社区矫治、工读学校办好。现在,不少工读学校是名存实亡,好多家长对问题孩子束手无策,在万般无奈的情况下,只好把孩子送进被称为"魔鬼营"的私立学校。这种私立学校的出现,说明我们在教育上出现了很大的问题。

他还谈到,目前农村孩子生源减少,好多村镇取缔了小学,把几个村镇的孩子集中到一个学校就读。这些寄宿的孩子本来就缺少家教,脱离了大人的管教就更加放肆了。很多孩子受到网络暴力、色情、社会混混等影响,开始走向犯罪,甚至发生校园暴力等恶性案件。这一情况应引起有关部门的高度重视。

谢科长谈得很有道理。我在采访中发现,很多在小学时还不错的孩子,上初中到学校寄宿就开始学坏了。这些孩子正处于青春叛逆期,懵懂无知,对外面世界又充满了好奇,脱离了家长的管教,学校老师又监管不到位,很多孩子就成了脱缰的小野马,开始接触校外的网上暴力、色情、社会上的混混,最后走上犯罪道路。

采访中,还普遍听到一种呼声,就是对未成年人的法制教育应该前置,对孩子要进行切实可行的法制教育,要让孩子从小懂得如何做一个遵纪守法的公民,而不是等到进了监狱再给他们补法制课。

孩子犯罪应向谁问责

浙江未管所研究所副所长周荣瑾先生谈到未成年人犯罪问题时说,未管所近几年收押犯人的数量虽然在下降,但是,未成年人犯罪的重特大案件反而有上升的趋势,而且作案的年龄越来越小。

他举了两个案例:几年前,在浙江某中学教学楼,一个十三岁的初二男生,用砍刀砍死了两名初三学生,还把一名初三学生砍成重伤。因其未满十四周岁,依据我国《刑法》第十七条,只能对其收容教养三年,其父母向被害人家属赔了十八万元人民币,而学校则赔了一百多万。另一起案件是十一岁男童将九岁男童杀害了,也只能参考上述刑法条例对其进行收容教育。这些案子给被害人家庭、给学校、给社会造成了极坏的影响。

他说,这并不是孤案,很多孩子因受网络暴力游戏影响,无视生命,视犯罪为儿戏。美国心理学学会研究认为:频繁地观看暴力类视频节目,会使青少年对暴力习以为常,以至于麻木不仁。

他说,外省来的孩子抢劫多是为了钱,本省(浙江)的孩子大多家庭并不缺钱,他们抢劫并不是为了钱,而是为了炫耀自己的"英雄观",看到被害人吓得要死,他感到一种虚荣心的满足,并把这种虚荣当成一种资本炫耀。一个男生看到同学在大家面前显示自己的苹果手机,于是他就抢劫了一部苹果手机,然后又当着同学的面扔掉了。一个男生喜欢摩托,偷来六辆摩托带着同学兜风,然后又把摩托一一扔掉。

周副所长说,他曾对那个杀人的十三岁初二少年进行了多向度测试和剖析,并撰写成文章发表在《犯罪研究》2015年第三期杂志上。研究表明,该少年的犯罪行为绝非偶然,而是多种因素糅合、催化的结果:一、关怀和爱的缺失,使其对家庭亲情的冷漠,最后演变成对老师和同学生命的冷漠;二、学校监管功能的弱化,居然放纵学生带着作案的砍刀进入校园;三、沉迷于网络,使其追崇虚拟世界中的为人处世方式,形成"解决冲突最好的方法是暴力"的错误理念;四、个体愤怒因子的累积,使其在冲突中丧失理智。

他在文章中写道:"当前,在社会结构失衡、犯罪亚文化存续、社区功能低下、亲子关系疏离的境况下,防范未成年人违法犯罪任重而道远,需要国家、社会与民间一揽子的管控与跟进措施。"

他提出,应尽快对未成年人收容教养制度进行司法改革。从当前未成年人发育总体状态看,起点年龄应提前至十周岁;加快出台对未成年人的责任监护制度;注重对学校德育考评体系的构建与督导;加强对网络和自媒体不良信息的多维度管控。

关于未成年人追究刑事责任年龄问题,他说,法学界意见不统一。作为一名基层未管所的工作人员,他认为,现在的孩子早熟,现在的十四岁与多年前的十四岁完全不同。面对低年龄未成年人犯下的严重罪行,刑事法律应从顶层设计上有更科学的规划,以对那些有严重不良行为的未成年人起到震慑作用,使他们意识到犯罪要付出成本,不能因其年龄小就可以胡作非为,就可以免责。否则,杀了人就因不满十四周岁而不承担法律责任,对被害人不能体现法律的公平,在社会上将产生极坏的影响,甚至会成为一种反面样板。因此,他希望能降低追究刑事犯罪的法定年龄,为消除有些专家对刑罚扩大化的担忧,在实际定罪量刑时应从严掌控。

广东省未管所矫正与刑务办胡警官谈到当前对未成年犯的改造情况,也谈到了惩罚与震慑力不够,杀人者因不满十四周岁而没有得到应有的惩罚,受害人的创伤还没有得到抚慰,可杀人者就已经出狱了,如此既削弱了惩戒力度,又在社会上造成很大的负面影响。另外,社区矫正好多都流于形式,起不到真正的法律监督作用。

"为中华之崛起而读书"

浙江省未管所某监区大队长郑贺斌警官从警三十年,曾出版过

《〈弟子规〉导读》一书,一直在基层担任对未成年犯的教育、感化、挽救工作,始终在研究未成年人犯罪问题。如何让未成年犯尽快认罪、悔罪,弃旧图新,让未成年犯不再走上重新犯罪的老路,是他一直所关心的问题。

他说,我的观点可能跟别人不同,先说说几年前浙江某市发生的那起轰动全国的高中生杀母案。一时间媒体及有关人士纷纷谴责母亲,称母亲不该责罚孩子,不该打孩子,不去深究孩子杀母的真正原因,反而同情杀母的学生,把杀母的罪责推向社会,推向家庭,推向学校。我认为这种观点是错误的。好在杀母的高中生后来写出了深刻的忏悔书。我认为读书是学生的本分,而父母管教孩子是天经地义!哪个父母没打过孩子?孩子犯错了,不好好学习,父母打两巴掌,骂两句,孩子就起杀心,就对生养自己的亲生父母痛下杀手,这是多么可恶的行为!如果我们的相关部门和媒体,再站在杀母者一边,共同谴责被害母亲,这种导向将在社会上产生什么样的负面效应?大家都知道,现在的孩子很难管,父母说几句就离家出走,过去很少听到谁家孩子离家出走。现在,孩子动不动就拿离家出走来要挟父母,逼迫父母缴械投降。老师批评两句就报复,同学之间产生一点小矛盾就动刀子……而且,我见过太多疯狂的未成年犯罪者,其手段之残忍,其动机之荒唐,简直令人发指!在这里,我不妨举几个真实案例。

一名初中生,就因为他一边写作业一边看足球,父亲不让他看,他操起斧子就把父亲砍死了,接着又将尸体装进一只箱子里。然后他居然坐在装有父亲尸体的箱子上面,心安理得地吃着方便面……

衢州某中学一位女教师,对一名调皮的十六岁男学生说要去他家家访。男生说他父母没时间,让老师过几天再去。第四天,男学生说父母有时间了,佯装带着女教师去他家,却把女教师带到山上将其勒死后并奸尸,埋在他用三天放学时间挖好的坑里。究其原因,就是怕老师向家长告状。全校师生都为失去一名优秀的教师而深感痛惜,而花季少年的生命也永远定格在十六岁。

一个十几岁的少年在网吧上网,网吧里只有两个人,他觉得心里不爽,毫无来由,突然想杀掉另一个上网的二十几岁青年,于是操起小刀就去割对方的脖子。青年拼命反抗,网吧老板急忙跑过来帮青年制服了少年,将其送进派出所,最后被判了八年。

一名中学生,父母在国外打工,每月给他寄来七千元生活费,他还觉得不够用,向奶奶要钱没给,他居然绑架了堂弟并将其杀死⋯⋯

郑警官说,在未成年人的犯罪中,成人犯罪的各种类型除了职业犯罪(如贪污受贿)之外,其他犯罪类型几乎全有了。诈骗、贩毒、组织妇女卖淫、强迫妇女卖淫等不属于未成年人的犯罪种类也在逐年增加。研究未成年人犯罪的原因,他说最关键的是:人们信仰缺失,丢失了传统文化支撑,形成道德缺失,法律缺失,没有了做人的起码底线。

谈到如何预防未成年人犯罪问题,他说,首先应该提高全民族的素质。周恩来在少年时代曾说过一句名言:"为中华之崛起而读书!"全社会要提倡读书,读好书,要培养全民族热爱读书的习惯,知书才能达理。首先要让父母明白,不要整天泡在麻将桌上,不要整天娱乐至死,要给孩子做出正能量的榜样。要有理想,有抱负,以积极向上的态度来对待人生,对待未来。

其次,法制教育要从娃娃抓起,普法课不要讲那些枯燥的法条,孩子根本听不懂,也不爱听。应该从实际出发,给孩子讲身边最容易发生的犯罪行为,比如校园欺凌、打架斗殴、向小同学索要钱物等。

最后他说，校园欺凌案屡禁不止，甚至越演越烈，究其原因，就是法律对校园欺凌案太宽容，起不到震慑作用。光考虑孩子年龄小不懂事，却忽略了被欺凌一方受到的伤害，忽视了欺凌行为在社会上所产生的负面影响，没有唤起学生和家长的高度重视。

郑警官的观点独到而深刻，这是他对未成年犯罪多年研究的成果。

如何渡过青春危机

2017年7月26日上午，我敲开了中国政法大学青少年犯罪与少年司法研究中心主任皮艺军教授的家门，伴着两杯清茶，我们进行了一番长谈。

皮教授是一位敢说敢讲敢亮观点的人。

他说，孩子是环境塑造的产物。我曾出版过一本书《青春危机——青少年为什么比成年更容易越轨》，我谈到未成年人是感性群体，成年人是理性的，从生物学上讲二者有区别。未成年人体能上发育超前，但心理发育却是滞后的，生理和心理上并不成熟。未成年人的行为常常是不理性的，所以比成年人更容易越轨。

他说目前未成年人的犯罪率看似没有增加，但其犯罪手段之残忍却令人惊愕。我认为对未成年人犯罪要有惩戒措施，不惩戒，对本人、对社会都没有好处。不满十四周岁的孩子犯了法，可以用其他法律责任来进行惩罚。惩戒之目的，是要让犯罪者为其罪行付出代价，让他永远铭记不要再犯罪！在少年越轨的问题上，没有惩罚只有保护，以教育为主、惩罚为辅的原则是不科学的。当孩子犯了严重的罪过,把他关进监狱,也是对他的保护性惩罚。而且把具有严重人身危险性和主观恶意性的少年犯监禁起来,首先是对这些少年犯的保护,而不是对社会的保护。因为这些少年需要用监禁来帮助他们的再社会化。这样才符合联合国提出的"儿童利益优先"的原则。

他说,就拿校园欺凌案来说,为什么屡屡发生,屡禁不止?其手段之残忍令人发指,而且呈现出低龄化、女性化倾向。大家都知道,2015年中国两名留学生在美国因暴力群殴同伴,被判处终身监禁;2016年2月,三名中国留学生在美国因施虐同胞同学,被判了六年至十三年监禁,这在中国引起了强烈反响。相比之下,我们对校园暴力案件的处罚就太轻了,没有起到震慑作用。

另外,这些未成年的孩子,为什么变得如此残忍?如此暴力?如此目无法律?问题的症结到底出在哪里?这是我们需要认真思考的问题。

我认为未成年孩子处于一种失范状态,是我们的主导价值观出了问题。谁是未成年孩子的"范本"?父母、老师、社会上的成年人,都是未成年人的"范本"!

就拿最简单的例子,在马路上遇到老人摔倒了,到底该不该扶?这样的问题还用讨论吗?悲悯情怀,帮助弱者,这是古今中外最起码的道德价值取向。为什么今天却拿到全社会来进行讨论?这不是太可笑了吗?为什么不敢扶?就是怕对方讹你。为什么会发生这种讹人现象?这是全社会需要认真反思的问题!

更重要的是,有些家长、老师是不是双重道德标准?表面上一副谦谦君子、卑以自牧的模样,背地里却是嫖、赌、贪、骗无所不及!我们的家长、老师给孩子到底做出了什么样的人生范本?这是每一个成年人都必须认真自我考量、自我追问的问题。孩子不是傻子,他们不仅看得明白,而且父母所做的一切都会从孩子身上折射出来。

我觉得对孩子普及法律,不在于普及法条,而在于向孩子普及一种规则意识,教育孩子要从小懂得规则,看到红灯就不能过马路,上飞机要经过安检……规则不是泛道德,而是法律规范。

他说,1989年11月20日,第四十四届联合国大会第二十五号决议通过了《儿童权利公约》,讲到一切为了孩子。在现有的大环境下,如何对待中华民族的孩子?如何对待祖国的未来?我们的家长、老师、社会的相关部门,都应该认真考虑这个问题。

最后,他谈到西方糟粕文化有意入侵的问题,比如:血腥的暴力游戏、色情、网上犯罪等内容,对孩子采取包抄式的围攻。他说,我们不可小视这种包抄式的文化入侵,对孩子影响极大。我们如何抵御这些糟粕内容,给孩子一个健康的网络环境,这是摆在有关部门不可小视的大问题!

孩子教育是一项工程

2017年5月25日下午,我带着诸多想请教的问题,采访了中国人民公安大学博士生导师李玫瑾教授,一位满头花发、谈吐高雅、活得很本真的犯罪心理学专家。

我们两位从未谋面的母亲,怀着对未成年孩子的关心,对民族未来的思考,进行了长达四个多小时的深入交谈。

李教授说,未成年人犯罪是世界性的难题,世界各国都存在。中国青少年犯罪的第一次高潮,发生在20世纪80年代初期,十年动乱,十年停课,给社会留下了巨大隐患。

她多年研究未成年人犯罪问题,认为孩子犯罪跟其成长经历与环境有着密切关系,主要是家庭的影响。未成年犯罪孩子的家庭,大致分成三类:第一类,生而不养;第二类,养而不教;第三类,教而不当。

第一类,生而不养。就是父母生了孩子却不肯抚养,像狗仔儿似的,任其自生自灭。这种父母多半本身就有问题,或犯罪、赌博、酗酒、离家出走,或是未成年就未婚先孕等。这种父母对孩子不管不问,极其不负责任,导致孩子很小就在社会上流浪,没人疼,没人爱,孤立无助,其性格和人格都不健全,为了活下去而不择手段,偷、抢、夺,什么事都干,渐渐形成一种犯罪人格。

其实,父母从小养育孩子的过程,就是培养孩子形成亲情关系的过程。孩子从小没有与父母形成亲情关系及依赖关系,对孩子的人格和性格将造成极大的负面影响。这种孩子进了未管所也是没人探视,没人寄钱,没有书信,被警察称为"三无"人员。

她还提到一种反社会人格问题,美国称其为"孤狼",这种人冷酷而凶狠,就像冷血动物一样,无视生命,无视亲情,偷、抢、奸、杀,什么坏事都干。这类未成年犯人数不多,但危害很大。这种人生性冷血,即使父母对他(她)好也不行,我们称为"喂不熟",怎么喂都不行,只能采取看管手段。究其原因,目前世界上都在研究。

第二类,养而不教。这类未成年犯罪人数众多,危害性大,是当前很值得关注的一种现象。这类父母多为低文化、低素质、低收入阶层,忙于生活,不懂得如何管教孩子,对孩子采取放任态度。这类孩子十岁左右就会突显出问题,不爱读书,调皮捣蛋,打架斗殴,小偷小摸,泡网吧。没钱就开始拦路抢劫。"养不教,父之过。教不严,师之惰。"这类孩子常常用犯罪来唤醒父母对孩子管教的重视。父母看到孩子进了监狱才明白：孩子不仅需要钱，还需要陪伴，需要从小养成规矩，就像小树需要剪枝一样，否则就会长出枝杈。但有的父母却永远不会明白这一浅显的道理。

第三类，教而不当。这是一个普遍存在的问题，好多家庭都存在。其表现为两种极端：一种是对孩子过于严厉，非打即骂，不尊重孩子的人格，把孩子当成私有财产，完全按照大人的意志行事；另一种是过于宠爱，独生子女、隔代抚养、晚年得子、有钱有势的家庭，一个孩子最少有六个大人宠着，而且常常发生几个大人在孩子面前"争宠"的现象，使孩子在过分的溺爱中变得飞扬跋扈、说一不二，毫无规矩可言。连起码的生活自理都不会，有的孩子在学校不会剥鸡蛋，不会剥虾，进了未管所居然不会洗衣服。她说，父母要想养个逆子，就把孩子当祖宗，父母在孩子面前当奴才；要想把孩子培养成暴君，父母先成为一个暴君，暴力下成长的孩子很多成为反暴力的逆子。要知道，父母的品行、修养一定会在孩子身上折射出来。许多父母由于溺爱而毁了孩子，尤其是隔代抚养，最为严重。

关于孩子的教育问题，李教授说，孩子在三岁之前，父母应尽心地照顾孩子，有恩于他；三岁之后，要开始给孩子"立规矩"，要让孩子明白什么该做什么不该做。"立规矩"就是父母在孩子面前"立威"的过程。六岁之前，父母的话是黄金，十二岁之后就是垃圾，十二岁之后再立规矩就晚了。这就是孩子为什么要自己养的原因。三岁之前，你养了他，从生物学上讲，你有恩于他，他在情感上会依恋你，会听你的。如果六岁之前，孩子是他人养大的，也就是说父母对孩子没有"养育"之恩，到了十二岁你再给孩子立规矩，晚了，孩子根本不听。

说到这，我忽然想起从小被人饲养大的虎崽儿或狼崽儿，它们对饲养人很有感情,从不咬他;这大概就是饲养人对它有养育之恩吧。李教授说,如果孩子十二岁之前性格没有约束到位,可以采取"冷处理"的方式,我们叫作"晒他(她)"——与孩子拉开一段距离,让孩子自我反思,自我成熟,补上"立规矩"这一课。你看到未管所要对未成年犯进行亲情帮教,就是要弥补孩子从小缺失的亲情,唤醒孩子灵魂深处的亲情与人性。不少未成年犯称监狱警官为"爸爸""妈妈",跪在警官面前,哭着说出让人痛心的话:"警官爸爸,我要是十岁前遇到你,我就不会走到今天了!"

李教授说,孩子出了问题,首先要看家庭,看父母,看孩子六岁之前的教育,是指"立规矩"的教育。"十年树木,百年树人",培养孩子并不容易,它是一项长期而艰巨的工程,绝不是给钱,满足孩子一切物资要求就能解决的,更不是暴力所能奏效的。要知道,人性是培养出来的,有感情才能有人性。父母的文化、职业、价值观,将决定着对子女教育所采取的方法和态度。

李教授说,我曾多次呼吁关于未成年犯罪问题,国家应该立法,用法律对父母进行制约和制裁,不可不负责任地乱生,生了孩子就要对其承担法律责任;对未成年犯罪的实体刑法律年龄要做修改。苏格兰七岁孩子扰乱社区就被警察带走,目的是为了孩子将来不再犯罪。我在调查中发现,一个未满十四周岁的未成年犯杀了五个人却把他放了,究其原因是没有法律根据。这种案例并非个案。

李教授还谈到学校应改变现有的教育模式,建立多种技能学校,培养那些不爱学习的孩子学会一些技能,掌握某种谋生手段。

四个小时的交谈仍意犹未尽,两位母亲怀着一份对当前青少年教育的忧虑、对民族未来的担当,相拥着告别,郑重地道一句"保重"。

拯救孩子，就是拯救未来

从 2016 年 12 月 8 日，到 2017 年 7 月 26 日，我走进十几个省的未管所及女子监狱，采访了二百四十多位当事人。我带着沉甸甸的收获，带着并不轻松的心情，开始撰写这部关于未成年犯罪的书稿，心里多了几分理性，多了几分深刻，也多了几分思考——

青少年犯罪，已成为世界性的问题。

各国的国情不同，未成年人犯罪情况也不尽相同。

中国正处在伟大变革、经济高速发展的特殊时期，未成年人的犯罪问题也像浓缩的饼干一样，将发达国家几十年甚至近百年的各种犯罪都浓缩在这短短二三十年里了。也许，犯罪的青少年只是被高速发展的社会所甩落的几粒尘屑，并不是社会主流。但我们应该理性地看到未成年人犯罪的严重性。

未成年人犯罪就像一台 X 光机，将无法遮掩地昭示出孩子身后的背景——家庭、学校、社会乃至整个世界……

从中国的情况来看，十年浩劫对中国传统文化造成了巨大摧残，当时，中国人深受读书无用论、砸烂一切传统文化的恶劣影响，失去了对中华文化精髓的传承与敬畏，失去了文化自信；改革开放以后，经济获得了空前发展，但道德却陷入了空前的低谷，一切向钱看，没有了信仰，没有了做人的底线，金钱和贪欲就像硫酸一样，腐蚀着大大小小的权力，腐蚀着人的心灵，对未成年人造成极大的负面影响。大批农村父母外出打工，疏于对孩子的管教。很多孩子伴随着网络长大，生活在虚拟世界，深受网络暴力、色情等影响，老师和家长在与网络争夺青少年的博弈中束手无策,最后只能看着孩子走进监狱……

上了年纪的人都会记得,新中国建立初期,政府花很大力量消灭了旧社会遗留下来的陋习——吸毒、卖淫、嫖娼、赌博等恶劣现象。但是,这些消失多年的陋习不仅死灰复燃,而且有过之而无不及。广东出现了制、贩毒品村;湖南出现了孕妇带领未成年孩子盗窃的盗窃村;某省出现了诈骗村、拐卖儿童村、造假村……更为可恶的是,成年人居然利用未成年孩子为其招揽生意,进行犯罪。

这一切,给未成年孩子造成了极坏的影响。

邓小平在多年前曾说过:这些年我们最大的失误是教育。

国人对教育体制一直存在着诸多质疑。学校不是教育孩子做一个遵纪守法的合格公民,而是一切为了考分,孩子成了各种考分的机器,而被考分淘汰者则被打入"另册"。

皮艺军教授在谈到教育时说,有的孩子学习不佳,调皮捣蛋,学校老师不喜欢,同学远离,使其处于犯罪的边缘,这时候谁来拉孩子一把?我们的教育到底是分数第一,还是做人第一?另外,处于青春期的孩子体内积满了能量无处宣泄,常常用打架斗殴、惹是生非来发泄。我们学校的体育场能不能对外开放?并且组织起篮、排、足球等各种体育小组,让孩子们在体育锻炼中释放能量,这样既锻炼了体能,又增加了团队精神,而且培养了孩子的毅力。可现在,我们的体育课只剩下干巴巴的跑步,连春游都取消了。究其原因是怕学生受伤,怕家长来闹。这种现象简直太可笑了,世界上哪个国家能这样?我们的孩子个个都成了豆芽菜,既无阳刚之力,又无受挫能力,更谈不上勇敢、顽强了。这样下去,整个民族毫无战斗力,要是敌人真来入侵,那还用敌人打吗?过去提倡"德、智、体"全面发展,现在只盯着分数。这样下去，怎么能行？

在采访中我听到最多的是孩子不满父母的管教，而父母则不知该如何去管教自己的孩子。双方都在抱怨。

如何教育孩子，这是摆在每一位中国父母面前不可小视的问题。尤其是农村。从采访的情况来看，农村未成年人犯罪率远远高于城市，这跟父母进城打工造成大批儿童留守有关，也与农村的经济、文化落后有关。

相关数据表明，目前未成年人的犯罪率并没有下降，而是国家对未成年人犯罪的法律做了调整，对少年司法采取的是"提前干预，以教代刑"，能不抓则不抓、能不判则不判的原则，有相当数量犯了罪的孩子交给了社区。

采访中获悉，还有一种现象很值得关注：有相当数量的未成年人没有进监狱，也没有进入社区矫治范围，而是游弋于犯罪边缘，生存于社会的灰色地带。他们有的辍学离家出走，在社会上流浪；有的虽然没有辍学，却在学校里成帮结伙，制造校园暴力；有的顽劣成性，家长管教不了，只好送进某些私立"矫正"学校或工读学校；有的犯了罪却因不满十四周岁，还不到承担法律责任年龄；有的学生在工读学校里挂名，却是社会上的混混……

总之，这一批人并没有统计到未成年犯罪之列。这个情况应引起家长、学校，乃至全社会的高度重视，不要让这些灰色地带的未成年人成为未管所的"后备军"，不要等他们进了监狱才去挽救。

采访中，几乎所有的犯罪少年都说出同样的两句话："没想到是犯法……""知道是犯法，但没想到会判这么重……"

"没想到"告诉我们什么？——法制教育不到位！

其实,中国对未成年人犯罪问题高度重视,已颁布并实施了《中华人民共和国未成年人保护法》《中华人民共和国预防未成年人犯罪法》等相关法律。2016年,国务院发布了《关于加强农村留守儿童关爱保护工作的意见》《关于加强困境儿童保障工作的意见》,以确保留守儿童和困境儿童在成长中得到关爱和帮助。2018年2月9日,中央社会治安综合治理委员会预防青少年违法犯罪专项组会议在京召开,最高人民检察院、共青团中央共同签署了《关于构建未成年人检察工作社会支持体系的合作框架协议》。

党的十八大以来,中国的社会环境发生了巨大变化,中央提出了严惩贪污腐败,一批大大小小的"苍蝇""老虎"被绳之以法。中央提出了文化自信,向传统文化回归;最近又提出了扫黑除恶、净化网络、净化社会环境等一系列措施。

习近平总书记向百姓发出誓言:"只要还有一家一户乃至一个人没有解决基本生活问题,我们就不能安之若素。""在扶贫的路上,不能落下一个贫困家庭,丢下一个贫困群众。"

这一切,将给未成年人的成长提供一个良好的社会环境。

此刻,天色已晚,我站在阳台上,仰望着满天星斗的浩瀚夜空,遥想着中国在世界上的地位,不由得发出由衷的感叹:

几百年来,中国从未像今天这样令世界瞩目,中国人也从未像今天这样扬眉吐气!中国创造出一个又一个的中国奇迹,书写出一个又一个的中国辉煌……

蓦然间,我仿佛听到未管所的孩子们发出呼喊:妈妈,快拉我一把!我不想被时代落下,我不想在铁窗里浪费大好青春啊!妈妈,我想回家!我想跟其他孩子一样,去拥抱美好的明天,去实现伟大的中国梦！妈妈,快拉我一把吧！

采访中,几乎所有的孩子都说出这样的话:"进来以后才明白,人生最宝贵的并不是金钱,更不是什么哥们儿义气,而是自由,没有比失去自由更痛苦的了!"

我相信,他们的忏悔是真诚的,因为他们曾经失去过。因为他们饱尝过失去自由的铁窗生涯……

最后,我以祖母的身份想对孩子们说几句心里话:生活在这样一个伟大复兴的时代,多令人羡慕啊！跌倒了,没关系,爬起来！你们是时间上的富翁,还有大把的时间供你们去重新开始,重新奋斗,重新开创美好的未来！

但切记,富翁也有变成乞丐的时候,太阳不会永远停留在清晨八点钟的坐标上,上帝更不会给你救赎生命的第二次机会哟！

孩子们,珍惜大好时光,牢记习近平总书记在2018年新年贺词中说的一句话:"幸福都是奋斗出来的!"

努力奋斗吧!

后　记

搀扶着，走过艰难

　　这是三十多年以来，我投入时间最长、创作最艰难的一部作品。

　　我和先生用半年时间，自费跑了十几个省市的未成年犯管教所，采访了未成年犯、监狱干警及专家学者等二百四十二人。

　　我带着沉甸甸的收获——上百万字的采访笔记、录音、大量照片回到家里，沉下心来，又伏案陈书大半年，终于写到最后一章了。此刻，我就像一名航海者，终于看到了黎明前的海岸线。又像十月怀胎的母亲，翘首盼望着饱含多年夙愿、投入巨大精力的婴儿即将问世——

　　然而，天有不测风云。

　　一件意想不到的事件突然撞得我头破血流，天旋地转，眼前一团漆黑……

　　事情的起因却是另一起更大的不幸引起的。

　　2018年1月25日下午五点二十分，一个电话把我从平静的创作中突然带到残酷的现实——

　　"雅文，我骑车在万达超市门前摔倒了！爬不起来了，你快来接我吧！"老伴在电话里发出了痛苦而急切的呼唤。

　　坏了！老伴出事了！上帝保佑，千万别骨折！千万别……

可是,上帝不仅没有佑护我,他在我多舛的人生路上又增设了一道坎坷。

我匆匆赶到老伴摔倒的马路边,请几个路人帮忙,费很大气力才把他弄到出租车上,来到先觉骨科医院,一个残酷的现实摆在我们面前:左髋骨严重骨裂。医生当时提出两种治疗方案,一是手术,打钢钉;二是卧床静躺三四个月。

对一位七十八岁、患有心脏病和糖尿病的老人来说,哪种治疗方案都是残酷的。髋骨骨折是最难愈合的。我们决定回家卧床静养。可是快到春节了,请家政很困难,这时又在广西北海过冬,孩子都不在身边。

从那天起,老伴健壮的身影再也不会出现在厨房里。"亲爱的,开饭喽!"他浑厚的男中音再不会热情地响起。尤其不会拎着大包小包从超市归来,乐颠颠地喊我:"亲爱的,快来接一把!"他只能瞪大眼睛躺在床上,用充满歉意的目光哀愁地看着我像一阵风似的在他眼前刮来刮去,买菜、做饭、一日三餐、侍候老伴、收拾房间……一切一切,都得靠我一个人去扛了。

老伴几次拉着我的手,歉意地说:"老伴啊,没想到会发生这种事,现在家里家外全靠你一个人了,实在太辛苦你了。"

我却强作笑脸,拍着并不强壮的胸脯佯装强悍:"没关系,你爱妻强大着呢!"

其实,我并不是一个强悍的女人,我做过心脏搭桥手术。老伴是一个很有家庭责任感的人,柴米油盐从不用我操心,他一倒下家里全乱套了。可是这种时候没有别的选择。坎坷的人生告诉我:在磨难面前谁都救不了你,只能挺直了腰杆自己救自己!

从清晨五点钟起床,我就变成了一只陀螺,出操、买菜、帮老伴洗漱、换药、准备一日三餐、刷洗碗筷,一切弄完了才能坐到电脑前……

一天傍晚,我给老伴洗脚,他两眼潮潮地看着我说:"今天一天都没见到你的笑容,这几天也没听见你的歌声,你怎么不唱歌了呢?"

我心里哭笑不得,老伴啊,我哪还有心思唱歌?哪还能笑得出来呀?就差没哭出来了。我说:"你躺在床上疼痛难忍,我却在这里嗷嗷地吼叫,你心里还不烦死我了?"

"不,我愿意听你唱歌,听到你的歌声我心里踏实,觉得咱家里又有了欢乐。看到你脸上有了笑容,我心里就感到安慰……"

我的眼睛顿时潮湿了。我说:"老伴啊,我们一起风风雨雨走过了半个多世纪,你像大哥哥似的呵护了我一辈子,现在你遇到困难,我这当妻子的做这些还不应该吗?你千万别这样……从今天往后,我天天冲你笑,天天给你唱歌……"我故意夸张地咧大嘴巴,唱起了《水手》:"他说风雨中这点痛算什么,擦干泪不要怕,至少我们还有梦……"边唱边夸张地挥舞着拳头。

从这天起,我每天清晨出操回来进门就唱歌,边做饭边唱他最喜欢的《那就是我》《山楂树》……但唱得最多的还是那句"风雨中,这点痛算什么,擦干泪不要怕",与其说是唱给老伴的,不如说是唱给自己的。

从那以后,我让家里尽量多一些歌声和笑声,让老伴跟着我一起唱,我们一起瞎吼,练肺活量,也让压抑的心情在吼叫中得到释放。而且,我经常从路边偷偷地摘回几朵小花带回家,举到老伴面前:"给,《献给检察官的玫瑰花》!"他接过小花,随口唱道:"谢谢你,给我的爱,今生今世我不忘怀……"直到今天,我家的茶几上还插着一枝粉色蔷薇呢。我让花儿告诉老伴,春天来了,又走了。夏天又来了,樱花开了又谢了,蔷薇又开了。

可是，真应了那句成语：福无双至，祸不单行。

2018年2月12日，还有三天过春节。我出小区去接快递，心急火燎地往外走，一头撞在平时从不关的单元玻璃门上，砰的一声，撞得我趔趔趄趄向后退了两三米，蹲在地上。一时间，我两眼发黑，天旋地转，好大一会儿才稍稍缓过神来，发现地上一摊血。原来鼻子在哗哗淌血，脑门上撞出一个大包，鼻子肿了，一颗门牙松动，嘴巴肿得老高……

我捂着嘴巴回到家里，老伴看到我血糊糊、变了形的脸，惊讶得半天才说了一句："真是祸不单行啊！"

听到这话，我再也控制不住自己，扑到他怀里呜呜大哭。

那天晚上，嘴巴肿得老高，我坐在老伴的床边，跟他拉着手一直聊到很晚。我们回首当年，经历了多少坎坷，闯过了多少风风雨雨，感叹人生无常。

1968年，他被打成反革命关进"牛棚"，我正怀着第一个孩子。我俩偷偷地跑到玉米地里约会，他对我说："我最担心被判刑关进监狱，那你和孩子怎么办？"我说："你放心，你要被判刑，我等你！你判多少年我就等你多少年！你要被下放农村，我就跟你去。只要跟你在一起，我什么都不在乎！"他眼里噙满泪水，将大肚子的我紧紧地搂在怀里。

1968年12月1日，我们住的房子被造反派收回，我只好在邻居家的小冷屋里生下女儿。满月第九天，我冒着零下三十摄氏度的高寒，拖着极度虚弱的身子，坐一个小时的公交车，又走了一个多小时，跑到郊区农村去看他……为了让他多看一眼刚出世的女儿，大年初一，我带着饺子，背着刚刚四十多天的女儿，又折腾了两个多小时跑到农村去看他，造反派只让我们见了二十分钟。这就是我们一家三口在

"牛棚"里度过的第一个春节……

半个多世纪过去了,我们经历了太多的磨难,我做心脏搭桥手术,他守在我身边;我获鲁迅文学奖,他泪眼婆娑地拥抱着我,连声说道:"雅文,我们终于有今天了!我们终于有今天了!"

老伴向来以我的事业为重,一直全力支持着我。他问我,这些天你写得怎么样?进展顺利吗?

我只好实话告诉他,这些天连一百个字都写不出来,根本找不到感觉,满脑子全是老伴痛苦的身影。他劝我别着急,会找到感觉的,一切都会好的。我也鼓励他别着急,骨头会长好的。

我们像往常一样,坚信一切都会好的,相互鼓励,搀扶着迎接明天的太阳。第二天早晨,我照样早早地起来出操,只是脸上多了一条丝巾挡住脸,免得让肿胀的脸吓着路人。

书稿终于在攻艰克难中完稿了。一连几天,我绞尽脑汁却想不出好书名。这天,老伴在床上喊我:"雅文,就叫'妈妈,快拉我一把'!"

"为什么叫'妈妈,快拉我一把'?还加一个'快'字?"

"你想想,那些迷途的孩子就像我现在一样,摔倒了,多么希望你快来拉我一把呀!那些孩子,多么需要妈妈快来拉他们一把!"

"好,就这么定了!耶!"我上前与老伴击掌。

老伴不是作家,却道出了人生真谛。

我和老伴又体验了一次磨难,又相互搀扶着闯过了人生的一段险滩,如今老伴已经能下地了。

在此,我要特别感谢北海市作协主席邱灼明先生,是他介绍我们认识了著名骨科医院院长范先觉先生("全国五一劳动奖章"获得者),对老伴给予了极大的关照;感谢我们当年的冰友、曾任黑龙江省计生委副主任的林盛忠先生,每天晚上都来陪老伴聊天,陪他度过了那段痛苦时光。

　　当然也要感谢我的儿女,他们在父母需要的时候,也都尽了最大孝心……

　　人在困境中,渴望亲情,渴望有人拉他一把。

　　孩子跌倒了,迷路了,找不到家了,他们更渴望妈妈能伸出温暖的手,快来拉他们一把!

初稿于2018年3月15日

修改于2018年6月1日

　　注:未经作者同意,本书不得转载,不得用书中内容改编影视、网剧等,违者将追究其法律责任。

妈妈，快拉我一把